Susanne Reichert

Himmlisch gechillt

Charles
VERLAG

Impressum:
Charles Verlag, Mathias Müller & Marcel Dax GbR, Frankfurt am Main, alle

www.charlesverlag.de
Druck: Booksfactory
Lektorat: Sonja Rudorf
Umschlaggestaltung: Marcel Dax

ISBN 978-3-940387-79-0

1. Auflage 2016

Bibliographische Information der Deutschen Nationalbibliothek
Die Deutsche Nationalbibliothek verzeichnet diese Publikation in der Deutschen Nationalbibliographie; detaillierte bibliographische Daten sind im Internet unter http://dnb.dbb.de abrufbar

Die Autorin

Susanne Reichert ist eine gebürtige Frankfurterin, die derzeit in Bad Vilbel mit ihrer fünfköpfigen Familie lebt. Sie schreibt seit vielen Jahren Kolumnen und Kurzgeschichten. "Himmlisch gechillt" ist ihr erster Roman. Weitere Werke sind zu erwarten. Mehr über die Autorin erfahren Sie auf susannes-wortzauber.de

Für Frank, Isabel, Patrick und Julia

Familie ist vielleicht nicht alles, aber ohne Familie ist alles nichts ...

Kapitel 1

Wohlig kuschelte ich mich in meine Kissen und zog mir die Bettdecke bis zum Kinn. Sonnenlicht schien durch die kleinen Schlitze der Rollläden und von draußen erklang Vogelgezwitscher. Ein Sonntagmorgen, wie ich ihn liebte. Kein Stress, keine Hektik, ausschlafen und später in Ruhe mit der Familie frühstücken – zumindest mit so viel Ruhe, wie es eben in einer Familie mit drei Kindern möglich war. Während meine Gedanken träge die nächste Schlafphase einleiten wollten, drang plötzlich ein schriller Misston an mein Ohr. Mein Unterbewusstsein bemühte sich nach Kräften, ihn zu ignorieren. Die Amsel in dem Apfelbaum hinter unserem Garten sang gleich ein bisschen lauter, als wolle sie sagen: Es ist besser, du weißt nicht, was da vor sich geht. Erfahrungsgemäß war das in den meisten Fällen absolut plausibel und funktionierte – halbwegs. Während sich mein kleiner Amselfreund auf seinem Zweig also mächtig ins Zeug legte und seine Arie schmetterte, quietschte aus den unteren Regionen unseres Reihenhäuschens wieder etwas, das klang wie eine rostige Kreissäge. Vorsichtig schielte ich auf die andere Bettseite. Vielleicht befand sich der Vater meiner Kinder ja gerade in einer REM-Phase, in der die Sinnesorgane nach dem Tiefschlaf allmählich wieder ihre Funktion aufnahmen, und würde der Sache auf den Grund gehen wollen. Aber Fehlanzeige. Carsten lag auf dem Rücken und atmete tief und gleichmäßig; es gab noch nicht mal ein verräterisches Augenzucken. Mein Mann war in den meisten Lebenslagen tendenziell tiefenentspannt, und dieser ruhende Pol war in unserer Familie oftmals dringend notwendig. Aber gerade jetzt hätte ich Anzeichen einer beginnenden Aktivität sehr begrüßt. Ich stupste ihn mit dem Fuß unter der Bettdecke an und stellte mich schlagartig tot, als er die Augen aufriss. Genau in diesem Moment ertönte das schaurige Jaulen erneut und ich grinste im Halbdunkeln in mich hinein. Allerdings hielt meine Freude nicht lange an.

Carsten drehte sich mit einem Schnauben auf die Seite und murmelte: »Zur Hölle mit den Nachbarn.«

So viel also zu männlichem Beistand. Die Möglichkeit, dass irgendjemand – und ich hatte einen sehr konkreten Verdacht, wer dieser jemand war – unser Haus in Einzelteile zerlegte, konnte er anscheinend deutlich länger ignorieren als ich. Ich drehte mich seufzend auf den Rücken und lauschte. Aus den Kinderzimmern im ersten Stock waren noch keine Lebenszeichen zu hören, daher musste das kuriose Treiben wohl im Erdgeschoss stattfinden. Wozu hat man eigentlich eine große Familie, wenn die unangenehmen Dinge dann doch immer an einem selbst hängenbleiben? Mit deutlich schlechterer Laune als noch vor einer Viertelstunde schob ich die Decke samt unseres flauschigen Katers zur Seite, der nur träge ein Auge öffnete und gähnte.

Ich streichelte sein weiches Köpfchen und murmelte: »Dein Leben möchte ich haben. Möchtest du vielleicht mal nachsehen, was da in unserer Küche gerade zu Hackfleisch verarbeitet wird?«

Balou warf mir einen hingebungsvollen Blick zu und schnurrte. Mehr Unterstützung hatte ich wohl nicht zu erwarten. Ein Blick auf die Uhr besserte meine Laune auch nicht wirklich. Kurz nach acht, eine Uhrzeit, zur der mir an einem Sonntagmorgen normalerweise noch nicht mal die Namen meiner Kinder einfielen.

Seufzend stand ich auf und tapste die Treppe hinunter. Eine der Kinderzimmertüren stand schon sperrangelweit offen, während hinter den anderen beiden noch schläfriges Geröchel zu hören war. Je näher ich dem Erdgeschoss kam, desto suspekter klang das geheimnisvolle Treiben. Ich holte tief Luft, öffnete die Schiebetür zum Wohnzimmer und bat das Universum um Beistand. Da gab es ja hoffentlich so etwas wie einen 24-Stunden-Bereitschaftsdienst! Bei dem Anblick, der sich mir dann jedoch bot, blieb mir der Mund offen stehen.

Fluchend, mit verstrubbelten Haaren und mürrischem Gesichtsausdruck flitzte ein Wesen, das entfernt an meine älteste Tochter Sophie erinnerte, zwischen Kühlschrank und Küchentheke hin und her. Das riesige Schlafshirt mit dem Aufdruck »Egal worum es geht – ich war's nicht!« war an der Seite geknotet und mit einem merkwürdigen, weißen Muster verziert. Wenn man einen fast 15-jährigen Teenager im Haus hat, sollte man nie annehmen, eine Situation wäre so, wie sie sich auf den ersten Blick darstellt. Es scheint eine Art Teenager-Matrix zu geben, ein Parallel-Universum, in dem Erlebnisse grundsätzlich anders ablaufen als im spießigen Eltern-Kosmos.

Ohne eine große Portion Galgenhumor, gute Freunde und wahlweise Schokolade oder Alkohol wäre diese »Phase« für alle anderen Beteiligten über achtzehn kaum geistig gesund zu überstehen. Die Ratlosigkeit jedoch, mit der ich meinen Nachwuchs regelmäßig betrachtete, war auch mit erhöhtem Alkoholpegel die gleiche, nur lustiger.

Während ich in der Küchentür stand und versuchte, mir einen Reim auf dieses Chaos zu machen, musste ich daran denken, wie kalt uns diese plötzliche Wandlung doch erwischt hatte. Jahrelang lebten wir in einer rosaroten Wolke mit einem zauberhaften kleinen Wesen zusammen, das selbst in seinen Wutausbrüchen und Trotzphasen noch etwas Niedliches hatte – auch wenn es die Stirn vor lauter Empörung so stark kräuseln konnte, dass es entfernt an einen verwirrten Pekinesen erinnerte. Letztlich war es ja auch nachvollziehbar, dass sich eine 4-Jährige nichts sehnlicher wünschte als das animierte Lillyfee-Einhorn in der Größe eines irischen Wolfshundes, das laut wieherte, wenn man es nicht regelmäßig fütterte, und dass sie diesen Wunsch mit der Penetranz einer hängengebliebenen Schallplatte wiederholte. So sehr ich auch die Meinung vertreten hatte, auf ein Einhorn in diesem Haus verzichten zu können: das Strahlen in den schokoladenbraunen Augen meiner Tochter an ihrem fünften Geburtstag war entwaffnender gewesen als ein Sondereinsatzkommando. In diesem Alter brachte man noch ein gewisses Verständnis dafür auf, dass der einzig richtige Zeitpunkt für die Erfüllung kindlicher Wünsche jeder Art eben »JETZT« war. Wenn ich richtig darüber nachdenke, hat sich das bis heute nicht wirklich geändert. Und sind nicht feste Rituale die Basis einer stabilen Familienstruktur?

Doch vor ungefähr anderthalb Jahren hatte etwas von diesem niedlichen Mädchen Besitz ergriffen, was mich entfernt an den Kultfilm »Der Exorzist« denken ließ. Natürlich hatte ich davon gehört, dass sich in der Pubertät die eigenen Kinder plötzlich so stark verändern, dass man sie selbst als Eltern nicht mehr erkennt oder bestenfalls noch eine gewisse Familienähnlichkeit feststellt. Doch in süßer Unwissenheit hatte ich das schlichtweg auf die Unfähigkeit der anderen Eltern geschoben, die nicht in der Lage waren, ihre Kinder zu normalen Menschen zu erziehen.

An dem Tag, als meine goldige Tochter also äußerlich unverändert zum Frühstück erschien und bei meiner Frage, ob die Shorts für die Schule nicht etwas kurz sei, in Tränen ausbrach und »Du findest, ich bin zu dick« schrie, öffnete sich die Pforte zu einer anderen Welt, in der Landkarten und Grenzen ihre Gültigkeit verloren, und in der jedes Navigationssystem den Dienst mit der Bemerkung »You are driving offroad« quittiert hätte. Ja, so fing es an, und wenn ich dachte, es könnte nicht mehr schlimmer werden, hatte ich mich getäuscht. Es wurde vielleicht nicht unbedingt schlimmer, aber täglich anders und völlig unberechenbar.

Mit leicht steigendem Blutdruck betrachtete ich das Chaos aus Rührschüsseln, Mixer und Schneebesen, dazu meine Tochter, die im Zickzack durch die Küche sauste. Das schaurige Geräusch, das mich aus dem Schlaf gerissen hatte, kam von dem Pürierstab, mit dem Sophie versuchte, eine Masse, die entfernte Ähnlichkeit mit hautfarbener Knete hatte, in eine Edelstahlschüssel einzuarbeiten. Auf der Küchentheke türmten sich offene Tupperdosen mit Zucker, Mehl, Zimt, eine Milchpackung und Eierschalen. Die Kühlschranktür stand offen und von dem Handmixer tropfte ein undefinierbarer Brei auf den Küchenboden, der von Balou, der mir dann doch neugierig gefolgt war, vorsichtig beschnuppert wurde. Es gab mir zu denken, dass selbst der Kater zurückwich und die Schnurrhaare befremdlich zitterten.

Während ich nach einer Formulierung suchte, die zumindest ansatzweise diplomatisch klingen könnte, kippte Sophie einen Schwapp Milch in die Schüssel und klatschte erneut den Pürierstab hinein. Hektisch rührte sie damit herum und zähe Klümpchen flogen in alle Richtungen. Balou suchte panisch Zuflucht unter dem Esstisch, während sich mir die Haare sträubten.

»Was zum Teufel machst du hier? Normalerweise bist du um diese Uhrzeit noch nicht mal ansprechbar, geschweige denn in der Lage, die Küche so zu verwüsten!«, sagte ich gereizt und schaute ihr über die Schulter. »Ist das für Chemie?«

Sophie, deren Gesichtsausdruck eindeutig Unheil verkündete, sah mich vernichtend an. »Ich muss zum Gottesdienst, falls du das vergessen hast! Und ich habe mich für den Waffelverkauf eingetragen, da muss man Teig mitbringen. Also bleibt mir ja wohl nichts anderes übrig, als alles selbst zu machen, wenn ihr noch schlaft.«

Leider musste ich grinsen. Selbst in ihren hellbraunen Haaren hingen Teigklümpchen und ihr Gesicht war von einer feinen Mehlschicht überzogen. Die Empörung und der Stress, den das arme Kind an diesem Morgen hatte, drangen aus jeder Pore.

Ich wischte ihr ein paar Spritzer vom Ohr und leckte vorsichtig meinen Finger ab. »Warum hast du mir gestern nicht Bescheid gesagt?«

Sophie knallte den Schneebesen auf die Küchentheke. »Ich habe doch erzählt, dass ich Waffeln verkaufe. Da ist es doch logisch, dass ich Teig mitbringen muss!«

Ich verzog das Gesicht. Der Teig schmeckte wie Gips. »Es ist nicht logisch, weil du es zum ersten Mal machst.« Ich rührte leicht in dem Teigmatsch herum. »Hast du denn ein Rezept dafür?«, fragte ich vorsichtig.

Sophies braune Augen blitzten mich an. »Wieso ein Rezept? Das ist doch nur Milch, Mehl, Eier, Zucker und ein bisschen Zimt.« Sie warf ihre langen Haare zurück. »Das ist doch kein Problem, so was weiß ich aus dem Kopf.«

Ich nickte bedächtig. Dass ich mich auch immer an solchen Kleinigkeiten aufhängen musste. »Und du weißt auch, welche Menge du wovon brauchst? Also, aus dem Kopf, meine ich.«

Sie stöhnte laut. »Oh Mann, Mama! Das kann man schätzen. Der Teig muss nur so mitteldünnflüssig sein und fertig. Habe ich letztens erst bei Emma gesehen. Und dann wird alles verrührt, bis es passt.«

Ich verkniff mir eine Bemerkung und sah auf die Uhr. Sophie folgte meinem Blick. »Kannst du das noch mal umrühren? Ich muss ja noch duschen, und gefrühstückt habe ich auch noch nix! Echt, wenn ich sonntags zum Gottesdienst muss, könntet ihr doch mal früher aufstehen, oder?«

Mit vorwurfsvollem Blick drehte sich das Goldstück um und stapfte die Treppe hinauf ins Badezimmer, wo die Dusche kurze Zeit später rauschte wie die Niagara-Fälle bei erhöhtem Wasserstand.

Da stand ich nun vor dem Teigmatsch meiner Tochter und gähnte. Erst einmal Kaffee, dachte ich und drückte auf die Taste der alten, monströsen Saeco, die die komplette Ecke auf der Küchentheke neben der Spüle einnahm. Während das vertraute Brummen ertönte und aromatischer Kaffeeduft durch die Küche zog, schäumte ich die restliche Milch auf, die Sophies Versuchsreihe nicht zum Opfer gefallen war. Kurz darauf nahm ich einen tiefen Schluck von meinem Milchkaffee und rührte vorsichtig in der Teigschüssel herum. Während ich ausgesprochen gut und gerne kochte, waren meine Backkünste eher experimenteller Natur. Außerdem überfiel mich jedes Mal ein grenzenloser Ekel, wenn ich Teig mit den Händen kneten musste. Nichts fand ich widerlicher, als Teigreste unter den Fingernägeln und diesen klebrigen Brei an den Händen. Ob ich allerdings selbst mit mehr Talent den sogenannten Waffelteig noch hätte retten können, war fraglich. Aber ein Versuch war es ja vielleicht wert.

Vor ein paar Monaten hatte sich Sophie entschieden, zur Konfirmation zu gehen und nahm jetzt mit einigen Freundinnen, darunter ihre beste Freundin Emma, regelmäßig am Konfirmandenunterricht teil. Wir hatten ihr die Entscheidung freigestellt, und obwohl ich manchmal ernsthafte Bedenken hatte, das Kind könnte sich beim Betreten von heiligem Boden in Rauch auflösen, war bisher wider Erwarten alles ganz gut gelaufen. Alleine bei der Vorstellung, dass da eine pubertierende Teenager-Meute auf Gott trifft, überkam mich die Befürchtung, dass der Tag des Jüngsten Gerichts plötzlich in greifbare Nähe rücken könnte. Ob Jesus nach den Konfi-Treffen im Gemeindehaus, die aufgrund der jeweiligen Stimmung der Teenies ja auch einer gewissen Gruppendynamik unterlagen, seine Mutter zerknirscht ansah und fragte: »Heilige Mutter Gottes, war ich genauso schwierig?«

Ob Maria vielleicht auch gelegentlich den Kopf an Josefs Schulter gelegt und lautlos geweint hatte, weil doch die Sache mit der unbefleckten Empfängnis eigentlich ganz gut gelaufen war und sich der Bub jetzt aus heiterem Himmel so flegelig benahm? Das hatte ihr vorher bestimmt auch keiner gesagt. Aber damals herrschten ja auch noch rauere Sitten. Da konnten sich die Teenager von heute wirklich glücklich schätzen mit Hausarrest, iPod-Verbot und sinnlosen Endlos-Diskussionen, auf die sich die Eltern viel zu oft einließen. Früher genügte ein Blick zum Kreuz und jeder Widerspruch wurde im Keim erstickt – naja fast, wenn man von Kain und Abel und wenigen anderen Ausnahmen mal absah.

Aber alles in allem freute ich mich über Sophies Entscheidung und hatte gedanklich schon mit der Planung der Feier begonnen. So was musste ja gut vorbereitet werden. Was ich allerdings nicht bedacht hatte, war die damit verbundene Herausforderung, einen Teenager nahezu jeden Sonntag gewaschen und angezogen Richtung Kirche schicken zu müssen. Das Gemurre und Gemaule nervte mich jetzt schon, und als ich als Zeichen meiner Zuneigung die ersten Male mit in den Gottesdienst gegangen war, hatte ich nur auf das Kreuz über dem Altar gedeutet und gesagt: »Das sind garantiert alles nur erfundene Geschichten! Irgendwann hatte Maria die Schnauze von dem ganzen Gemecker voll und hat mal richtig durchgegriffen!«

Sophie verdrehte die Augen und strafte mich trotz meines euphorischen Gesangs während des restlichen Gottesdienstes mit Nichtachtung.

Während ich jetzt versuchte, alle Klümpchen in dem Teig, in dem sich das Mehl so schön pickelig verkapselt hatte, glattzurühren, die Schweinerei aufwischte und nebenbei den Tisch deckte, kam Sophie angeschlurft. Mit nassen Haaren sah sie sich suchend in der Küche um. »Keine Brötchen?«, fragte sie ungeduldig.

Hunger war auch eines der ständig vorherrschenden Gefühle in unserem Haushalt, und nachdem Sophie beim letzten Abendmahl immer wieder verstohlen in den Brotkorb gegriffen hatte, musste das Kind vor dem Kirchgang unbedingt ausreichend gesättigt werden, bevor es noch auf die Idee kam, mit einem ganzen Laib in die letzte Reihe zu verschwinden – auch wenn Carsten der Meinung war, bei der Höhe der von uns monatlich zu entrichtenden Kirchensteuer könnte das Abendmahl ruhig etwas üppiger ausfallen.

Ich lächelte meine Tochter an. Ich hatte gelesen, dass Lächeln eine positive Grundstimmung vermittelte und dem Unterbewusstsein half, negativen Stress zu vermeiden! »Es schlafen noch alle, Papa war noch nicht beim Bäcker.«

Sie erstarrte mitten in der Bewegung. »Und was soll ich jetzt essen?«

Ich lächelte immer noch, wenn auch etwas verbissener. »Wie wäre es mit einem Brötchen von gestern, Brot, Toastbrot, Knäckebrot oder gar kein Brot, sondern Jogurt?«

In Sophies Blick lag völliges Unverständnis. »Aber ich esse sonntags immer frische Brötchen! Oder Croissants! Der Gottesdienst dauert voll lange.« Mürrisch blickte sie mich an. »Und warum grinst du eigentlich die ganze Zeit so?«

Ich biss die Zähne zusammen und lächelte weiter, obwohl mir der ganze Kiefer wehtat, und antwortete honigsüß. »Du kannst ja hinterher von den Waffeln essen, wenn du ohnehin zum Verkauf eingeteilt bist. Bei so viel Teig bleiben bestimmt ein oder zwei für dich übrig.« Ich hielt ihr ein Brötchen von gestern unter die Nase: »Alternativ: Brötchen von gestern?«

Sie kniff wütend die Augen zusammen, schnappte sich die Teigschüssel samt Deckel und ging zur Tür. Abrupt blieb sie stehen. »Muss ich jetzt etwa auch noch zur Kirche laufen?«

Während ich die restlichen Schüsseln in die Spülmaschine räumte, nickte ich. »Machen die anderen doch auch. Ich kann dich außerdem wohl schlecht im Schlafanzug fahren.«

»Das sieht doch keiner, wenn du im Auto sitzt. Mami, bitte! Ich bin sowieso schon voll spät dran.«

Ich war selbst schuld, ganz klar. Aber sie hatte dieses Wort gesagt! Ich denke, in jeder Eltern-Kind-Beziehung gibt es eine Art Safeword, das verhindert, dass die Eltern irgendwann emotional verkrüppeln, ausrasten oder in eine Sekte eintreten, und unseres war ganz klar: Mami! Mami war verbunden mit knuffeligen, warmen Kinderkörpern, die sich schlaftrunken in meine Arme kuschelten, mit klebrigen Küssen und einem zauberhaften Augenaufschlag, wenn sie mein Gesicht in ihre Händchen genommen und mit konzentrierter Ernsthaftigkeit gesagt hatten: »Du bist die beste Mami auf der ganzen Welt!«

Was zum Teufel sollte ich »Mami« entgegensetzen? Resigniert und im inneren Dialog mit meinem höheren Ich, das mir triefend vor Sarkasmus sagte, ich wäre ein wahres Beispiel für gelebte Konsequenz, griff ich seufzend nach meiner Jacke. Ich nahm gerade den Autoschlüssel vom Haken, da kam Carsten gut gelaunt im Schlafanzug die Treppe herunter gepoltert.

Er fuhr sich mit beiden Händen durch das dunkle, nicht mehr ganz so dichte Resthaar. »Oh, Marlene, du fährst sie?! Kannst du dann vielleicht gerade die Brötchen mitbringen?«

»Ich bin auch noch im Schlafanzug!«, schnauzte ich und schloss die Haustür mit Nachdruck hinter mir.

Im Auto setzte ich die Sonnenbrille auf und lächelte. Besonders in einer Reihenhaussiedlung ging es unter allen Umständen darum, auch in Extremsituationen äußerlich das Gefühl von Normalität zu vermitteln. Das wirkte auf alle Fälle beruhigend auf die Nachbarn, egal wie irre man sich sonst hinter verschlossenen Türen aufführte.

Als ich eine Viertelstunde später von meinen Mitmenschen unerkannt und immer noch lächelnd zu Hause ankam, stand Carsten unter der Dusche, und auch der Rest der Familie zeigte sich ansprechbar. Sebastian und Lena saßen einträchtig auf dem Sofa vor dem Fernseher und ich stellte die restlichen Frühstücksutensilien auf den Tisch.

Kapitel 2

Eigentlich waren wir auf den ersten Blick eine ganze normale Familie, wenn auch meiner Meinung nach mit einem Stresspegel, der bei einer Skala von eins bis zehn regelmäßig die Zwölf erreichte. Schon vor unserer Hochzeit hatten Carsten und ich ewige Diskussionen geführt, ob und wie viele Kinder wir haben wollten. Ich schwankte zwischen zweien, vielen oder ganz einfach nur Katzen. Ich selbst war Einzelkind und hatte meine Freundinnen immer glühend um ihre Geschwister beneidet. Selbst als meine beste Freundin von ihrer jüngeren Schwester mit einer Gabel attackiert wurde, beobachtete ich das mit einem milden Lächeln und sah es eher als Ausdruck überschäumender Lebensfreude. In meiner Vorstellung hatten sich Geschwister immer lieb, auch wenn sie es nicht offen zeigen konnten, und schlimmstenfalls hatte man wenigstens jemanden, den man vorschicken konnte, wenn die größeren und stärkeren Kinder in der Schule mal wieder jemanden zum Verhauen suchten. Ich hatte mich allenfalls mit meinen Eltern streiten können und die hatten im Zweifel sowieso immer recht.

Als Sophie geboren wurde, musste ich jedoch feststellen, dass das Leben mit zwei kastrierten Katern keine wirkliche Vorbereitung auf ein Baby war. Ich hatte mir unbedingt zuerst ein Mädchen gewünscht, weil ich davon ausging, dass man mit dem eigenen Geschlecht mehr gemeinsam hatte und somit der Grundstein für eine innige Beziehung gelegt war. Das mag vermutlich ab der Volljährigkeit so sein, wenn die gröbste Erziehungsarbeit gelaufen ist und sich gemeinsame Unternehmungen auf Shopping, Wellness-Wochenenden und Kinobesuche beschränken, aber das Leben mit Sophie stand anfangs ganz klar unter der Überschrift »Mein Kind, das unbekannte Wesen«.

Ich hatte vorher in einem tollen, anthroposophischen Erziehungsratgeber gelesen, dass eine Mutter instinktiv wüsste, warum ihr Baby schreit. Meine Instinkte waren jedoch von dem vielen Gebrüll in den ersten Monaten so irritiert und in Aufruhr, dass sie auf völlig offensichtliche Dinge wie z.B. eine volle Windel oder ganz einfach Hunger gar nicht kamen. Während ich mit dem armen Kind den Flieger machte, mich auf dem Pezzi-Ball dumm und dämlich hopste oder in unterschiedlich tiefen Resonanzen summte, quoll der wunderbar geruchsneutrale Stillstuhl oben aus der Windel heraus und es lag auf der Hand, dass Sophie nicht wie ich von der Hopserei schwitzte oder an einer seltsamen Krankheit litt, sondern dass schlichtweg die Windel überlief. Nachdem wir beide dann wieder sauber und frisch verpackt auf dem Sofa saßen, ich den in einem Anfall von Panik vereinbarten Termin beim Kinderarzt wieder abgesagt und den Gedanken an eine gemeinsame Rückführungstherapie zwecks Aufarbeitung des Geburtstraumas verworfen hatte, sahen wir uns erschöpft an. Sophie dachte auch gar nicht daran, die im Erziehungsratgeber angegebenen, durchschnittlichen sechszehn Stunden täglich zu schlafen – und schon gar nicht am Stück oder gar nachts, wenn zumindest ich sie dringend gebraucht hätte. Irgendwie hatte ich mir das alles einfacher vorgestellt, und wenn Carsten abends gut gelaunt nach Hause kam und fragte, wie unser Tag gewesen sei, hatte ich zum ersten Mal im Leben das starke Bedürfnis, mit Gegenständen zu werfen.

Da ja bekanntlich jedes Kind eine Nische innerhalb der Familie besetzt und Sophie die ihre auch lautstark verteidigte, gingen Carsten und ich die noch unbesetzten Nischen gewissenhaft durch, um das Risiko, das weitere Kinder mit sich bringen könnten, kalkulieren zu können. Selbst unsere Kater waren zu zweit und da erschien es uns unfair, Sophie im Kampf gegen die Übermacht der Eltern nicht noch ein Geschwisterchen an die Seite zu stellen. Gesagt, getan, und neun Monate später wurde Sebastian geboren. Ich habe keine Ahnung, welche Züge Jungs heutzutage in der Pubertät annehmen, aber Sebastian war und ist bis heute ein ruhiges, heiteres Kind. Ich würde nicht so weit gehen wie meine Schwiegermutter, die fest und steif behauptete, ihre Söhne hätten nie geschrien – ich vermute, sie hatten ein Glöckchen am Bett und haben höflich geläutet – und von Anfang an durchgeschlafen, aber Sebastian hatte wohl instinktiv erkannt, dass eine geballte Charmeoffensive erfolgversprechender war als viel Radau, zumal er bei Sophie sowieso selten zu Wort kam. Er wachte morgens schon mit einem Strahlen im Gesicht auf, und wenn er wirklich einmal brüllte, erschrak er selbst am meisten darüber. Trotz allem betete er seine große Schwester seit Anbeginn an und ertrug es mit stoischer Gelassenheit, wenn Sophie ihn als Prinzessin, Barbie oder Fee verkleidete. Bis er dann im Kindergarten die Bekanntschaft mit Spiderman, Darth Vader und Batman machte und begriff, dass echte Kerle keine Krönchen tragen. Damit war der Ärger im Geschwisterkosmos allerdings vorprogrammiert.

Als vier Jahre später Lena auf die Welt kam, überkam ihn das erste Mal abgrundtiefe Verzweiflung und dicke Tränen kullerten aus seinen blauen Augen. Erschüttert saß er während des 3D-Ultraschalls neben Carsten und fragte den Arzt nach dessen Ankündigung, dass er wieder ein Schwesterchen bekommen würde, ob er da nicht ein Brüderchen draus machen könnte. Der Arzt entließ ihn mit der frohen Botschaft: »Jetzt noch nicht, aber vielleicht in knapp achtzehn Jahren.«

Eine gewisse Verzweiflung überfällt ihn auch heute noch in regelmäßigen Abständen und ich bin nicht sicher, ob er angesichts seiner beiden dominanten Schwestern den Frauen nicht irgendwann abschwört und in ein tibetanisches Kloster eintritt. Inzwischen waren unsere drei Goldstücke vierzehn, zwölf und acht Jahre alt und die altersbedingte Reibung untereinander so groß, dass die Funken, die flogen, als Auslöser für einen ausgedehnten Waldbrand gereicht hätten. Stellenweise kam ich mir vor wie in einem nicht ausgewiesenen Minenfeld. Meine weiße Fahne wurde geflissentlich übersehen, und ergriff ich nicht für eines der Kinder Partei, war ich automatisch gegen alle.

Wenn ich abends erschöpft über Lego-Steine, schmutzige Klamotten, Puppenwagen und Fußballschuhe stolperte, fragte ich mich, ob zwei kastrierte Kater nicht absolut ausreichend gewesen wären; bis zu dem Moment, an dem ich vor den Betten meiner schlafenden Kinder stand. Diese tiefe, irrationale, überwältigende Liebe, die ich für diese drei Terrorkäfer empfand, stellte mein komplettes bisheriges Gefühlsleben in den Schatten – und wenn man meinem Mann glauben durfte, war das auch schon unglaublich facettenreich. Wenn Lenas kleiner Fuß unter der Decke hervor lugte, Sebastian mit seinem alten, stinkenden Stofftiger kuschelte und Sophie mit offenem Mund leicht sabberte, dann erkannte ich in ihr das Baby wieder, das sie einmal gewesen war. Sentimental und mit einem Kloß im Hals stand ich dann vor dem Bett und wollte absolut gar nichts anders haben, als es gerade war.

Natürlich will ich sie nicht komplett ändern, grübelte ich vor mich hin, während ich darauf wartete, dass Carsten mit den Brötchen von der Tankstelle zurückkam. Nur wäre es manchmal hilfreich, wenn sie ihre Grenzen nicht immer auf eine Weise austesten würden, die es zum Erhalt meines Seelenfriedens nötig machte, mehrmals täglich mit einer Schwimmnudel auf die Sofakissen einzuschlagen. Laut einem befreundeten Familienpsychologen soll man dabei vorzugsweise auch noch seine Gefühle in Worte fassen, also laut schreien: »Ich bin wütend!«, »Ich bin enttäuscht!«, »Ich bin frustriert!«. Als ich das erste Mal unsere armen Kissen vermöbelt hatte und selbige anschrie »Ich bin so wütend«, hatte meine Familie doch sehr befremdet reagiert.

»Gut, dass du das sagst! Das hätte sonst leicht missverstanden werden können!« Sophie hatte grinsend in der Tür gestanden, neben sich Sebastian und Lena, die mich entgeistert ansahen. »Machst du das auch, wenn du auf Papa sauer bist? Es hat übrigens geklingelt...!«

Meine beste Freundin Birgit war hinter ihr aufgetaucht und lachte über das ganze Gesicht. »Nein, Mäuschen, dem zieht sie mit der Schwimmnudel direkt eins über.« Zugegeben, das Konzept war noch ausbaufähig.

Als wir später am Frühstückstisch saßen und den restlichen Sonntag planten, kam Sophie schwer atmend zur Tür herein. Sie knallte die Teigschüssel auf den Tisch und verkündete strahlend: »Da, für euch! Im Übrigen hatte ich am meisten Teig dabei.«

Das war bei der Menge keine wirkliche Überraschung, und ich fragte: »Ist so viel übrig geblieben?«

Sie öffnete den Deckel und strahlte über das ganze Gesicht. »Tataa!! Nein, ich habe von dem restlichen Teig Waffeln für uns gemacht und die mitgebracht. Da brauchst du für heute Nachmittag nichts mehr machen.«

Wir guckten alle neugierig in die Schüssel und die Waffeln sahen gar nicht so schlecht aus. Ein bisschen hell und vielleicht ein bisschen glibberig, aber immerhin wie Waffeln. Carsten probierte ein Stück und kaute tapfer. »Lecker! Nicht so süß. Ein bisschen Eis dazu, Erdbeeren und Schokosoße und sie schmecken bestimmt richtig gut.« Er lächelte seine älteste Tochter an. »Hast du gut gemacht!«

Sophie lehnte sich zufrieden in ihrem Stuhl zurück. »Ja, nicht wahr?! Das ging auch ratzfatz und war gar nicht so kompliziert.« Sie sah über die offene Theke in die Küche. »Und guck mal, Papa, die Küche war auch schnell wieder aufgeräumt.«

Da war sie wieder, besagte Teenager-Matrix! Da wollen sie so erwachsen sein, cool und abgeklärt, aber statt das

Zusammenwirken von Mama, der Spülmaschine und dem Saugfix Wundersauger Nimbus 2000 zu registrieren, glauben sie immer noch an die Heinzelmännchen!

Ich wollte gerade zu einer gut durchdachten Standpauke ansetzen, da sprang Sophie auf und drückte mir einen Kuss auf die Wange. »Bin total platt, ich muss jetzt erst mal chillen, Mama.« Ich klappte den Mund wieder zu - und lächelte!

Kapitel 3

»Mama, schau mal! Die sind ja schön, die haben richtige Gesichter!« Lena stand vor einer Steige mit Stiefmütterchen und war hingerissen von den kleinen, bunten Blumen. Ich ging neben meiner Tochter in die Hocke.

»Ja, die sind sehr schön. Davon können wir ein paar mitnehmen, aber ich brauche vor allem Pflanzen, die man nicht so oft gießen muss.« Ich griff nach einem Töpfchen mit dunkelroten Blüten, deren »Gesichter« mich am wenigstens streng musterten. »Such' doch mal fünf oder sechs Stück aus, die möglichst freundlich gucken. Sonst beißt die Oma noch von unten die Wurzeln ab«, sagte ich zu meiner kleinen Tochter und beäugte das Angebot im Gartencenter kritisch nach seiner Friedhofstauglichkeit.

Lena war mit Feuereifer dabei und musterte ausgiebig die verschiedenen Blumen. »Die Oma hat Blumen immer so gerne gehabt, es dürfen keine sein, die muffig gucken. Das machen ja schon diese komischen Steinfiguren.« Sie sprach von den Steinskulpturen auf einem der Nachbargräber, die entfernt an den »Glöckner von Notre-Dame« erinnerten – nur dass diese leider nicht bei Einbruch der Dunkelheit singend über den Friedhof tänzelten. Ich nickte abwesend und setzte meinen Rundgang durch das Gartencenter fort.

Meine Eltern waren beide schon gestorben und das Grab befand sich auf einem Friedhof in Frankfurt-Griesheim, dem abenteuerlichen Stadtteil, in dem ich auch aufgewachsen war. Meine Freundin und ich waren damals oft mit einer leicht morbiden Begeisterung zwischen den Grabsteinen herumspaziert, wobei wir uns die schauerlichsten Geschichten ausgedacht hatten. Einer der damaligen Friedhofsgärtner hatte unsere Fantasie noch zusätzlich angeheizt, als er uns erzählte, dass auf dem großen Familiengrab der Familie Engerling die Pflanzen immer genau über dem Sarg der Oma abgestorben waren. Irgendwann wollte die Familie das suspekte, unterirdische Treiben der Oma beenden, indem sie das ganze Grab mit einer dicken Platte aus feinstem, italienischem Marmor abdeckte. Die Platte brach jedoch nach kurzer Zeit an mehreren Stellen, und seitdem war das Grab verwaist, da selbst der Familie diese unerklärlichen Dinge unheimlich wurden.

So mysteriös ging es am Grab meiner Eltern zum Glück nicht zu, aber ich konnte unmöglich täglich zum Gießen von Bad Vilbel nach Frankfurt fahren. Daher brauchte ich Pflanzen, die eine abwesenheitsbedingte Dürreperiode überstehen und auch meinen nicht vorhandenen grünen Daumen aushalten würden.

Ich konnte mit Friedhöfen und Gräbern eigentlich nicht viel anfangen. Als meine Mutter vor knapp 10 Jahren starb, hatte ich anfangs immer gehofft, an ihrem Grab eine besondere Nähe zu spüren. Ich hatte laut kommentiert, was ich da oben auf dem Grab so alles anpflanzte und zurechtschnitt, aber entweder hatten ihr meine gestalterischen Fähigkeiten die Sprache verschlagen oder sie schmollte immer noch, weil sie direkt neben ihrer Schwiegermutter beigesetzt worden war. Jedenfalls blieb sie stumm.

Ich war zwar immer mehr ein Papa-Kind gewesen, aber wir alle hatten uns nach dem Tod meiner Mutter erst einmal neu sortieren müssen. Sophie war der Augenstern meiner Mutter gewesen, und als mein Vater damals die Wohnung umgeräumt und etliches aussortiert hatte, wurde er von seiner kleinen Enkelin mit blitzenden Augen verfolgt. Mit der ganzen Entrüstung einer 6-Jährigen hatte sie neben den Umzugskartons und Müllsäcken gestanden und wie ein kleiner Hamster unzählige Sachen beiseite geschafft. Als ich ihr später erklären wollte, dass ich das unmöglich alles mit zu uns nach Hause nehmen konnte, weil wir sonst eventuell den Garten unterkellern müssten, sagte sie mit zitternder Unterlippe: »Die Omi hätte bestimmt gewollt, dass ich das bekomme! Damit wir sie nicht vergessen.«

In solchen Momenten schwieg man am besten. Also hatte ich mit leicht säuerlichem Gesichtsausdruck die beleuchtete Eisenbahn meiner Mutter in unser Reihenhäuschen umgesiedelt und jahrelang unter dem Weihnachtsbaum fahren lassen, was von Sophie und Sebastian mit verzückten Augen beobachtet wurde. Leider schlugen alle Dressurversuche mit Balou fehl, den bis zum Anschlag mit Katzenleckerli gefüllten und lautstark klingelnden Zug von den Schienen zu schubsen. Essen, das sich so schnell und laut bewegte, war ihm unheimlich. Vor drei Jahren fiel dann aber doch die Eisenbahn einer Naturgewalt in Form des Hundes meines Vaters zum Opfer, der nicht begriff, dass er keine Katze war und vor lauter Gier nach den Thunfischdrops die Züge kurz und klein biss. Spätestens ab diesem Zeitpunkt rechnete ich ebenfalls mit abgestorbenen Pflanzen auf dem Familiengrab.

Mamas Grab wurde von meinem Vater anfangs mit Hingabe gepflegt, weil man in dieser Generation ja noch absurderweise Rückschlüsse von der Grabgestaltung auf die Qualität einer Ehe zog, aber nach einiger Zeit hatte er sich dann doch für eine praktischere Variante mit immergrünen Bodendeckern entschieden, die optisch kaum von dem Friedhofsunkraut zu unterscheiden waren. Lediglich in der mittig platzierten Pflanzschale sorgten wir abwechselnd für saisonale Blümchen, um die leidenschaftliche Gärtnerseele meiner Mutter zu besänftigen.

Ich haderte unglaublich mit dem Tod meiner Mutter. Es gibt ja Menschen, die Schicksalsschläge annehmen und als Lernprozesse des Lebens betrachten können. Dieses Talent ging mir seit jeher völlig ab. Ich war Profi darin, mich ungerecht behandelt zu fühlen und konnte eine schier unermüdliche Energie für die Suche nach dem vermeintlich Schuldigen aufbringen. Akzeptieren konnte ich die Unveränderlichkeit mancher Dinge erst, wenn ich mit meinen Kräften am Ende war und völlig erschöpft aus dem Ring stieg. Ich war die erste aus meinem Freundeskreis, die ein Elternteil verloren hatte und das Höflichste, was ich auf salbungsvolle Kommentare wie »Wir bekommen von Gott nichts auferlegt, was wir nicht tragen können« oder »Die Zeit heilt alle Wunden« erwidern konnte, war nichts! Ich wollte definitiv nicht alles tragen, was ich gekonnt hätte, und die Zeit heilte auch nicht alle Wunden. Was also Gott und mich in dieser Hinsicht anging – da klafften Eigen- und Fremdwahrnehmung gehörig auseinander.

Meine polnische Haushaltshilfe hatte das Thema Trauer auf den Punkt gebracht. »Weißt du, ist wie Wälle, die rollt an Strand! Mal kleiner, denkst du, du kommst gut damit zurächt. Dann wieder hohe Wälle, ganz hoch, und bricht über dir zusammen. Aber Wälle kommt immer wieder, wird nur kleiner mit Zeit.«

Nach dem Tod meiner Mutter rückte mein Vater ins Zentrum meiner Aufmerksamkeit, was ihn stellenweise leicht überforderte. Ich fing aus lauter Panik an, ihn fürsorglich zu bemuttern, weil ich befürchtete, er würde mit dem Alleinsein nicht fertigwerden. Anfangs ließ er sich noch geduldig gefallen, dass ich ihn mehrmals täglich anrief und fragte, was er gegessen habe, ob seine Verdauung regelmäßig funktioniere und ob er mit dem Hund draußen gewesen sei, bis er eines Tages knurrte: »Ich habe meine Frau verloren, aber nicht meinen Verstand!«

Kaum ein Mensch war für mich ein solcher Inbegriff von Kraft und Stärke gewesen wie mein Vater. Es gab kein Problem, für das er keine Lösung gefunden hätte, und wann immer ich unsicher vor einer Entscheidung stand, sagte er: »Wenn der einzige Grund, es nicht zu tun, die Angst vor dem Scheitern ist, dann mach es! Angst ist ein schlechter Ratgeber.«

Mit dieser Unerschütterlichkeit machte er weiter, für sich und für uns. Er putzte seine Wohnung weiterhin nach dem Zeitplan meiner Mutter, lernte, dass es Lebensmittel gab, die in rohem Zustand für Menschen nicht genießbar waren und legte einen Großteil seines Misstrauens gegenüber gewissen Haushaltsgeräten ab. Während er unverständlicherweise gegen Nahrungsmittel in Pulverform, die sich, mit heißem Wasser übergossen, in eine komplette Mahlzeit verwandelten, keine Ressentiments hegte, war ihm die schweineteure Kaffeemaschine, die jeden Mann in den Zwillingsbruder von George Clooney verwandelte, schlichtweg suspekt.

Dass er sich mit seiner Raucherei mal ernsthaft in Schwierigkeiten bringen könnte, wollte er nie wahrhaben und ich vermute, er kam sich ein bisschen vor wie John Wayne im Ruhestand, wenn er bei Sonnenuntergang mit seiner Kippe im Mund in seinem Kleingarten saß und nebenbei dem sonoren Brummen der angrenzenden A5 lauschte. Gemessen an der Anzahl seiner täglich gerauchten Zigaretten hatte er mit seiner Ignoranz auch fast sieben Jahre lang Erfolg. Auf seine anhaltende Husterei machte mich erst eine Nachbarin aufmerksam, die ihn nachts immer auf dem Balkon hörte und anfangs dachte, es wäre das Röcheln einer kaputten Lüftung. Es dauerte eine halbe Ewigkeit, bis wir ihn überzeugen konnten, endlich zum Arzt zu gehen, doch da war es schon zu spät. Alles ging furchtbar schnell und ein knappes Jahr später wurde er beerdigt.

Sein Tod war jetzt knapp drei Monate her und auch dieses Mal hörte ich keine Stimmen, wenn ich das Grab besuchte, in dem meine Eltern jetzt wieder zusammen waren – wenn man mal von Frau Gärtner absah, die am Grab nebenan ihrem Mann immer noch die Leviten las, weil er ständig der Grundschullehrerin ihres Sohnes auf den Hintern geschielt hatte.

Die Bepflanzung des Familiengrabes wollte ich nun also möglichst pflegeleicht gestalten, und meine Versuche hätten rein optisch nie eine verwandtschaftliche Beziehung zu meiner Mutter vermuten lassen. Aber ich gab mein Bestes und musste nun einen Teil der Bodendecker ersetzen, die mir im Winter erfroren oder schlichtweg vertrocknet waren. Lena half mir mit Begeisterung, und wenn ich sah, wie meine Tochter mit der Verkäuferin fachsimpelte, war klar, dass der grüne Daumen meiner Mutter eine Generation übersprungen hatte. Ich versuchte gerade, die vielen Informationen über die unterschiedliche Wuchshöhe, Pflegeintensität und den möglichen Schädlingsbefall zu verarbeiten, als Lena beladen mit einem Arm voller Stiefmütterchen auf mich zugewankt kam. »Die gucken alle lieb, deshalb habe ich sie alle mitgenommen. Die mit dem bösen Blick habe ich stehenlassen.«

Eine ältere Dame mit nach herabhängenden Mundwinkeln und Schlupflidern sah mich unsicher an. »Ihre Kleine findet, dass viele davon einen bösen Blick haben. Die kann ich meinem Paul dann aber sicher nicht auf das Grab setzen, oder?«

Sie tat mir Leid und ich sagte: »Naja, es sind halt ‚Stiefmütterchen'. Die haben ja auch im wirklichen Leben nicht so den besten Ruf, vermutlich gucken deshalb ein paar von ihnen etwas unfreundlich.«

Die Dame warf mir einen verschnupften Blick zu. »Mein Paul hat auch ein Mädchen und einen Bub mit in die Ehe gebracht und ich habe nicht einen Tag so miesepetrig geschaut! Im Gegenteil, ich war eine wahre Frohnatur, und putzen mussten die Kinder bei mir auch nie!«

Ich stöhnte innerlich und Lena kicherte hinter ihren Blümchen. »Ja, wissen Sie, durch die ganzen Märchen halten sich diese Vorurteile irgendwie tapfer. Denken Sie nur mal an Schneewittchen, Aschenputtel oder Hänsel und Gretel. Das waren noch Stiefmütter der alten Schule. Aber ganz sicher kann man die mit Ihnen gar nicht vergleichen.«

Während ich noch versuchte, das Ausmaß des Fettnapfes, in den ich getreten war, etwas zu verkleinern, rauschte das beleidigte »Stiefmütterchen« davon, knallte die armen Blümchen wieder in die Palette und griff sich einen Arm voller »Vergiss mein nicht«.

Lena zupfte an meiner Jacke. »Mama, du sagst jetzt besser nichts mehr. Weil mit den Stiefmüttern in den Märchen, das ging nie wirklich gut aus. Aber heute nennt man das eh ‚Patchwork-Familie' und bei dem Boris Becker zum Beispiel läuft das super. Der hat sogar nochmal kirchlich geheiratet – glaube ich zumindest, wegen des weißen Kleides!«

Ich sah Lena völlig entgeistert an. »Woher weißt du denn, wie das bei dem Boris Becker läuft?«

»Na, von der ‚Gala', die immer bei euch oben auf dem Klo liegt. Da steht, dass das bei denen super klappt. Auch mit den beiden Frauen.«

Während wir unseren Wagen zur Kasse schoben, erklärte ich meiner 8-jährigen Tochter, dass die eine seine Ex-Frau sei (also Babs) und man in der westlichen Welt nicht mit zwei Frauen gleichzeitig verheiratet sein durfte. Also zumindest nicht offiziell und wenn, dann sollten beide nach Möglichkeit nichts voneinander wissen. Alles andere gehörte in die Besenkammer, das ginge zur Not gerade noch so durch! Mir wurde deutlich bewusst, dass es durchaus auch Nachteile hat, wenn das kleinste Kind flüssig lesen kann. Ab sofort musste pädagogisch wertvollere Lektüre auf die Toiletten verteilt werden, am besten gleich in mehreren Sprachen!

Kapitel 4

Ich hatte von Anfang an geahnt, dass ich alle Register würde ziehen müssen, um Sophie an einem Sonntagmorgen um halb neun aus dem Bett zu bekommen, und es war ein Wunder, dass sie sich nicht am Bettgestell festgekettet hatte. Mein Plan, das große Kind kurz wachzurütteln, wieder in mein Bett zu kriechen und weiterzuschlafen, war damit ebenfalls hinfällig.

»Ich bete vom Bett aus«, stöhnte es irgendwo aus den tieferen Regionen zwischen Bettdecke und Kissen. »Ehrlich!«

»Gott sieht alles, also steh auf und fang' schon mal an, deine Sünden zu bereuen. Das könnte eine Weile dauern.«

Sophies verwuschelter Haarschopf tauchte auf. »Du bist wieder so witzig, Mama, ehrlich.«

»Ich weiß. Und jetzt raus aus den Federn.«

»Früher hatten die Menschen auch keine Kirchen und haben überall da gebetet, wo es eben gepasst hat – zu Hause oder in Höhlen oder so.«

Ich zog den Rollladen hoch und drehte mich zu meiner verschlafenen Tochter um.

»Die Menschen früher haben ihre Gottesdienste in Höhlen abgehalten, weil die Christen von den Römern verfolgt wurden und ihren Glauben nicht öffentlich leben durften und nicht, weil sie zu faul waren aufzustehen.«

Ich öffnete das Fenster. »Außerdem erzähl' mir nicht, dass du eher aufstehen würdest, wenn du in einer Höhle beten müsstest.«

Sophie streckte sich und gähnte. »Könntest du nicht beim Frühstück ein bisschen was predigen, von der Schule oder was du halt sonst immer so erzählst, dann vergibst du mir meine Sünden und fertig?«

Was ich sonst eben so erzählte, na toll! Meine Erziehungsversuche kamen einer Sonntagspredigt gleich – nur vermutlich mit deutlich weniger Ergriffenheit. Vielleicht sollte ich ihr auch immer mal einen Klingelbeutel unter die Nase halten und sagen: »Die heutige Kollekte ist für einen 3-wöchigen Aufenthalt im Mütter-Genesungsheim, damit meine völlig zerrüttete Psyche wieder etwas mehr emotionale Stabilität gewinnt.«

Nachdem ich sichergestellt hatte, dass Sophie mit einem Stapel Klamotten wirklich im Badezimmer verschwunden und nicht auf halber Strecke im Katzenkorb wieder eingeschlafen war, schlich

ich leise zu meinem Kleiderschrank. Wenn ich ohnehin schon wach war, konnte ich meine Tochter auch mal wieder in den Gottesdienst begleiten. So eine gemeinsame spirituelle Erfahrung könnte der Beziehung zwischen Mutter und Tochter einen ganz entscheidenden Kick geben.

Als ich eine halbe Stunde später die Treppe runterkam und mir die Autoschlüssel schnappte, saß Sophie mit halbgeschlossenen Augen im Flur, und aus den Kopfhörern dröhnten eindeutig keine himmlischen Chöre. Irgendwann ist das Kind stocktaub, dachte ich bei mir, tippte sie an und nickte mit dem Kopf Richtung Haustür. Als wir kurz darauf auf dem Parkplatz neben der Kirche hielten, konnte ich mir ein Grinsen nicht verkneifen. Wie eine kleine Armee Untoter schlurften etliche Konfirmanden im Halbschlaf zum Haupteingang der Kirche und nahmen die Außenwelt offensichtlich nur sehr reduziert wahr. Sophie reihte sich in die Schlange ein und schreckte erst auf, als sie merkte, dass ich immer noch hinter ihr war.

»Du willst doch nicht etwa mit?«, fragte sie entgeistert.

»Doch! Dann ist das für dich nicht so öde. Geteiltes Leid ist halbes Leid.«

»Mama, da gehen von niemandem die Eltern mit! Emmas und Jennys Mütter sind doch auch nicht in der Kirche.«

Irgendwie war ich schon etwas verletzt, dass sogar ein gemeinsamer Gottesdienstbesuch peinlich wurde, aber ich ließ es mir nicht anmerken. »Die haben auch nur ein Kind und brauchen göttlichen Beistand nicht so dringend wie ich. Ich setze mich aber auch gerne zwei Reihen hinter dich, wenn es dich beruhigt.«

Sophie verdrehte die Augen und quetschte sich neben Emma auf einen Platz in der ersten Kirchenbank, die offensichtlich für die Konfirmanden reserviert war. Immerhin konnte keiner im Schlaf von der Bank fallen, wenn sie wie die Ölsardinen sitzen, dachte ich belustigt. Die Orgel spielte auf und ich sah einen Jungen hochschrecken, der mit offenem Mund und geschlossen Augen halb von der Bank gekippt war.

Der Gottesdienst begann und Pfarrer Heumann hielt ein glühendes Plädoyer für die Liebe –die Liebe Gottes, die Nächstenliebe und die Liebe einer Mutter. Er sprach der Mutterliebe durchaus etwas Göttliches zu, da diese ihren Kindern gegenüber ähnlich bedingungslos und unerschütterlich sei. Es gäbe Wut auf die Kinder, Trauer, Enttäuschung, aber ähnlich, wie sich die Gläubigen »trotzdem« immer wieder für Gott entschieden, würde sich eine Mutter stets hinter ihr Kind stellen, komme, was wolle. Ich dachte darüber nach und spürte ein leichtes Unbehagen. Natürlich liebte ich meine Kinder über alles, auch wenn ich hin und wieder dachte, dass sie mein Ableben sicherlich zeitlich begünstigten. Aber bedingungslos? Davon war ich, ehrlich gesagt, um Einiges entfernt und wenn ich nach der Schwimmnudel griff und ein unschuldiges Kissen anbrüllte, hatte das nicht mal ansatzweise etwas Göttliches an sich. Oder ging es hier einfach um das »trotzdem«, egal ob sich der Puls gerade weit außerhalb des Normbereiches bewegte?

Als ich Sophie später in einigem Abstand zum Auto folgte – man will ja das Kind nicht in Verlegenheit bringen - warf sie mir einen zerknirschten Blick zu.

»Es tut mir Leid. Emma fand es ziemlich cool, dass du mitgekommen bist.«

»Ach ja?«, fragte ich. »Wieso denn das?«

Sie zuckte mit den Schultern. »Keine Ahnung. Weil du dich einfach dafür interessierst, denke ich.«

Ich nickte und schnallte mich an. Sophie beugte sich nach vorne.

»Das ist schon irgendwie schräg, findest du nicht?«

Ich sah in den Rückspiegel.

»Was genau meinst du?«

»Naja, die Liebe einer Mutter und die Liebe zu Gott oder von Gott zu den Menschen... Und dann die Sache mit Maria.«

»Ich kann dir jetzt gerade nicht ganz folgen«, erwiderte ich etwas ratlos.

»Mann, Mama! Stell dir das doch mal vor. Da wird jemand ungewollt schwanger...«

»Nein, Sophie, nicht ungewollt, das war die göttliche Empfängnis. Maria war dazu auserwählt, Gottes Sohn zu gebären.«

»Das haben sie denen damals erzählt«, unterbrach sie mich ungeduldig. »Aber egal. Da wird dann also ungewollt der Retter der Welt geboren, Gottes Sohn, der sein Wort verkünden und die Menschheit retten soll und dann läuft da was total schief.... Und anschließend opfert Gott seinen eigenen Sohn!«

Sophie redete sich immer mehr in Rage.

»Gut, er ist nur der Vater, aber Maria guckt auch die ganze Zeit dabei zu und macht nix.«

Lieber Gott, die Gedankengänge einer 14-jährigen waren manchmal wirklich haarsträubend.

»Sophie, Maria und Josef waren, wie viele Menschen in dieser Zeit, tiefgläubig und haben Gottes Wort nicht angezweifelt.«

Empört lehnte sie sich zwischen den Vordersitzen durch.

»Mama, jetzt mal ehrlich. Stell' dir mal vor, es kommt jemand zu dir und sagt, ich wäre die Auserwählte Gottes und solle jetzt die Welt retten, komme, was wolle!«

Ich versuchte es! Wirklich! Aber auch meiner Fantasie waren Grenzen gesetzt.

»Dann läuft das gar nicht gut und die stellen mich einfach so an den Pranger.«

»Jesus wurde gekreuzigt, nicht an den Pranger gestellt!«, kommentierte ich geduldig.

Sophie wedelte ungeduldig mit der Hand.

»Egal! Du würdest denen doch die Hölle heiß machen, oder?«

»Naja, es war ja nicht so, dass plötzlich ein Engel beim Abendessen geklopft und Maria und Josef erklärt hat, ihr Sohn wäre jetzt der Auserwählte. Das hat sich ja langsam angekündigt, und die beiden waren so fest in ihrem Glauben, dass sie das nicht in Frage gestellt haben. Das hat sich aus der ganzen Geschichte heraus entwickelt.«

Kleine Wölkchen kräuselten sich auf Sophies Stirn und ich musste unwillkürlich lächeln. Das war schon als kleines Kind immer so niedlich gewesen, wenn sie...

»Mama!« Ich schrak zusammen. »Das soll heißen, wenn du gläubiger wärst, würdest du mich einfach ans Kreuz tackern lassen? Na, vielen Dank.«

»Nageln!«

»Was?«

»Er wurde genagelt, nicht getackert!«

»Warum schickt Gott nicht eigentlich noch einen Sohn? Jetzt, wo in der Welt doch echt Einiges total schiefläuft?«

Wozu gab es eigentlich diese wöchentlichen Konfirmandentreffen, wenn ich hier Rede und Antwort stehen musste? Der Pfarrer war doch der mit dem direkten Draht nach oben und könnte diese ganze Fragerei vermutlich mit links beantworten, während ich hier ins Rotieren kam. Ich war in dieser Hinsicht kein bisschen bibelfest und brachte oft schon beim Aufsagen des Glaubensbekenntnisses den Heiligen Geist und die Jungfrau Maria durcheinander.

»Gott hatte nur einen Sohn, nämlich Jesus. Und der kommt erst wieder am Tag des Jüngsten Gerichts.«

»Quatsch! Wenn das einmal funktioniert hat, dann geht das bestimmt wieder. Und dann schickt er eben seinen Zweitgeborenen und heizt all den Verrückten in der Welt mal richtig ein.«

Sie überlegte einen Moment.

»Heute hätte Jesus auch ganz andere Möglichkeiten. Der hätte ratzfatz zig Millionen Anhänger bei Facebook und Twitter. Oder könnte regionale WhatsApp-Gruppen gründen.« Sophie strahlte über das ganze Gesicht.

»Und denk' doch nur mal an Spiderman oder Wolverine – was der heute bestimmt alles könnte.«

Die Bibel als Action-Geschichte und Jesus als Superheld. So langsam rollten sich mir die Fußnägel auf. Am Ende mal kurz die Welt gerettet, würde Jesus aus einem riesigen Raumschiff auf einen völlig verwüsteten Kontinent steigen, während eine Handvoll Jünger und Jedis den Untergang des Todessterns feierten. Natürlich hätte er eine eigene Facebook-Seite, stünde Selfies völlig aufgeschlossen gegenüber, und jede Statusmeldung wäre von einer Millionen Likes begleitet. Wenn ich das laut aussprechen würde, hätte ICH irgendwann ein höllisches Problem beim Jüngsten Gericht. Oh Gott, hatte ich gerade höllisch gesagt?

Kapitel 5

In den nächsten Wochen fanden etliche Workshops statt, die auch der Vorbereitung der ersten Konfi-Freizeit dienten. Wenn ich dachte, mich in der Diskussion nach dem letzten Gottesdienst ganz wacker geschlagen zu haben, hatte ich mich geirrt. Mit Themen wie »Taufe«, »Taufpaten« und »christliche Rituale in deiner Familie« fühlte Sophie uns gnadenlos auf den Zahn und hinterfragte plötzlich Dinge, über die ich mir ehrlich gesagt nie besonders viele Gedanken gemacht hatte.

Nachdem wir auf Fragen wie »Warum habt ihr mich taufen lassen?«, »Warum habt ihr gerade diesen Taufspruch ausgesucht?« oder »Warum ist ausgerechnet Mario mein Taufpate?« nicht zu ihrer Zufriedenheit geantwortet hatten, nahm uns Sophie regelrecht ins Kreuzverhör.

»Ihr habt mich doch nicht nur taufen lassen, weil die Zeremonie so schön ist? Ihr hattet doch bestimmt noch einen anderen Grund? Einen GUTEN Grund!«, fügte sie mit Nachdruck hinzu.

Ich runzelte die Stirn. »Es gehört eben dazu, wenn man Teil einer Glaubensgemeinschaft sein möchte. Und es war auch das Gefühl, dass noch eine andere, also eine höhere Macht über dich wacht und nicht nur wir.«

Sophie lächelte. »Deswegen habt ihr auch den Taufspruch mit den Engeln genommen, die mich behüten sollen. Damit ich genügend Schutzengel habe.«

Ich nickte. »Ja, nachdem du in den ersten Monaten Tag und Nacht so gebrüllt hast, dachten wir, du könntest sie brauchen. Und wenn nicht du, dann wir.«

Meine Tochter sah Carsten mit unbewegter Miene an. »Sie ist wieder so lustig, gell Papa? Warum hatte ich eigentlich kein Taufkleid an, sondern so einen komischen Hosenanzug?«

Ich nahm mir einen Tasse Tee und setzte mich zu den beiden an den Esstisch.

»Du bist erst mit acht Monaten getauft worden«, erklärte Carsten. »Da warst du zu groß für das Taufkleid.«

»Warum habt ihr mich dann nicht einfach früher taufen lassen? Ich hätte so hübsch darin ausgesehen!«

»Weil du in den ersten Monaten rund um die Uhr gebrüllt hast! Tag und Nacht! Ich habe teilweise den Wechsel der Jahreszeiten verpasst und erst Wochen nach Silvester festgestellt, dass sich die

Jahreszahl geändert hat. Glaubst du ernsthaft, da hätte ich noch Zeit und Nerv gehabt, eine Taufe zu organisieren?«

Mit Grauen dachte ich an die ersten sechs Monate zurück. Mehr als einmal war ich nachts nervlich am Ende in die Kinderklinik gefahren, weil ich überzeugt war, es müsse doch irgendeine Pille geben, die diesem Gebrüll ein Ende bereitete – oder es zumindest für mich erträglicher werden ließ.

»So schlimm war ich doch gar nicht«, behauptete Sophie inbrünstig.

»Nein, schlimmer! Ich war müde in Dimensionen, die kannst du dir gar nicht vorstellen. Wenn ich mich bei der Kommunion deiner Cousine in der Kirche schon mit dem Pfarrer gestritten habe, weil es statt Wein nur Traubensaft gab, sagt das wohl alles.«

»Mama, das müssen sie machen. Wegen der trockenen Alkoholiker.«

»Kann sein, aber es ist unfair gegenüber völlig übernächtigten Müttern, deren Nerven etwas Stärkeres brauchen als verbrannten Weihrauch.«

Sophie sah auf die Liste, die vor ihr auf dem Tisch lag und hakte den nächsten Punkte ab.

»Habt ihr eigentlich mit uns gebetet, als wir klein waren?«, fragte sie und hob fragend die Augenbrauen.

Carsten nickte. »Mit Sebastian und dir ja, bei Lena haben wir dann aufgehört.«

»Warum?«

Carsten musste grinsen und sah mich an. »Erinnerst du dich?«

Ich musste lächeln. Diese Frage war ein beliebtes Spiel zwischen uns und führte meistens dazu, dass wir in einer Flut von Erinnerungen schwelgten. Wobei es Carsten manchmal mit den Details nicht so genau nahm. Er blinzelte mir zu und griff nach meiner Hand.

»Ja, definitiv.« Ich lachte ebenfalls. »Wir haben immer mit euch ein Gebet gesprochen, das mit dem Teil endet

‚Hergott, lass' die Augen dein über meinem Bettchen sein,
hab' ich heut' missfallen dir, lieber Gott verzeihe mir.'

Lena konnte deswegen nicht mehr schlafen.«

Sophie bekam große Augen. »Wegen des Gebetes? Warum nicht?«

Carsten gluckste. »Lena dachte, er starrt sie die ganze Nacht an.«

»Wer?«

»Gott«, antwortete ich.

»Lena dachte, Gott starrt sie nachts an?«

»Ja! Weil die Augen eben über dem Bettchen sein sollen. Und Lena war sicher, nachts über ihrem Bettchen zwei Augen im Dunkeln leuchten zu sehen.«

»Das ist schräg«, murmelte Sophie.

»Ja, da hast du irgendwie recht«, stimmte ich ihr zu.

»Mama? Findest du unsere Familie manchmal auch ein bisschen komisch?«

Langsam nippte ich an meinem Tee und nickte.

»Überwiegend, mein Schatz. Eigentlich die meiste Zeit.«

Nach dem Tauf-Workshop kam Sophie am Wochenende ganz aufgeräumt nach Hause und ließ sich neben mich auf die Couch fallen. Sie legte ihren Kopf auf meinen Schoß und ich streichelte ihr mit langsamen Bewegungen durchs Haar. Solch innige Momente waren so selten in letzter Zeit...

»Und?«, fragte ich angenehm träge. »Wie war's?«

»War ganz okay. Ein paar Sachen habe ich diplomatisch verpackt, dann ging es.«

Ich lächelte. »Du hast also das Ansehen der Familie gerettet. Sehr gut!«

Sie schloss genießerisch die Augen.

»Warum ist eigentlich Mario mein Taufpate und niemand aus der Familie?«

Ich wickelte eine ihrer langen Haarsträhnen um meinen Finger.

»Weil Mario mein bester Freund ist und das schon seit langer Zeit. Sogar länger, als es unsere Familie gibt.«

»Aber Mario glaubt doch gar nicht richtig an Gott, oder? Ist der überhaupt noch in der Kirche?«

»Ja, sicher, er ist noch in der Kirche.« Ich rutschte ein bisschen tiefer in die Kissen, damit ich bequem lag. »An manche Dinge glaubt er, an Manches nicht. Mit der Schöpfungsgeschichte und Adam und Eva im Paradies hat er ein Problem.«

»Warum mit Adam und Eva?«

»Er meinte, das wäre nicht wirklich korrekt überliefert, sondern eher eine Metapher für die ersten Menschen. Man hätte ja zusätzlich auch noch Josef und Jonathan oder Erika und Anneliese in das Paradies aufnehmen können – zumindest in einer überarbeiteten Fassung der Bibel.«

»Mama, das war das göttliche Paradies und kein Swingerclub!«

Mario, mein bester Freund, solange ich denken konnte, und bekennend schwul, stand tatsächlich immer in einem inneren Konflikt mit seinem Glauben und bastelte sich gerne aus verschiedenen Religionen seine eigene Konstruktion zurecht. Der Buddhismus faszinierte ihn, und mehrmals im Jahr nötigte er Hartmut, seinen Mann, zur Teilnahme an einem Yoga-Wochenende mit meditativer Einkehr oder heilenden Gesängen, von denen er dann hochmotiviert und tief in seiner Mitte ruhend zurückkehrte, zumindest für die nächsten drei Tage. Danach plagte ihn das schlechte Gewissen, ob er sich damit nicht den Zorn des christlichen Gottes zugezogen hatte, und zu Hartmuts großer Freude wurde dann ein paar Tage gefastet – nicht zwingend zwischen Fasching und Ostern – und vor den ohnehin kargen Mahlzeiten gebetet. Auch mit dem Judentum hatte er sich schon sehr ausgiebig beschäftigt, da er sich aufgrund seiner Homosexualität ebenfalls zu den ethnischen Minderheiten zählte. Nachdem er jedoch ein YouTube-Video gesehen hatte, das detailliert erklärte, wie die Beschneidung bei einem erwachsenen Mann ohne Betäubung durchgeführt wird, hatte er Hartmut mit bebender Stimme erklärt, das sei ganz klar der falsche Weg, um seine Seele zu retten. Auch einige Aspekte des Islam kamen Mario mit seinem Hang zur Theatralik grundsätzlich sehr entgegen, und so hatte er sich probeweise laut klagend auf eine Art Gebetsteppich geworfen, bis ihn sein türkischer Freund Ali mehrfach darauf hinweisen musste, dass Mekka von Deutschland aus gesehen in südöstlicher Richtung lag und Mario mit seiner eher nördlichen Ausrichtung wohl eher Jerusalem im Visier hatte.

Eigentlich wusste Mario nicht so ganz, woran er glauben sollte und wollte und praktizierte mit Hingabe eine Mischform aller Religionen, würde das aber aus lauter Angst vor den sieben Plagen nie offen aussprechen.

Ich versuchte, Marios religiöse Experimentierphasen für Sophie einigermaßen verständlich zusammenzufassen, aber sie sah mich nur verständnislos an.

»Das heißt, eigentlich glaubt er nicht an Gott, zumindest nicht so richtig, aber er hat Angst, wenn er das laut sagt und es doch einen Gott gäbe, dann bekommt er tierisch einen auf die Mütze?«

»Ja, so ungefähr. Aber ausschlaggebend war für Papa und mich in erster Linie, dass er dich über alles liebt und sich um euch kümmern würde, wenn uns mal was passiert.«

»Wir würden dann in dem plüschigen Altbau mit Mario und Hartmut leben?« Sophie lachte laut auf. »Wer wäre dann Mutter und wer Vater?«

Ich lachte. »Vermutlich würden die beiden das sehr flexibel handhaben – je nach dem, was die jeweilige Situation an Emotionalität so erfordert.«

Sophie kuschelte sich in meinen Arm und grinste. »Haben wir in dieser Familie auch normale Menschen, über die ich im Konfi-Unterricht was erzählen kann, ohne dass die uns für eine Abspaltung der Adams Family halten?«

»Wir könnten ja mal im Stammbaum nachsehen, da sind einige Familienmitglieder recht früh verstorben. Da kann vorher nicht so viel schief gelaufen sein«, schlug ich ihr mit einem Augenzwinkern vor.

Kapitel 6

Es gab Tage, da war von Anfang an der Wurm drin – vermutlich der, der dem frühen Vogel entgangen war. Cleveres Kerlchen! Ich war eigentlich kein Morgenmuffel im klassischen Sinne, aber die morgendliche Koordination einer fünfköpfigen Familie vor Sonnenaufgang stand nicht mal ansatzweise im Einklang mit meinem Biorhythmus. Ich persönlich hatte einen fest getakteten Ablauf, der auch funktionieren würde, wenn meine Kinder nicht mehrmals pro Woche vor Schulbeginn eine akute Notsituation konstruieren würden, mit der sie meine spontane Reaktionsfähigkeit testen wollten. Es fing schon damit an, dass ich garantiert nie, wirklich niemals genau die Jeans oder das T-Shirt gewaschen hatte, das Sophie morgens anziehen wollte. Noch zehn Minuten, bevor der Schulbus an der Haltestelle am Ende unserer Straße abfuhr, hüpfte sie aufgelöst in Unterwäsche vom Keller in den ersten Stock und verzweifelte fast vor dem Kleiderschrank. Ein typisches Frauenproblem: Sie hatte nichts anzuziehen.

Während ich müde versuchte, die Hektik um mich herum zu ignorieren, ihr nacheinander im Flur das belegte Brötchen, die Jacke, die Schultasche und ihr Handy reichte und mit stoischer Ruhe ihr Lamenti ertrug, dass sie in diesen alten Klamotten in die Schule gehen müsse, kam Sebastian ausgesprochen fröhlich die Treppe herunter. Sophie schnappte sich noch ihre Kopfhörer und knallte die Tür hinter sich zu. Amen! Kind Nummer 1 war auf dem Weg.

Auf dem Esstisch neben meinem Teller lagen mehrere Hefte übereinander. Ich sah meinen Sohn fragend an: »Was ist das?«

Er untersuchte intensiv die Konsistenz seines Brötchens und brummelte: »Klassenarbeiten, musst du noch unterschreiben.«

Mir schwante Böses. Wenn ich die so untergeschoben bekam, hatte er sich nicht unbedingt mit Ruhm bekleckert und hoffte, dass mir um diese Uhrzeit die Energie für einen »Du-weißt-doch-wie-wichtig-die-Schule-ist«-Vortrag fehlte. Deutsch 3+, naja, war ja ganz okay. Mathe 4-, schon nicht mehr so okay und Biologie... Biologie eine 5+???

Ich musterte Sebastian mit zusammengekniffenen Augen. »Was ist denn da so schief gelaufen? Hattest du nicht gesagt, du könntest alles und ich müsste dich nicht mehr abhören?«

Sebastian trank seinen Smoothie mit großen Schlucken und sah mich aus tellergroßen Augen an. »Ich konnte auch alles, ehrlich. Aber irgendwie habe ich beim Blutkreislauf die Richtung, also die Venen und die Arterien verwechselt. Als ich dann beim Herz das Blut in die falsche Richtung gepumpt habe, hat halt alles nicht mehr gestimmt.« Er sah mich treuherzig an. »Aber vom Prinzip her habe ich es verstanden, die hätte mir ja also zumindest Teilpunkte geben können.«

Ich seufzte resigniert und unterschrieb alle drei Arbeiten. »Es nützt aber nichts, wenn du es nur vom Prinzip her verstanden hast. Stell' dir mal vor, ein Arzt würde die Aorta mit der Vene verwechseln. Das wäre eine Katastrophe.«

Sebastian nickte verständig. »Klar. Aber deswegen werde ich ja Barkeeper. Medizin ist nicht so mein Ding.«

Barkeeper? Reizend!

Ich gab ihm die Hefte zurück. »Da kannst du erst mal Hotelkaufmann lernen, damit du eine abgeschlossene Ausbildung hast, und dann kannst du schauen, ob du wirklich die Shaker hinter den Tresen schwingen willst.«

»Mama! Nee! Da muss ich dann alles machen, auch als Zimmermädchen arbeiten und so. Ich hab keinen Bock, den Dreck in den Badezimmern von fremden Leuten wegzumachen.«

Ich verkniff mir die Bemerkung, dass ich nahezu täglich mit Gummihandschuhen das Badezimmer der Kinder putzte und gelegentlich mit dem Gedanken spielte, bei der Sauerei einen Teller für das Trinkgeld vor die Tür zu stellen. Alleine Sophie hinterließ morgens das Bad in einem Zustand, für den das entsprechende Fachvokabular noch nicht erfunden worden war.

Genau in diesem Moment ertönte ein Schrei von oben. »Mama, mein Waschlappen liegt im Katzenklo!«

Lena war wach und das ganz ohne das sonst so ausgedehnte Aufwachritual, bei dem Carsten immer den Mondbären spielte, der vom Hasen verhauen wurde.

»Macht nichts, Mäuschen. Wirf' ihn einfach in den Wäschekorb und nimm' dir einen Frischen aus dem Schrank«, flötete ich.

Vor Empörung kippte fast Lenas Stimme. »Aber da ist Kacka drauf, ich will den nicht anfassen! Und es ist der mit der Eiskönigin.«

Ich hörte Carsten vom Dachboden rufen: »Ich komme gleich. Dann holen wir ihn raus und waschen ihn aus. Wenn der in der

Waschmaschine war, ist er wieder wie neu. Nur das Kacka, das muss vorher ab.«

»Ich bitte darum«, rief ich von unten und verspürte bei der Vorstellung von sich auflösenden Katzen-Würstchen in der Waschmaschine eine leichte Morgenübelkeit.

Während ich Sebastians Brotdose bestückte, wurden die Stimmen oben lauter, und zwischen Vater und Tochter wurde verhandelt wie auf einem türkischen Basar. Nachdem der rüde Umgang mit ihrem Lieblingswaschlappen Lenas Gemüt schon so erregt hatte, wollte sie wenigstens das T-Shirt mit Olaf und Sven tragen, das jedoch anscheinend nicht auffindbar war. Furchtbar, wenn sich der eigene Vater in den Tiefen des Kleiderschrankes nicht auskannte und auch noch Olaf und Sven mit Alvin und den Chipmunks verwechselte. Bevor das Ganze die Eskalationsstufe erreichen konnte, flitzte ich die Treppe hinauf, fischte das T-Shirt samt einer Jeans aus dem Schrank und schob meine murrende Tochter ins Bad.

Schnell hauchte ich meinem Mann im Vorbeigehen einen Kuss auf den Mund und schnupperte genießerisch. Schon im smarten Business Outfit und eingehüllt in eine Wolke »Cool Water«, war er im Vergleich zu mir eindeutig vorzeigbar. Carsten liebte dieses Eau de Toilette, weil es ihm das Gefühl gab, sich altersmäßig und körperlich kaum von dem attraktiven Modell in dem Werbespot zu unterscheiden, das mit sinnlichem Blick dem Meer entstieg. Seitdem er seine Leidenschaft für Triathlon-Training entdeckt hatte, kam er bei diesem Vergleich gar nicht so schlecht weg – wenn man mal von seinen immer deutlicher werdenden Geheimratsecken absah.

Was körperliche Vergleiche im Allgemeinen angeht, beherrschen Männer einen solchen Akt der Selbsttäuschung eindeutig besser als Frauen. Selbst wenn ich darin baden würde, bis mir Schwimmhäute zwischen den Zehen wuchsen, würde ich mir nicht einreden können, dass ich aussah wie Charlize Theron nach ein paar Spritzern »j'adore« – es sei denn, ich würde zum Frühstück halogene Pilze essen. Zum Glück musste ich morgens immer erst um neun Uhr im Verlag sein und konnte somit die nötigen Restaurierungsarbeiten in aller Ruhe ausführen. Während ich unter die Dusche sprang, rief Sebastian von unten laut: »Tschöö..... Bis heute Mittag.«

Damit befand sich auch das zweite Kind in der richtigen Umlaufbahn und ich atmete auf. Bei Carsten und Lena war heute Morgen nicht mehr mit größeren Katastrophen zu rechnen, daher ließ ich genießerisch den heißen Wasserstrahl auf mich herunterprasseln. Als ich mich gerade von oben bis unten eingeschäumt hatte, stand Lena vor der Duschkabine.

»Ist etwas passiert?«, fragte ich alarmiert.

Sie wickelte sich eine Haarsträhne um den Finger. »Nö. Aber mir ist noch was eingefallen ...« Mir schwante Böses, als sie so herumdruckste. »Wir haben heute Kunst und wir brauchen Stoffreste, Nähgarn und eine Nadel, weil wir so ein Klassenbanner basteln wollen.« Lena sah mich aus ihren bernsteinfarbenen Augen zerknirscht an. »Der Papa hat gemeint, ich hätte früher daran denken sollen, aber du hast doch bestimmt eine Idee, oder?«

Ich schloss die Augen und ließ den Schaum an mir herunterlaufen. Stoffreste! Ich hatte gerade erst aus einer Kiste alle Woll- und Stoffreste entsorgt, nachdem dort bereits die Motten eingezogen waren. Wie ein Geschwader Mini-Fledermäuse waren sie um mich herumgeflattert, als ich die alte Bastelkiste geöffnet hatte, und Carsten hatte aus lauter Panik um seine Anzüge eine ganze Vorratspackung Mottenstreifen in seinem Schrank verteilt.

Mit einem Blick auf die Uhr wickelte ich mich in ein großes Handtuch, rieb die Dusche notdürftig trocken und schickte Lena nach unten zum Frühstücken. Ratlos stand ich in unserem Schlafzimmer und sah mich um. Da fiel mein Blick auf einen Stapel Hemden und T-Shirts, den Carsten auf dem Boden neben dem Bücherregal deponiert hatte. Die hatte er bestimmt für die Altkleidersammlung aussortiert. Perfekt, dachte ich und holte die Nagelschere aus dem Spiegelschrank. Schnell schnitt ich ein blaues und ein weißes Hemd sowie ein rotes T-Shirt in Streifen, suchte Nähgarn und zwei Nadeln aus der Schublade und stopfte alles in eine Tüte. Es war einfach eine typisch weibliche Gabe, lässig und unaufgeregt eine Lösung für die Probleme dieser Welt zu finden. Schnell flitzte ich nach unten und überreichte Lena die Tüte mit einem zufriedenen Lächeln.

»Da, mein Schatz. Das nächste Mal aber bitte früher.«

Sie strahlte über das ganze Gesicht. »Du bist die beste Mami auf der ganzen Welt!« Da war es wieder, das Safeword!

Ich strahlte mindestens genauso und gab ihr einen dicken Kuss. Während sie ihre Ärmchen um meinen Hals legte und mich vor lauter Begeisterung fast erwürgte, löste sich das Handtuch und fiel zu Boden. Carsten grinste anzüglich. »Zu schade, dass ich gleich los muss, Frau Schwarz.«

Ich löste mich liebevoll aus Lenas Umarmung. »Ja, zu schade, Herr Schwarz. Aber ich bin spät dran, also heb' dir deine lasziven Blicke für heute Abend auf und sei so nett und räum' noch schnell den Tisch ab.«

Carsten zog ein Gesicht. »Ich habe auch nicht mehr viel Zeit, so ein Immobilien-Fonds läuft schließlich nicht von alleine. Ich muss pünktlich zum Flughafen, die Chinesen sind doch heute wegen der Objektbesichtigungen in Paris.«

Ich wickelte mich wieder in mein Handtuch ein und zog die Augenbrauen hoch. »Ich kann zwar keine Chinesen bieten, aber dafür einen Verleger und eine schwierige Autorin! Und ich bin seit sechs Uhr auf den Beinen, um hier für alle ein Frühstück in Hotelqualität zu zaubern – jeden Morgen! Da wird es ja wohl möglich sein, ein paar Teller in die Küche zu tragen, während Lena noch frühstückt!«

Um jede weitere Diskussion im Keim zu ersticken, ging ich nach oben, um mich anzuziehen. Der richtige Abgang ist nur eine Frage des Timings, und gewisse Dinge muss man dann einfach stehen lassen können – ungefähr so, wie meine Familie regelmäßig ihre dreckigen Teller!

Kapitel 7

Als ich eine Stunde später im Verlag ankam, sah mich Frau Schäfer, unsere Empfangsdame, die schon fast zum Inventar gehörte, über ihre Brille hinweg streng an. »Der Chef hat schon nach Ihnen gefragt, Frau Schwarz. Frau Rockenfeller ist bereits da.«

Ich sah überrascht auf meine Uhr. »Jetzt schon? Wir hatten doch zehn Uhr vereinbart.«

Frau Schäfer zuckte mit den Schultern. »Sie hat wohl ein Problem mit dem Cover und möchte den Epilog zugunsten der Danksagung kürzen.«

Ich stöhnte und verdrehte die Augen. »Danke für die Vorwarnung. Das kann ja heiter werden.«

Ingeborg Wagner alias Cosima Rockenfeller war eine der jüngsten Neuzugänge in unserem Verlag. Sie war vor drei Jahren quasi über Nacht mit ihrer Rolle als schwergewichtige Hausmeisterin in einer Daily Soap berühmt geworden und hatte mit ihrer schnodderigen Art die Herzen der Zuschauer im Sturm erobert. Vor etwas über einem Jahr war Cosima dann plötzlich bei den Dreharbeiten zusammengebrochen und hatte ihr Leben radikal geändert, nachdem ihr die Ärzte aufgrund ihres Übergewichts ein nicht mehr allzu langes und recht ungemütliches Leben prognostiziert hatten. Die Presse griff jedes Detail mit Begeisterung auf, besonders nachdem sie auch noch innerhalb eines Jahres über fünfzig Kilo abgenommen und diese Erfahrung in einem Buch festgehalten hatte. Sie schwor darauf, vor jedem Essen zu meditieren und so eine Verbindung zu den Nahrungsmitteln herzustellen. Dadurch würde man angeblich nur die Menge zu sich nehmen, die der Körper wirklich benötigte. Außerdem sollte man die Nahrungsmittel, deren Schwingung man während der Meditation nicht aufnehmen konnte, einfach konsequent meiden. Gerade Fleisch würde der Körper so gut wie niemals verlangen, da man in der Meditationsphase den Schmerz der Tiere spüren konnte. Der Ansatz war ungewöhnlich, neu und traf genau den derzeitigen Trend. Clean Eating, Metabolic Balance und die vegane Küche waren derzeit in aller Munde, und da mein Chef auch gerne mal esoterische und ungewöhnliche Wege ging, hatten wir uns entschieden, das Buch zu verlegen. Allerdings gestaltete sich die Zusammenarbeit nicht gerade unkompliziert.

Frau Rockenfeller war ein aussagekräftiges Cover, das gleichzeitig den spirituellen Hintergrund dieser von ihr entwickelten Ernährungsform unterstrich und sie bestmöglich in Szene setzte, sehr wichtig. Unser Graphiker, der seit Jahren mit einer unglaublichen Kreativität und hohem Engagement unsere Cover entwarf, stand kurz vor einem Nervenzusammenbruch. Vermutlich meditierte Frau Rockenfeller auch über jedem Covervorschlag und hatte bislang alle aufgrund schlechter Vibrationen abgelehnt. Dass sie eine Liste für die Danksagung am Ende des Buches hatte, um allen Lebewesen ihre Wertschätzung zu zeigen, die sie auf diesem spirituellen Weg erleuchtet und begleitet hatten, deutete sie schon in unserem letzten Telefonat an. Das fing heute Morgen ja gut an.

Ich ging durch den kurzen Flur zu meinem Büro, das unmittelbar an das große, lichtdurchflutete Eckzimmer des Verlagsleiters angrenzte, und in dem ich in der Regel erst einmal alles abfing, was bei meinem Chef für schlechte Laune sorgen konnte.

Als ich die Tür öffnete, hörte ich schon seine besänftigende Stimme, mit der er Frau Rockenfeller eine Tasse Tee anbot. »Frau Schwarz wird gleich hier sein, dann können wir uns in Ruhe nochmal über die Cover-Vorschläge unterhalten und uns anschauen, welche Möglichkeiten wir haben, die Danksagung entsprechend unterzubringen.«

Ich warf meine Tasche auf den Schreibtisch, schaltete schnell den PC ein, schnappte mir die Unterlagen für »Wenn die Seele im Überfluss verhungert« – ja, auch über den Titel hatten wir schon lange und eingehend gesprochen – und betrat das Büro meines Chefs.

»Ach, Frau Schwarz!« Matthias Sorge, dem Herausgeber des »Sorglos Verlags«, stand die Erleichterung ins Gesicht geschrieben, als ich in der Tür auftauchte. »Frau Rockenfeller ist schon etwas früher gekommen, aber wir sind ja flexibel, nicht wahr?!«

Ich musste mir ein Lächeln verkneifen und begrüßte die aufgelöste Autorin freundlich, die mit beiden Händen ihre Teetasse umklammerte und mit großen Augen die unterschiedlichen Layout-Vorschläge musterte.

»Frau Schwarz! Ich konnte in den letzten Nächten kaum schlafen, weil mir so Vieles durch den Kopf ging. Ich muss mich in dem Cover wiederfinden, es muss meinen inneren Kern wiederspiegeln.« Sie sah mich aus ihren weit aufgerissenen, grünen Augen verzweifelt an.

Seit ihrer Ernährungsumstellung und ihres großen Gewichtsverlustes war Cosima Rockenfeller wie geläutert. Jede Entscheidung, jede Veränderung in ihrem Leben musste in spirituellem Einklang mit dem Energiefluss stehen, der die Seele eines jeden Lebewesens nährte. Und leider konnte ihrer Meinung nach bisher kein Cover-Vorschlag dieses Gefühl glaubhaft vermitteln. Da saß sie nun, in ihren Yoga-Pants, der bunten, mit vielen Schmetterlingen bedruckten Strickjacke und dem breiten Haarband, das die blonden Locken kaum bändigen konnte, und suchte nach den richtigen Worten.

Ich wollte mich gerade setzen und mir ein Glas Wasser einschenken, da klingelte mein Handy. »Die Schöne und das Biest« war der Klingelton, den ich für Sophie abgespeichert hatte, und ich warf meinem Chef einen entschuldigenden Blick zu. Mit dem Handy am Ohr trat ich ans Fenster. »Sophie? Ich bin gerade in einer Besprechung, was ist denn?« Ich lauschte der aufgeregten Stimme meiner Tochter und meine Laune sank schlagartig in den Keller.

»Mama, ich bin doch heute mit dem Referat in Reli dran. Aber ich finde den Stick nicht mehr in meiner Tasche und in der fünften Stunde müssen wir das halten. Emma bringt mich um, weil da auch ihr Teil drauf ist.« Sie holte tief Luft und unterbrach ihren Redeschwall für einen Moment. »Kannst du schnell nach Hause fahren und die Präsi noch mal auf einem anderen Stick abspeichern? In der Pause kannst du ihn mir ja dann bringen.«

Ich starrte die Taube an, die sich hinter der Scheibe auf die Fensterbank gesetzt hatte und die bei meinem Gesichtsausdruck schlagartig wieder das Weite suchte. Langsam zählte ich bis zehn, stellte fest, dass das nicht reichte und fing wieder von vorne an.

»Mama? Mama, hallo? Hörst du mich?«

Sophies Stimme schallte mir aus dem Handy entgegen und ich atmete tief ein. »Sophie, ich bin in einer Besprechung, soll heißen, ich bin im Büro und arbeite! Ich kann nicht einfach alles stehen und liegen lassen und jetzt den Bringdienst für deine Schulsachen spielen.«

Sophies Stimme wurde weinerlich. »Boah Mama! Wenn ich die Präsentation nicht habe, bekommen Emma und ich eine Sechs! Und den totalen Stress! Die alte Neuberg macht uns doch vor der ganzen Klasse runter.«

»Dann fahr doch in der Pause kurz nach Hause und hol' ihn dir. Mit Emmas Fahrrad müsste das zeitlich doch zu schaffen sein.«

Verblüfftes Schweigen folgte auf meine Worte, aber nur kurzzeitig. »Mama, dann komme ich total verschwitzt zurück in die Schule! So kann ich wohl kaum eine Präsentation halten!«

Ich drehte mich um, warf Frau Rockenfeller und meinem Chef ein strahlendes Lächeln zu und zischte in das Handy. »Schau noch mal in deiner Tasche nach. Vielleicht findest du den Stick ja doch irgendwo. Wenn nicht, müsst ihr euch was einfallen lassen, aber ich kann nicht weg, verstehst du das?!«

»Nein! Das verstehe ich nicht! Es dauert nicht lange und dir ist es total egal, dass ich hier fertig gemacht werde. Meine ganze Note wird versaut, weil du nicht kommst.« Sophie wurde lauter. »Aber wenn dich das eh nicht interessiert, ist es ja okay. Es ist ja nur mein Leben, das hier für'n Arsch ist.«

Ich fuhr mir durch die Haare. »Sophie! Es geht nicht darum, dass es mich nicht interessiert, aber ich habe einen Job! Genau wie Papa!«

»Papa ist ja heute auch nach Paris geflogen. Aber du bist ganz nah und hast ein Autor. Das wäre gar kein Akt.« Sie bettelte weiter mit weinerlicher Stimme. »Außerdem haben wir uns so viel Mühe mit der ganzen Geschichte von Martin Luther und dem Turmerlebnis gemacht.«

Ich lächelte, und die Taube, die gerade wieder vor dem Fenster landen wollte, floh in den nächsten Baum, weil sie vermutlich dachte, ich wollte sie fressen.

»Turm?«, fragte ich zerstreut.

»Jaha!! Der hat doch zuerst gedacht, dass man sich Gottes Liebe verdienen muss, und alle möglichen niedrigen Arbeiten verrichtet und so. Wie ich, wenn ich das Bad und die eklige Kloschüssel putzen muss, die Lena nachts immer vollpinkelt.«

»Sophie, ich ...«

»Egal«, unterbrach sie mich schnell. »Dann hat er doch für sich das Evangelium neu entdeckt und herausgefunden, dass Gott ein Gott der Liebe ist. Der alles verzeiht und vergibt.« Sophie schwieg kurz. »Also, wenn der das kann, dann drück' doch für dein Kind mal ein klitzekleines bisschen die Augen zu und bring' mir zum allerletzten Mal den Stick, ja? Passiert auch nie wieder, versprochen!«

Ich holte tief Luft. »Sophie, so leid es mir tut, ich kann hier gerade nicht weg. Turm hin oder her.«

»Echt, Mama, du bist kein bisschen gechillt! Wenn ich dich EINMAL um etwas bitte! Natalies Mutter bringt ihr sogar die Sportklamotten, wenn sie die vergessen hat.«

»Ja! Natalies Mutter würde ihr vermutlich auch noch beim Umziehen helfen, weil sie keine andere Beschäftigung hat. Da kommen wir wieder zum Ausgangspunkt«, schnaubte ich. »Ich gehe schließlich auch noch arbeiten!«

»Müsstest du ja nicht! Papa verdient schließlich genug.« Offensichtlich lief meine Tochter gerade durch die Pausenhalle, denn das Stimmengewirr im Hintergrund machte eine Unterhaltung fast unmöglich. »Dir ist mein Leben völlig egal«, stieß meine aufgelöste Tochter atemlos hervor. »Dann bist du selbst daran schuld, wenn ich nie ausziehen kann!«

Und damit drückte sie das Gespräch weg.

Während dieses im letzten Satz skizzierte Schreckensszenario vor meinem inneren Auge vorbeizog, starrte mich die Taube aus sicherer Entfernung hoch oben im Baum an. Waren Tauben nicht ein Symbol des Friedens? Was machen solche friedfertigen Vögel eigentlich mit Nesthockern? Aus dem Nest schubsen und wegfliegen? Während ich mich gedanklich in ungefähr fünf bis acht Jahren einen Auswanderungsantrag stellen sah, drehte ich mich langsam um – und lächelte! Herr Sorge und Frau Rockenfeller hatten die Unterhaltung offensichtlich gespannt verfolgt. Ich kochte innerlich und setzte mich wieder an den Besprechungstisch.

»So!«, sagte ich bemüht heiter und mit bebenden Nasenflügeln. »Dann wollen wir mal ... Frau Rockenfeller, welches der drei Cover spricht Sie denn am meisten an? Welches könnten wir denn weiterentwickeln?«

Ein grünes Augenpaar musterte mich über die Teetasse hinweg. »Wissen Sie, Frau Schwarz, vermutlich liegt es teilweise in der Natur Ihres Namens, dass Sie auch ganz in schwarz gekleidet sind. Gerade wenn es familiäre Schwierigkeiten gibt, setzt man unbewusst Zeichen, um sich abzugrenzen.« Sie beugte sich vor und legte ihre Hand auf meine. »Aber damit unterbinden Sie auch, dass Sie und ihre Tochter auf einer Ebene schwingen.«

Ich fing den Blick von Herrn Sorge auf, der jetzt gerade sorgenvoll die Stirn runzelte und vermutlich versuchte, über eine intensive Schwingung an meine diplomatischen Fähigkeiten zu appellieren.

Ich nickte also leicht zögerlich und antwortete gepresst: »Das ist wirklich ein interessanter Ansatz, vielen Dank! Aber Schwarz trage ich im Moment, weil mein Vater vor drei Monaten gestorben ist. Aber dass ich mich damit sichtbar abgrenzen will, ist sicherlich auch richtig.«

Frau Rockenfeller seufzte entzückt. »Sehen Sie, ich wusste doch, dass da etwas nicht in Ordnung ist. Sie können, wie ich das in meinem Buch beschrieben habe, in einer Meditation mit allem Kontakt aufnehmen – nicht nur mit dem Gemüse. Auch mit Ihrem Vater!«

Sie nahm meine Hände in ihre und strahlte mich an. »Es ist kein Zufall, dass wir uns begegnet sind! Sie müssen jetzt darauf achten, dass Ihre Seele gestärkt wird, um den Verlust zu verarbeiten.«

Frau Rockenfeller lehnte sich zurück und ein Leuchten ging über ihr Gesicht. »Und ich könnte einen Blog darüber schreiben, wie mein Buch Ihnen in dieser schweren Zeit geholfen hat. Ich habe da übrigens gerade eine tolle Idee für das Cover ...«

Herr Sorge warf mir über seine randlose Brille hinweg einen bittenden Blick zu und murmelte: »Wenn wir das mit dem Cover über die Bühne bekommen, fahre ich notfalls auch selbst zur Schule Ihrer Tochter ...«

Kapitel 8

Als ich um halb drei glücklich Feierabend machen konnte, waren meine Schwingungen garantiert so schwarz wie meine Kleidung. Aber immerhin hatten wir uns auf ein Layout für das Cover geeinigt, das auch nur minimale Änderungen erforderte und keine erneute Panikattacke bei dem schon leicht neurotischen Graphiker auslösen würde. Die Danksagung hatte ich gemeinsam mit Frau Rockenfeller, die ich jetzt »Cosima« nennen durfte, auf eine Dreiviertelseite gekürzt; die verstorbene Urgroßmutter, der sie sich aus mehreren vorherigen Leben besonders verbunden fühlte, hatten wir ersatzlos gestrichen. Herrn Sorges Angebot, Sophie durch seinen Fahrer einen USB-Stick in die Schule bringen zu lassen, hatte ich dankend abgelehnt. Sie hatte sich noch einmal kurz per WhatsApp gemeldet und mir ihre Zukunft angesichts meiner mangelhaften Unterstützung in den schwärzesten Farben ausgemalt. Mir war vorher nie bewusst gewesen, dass ein einziger, schulischer Fehltritt in der 8. Klasse unweigerlich dazu führte, dass sich die beruflichen Optionen auf das Eröffnen einer Würstchen-Bude am Frankfurter Hauptbahnhof oder Panflötenkonzerte auf der Zeil beschränkten. Nach meinem Hinweis, sie würde diese Perspektiven zu schwarz sehen – schließlich könnte so eine Fressbude aufgrund der hohen Laufkundschaft trotz allem sehr lukrativ sein - ging Sophie offline.

Ich saß erledigt in meinem Auto und versuchte, ein geschmolzenes Überraschungsei, das aus unerklärlichen Gründen plötzlich an meinem Absatz klebte, von selbigem zu entfernen. Nach einigen erfolglosen Versuchen, die meinen Schuh aussehen ließen, als wäre ich in den nächstbesten Hundehaufen getreten, drehte ich den Zündschlüssel um und fuhr los. Lena war nach der Schule direkt zu ihrer Freundin gegangen und würde von dort aus ins Leichtathletiktraining gehen. Sophie und Sebastian hatten Nachmittagsunterricht, und somit hatte ich noch ein paar Stunden frei.

Ich lenkte meinen Wagen durch den Nachmittagsverkehr direkt zu dem Friseurladen »Haarscharf«, den mein bester Freund und Sophies Patenonkel Mario mit Hingabe betrieb. Das Besondere an diesem Salon war nicht nur, dass er mittlerweile schon fast zu einem Szene-Treff für viele unterschiedliche Charaktere geworden war, deren Existenz ich bislang immer angezweifelt hatte, sondern dass er außerdem nahtlos in den daneben liegenden Buchladen *Lesekram* überging, den Birgit vor vier Jahren übernommen und komplett umgekrempelt hatte. Zwischen Mario und Birgit war es Liebe auf den ersten Blick gewesen – natürlich rein platonisch – und seitdem waren wir alle auf unterschiedliche Art und Weise miteinander verbändelt. Birgit, eine meiner ältesten Freundinnen, war außerdem auch die Mutter von Emma, Sophies bester Freundin, und Hartmut, Marios Mann, war um verwirrend viele Ecken ein Cousin von Carsten. Somit waren wir eine große, verrückte Familie geworden, die man nicht in eine, zwei oder drei, sondern in mindestens zwanzig verschiedene Schubladen hätte packen können.

An einem regnerischen Wochenende hatten Birgit und Mario spontan eine schon länger diskutierte Idee in die Tat umgesetzt und die Wände zwischen den beiden Geschäften eingerissen. Eine ältere Nachbarin, die damals die beiden vermummten Gestalten mit den riesigen Vorschlaghämmern gesehen hatte, hatte sofort die Polizei angerufen und das SEK angefordert. Zum Glück konnte rechtzeitig geklärt werden, dass es sich bei dieser Aktion nicht um den geheimen Einsatz einer Terrororganisation handelte, sondern dass die zwei Amateur-Handwerker auf Marios Anraten Schutzmasken trugen, um die sensible Gesichtshaut ab dreißig vor umher wirbelnden Staubpartikeln und kleinen Steinchen zu schützen.

In dem freigelegten Mittelteil des Ladens wurde ein kleines Café eingerichtet, sodass man während der Dauerwelle hemmungslos schmökern oder dem panischen Nachwuchs anstatt unter dem gruseligen Friseurumhang eben in der Kinderleseecke den Pony schneiden lassen konnte. Dieser wunderbare Ort war mein zweites Zuhause, eine Oase für verzweifelte Mütter und so liebenswert unkonventionell, dass selbst der schlimmste Tag dort seinen Schrecken verlor. Abgesehen davon, dass ich hier meine beiden Lieblingsmenschen traf, konnte Mario in meinen Haaren lesen wie in einem offenen Buch. Während bei anderen Menschen der angespannte Gesichtsausdruck oder ein leichtes Knirschen der Kiefermuskulatur Auskunft über die aktuelle Gefühlslage gab, konnten das meine Haare noch sehr viel differenzierter. Sie konnten lustlos und strähnig hängen, aufgeladen sein, sich unkontrolliert locken, zu Berge stehen oder Wirbel in einer Komplexität bilden, die selbst Mario regelmäßig in die Verzweiflung trieb.

Anders als zu Hause wurde ich hier stets mit großer Freude empfangen. Stellenweise war Sophies pubertätsbedingte Muffeligkeit so groß, dass ich ernsthaft über die Anschaffung eines Hundes nachdachte und heimlich versucht hatte, unserem Kater das Schwanzwedeln beizubringen. Aber mein Eintreffen in den häuslichen Gefilden löste weiterhin ungefähr so viel Ekstase aus wie die aktuellen Spielergebnisse der Eintracht. Obendrein war der Blick, den mir Balou bei diesen Dressurversuchen aus seinen goldgelben Augen zuwarf, vernichtend, und den Grad seines Missfallens unterstrich er deutlich, indem er zielsicher in meine neuen Pumps kotzte.

Ein zarter Glockenklang ertönte, als ich den Laden auf Birgits Seite betrat und diese mir spitzbübisch entgegen grinste. »Na du, sammelst du noch ein bisschen positive Energie, bevor du dich dem Schwingungsgewirr zu Hause aussetzen musst?«

Ich hatte meine Freunde per WhatsApp über das endlose Gespräch mit Cosima auf dem Laufenden gehalten und nickte. »Das war vielleicht ein Tag. Ich brauche jetzt erst mal einen Kaffee oder was Stärkeres und ein Stück von deinem »Mach-mich-glücklich-Kuchen«. Bei dem Stresspegel schwingt ja hoffentlich auch die Fettverbrennung auf einem höheren Niveau.«

Birgit lachte und folgte mir in die Café-Ecke, wo ich meine Tasche abstellte. Von der anderen Seite ertönte fröhliches Gelächter, das sonore Brummen der Haartrockner und Marios gleichbleibender Singsang, mit dem er selbst die schwierigsten Kundinnen in eine Art Trance versetzte. Ich steckte den Kopf um die Ecke und rief: »Hallo, einmal Waschen-Schneiden-Fönen-Prosecco-Häppchen-Kopfmassage, aber flott!«

Mario sah auf und strahlte: »Ah, meine Lieblingskundin! Kommt sofort, Süße. Ich lockere mir schon mal die Fingergelenke.«

Er warf mir ein schiefes Grinsen zu und fuhr mit zehn Fingern durch die glänzende Mähne einer braungebrannten Blondine. »So Schätzchen, jetzt ist alles wieder wie neu. Bitte keine unerlaubten Experimente mehr mit Blondierspray, es sei denn, du testest das an Stellen, die man nicht sieht, okay?«

Die Blonde sah ihn schmachtend an. »Als ob es Stellen gäbe, die du nicht sehen dürftest ... aber brennt das da nicht voll?«

Mario lächelte milde. »Den Nacken, Schatz, ich meine den Nacken! Alles andere ist ja hoffentlich rasiert.«

Ich erstickte fast vor unterdrücktem Lachen und wandte mich ab. Ungeachtet dessen fiel Blondie Mario überschwänglich um den Hals und hauchte: »Wenn ich den Kevin jemals verlasse, dann nur für meinen Friseur!«

Mario klimperte mit den Augen. »Süße, wenn der Kevin wieder zu haben wäre, könnte ich für nichts mehr garantieren. Da müsste mir der Hartmut aber wirklich böse auf die Fingerchen hauen. Der hat ja vielleicht Muskeln an Stellen, die unsereins nicht mal mit Namen kennt ...«

Während Mario sich seinen Schwärmereien hingab, machte ich es mir in einem der Retro-Sessel gemütlich. Birgit kam mit einer Tasse Kaffee zu mir und setzte sich. »Jetzt erzähl mal! Habt ihr das Cover jetzt ausgependelt oder was?«, fragte sie mit einem Grinsen.

Ich stöhnte und schüttelte den Kopf. »Das kannst du dir nicht vorstellen. Manchmal frage ich mich, ob meine Lieblingsautoren in ihrem Verlag genauso abgedreht auftreten wie Cosima. Und in all diesem Durcheinander rief dann auch noch Sophie an, die mal wieder meinte, ich könne Fahrdienst spielen für alles, was sie für die Schule vergessen hat.«

Mario setzte sich zu uns. Ich nahm einen großen Schluck Kaffee und sah ihn an. »Dein Patenkind raubt mir noch den letzten Nerv. Ich bin gespannt, was ich höre, wenn ich nach Hause komme. Vermutlich habe ich mit meiner mir eigenen Kaltherzigkeit ihrer gesamten Entwicklung irrereparablen Schaden zugefügt. Hat Emma sich schon gemeldet?«

Mario betrachtete konzentriert seine Fingernägel und Birgit blickte irritiert auf. »Aber warum denn? Sie haben die Präsentation doch rechtzeitig bekommen, oder?«

Im gleichen Moment trat Mario unter dem Tisch so heftig gegen Birgits Stuhl, dass diese erschrocken aufsprang.

»Was ist ...? Oh ...!«

Sie sah mich zerknirscht an und setzte sich wieder. Ich stellte die Kaffeetasse ab und musterte meine besten Freunde streng. »Okay! Wer war es diesmal?«

Birgit und Mario wichen meinem Blick aus und ich trommelte mit den Fingern auf den Tisch. »Wer? Wer hat ihr wieder mal den Hintern gerettet und meine Erziehung untergraben, weil er dem Goldkind keinen Wunsch abschlagen kann?«

Ich sah Birgit an. »Oder hat Emma gedroht, die nächsten Bücher bei Amazon zu bestellen, so dass du nicht mehr anders konntest?«

Mario sprang auf und sah mich an. »Liebes, was hältst du davon, wenn ich dir die Haare mache? Wie lange hast du noch Zeit? Du bist wie neugeboren, wenn ich mit dir fertig bin.«

Ich fixierte ihn mit unbewegter Miene. »Wenn ich mit dir fertig bin, wünschst du dir auch, neugeboren zu sein! Warum macht ihr das immer wieder? Und was genau habt ihr gemacht? Habt ihr keinen Job?!«

Mario wedelte mit der Hand und warf seine dunklen Locken zurück. »Das arme Schätzchen war so verzweifelt, du kannst es dir nicht vorstellen. Und Emma natürlich auch. Die Lehrer heutzutage sind aber auch so streng! Nicht, dass ich eine gewisse Dominanz nicht ansprechend fände, aber die Kinder sind doch damit total überfordert. Es - war – eine – K a t a s t r o p h e!«, betonte er dramatisch.

Ich konnte es mir sehr wohl vorstellen. Nachdem die Mitleidsmasche bei mir versagt hatte, hatte sich Sophie genau den Richtigen ausgesucht. Mario weinte bei Tiervideos und bei der Live-Übertragung von königlichen Hochzeiten. Er nahm es zutiefst persönlich, wenn er Glückwünsche auf die Facebook-Seite von Kate und William nach der Geburt des kleinen Georges schrieb und keine Antwort bekam und hoffte selbst bei der zwanzigsten Ausstrahlung von »Titanic« immer noch auf ein Happyend zwischen Rose und Jack. Mittlerweile hielt ihm Hartmut wortlos die Kleenex-Box hin, wenn Kate Winslet auf diesem verdammten Schrankkoffer (oder was das auch immer war) kauerte und dem armen Leonardo ins Ohr hauchte, ihr wäre so kalt, während ihm in dieser Eisbrühe langsam die Finger abstarben. Überrollt von Mitgefühl und Ergriffenheit, hauchte Mario ununterbrochen: »Du musst nur durchhalten, sie hat doch gleich die Trillerpfeife. Wehe, wenn du dieses Mal wieder loslässt.«

Er war ein hoffnungsloser Romantiker und der letzte Mensch auf Erden, der den Tränen meiner Tochter widerstehen konnte, die er von Geburt an vergötterte.

»Für Sophie ist es auch eine Katastrophe, wenn ihr ein Fingernagel abbricht oder die Haare nach dem Sport verschwitzt sind«, gab ich genervt zurück.

Mario riss seine dunkelbraunen Augen auf. »Dann wäre ich natürlich auch sofort gekommen!«

Ich verdrehte die Augen. »Wie habt ihr das überhaupt gemacht? So lange kannst du doch hier gar nicht weg.«

Mario strahlte über das ganze Gesicht. »Das war eine Rettungsaktion auf die letzte Minute, genau getimt, der ganze Ablauf. Jane und James Bond in Aktion.« Er gestikulierte heftig. »Ich bin direkt nach ihrem Anruf ins Auto gesprungen, es ging ja um Sekunden. Ich stand mit laufendem Motor vor der Schule, verspiegelte Sonnenbrille, unbewegter Gesichtsausdruck, und als Sophie kam, sind wir direkt durchgestartet, dass der Asphalt nur so qualmte.«

Er unterbrach sich kurz und sah uns fragend an. »Könnt ihr mir folgen?« Als wir nickten, fuhr er fort. »Ich parkte wieder mit laufendem Motor vor eurem Haus, Sophie flitzte rein, lud die Datei auf einen Stick, hechtete zurück ins Auto, und wir fuhren pfeilschnell zurück zur Schule.« Mario klatschte in die Hände. »Das hättest du sehen müssen. Ich bin direkt auf den Lehrerparkplatz gebraust, damit sie den kürzesten Weg zu ihrem Klassenraum hatte. Es hat alles gepasst, unglaublich. Nur so eine alte, dicke Frau in einem roten Cabrio hat mir den Spaß etwas verdorben, weil sie so geschimpft hat.«

»Das hat schon was von Bonnie und Clyde«, kicherte Birgit neben mir.

»Warum hat sie so geschimpft? Die alte, dicke Frau im roten Cabrio, meine ich?«, fragte ich und ahnte Furchtbares.

Mario zuckte mit den Schultern. »Vermutlich, weil ich halt kurz vor den Autos quer stand. Vor lauter Aufregung ist ihr ständig das Dach auf- und zugeklappt, ich hab' sie kaum verstanden.«

»Du hast aber nichts gesagt, oder? Du bist einfach wieder weggefahren, ohne ein Wort mit ihr zu sprechen, ja? Du hast noch nicht mal die Lippen bewegt?«

Mario schüttelte den Kopf. »Nicht viel. Ich habe der älteren Mutter nur gesagt, sie solle sich einen Moment gedulden und den Kopf besser einziehen, weil ihre Haare irgendwie schon ganz schief sitzen würden.«

Ich vergrub das Gesicht in meinen Händen und stöhnte. »Mario!! Das war keine Mutter, das war die Schulleiterin! Frau Marger! Und die trägt eine Perücke!«

Er sah mich ungläubig an. »Die sieht gar nicht immer so aus? Warum tut sie das?«

»Weil sie keine Farbe auf der Kopfhaut verträgt, Allergie gegen alles. Und um immer mal anders auszusehen und die grauen Haare zu verstecken, trägt sie Perücken.«

Mario war sekundenlang sprachlos. »Aber Liebchen, die war total verrutscht. Was war das denn für ein Billigteil? Die braucht mal einen guten Friseur!«

Während ich Mario nur mit Mühe von der Idee abbringen konnte, Frau Marger in den nächsten Tagen mit einer Auswahl handgefertigter Echthaarperücken zu besuchen, bog sich Birgit vor Lachen.

»Sei froh, dass sie ihn nicht kennt«, japste sie.

Mario sah uns hoheitsvoll an. »Aber sie wird mich bald kennenlernen. Und sie wird spüren, welch tiefgreifende Veränderung das für ihr Leben bedeutet.« Mit diesen Worten rauschte er wieder ab hinter die Trockenhaube.

Ich sah Birgit genervt an. »Aber sie kennt Sophie! Und sie kennt mich, weil ich die Vorsitzende des Fördervereins bin!«

»Oh«, antwortete sie und schlug sich die Hand vor den Mund, »daran habe ich ja gar nicht gedacht.«

Ich lehnte den Kopf zurück und schloss die Augen. Grundsätzlich betrachtete ich es als Privileg, solche Irren zu meinen besten Freunden zählen zu können, aber irgendwie war es mir gerade zu viel. Eine Hand griff sanft nach meiner, und als ich die Augen wieder öffnete, begegnete ich Marios bittendem Blick.

»Du hattest einen Scheißtag, das verstehe ich. Ich bin der Letzte, der sich in deine Erziehung einmischen oder dir Ärger machen will.« Er zuckte hilflos mit den Schultern. »Aber du weißt, wie sie mich immer um den kleinen Finger wickelt, da kann ich einfach nicht aus meiner Haut.«

Ich erwiderte den Druck seiner Hand. »Natürlich weiß ich das. Ich bin es nur leid, in den Augen der Kinder immer die spießige Spaßbremse zu sein, nur weil ich versuche, halbwegs konsequent zu sein.«

Mario setzte sich auf und hob drei Finger in die Luft. »Das nächste Mal werde ich die Rolle der spießigen Spaßbremse übernehmen, ich verspreche es hoch und heilig. Und Birgit passt auf, dass ich es nicht wieder versaue.«

Birgit sah ihn entgeistert an. »Wieso denn ich?«

»Du bist eine Frau, du bist alleinerziehende Mutter und kannst böse und streng genug werden, damit ich das am Ende nicht wieder versaue«, entgegnete er mit einem entwaffnenden Lächeln und trollte sich zu seiner piepsenden Trockenhaube, die munter ankündigte, dass die nächste Kundin gar war.

Kapitel 9

Ich sammelte Lena auf dem Nachhauseweg ein, und mit Betreten unseres Hauses befanden wir uns direkt im geschwisterlichen Nahkampfgebiet. Es war wirklich eine Kunst, sich mit Sebastian zu streiten, und die beherrschte niemand so meisterhaft wie Sophie. So wie ich zum Abreagieren meine Schwimmnudel nahm, reizte Sophie ihren jüngeren Bruder bis aufs Blut, wenn ihre Stimmungslage ein deutliches Tief anzeigte, und das tat sie in der Pubertät anscheinend mehrmals täglich. Verglichen damit hatte mein Einzelkind-Dasein eindeutige Vorteile gehabt und ich war die Herrscherin in meinem Reich gewesen.

Also bei uns zu Hause!

In meinem Zimmer!

Somit in einem ganz kleinen Reich, aber immerhin!

Und wenn ich mal der Meinung gewesen war, die elterliche Autorität ein bisschen aufmischen zu müssen, hatte mir die hochgezogene Augenbraue meiner Mutter sehr schnell zu verstehen gegeben, dass es ganz klar bessere Ideen gab, um mich abzureagieren. Und spätestens, wenn mein Vater mit einer ganz seltsamen Betonung meinen Namen in einzelne Silben zerlegte, war klar, dass ich nicht mehr rebellieren und wie Simba unerlaubt ins Schattenland spazieren würde. Es lag eben jenseits unserer Grenzen - Elefantenfriedhof hin oder her.

Diese feinen Nuancen nahm Sophie jedoch nicht wahr, und so kam es für sie immer sehr überraschend, wenn sich das jeweils betroffene Familienmitglied mit einem Ruhepuls von zweihundertzwanzig – meistens ihr leidgeprüfter Bruder – irgendwann in eine um sich beißende Hyäne verwandelte. Während Sebastian gerade vor Zorn abhob, saß Sophie mit der Arroganz einer 14-jährigen auf dem Sofa und blätterte in einer Zeitschrift.

Ich sah von einem zum anderen. »Will ich wissen, worum es geht?«

Sebastian stampfte mit dem Fuß auf und sagte wütend: »Sie hat mich einfach nicht ins Bad gelassen.«

Sophie sah noch nicht einmal auf. »Ich war zuerst drin.«

»Nein! Da lagen schon meine Trainingsklamotten und ich wollte nur noch was holen. Da ist sie einfach reingegangen und hat abgeschlossen.«

Sophie blätterte in aller Seelenruhe in der Zeitschrift. »Eben. Du warst wieder weg. Also war ich zuerst drin.«

»Ich habe nur ein Paar Socken geholt und wollte mich dann umziehen!«

»Ich war auf dem Klo!«

»Wir haben noch mehr Klos!«

»Ich wollte aber auf dieses Klo! Es ist mein Klo.«

»Ich musste mich umziehen, du blöde Kuh!«, brüllte Sebastian mit hochrotem Kopf.

Seine Schwester zuckte mit den Schultern. »Konnte ich ja nicht wissen. Außerdem hättest du das auch in deinem Zimmer machen können.«

»Meine Klamotten waren aber im Bad.«

»Und ich war auf dem Klo.«

»Du hast da aufm Handy Videos geguckt. Und hast mich mit Absicht nicht rein gelassen.«

Sebastian sah mich hilfesuchend an. »Mama, ich muss zum Training, das schaffe ich nicht mehr. Nur weil die Kackprinzessin da auf der Schüssel sitzt und ...«

Weiter kam er nicht, da schoss Sophie wie eine Furie hoch. »Wie hast du mich genannt, du Schmok?«

»STOP!!«, brüllte ich dazwischen. »Sophie, es reicht. Benutz' ein Klo wie normale Menschen auch und nicht als Fäkalienkino. Setzen, drücken, abspülen, fertig! Es ist auch für keinen angenehm, danach das in deine Gülle-Wolke eingehüllte Bad betreten zu müssen, also mach es kurz.«

Meine Tochter sah mich trotzig an. »Setzen, drücken, abspülen? Ey, abputzen ist nicht mehr, weil wir sparen müssen oder was? Chillt mal, okay?!«

»Ich BIN gerade noch gechillt!«, verkündete ich unheilvoll, schnappte mir die Autoschlüssel und sagte zu Sebastian: »Los, ich fahre dich.«

An der Tür hielt ich inne und sagte zu Lena: »Du gehst duschen, möglichst ohne das Bad zu fluten. Und Sophie, wenn du in der Zwischenzeit wieder ein Klo brauchst, wechsle die Etage oder nimm' im Zweifel einen Eimer, klar?!«

Nach einem halbwegs friedvollen Abendessen kam Carsten gerade in dem Moment nach Hause, als ich zu dem ersten Elternabend der Konfirmandengruppe aufbrach. Er hauchte mir einen Kuss auf die Wange und fragte: »Status?«

Ich schlüpfte in meine Jacke und ratterte runter: »Lena schläft, Sophie hat sich eingeschlossen und hasst ihre Familie, Sebastian findet das cool und hofft, der Zustand hält an. Er wartet oben auf dich und dein Essen steht im Kühlschrank.«

Carsten seufzte. »Also alles wie immer. Wird das spät bei dir?«

»Keine Ahnung. Da werden bestimmt ein paar Eltern dabei sein, die ihre Kinder gerne heilig sprechen lassen wollen und fragen, wo man das beantragen kann. Oder die wissen möchten, ob man die Workshops nicht um die Termine der Eintracht-Spiele herumplanen kann – also ja, könnte eine Weile dauern.«

Carsten schloss die Tür hinter mir und ich hetzte los. Als ich kurz danach in dem Evangelischen Gemeindehaus eintraf, waren die meisten Stühle schon belegt. Ich setzte mich zu ein paar Müttern, die ich von der Schule her kannte und stellte wieder einmal fest, dass Elternabende, egal welcher Natur, wohl eindeutig in den Zuständigkeitsbereich der Mütter fielen. In die weitläufige Teilnehmerrunde hatten sich gerade mal zwei Väter verirrt. Der eine tippte wie wild auf seinem iPad, der andere schoss virtuell mit kleinen bunten Vögeln auf irre grinsende Affen, und aus seinem Handy ertönte jedes Mal ein leises »Jippieh«, was wohl die Treffer unterstrich.

Der Pfarrer und der Gemeindereferent stellten sich kurz vor und begrüßten die anwesenden Eltern freundlich.

»Wir möchten Ihnen einen kurzen Überblick geben, wie wir uns den Ablauf des ersten Elternabends vorstellen, und dann geben wir einen vorläufigen Terminplan für die ganze Konfirmandenzeit bekannt. Wenn Sie Fragen haben, können Sie diese jederzeit stellen.« Pfarrer Heumann lächelte wohlwollend in die Runde. »Dann würde ich sagen, wir fangen mit einer kleinen Vorstellungrunde an. Wenn Sie einfach Ihren Namen und den Ihres Kindes nennen und vielleicht kurz etwas dazu sagen, aus welchen Gründen sich Ihr Kind oder Ihre Familie für die Konfirmation entschieden hat.«

Er nickte einer Mutter in der ersten Reihe zu, die in der Gemeinde sehr aktiv war. »Sieglinde, wenn du anfangen möchtest?!«

Sieglinde setzte sich in Position. »Mein Name ist Sieglinde Köster, ich bin die Mama von Emil Köster. Der Emil hat ja schon lange eine Affinität zur Kirche, vermutlich weil der Kurt und ich ihm das so vorleben. Dem Emil war das ein inneres Bedürfnis, seine Bindung zur Kirche und zu seinem Glauben zu bestätigen, und deswegen war das für den Emil ganz klar, dass er zur Konfirmation geht. Er betet ja auch jeden Abend.«

Sieglinde sah strahlend in die Runde und sah Pfarrer Heumann Beifall heischend an. Der nickte kurz und sagte: »Die nächste bitte. Frau Sawatzki?«

Eine attraktive Rothaarige in einem hellen Hosenanzug legte ihr iPhone weg und stand auf: »Anna-Maria Sawatzki, Mutter von Katharina Sawatzki, alleinerziehend. Neben der Leistungsgesellschaft ist es auch wichtig, dass die Jugendlichen eine spirituelle Begleitung auf dem Weg in das Erwachsenwerden erhalten. Deshalb habe ich meiner Tochter angeraten, sich konfirmieren zu lassen. Mein Ex-Mann hat dazu keine Meinung, wie zu vielen anderen Dingen auch. Er ist jetzt mit seiner Sekretärin verheiratet, weil die der Meinung war, es wäre in seinem Leben Zeit für eine Veränderung. Das fand er wohl einleuchtend.«

Frau Sawatzki setzte sich wieder und für einen Moment herrschte peinlich berührtes Schweigen.

In mir machte sich langsam Panik breit. Je weiter die Vorstellungsrunde voranschritt, desto klarer wurde mir, wie unvorbereitet und naiv ich doch zu diesem Elternabend erschienen war. Hektisch schrieb ich meiner Tochter eine Nachricht.

Kannst du mir in zwei Sätzen sagen, warum du dich konfirmieren lassen willst und welche Gefühle du damit verbindest?«

Innerhalb von 20 Sekunden hatte ich eine Antwort:

Weil ihr mir keinen Fernseher kauft und ich mir von dem Geld einen Laptop kaufen will, mit dem ich dann über MaxDome meine Serien gucken kann. Darauf freue ich mich total.

Ich schnappte nach Luft und hörte mit halbem Ohr zu, wie die anderen Mütter die Verbundenheit ihrer Kinder mit der christlichen Gemeinschaft zum Ausdruck brachten und kam mir vor wie Judas beim letzten Abendmahl. Wo genau hatte meine Erziehung versagt?

Ich schrieb an Sophie:

Kannst du mir bitte irgendetwas schreiben, das mich in dieser Runde von erleuchteten Eltern bestehen lässt und was deine emotionale Verbundenheit zu deinem Glauben zum Ausdruck bringt, BEVOR die mich singend den Löwen zum Fraß vorwerfen?

LOL, schrieb meine Tochter zurück.
Die lügen doch alle.

TROTZDEM!!! war meine panische Antwort. Ich bin gleich dran!!

Sophie ließ sich Zeit, und als ich gerade an dem Punkt war, aufgrund eines familiären Notfalls – plötzlich einsetzender Brechdurchfall eignet sich immer für so etwas – den Raum zu verlassen, ploppte ihre Antwort auf das Display meines Handys.

> *Weil es ein schönes Gefühl ist, Teil einer Gemeinschaft zu sein*
> *und es für mich wichtig ist, daran zu glauben,*
> *dass Oma und Opa jetzt bei Gott oder da irgendwo sind –*
> *wenn sie schon nicht mehr bei uns sein können.*

Ich spürte, wie mir Tränen in die Augen schossen und biss mir auf die Lippen. Sie war zickig, sie war anstrengend, sie brachte mich soweit, dass ich im Internet Internate googelte und Probestunden in unterschiedlichen Selbsthilfegruppen besuchen wollte – aber es gab kaum eine Antwort, die gerade in diesem Moment ehrlicher hätte sein können und die mich tiefer berührt hätte.

Ich schickte ihr ein Herzchen zurück und stand auf, um mich vorzustellen, als Sophie noch eine Nachricht hinterherschickte:

> *Außerdem glaube ich, dass der liebe Gott gewollt hätte,*
> *dass ich einen Laptop bekomme, um fernsehzugucken ...*
> *Oder warum, glaubst du, gibt es Bibel-TV?*

Ich hatte meine Sache wohl ganz gut gemacht und brav alle Termine mitgeschrieben. Im Anschluss an den Elternabend standen wir noch in kleinen Gruppen herum und unterhielten uns. Der Gemeindereferent, Herr Lose, gesellte sich zu uns und wurde direkt von Frau Elbe, Übermutter mit einer in ganz Deutschland verstreuten Sippe, ins Kreuzverhör genommen.

»Sagen Sie mal, wie ist das denn dann bei der Konfirmation? Da gibt es doch gar nicht genug Plätze in der Kirche für alle.«

Herr Lose erklärte freundlich, dass man vermutlich in vier Gruppen konfirmieren würde und jede Familie eine bestimmte Anzahl an Platzkärtchen zur Verfügung gestellt bekäme. So wäre gewährleistet, dass von jeder Familie möglichst viele Gäste Platz finden würden. Auf die Nachfrage, wie viele Kärtchen denn jede Familie erhalten würde, antwortete Herr Lose ausweichend: »Das hängt davon ab, wie viele Konfirmanden in eine Gruppe kommen. Meistens sind es ungefähr zwanzig Kärtchen pro Familie.«

Frau Elbe riss erschrocken die Augen auf. »Was? Das reicht nicht. Die Familie meines Mannes kommt aus Süddeutschland, und alleine der Rudi und der Schorsch, also meine Schwager, die sind mit ihren Familien ja fast so viele. Und da ist die Oma noch gar nicht mitgezählt!«

Als wir uns erstaunt ansahen, fügte sie hinzu: »Ja, das ist halt in der Landwirtschaft so. Da wird der Fortbestand des Hofs gesichert und da braucht es halt viele Kinder.« Sie wandte sich an Herrn Lose. »Aber was kann man denn da machen?«

Herr Lose, der mit der Problematik zum jetzigen Zeitpunkt sichtlich überfordert war, sagte: »Naja, Sie können sich ja dann untereinander austauschen. Wenn eine Familie nicht so viele Kärtchen braucht, kann sie ja welche an Sie abtreten. Es ist ja auch noch Zeit bis dahin und es fällt uns schon noch etwas ein.«

Die Erleichterung stand Frau Elbe buchstäblich ins Gesicht geschrieben. »Da bin ich aber froh. Kann man da schauen, mit wem die Patrizia in eine Gruppe kommt? Damit das möglichst gut für uns läuft?«

Ich verschluckte mich fast an meinem Mineralwasser, als sie mich fixierte und mit dem Zeigefinger vor meinem Gesicht in die Luft piekte: »Sagen Sie, sind bei Ihnen nicht letztes Jahr welche gestorben? Dann ist Ihre Familie doch nicht mehr so groß, oder?«

Während Herr Lose peinlich berührt gen Himmel blickte und vermutlich um einen göttlichen Steinschlag bat, spürte ich neben Betroffenheit über so wenig Feingefühl einfach nur nackte Wut.

Ich sah Frau Elbe ernst an und sagte: »Das stimmt. Aber ein Medium hat uns gesagt, dass die feinstoffliche Energie der Verstorbenen noch viele Jahre um uns herum ist und in Kontakt mit den Angehörigen steht. Deshalb möchten wir auch für die Verstorbenen entsprechend Plätze reservieren. Stellen Sie sich mal vor, wenn sich Ihr Rudi dann quasi auf unsere Oma setzen würde. Sie verstehen sicher, wie das für uns wäre?!«

Damit ließ ich die sichtlich verwirrte Frau Elbe stehen, schickte meiner Tochter die letzte Nachricht aus dieser Runde, die das Bild eines Galgens beinhaltete, und machte mich auf den Heimweg.

Als ich mich später am Abend noch heldenhaft durch einen Stapel Bügelwäsche kämpfte, der Ausmaße hatte, dass Lena dahinter hätte Verstecken spielen können, kam mir Sophies WhatsApp-Nachricht wieder in den Sinn. In unserem eng getakteten Alltag gab es eigentlich kaum Raum für die Trauer über den Tod meines Vaters, und wenn sie mich mal wieder überrollte wie »Wälle«, schob ich meine Gefühle meistens rüde zur Seite, weil es immer gerade nicht passte. Einerseits wollte ich auch gerne daran glauben, dass meine Eltern irgendwo zusammen gut aufgehoben waren, andererseits kam ich mir seit ihrem Tod entwurzelt und eigentlich nirgendwo mehr gut aufgehoben vor. Natürlich verstanden Carsten und die Kinder, dass ich manchmal traurig war, aber trotzdem stand ich ständig unter dem Druck, im Alltag weiterhin funktionieren zu müssen. Das Los der Mütter, dachte ich müde, während ich mit dem Bügeleisen über eins von Sebastians T-Shirts fuhr. Da kann die Gleichberechtigung noch so weit fortgeschritten sein, für die emotionale Stabilität der Familie ist immer die Mutter verantwortlich – genauso wie für in der Waschmaschine verschwundene Socken, Besuche beim Kinderarzt oder den Weltfrieden.

Über den Dampf, der aus dem Bügeleisen aufstieg, sah ich zu dem Foto meiner Eltern hinüber, das in einem Silberrahmen auf dem Sideboard stand, und ich spürte, wie mir Tränen in die Augen traten. Ich stellte das Bügeleisen ab, griff nach dem Bild und betrachtete es eine Weile, obwohl ich ihre Gesichter auch so ganz oft vor Augen hatte.

Einfach mal nicht funktionieren zu müssen, das wäre unbezahlbar, schoss es mir durch den Kopf, als ich Carsten die Treppe herunterkommen hörte. Schnell wischte ich mir über die Augen und stellte das Foto auf den Wohnzimmertisch. Verbissen bügelte ich an dem Ärmel eines Hemdes herum, der hartnäckigere Falten hatte als ich morgens nach dem Aufstehen.

Carsten trat neben mich und sein Blick fiel auf das Foto. Prüfend sah er mich an. »Ist es noch viel?«

Ich nickte zu dem Wäscheberg hinüber. »Gefühlt wird es nicht weniger, aber irgendwann muss ich ja mal durch. Sonst liefere ich Sebastian die perfekte Ausrede, seine Klamotten nicht wechseln zu müssen.«

Carsten nahm mir das Bügeleisen aus der Hand und stellte es zur Seite. Zärtlich strich er mir eine Haarsträhne aus dem Gesicht und sagte leise: »Ich habe dir oben das Badewasser eingelassen. Auf der Ablage neben der Badewanne steht ein Glas Wein. Nimm' dir ein Buch und komm mal zur Ruhe. Ich mache hier weiter.«

Völlig überrascht öffnete ich den Mund, aber er legte mir nur einen Finger auf die Lippen und nickte mit dem Kopf Richtung Treppe. Wenn man mal das Glück hat, dass ein Wunsch so unmittelbar in Erfüllung geht, dann ist es sogar mir möglich, einfach mal die Klappe zu halten. Ich stellte mich auf die Zehenspitzen, gab ihm einen Kuss und verschwand widerspruchslos nach oben. Dass mein Buch sogar an der richtigen Stelle aufgeschlagen auf dem Klodeckel lag, machte mir deutlich, dass ich mein persönliches Paradies schon längst gefunden hatte.

Kapitel 10

Nachdem sich die neuen Konfirmanden nun wochenlang beschnuppert hatten, sollte sich zeigen, ob die zarte Bande auch in der Wirklichkeit und über einen längeren Zeitraum Bestand hatte – das erste Konfi-Wochenende stand auf dem Plan.

Ich hielt mir die Augen zu, als Sophie ihren Koffer Stufe für Stufe und mit hochrotem Gesicht die Treppe herunterwuchtete. Die dabei ausgestoßenen Flüche hätten locker für die nächsten drei Fortsetzungen von *Fack ju, Göhte* gereicht.

Ich schielte zwischen den Fingern hindurch. »Eine Nummer kleiner hätte es auch getan, oder?«

»Den hatte ich auch auf der Klassenfahrt dabei«, keuchte sie. »Wo ist schon wieder dein Problem?«

»Die Klassenfahrt ging auch über eine ganze Woche, das hier ist bloß ein Wochenende.«

Sophie zerrte den Koffer hinter sich her durch den Flur und ich öffnete per Knopfdruck den Kofferraum.

»Hoffentlich brauchen wir für Emmas Koffer nicht noch den Dachgepäckträger«, bemerkte ich süffisant.

»Echt Mama, du hast immer solche Brüller auf Lager, das ist kaum zum Aushalten«, murrte sie gereizt und wuchtete den mit bunter Graffiti bemalten Koffer ins Auto.

In diesem Moment fuhr Birgit gerade vor, und noch bevor der Wagen richtig stand, schlüpfte Emma schon aus der Autotür. Die beiden Mädchen begrüßten sich, als hätten sie wochenlang nichts voneinander gehört – was im Zeitalter von Skype, WhatsApp oder Facetime kaum möglich war. Trotzdem rührte es mich. Die Freundschaft zwischen den beiden bestand seit zwölf Jahren, hatte bis jetzt alle Höhen und Tiefen ausgehalten – einschließlich irrtümlicherweise ignorierter blauer Häkchen bei WhatsApp-Nachrichten, unerlaubt aufgenommener Fotos direkt nach dem Aufstehen und Emmas erstem Freund, der verlangte, dass sie zwischen ihm und Sophie wählen sollte. Bis er richtig verstanden hatte, was Sache war, hatte Emma ihn auf allen Kanälen blockiert, aus ihrer Freundesliste gestrichen und nahezu zeitgleich die letzte Nachricht mit den Worten »Mach's gut, war nett« abgeschickt. ABFs eben!

Ähnlich eng waren Birgit und ich befreundet, und so musste ich gar nicht fragen, welche logistischen Dramen sich im Hause Reuter abgespielt hatten, als ich Emma an ihrem Koffer zerren sah.

Wir sahen uns bedeutungsvoll an und Birgit meinte mit unbewegter Miene: »Ich hoffe, du hast die Achse verstärken lassen.«

Die vernichtenden Blicke der beiden Teenager waren völlig synchron, ebenso der Schwung, mit dem sie ihre langen Haare genervt nach hinten warfen.

Birgit und ich hatten vereinbart, dass ich die beiden Mädchen nach Oberursel zu dem Jugendheim, in dem das Konfi-Wochenende stattfand, fahren sollte. Sie würde die beiden hoffentlich müde, übernächtigt und herrlich wortkarg am Sonntag wieder abholen. Erfreulicherweise sackte das Auto nur etwas nach unten und schien mit der monströsen Fracht im Kofferraum einigermaßen zurechtzukommen, so dass wir nach einer knappen Dreiviertelstunde in die Freiherr-von-Stein-Straße abbogen, in der das Jugendheim »Haus Burgfrieden« lag. Am Anfang der Straße standen einige wirkliche Prachtbauten, alte Villen, die liebevoll und aufwendig restauriert worden waren, und die Mädchen bekamen große Augen. Während ich noch nach der richtigen Hausnummer suchte, brach hinter mir die völlige Ekstase aus.

»Das ist ja cool, die haben sogar einen Swimming Pool dort drüben«, hauchte Sophie ergriffen.

»Guck mal, die Einfahrt – irre«, rief Emma begeistert.

»Da läuft sogar ein Hausmädchen!«

»Das wird ein abgefahrenes Wochenende. Da können wir bei dem tollen Wetter bestimmt auch im Pool schwimmen gehen.«

Ich schwieg vorsichtshalber und schätzte, es würde wirklich abgefahren werden, wenn wir erst vor dem Jugendheim zum Stehen kamen – und sehr ernüchternd.

»Wir sind da«, verkündete ich und parkte das Auto auf dem Seitenstreifen vor der Hausnummer 187.

»Wow!«, ertönte es unisono, während Emma und Sophie auf der anderen Seite eilig aus dem Wagen kletterten.

Etwas irritiert stieg ich aus. Das Gebäude sah nicht schlecht aus, aber so viel Begeisterung hatte ich ehrlich gesagt nicht erwartet.

Die Stimmen auf der anderen Seite des VW Busses überschlugen sich fast.

»Guck mal, wie toll der Park angelegt ist«, begeisterte sich Sophie.

»Das Haus hat einfach das gewisse Etwas, richtig edel«, schwärmte Emma.

»Sind das etwa Ställe? Vielleicht haben die Pferde«, rief Sophie völlig aus dem Häuschen.

»OMG! Sophie! Ist das ...?«, Emmas Stimme war nur noch ein ehrfürchtiger Hauch. »Ist das etwa ein BUTLER? Wie geil ist das denn?«

»Wo?«, fragte ich und wuchtete die Koffer aus dem Auto.

»Na der, der da gerade die Freitreppe herunterkommt.« Auch Sophies Stimme vibrierte förmlich.

Irritiert hob ich den Kopf. »Herrgott Mädels, das ist keine Freitreppe, sondern die Feuerleiter und vermutlich ist der nette Mann dort oben der Hausmeister. Übertreibt ihr nicht ein wenig?«

Zugegeben, die große Rasenfläche vor dem Haus war umgeben von alten Bäumen und der Grillplatz an der Seite war mit gemütlichen Holzmöbeln ausgestattet. Auch das dreistöckige, weiß verputzte Gebäude mit den grünen Fensterläden wirkte sehr gepflegt und einladend, aber in der halboffenen Stalltür war eindeutig der Kopf einer Ziege samt Hörnern zu sehen, und der Unterschied zu einem Pferd sollte meiner Tochter doch mittlerweile geläufig sein. Vor den Strohballen tummelten sich ein paar zerrupfte Hennen und ein eitler Hahn stolzierte mittendurch. Er warf seinem Gefolge mit ruckendem Kopf immer wieder strenge Blicke zu. Typisch Mann, dachte ich kopfschüttelnd.

»Mama, echt! Ich bin doch nicht blöd! Ich kenne doch den Unterschied zwischen einer Feuerleiter und einer Freitreppe«, motzte Sophie lautstark von der Seite des VW Busses.

Ich ging um das Auto herum. »Und was ist dann das da?«, fragte ich und deutete nach rechts.

»Eine Freitreppe!«, antwortete Sophie und zeigte nach links – wo tatsächlich gerade ein uniformierter Butler mit einem Tablett eine großzügige Außentreppe herunter stolzierte. Eine Gruppe Jugendlicher saß in teuer aussehenden Loungemöbeln auf einer großen Terrasse und unterhielt sich lautstark.

Ich deutete in die andere Richtung. »DAS da ist »Haus Burgfrieden«! Und ich fürchte, hier nimmt euch niemand das Gepäck ab, und ob sich die Ziegen reiten lassen, halte ich für fraglich. Aber immerhin gibt es morgens frische Eier.«

Während Emma und Sophie mit betroffenem Gesichtsausdruck ihr Wochenenddomizil musterten, trat Pfarrer Heumann aus dem Haus und kam mit freundlichem Lächeln auf uns zu. »Ah, da seid ihr ja, wie schön. Bringt doch schon mal eure Koffer nach oben. Ihr seid mit Jenny, Lisa, Marie und Alex wie besprochen im Sechserzimmer.« Er klatschte lächelnd in die Hände und fügte hinzu: »Ihr habt Glück, das Zimmer hat sogar ein eigenes Bad.«

Mit einem wehmütigen Blick auf die andere Straßenseite zerrten die beiden Grazien ihre Koffer hinter sich her und nahmen den Aufstieg in den zweiten Stock in Angriff – kein leichtes Unterfangen mit zwei tragbaren Kleiderschränken.

Gerade als Pfarrer Heumann von unten noch fröhlich rief: »Und morgen früh können wir sogar frische Eier direkt im Hühnerstall sammeln«, flog oben mit einem ohrenbetäubenden Knall die Tür so heftig zu, dass das Holzkreuz samt Jesus über der Eingangstür gefährlich schaukelte. Verglichen mit dieser pubertierenden Horde war vermutlich das Genörgel seiner Jünger damals der reinste Spaziergang gewesen.

Nachdem ich mich von Pfarrer Heumann verabschiedet und in die oberen Gemächer noch ein lautes »Viel Spaß, macht keinen Unsinn, bis Sonntag« gerufen hatte, dachte ich darüber nach, wie Jesus sich heute wohl in der virtuellen Welt der Teenager zurechtgefunden hätte. Wo doch heutzutage jedes Wort und jede Tat per Video auf YouTube festgehalten wurde und damit für immer abrufbar war. Der Trick bei der Verwandlung von Wasser in Wein wäre sicher bald aufgeflogen. Andererseits hätte er die Bergpredigt einfach ins Netz stellen können und hätte somit eine Reichweite gehabt, die ins Millionenfache gegangen wäre. Auch der steile Aufstieg wäre ihm erspart geblieben. Wäre dann aber dieser Zauber, dieses Charisma und die Intensität, mit der er zu den Menschen gesprochen hatte, zu spüren gewesen?

Als ich in unseren VW Bus kletterte, was eine leichte Ähnlichkeit mit dem Erklimmen der Fahrerkabine eines 5-Tonners hatte, fiel mein Blick auf den Sicherheitsbeamten, der vor der Villa auf der anderen Straßenseite stand. Mit unbewegter Miene verfolgte er meine Ausparkversuche, und ich fand diesen starren Blick irgendwie unheimlich. Andererseits würde ihm von seinem Standort aus keine Bewegung auf dem Grundstück von »Haus Burgfrieden« entgehen und es könnte eventuell die verrückten Ideen meiner Tochter im Keim ersticken, wenn sie sich im Blickfeld von jemandem fühlte, der wie eine abstrakte Mischung aus Kevin Costner und Hulk Hogan aussah.

Kapitel 11

Als ich am Samstagmorgen noch leicht verschlafen auf mein Handy sah, waren schon drei Nachrichten von Sophie eingegangen. Ruckartig setzte ich mich auf und stellte den Ton aus, um Carsten nicht zu wecken.

Wir sind in der Morgenandacht, schrieb meine Tochter um 6.43 Uhr. *Wir müssen schweigen und beten.*

Warum schreibst du dann??

Wir sollen schweigen! Tu' ich ja, ich schreibe ja bloß.
Ich hab so Hunger! Großen Hunger!

Frühstück gibt's erst hinterher??

Ja! Das geht schon ewig so und wir dürfen nicht reden. Sollen in uns hineinhorchen.

Na, dann konzentrier dich mal schön und horche.

Als ich die Antwort las, die prompt kam, musste ich grinsen.

Wenn ich in mich hineinhorche, merke ich nur Hunger! Großen Hunger!

Bald ist es vorbei, dann gibt es frische Eier.

Ehrlich, Mama, dein Humor ist manchmal voll daneben. Bye

Kopfschüttelnd legte ich mein Handy zur Seite. Das konnte ja was werden... Vor dem Mittagessen kam die nächste Nachricht.

Wir beten und horchen wieder.

Vor dem Abendessen schrieb Sophie leicht abgewandelt:

Wir beten und meditieren. Mama, jetzt reicht es doch wirklich mal, oder?
Das gehört eben zu einem Konfi-Wochenende dazu!

Gegenüber auf der Terrasse sitzen sie und chillen und wir liegen hier auf dem harten Steinboden.

Steinboden?? Ihr seid im Kerker?

Naja, PVC, ist kein großer Unterschied. Und jetzt kommt noch das Abendmahl!

Na, immerhin gibt es was zu essen 9

Warum schreibe ich dir überhaupt??

Weil du gerade nicht sprechen darfst!!!

BYE!!!!!!!

Danach war Funkstille für das restliche Wochenende, vermutlich weil Sophie keinen Nerv hatte, sich mit meinem mangelnden Feingefühl auseinanderzusetzen. Nachdem ihr Carsten ebenfalls völlig herzlos geantwortet hatte, es wäre doch mal eine tolle Erfahrung, mit weniger auszukommen und vielleicht auch mal das Handy wegzulegen, fehlten ihr vermutlich schlichtweg die Worte. Aber vielleicht fand sie die ja, wenn sie nur lange genug in sich hineinhorchte. Mario hatte ich telefonisch, persönlich und schriftlich untersagt, auf jede Art von Hilferuf zu reagieren – es sei denn, es ginge um den Verlust mehrerer Liter Blut oder offene Wunden, die einen Transport ins nächste Krankenhaus erforderten. In diesen Fällen durfte er gerne tätig werden. In Anbetracht dessen, dass Mario jedoch noch nicht mal einen Milliliter Blut sehen konnte und ihm schon schlecht wurde, wenn er eine vollgesaugte Stechmücke erschlug und die einen Blutfleck an der Wand hinterließ, war das Thema damit vom Tisch.

Am frühen Sonntagnachmittag brachte Birgit Sophie nach Hause, und die schlich mit gesenktem Blick an mir vorbei.

Ich sah Birgit erstaunt an. »Was ist denn los? Krach im Paradies?«

Sie schnaubte. »Die kommen da erst gar nicht an! Ich sage dir, wenn unsere beiden Töchter katholisch wären, sie würden in diesem Leben den Beichtstuhl nicht mehr verlassen!«

Ich verzog das Gesicht. »So schlimm? Was haben sie denn gemacht? Das Vaterunser umgetextet?«

Birgit warf einen drohenden Blick in Richtung Auto, in dem Emma mit zerknirschtem Gesichtsausdruck saß. »Sie haben nachts Party gemacht. Und waren dann leider so blöd, sich erwischen zu lassen.«

»Naja, ein bisschen Party ist doch normal an so einem Wochenende.« Ich zuckte mit den Schultern. »Wenn die Mädels Spaß hatten in ihrem Zimmer, das ist doch kein Drama.«

»Nicht in IHREM Zimmer und auch nicht ALLE Mädels.« Birgit fuhr sich mit der Hand durch ihre roten Haare. »Unsere beiden hatten Spaß in so einer schicken Villa in der Nachbarschaft.«

Ich drehte mich zu Sophie um, die noch an der Haustür gestanden hatte und nun blitzschnell im Haus verschwand. »Was??«

»Ja!«, bekräftigte Birgt und erzählte die ganze Geschichte.

In der schicken Villa gegenüber war wohl gegen Abend eine richtig coole Party im Gange. Lauter Teenies (laut Emma) tanzten auf der Terrasse oder tobten im Pool – alles ganz harmlos (laut Sophie). Die beiden Mädchen hatten am Fenster gesessen und den ganzen Trubel sehnsüchtig beobachtet. Während die anderen vier Zimmergenossinnen schlafend in den Betten lagen, waren Emma und Sophie der Meinung, sie hätten für einen Tag genug geopfert, gebetet und meditiert und ein bisschen Spaß verdient. Sie wollten ja nur mal gucken...

Als sie sich sicher waren, dass wirklich alle anderen in dem Sechserzimmer schliefen, öffneten sie vorsichtig das Fenster, kletterten nach draußen auf die Feuerleiter und lehnten das Fenster behutsam an. So leise wie möglich krabbelten sie über das wackelige Konstrukt nach unten. Leise war auch gut, denn nebenan schlief Maria, die Köchin des Jugendheims, und direkt unter ihrem Zimmer saßen Pfarrer Heumann und der

Gemeindereferent, Herr Lose, bei einem Glas Wein zusammen und plauderten. Der Plumps, mit dem sie die letzten Meter im freien Fall bis zum Boden zurücklegten, weil das letzte Stück der Feuerleiter ungefähr anderthalb Meter über der Erde schwebte, war weder geräuschlos noch besonders elegant, aber er weckte zumindest keine schlafenden Hunde – oder vielmehr Köchinnen. Sie schlichen leise am Haus entlang und dann über die Straße, wo sie vorsichtig über die Hecke lugten – und sich Auge in Auge mit dem Sicherheitsbeamten wiederfanden. Bei der nachfolgenden Diskussion, was sie denn hinter der Hecke zu suchen hatten, wurde wohl die Tochter des Hauses, die die Party in Abwesenheit ihrer Eltern schmiss, auf das Szenario aufmerksam und kam dazu. Der Sicherheitsbeamte, der zwei unverständliche Laute in sein Headset grunzte, wurde besänftigt und Kimberly, wie das coole, graziöse Geschöpf hieß, das gerade ihren sechzehnten (!!) Geburtstag feierte, lud Emma und Sophie zu der Party ein. Wie auf Wolken schwebten die beiden hinter der Gastgeberin her und fanden sich plötzlich mitten in einer angesagten und hippen Clique wieder. Quasi »Beverly Hills 90210« im hessischen Vordertaunus – wer könnte dazu schon nein sagen?

Letztlich hatten die beiden auch gar nicht so sehr über die Stränge geschlagen – wenn man davon absieht, dass sie sich heimlich aus dem Jugendheim geschlichen und über die Feuerleiter aus dem Staub gemacht hatten. Nachdem ihnen der erste Alkohol ihres Lebens in Form einer Piña Colada serviert worden war, hatte aber zumindest ihr vernebeltes Hirn noch soweit funktioniert, dass sie, so die offizielle Version, nicht an dieser süßlich riechenden, merkwürdig breiten Zigarette zogen, die danach die Runde machte.

Alles in allem hätte niemand von dem nächtlichen Ausflug erfahren müssen, wenn sie nicht bei der Rückkehr über die Feuerleiter die Fenster verwechselt hätten. Nachdem nämlich Emma und Sophie keuchend und schnaufend durch das angelehnte Fenster kletterten und vorsichtig mit den Taschenlampen ihrer Smartphones in das Zimmer leuchteten, fuhr die dicke Köchin des Jugendheims schreiend in die Höhe. Im ersten Moment hatte sie, geblendet von dem hellen Licht und aufgeschreckt vom keuchenden Atem der Mädchen, angenommen, zwei perverse Serienkiller wären in ihr Schlafzimmer eingedrungen. Als jedoch Emma und Sophie ebenfalls erschrocken aufgeschrien hatten, war zumindest klar, dass weder ihr Leben noch ihre Ehre in Gefahr waren.

Pfarrer Heumann und Herr Lose kamen, aufgeschreckt durch das Geschrei, die Treppe hinaufgepoltert, in fester Absicht, die Ehre der korpulenten Maria mit allen Mitteln zu verteidigen – und standen irritiert und ratlos zwei hysterisch kichernden Teenagern mit leicht glasigem Blick gegenüber, die sich bei dem Anblick der Köchin kaum beruhigen konnten. Das ausladende, mit Rüschen besetzte Nachthemd und die durchsichtige Beißschiene in deren Mund waren einfach zu viel für sie.

»Iff bin fu Tode erfrocken«, hatte Maria undeutlich lamentiert und war so aufgebracht gewesen, dass die Speicheltröpfchen in alle Richtungen geflogen waren. »Iff dachte, da find fwei Kerle, die über miff herfallen wollen.«

Vermutlich stand das Fenster deshalb Nacht für Nacht offen, aber die Vermutung wollte niemand laut aussprechen. Nachdem sich also die Hintergründe des vermeindlichen Überfalls auf die Köchin aufgeklärt hatten, bekamen die beiden Ausreißerinnen eine Standpauke gehalten, die sich gewaschen hatte, und wurden ohne Umwege ins Bett geschickt.

Emma und Sophie machten sich mit angemessen betroffenem Gesichtsausdruck auf den Weg in ihr Zimmer, da donnerte ihnen Maria hinterher: »Und wehe, ihr büfft noch mal aus!«

Empört stemmte sie die Hände in die ausladenden Hüften, sodass sich ihre Statur fast auf das Doppelte verbreiterte. »Dabei wifft ihr genau, der liebe Gott fieht allef!«

Emma drehte sich augenzwinkernd um und antwortete: »Ja, er sagt aber auch, wer ohne Schuld ist, der werfe den ersten Stein!«

Sophie nickte heftig. »Außerdem hat er selbst Wasser in Wein verwandelt. Der hat bestimmt auch mal gerne einen gezischt nach Feierabend, wenn er das ganze Gepredige nicht mehr ertragen konnte.«

Pfarrer Heumann warf einen verzweifelten Blick gen Zimmerdecke. »Das war Jesus, Mädchen. Aber über alles weitere reden wir morgen.«

Ich konnte unmöglich ernst bleiben, nachdem mir Birgit die ganze Geschichte erzählt hatte und hielt mir den Bauch vor Lachen. Emma stieg aus dem Auto und kam vorsichtig näher.

»Das war echt voll gruselig. Als die dicke Maria aus dem Bett so hochgeschossen ist und schreiend vor uns stand, echt, die sah aus wie Katie Bates in ‚Misery' von Stephen King.« Mit einem schnellen Blick auf ihre Mutter fügte sie hinzu: »Von dem Film kenne ich nur den Trailer, ehrlich!«

Auch Sophie traute sich wieder aus dem Haus. »Das Nachthemd war der Knaller und dann hatte die so eine komische Schiene im Mund. Ich hatte total Schiss.«

»Und verstanden hat man die auch nicht. Die klang fast so, als hätte sie gar keine Zähne. Aber stell' dir mal vor, da hätte so ein Wasserglas mit einem Gebiss gestanden«, sagte Emma und schüttelte sich.

»Da bekommt der Spruch ‚Auge um Auge, Zahn um Zahn' eine ganz andere Bedeutung«, bemerkte Birgit und wir brachen wieder in schallendes Gelächter aus.

»Wie geht das denn jetzt weiter?«, fragte ich. »Müssen wir antreten und uns anhören, wie hundsmiserabel unsere Erziehung war? Seid ihr vom Konfirmandenunterricht ausgeschlossen?«

»Nein«, murrte Emma. »Zum Glück nicht. Aber am nächsten Morgen mussten wir zu den Hühnern in den Stall, die Eier einsammeln und den ganzen Dreck wegmachen – während Kimberly und die anderen drüben auf der Terrasse saßen und sich kaputt gelacht haben. Das war echt total peinlich.«

»Bis auf den einen, der hat nicht gelacht. Der sah aus wie Ian Sommerhalder mit seinen dunklen Haaren und den tollen Augen. Und dann das tolle Motorrad ... und die Lederjacke«, schwärmte Sophie mit verklärtem Lächeln.

Emma verdrehte verlegen lächelnd die Augen.

»Und hast du das Tattoo gesehen? Der hatte so was Dunkles... DER kam sogar an den Zaun und hat gefragt, ob er ein Ei haben kann, weil rohe Eier gut gegen Kater sind. Das hat er aufgeschlagen und direkt geschlürft. Echt krass!«, fuhr Sophie begeistert fort.

Mir wurde alleine bei dem Gedanken übel, und ich sollte mir wohl ernsthaft Gedanken machen, auf welches Männerbild meine Tochter da ansprang. Ian Sommerhalder – ok. Aber ein dunkler Typ mit Tattoo, Motorrad, in Lederklamotten, der rohe Eier schlürfte? Ich konnte jetzt schon sagen, das würde Carsten ganz und gar nicht gefallen, und wenn er die Geschichte zu hören bekam, würde er die konkrete Planung hinsichtlich einer pubertätsbedingten Sicherheitszone um unser Haus völlig neu dimensionieren.

Kapitel 12

Die nächsten Wochen standen eindeutig im Zeichen einer gewissen Endzeitstimmung, die sich jedes Jahr vor den Sommerferien breitmachte. Sophie schrieb eine Klassenarbeit nach der anderen, rannte sonntags wie immer zu spät zum Gottesdienst, und ich war der Meinung, schlimmer könnte ihre Laune selbst im dicksten Liebeskummer nicht sein. Aber auch da täuschte ich mich.

Lena jammerte, sie wäre in gar keiner richtigen Schule, weil sie nie Arbeiten schreiben würde und auch keine richtigen Noten bekäme. Als ihre großen Geschwister mit je einer versiebten Mathearbeit nach Hause kamen, murrte sie nur: »Ihr wisst jetzt wenigstens, dass ihr es nicht könnt. Wir bekommen nie Noten.«

Nur mit Mühe konnte ich sie aus der Schussrichtung von Sebastian und Sophie bugsieren, die nicht nur rot, sondern dunkelviolett sahen. Schmollend saß sie daraufhin in ihrem Zimmer, spielte mit den Stofftieren Schule, und die gelehrigen »Schüler« jauchzten immer freudig auf, wenn ihre »Lehrerin« ankündigte, sie würden am nächsten Tag eine Klassenarbeit schreiben. Dass sich zwei Türen zwischen Lena und ihren Geschwistern befanden, rettete die Situation nicht wirklich. Sophie und Sebastian planten einen Angriff auf die »Stofftierschule«, während Lehrerin Lena gerade euphorisch klatschend den Schulsong auf die Melodie von »Atemlos« schmetterte. Meine Erklärungsversuche, Lena sei eben noch kleiner und in den ersten Klassen wäre man eben noch von allem begeistert, scheiterten kläglich.

Sophie fauchte: »Für manche sind die ersten Klassen auch die letzten. Die werden nämlich aus bekannten Gründen nicht alt!«

Sebastian quälte sich durch seine Englischvokabeln und wollte mir glaubhaft versichern, dass es alleine schon Vokabeltraining sei, wenn er auf der Xbox Star Wars mit englischen Untertiteln spielen würde, weil man damit automatisch seinen Wortschatz erweitern könne. Kopfschüttelnd nahm ich die Konsole mit ins Schlafzimmer. Die Macht war in diesem Falle eindeutig mit mir!

Ich sehnte den Sommerurlaub auf Wangerooge herbei und freute mich wie verrückt auf drei freie Wochen. Sommer, Sonne, Strandkörbe und Meer! Regen, Gummistiefel und tote Quallen, maulte Sophie, die viel lieber auf eine der schicken Mittelmeerinseln geflogen wäre, um Promis zu gucken. Dass sich in der Regel aus finanziellen Gründen in unserem Umfeld nicht viele Promis tummelten, egal wo wir den Urlaub verbrachten, war nebensächlich. Die Wahrscheinlichkeit, überhaupt welche zu treffen, sei auf Mallorca oder Ibiza wesentlich höher als an der Nordsee. Auf meinen Einwand, selbst Ex-Bundespräsidenten würden an der Nordsee Urlaub machen, ebenso der Bundestrainer und so mancher Tatort-Kommissar, flog mal wieder die Zimmertür zu. Zugegeben, Wangerooge war nicht unbedingt Sylt, aber es war doch immerhin ein schöner Gedanke, dass man sich mit einem Teil der VIPs in denselben Gewässern befand – dachte ich!

Im Verlag war die Hölle los, wie immer kurz vor der Urlaubszeit und Herr Sorge konnte vor lauter Sorgen nicht schlafen, weil er drei Wochen ohne mich auskommen musste. Wie gewöhnlich wurde ich von Frau Schäfer vertreten, die froh war, dem Empfang mal für einige Zeit entkommen zu können und sich das Leben als Assistentin des Verlagschefs immer viel aufregender vorstellte, als es eigentlich war. Sie erledigte alle Arbeiten gewissenhaft nach meinen Notizen – allerdings nicht mehr und nicht weniger - und somit hatten meine ToDo-Listen meist epische Ausmaße. In der Regel verlief jedoch alles reibungslos, und auch Frau Rockenfeller hatten wir langsam und in kleinen Schritten auf meine Abwesenheit vorbereitet, sodass emotionale Zusammenbrüche hoffentlich ausbleiben würden.

Nach ein paar Tagen hatte sich gewöhnlich auch Herr Sorge an die veränderte Situation in seinem Vorzimmer gewöhnt und sein Puls lief wieder auf Normalfrequenz. Außerdem genoss er die mütterlichen Qualitäten von Frau Schäfer, die ihn großzügig mit Kuchen, Stückchen und Schnittchen versorgte, während sich mein Serviceangebot in diesem Bereich auf Kaffee, Milch und Zucker beschränkte. Abgesehen davon hätte ich mir den Zorn von Frau Sorge zugezogen, die streng darauf achtete, dass ihr Mann im Büro nicht verhätschelt wurde. Im Hause Sorge wehte ein anderer Wind, und wenn Herr Sorge abends nach Hause kam, dann hatte er noch diverse Pflichten zu erfüllen – außer den ehelichen, und ich schätzte, auch diese unterlagen einem festen Zeitplan. Frau Sorge betrachtete schon die ersten Anzeichen aufkommender Spontaneität als Feindbild und führte zu Hause ein strenges Regiment. Da muckten weder der Herr Sorge noch die vier Kinder auf.

Oft dachte ich, dass vermutlich auch die Pubertät im Hause Sorge völlig unbemerkt verlaufen würde, weil sich ohne Erlaubnis von Frau Sorge nicht mal zwei Synapsen ungefragt miteinander verknüpfen würden. Selbst wenn es wissenschaftliche Studien dazu gab, dass das Gehirn von Jugendlichen in der Pubertät durch eine Reihe von Fehlzündungen oft lahmgelegt wurde, interessierte das Frau Sorge garantiert herzlich wenig. Die Gehirne der Familie unterlagen ebenso ihrer Kontrolle, wie die Gezeiten von den Mondphasen bestimmt wurden. Und wenn Frau Sorge eine bestimmte Vorstellung vom Ablauf der Pubertät hatte, dann war das auch so und damit basta! Manchmal hatte ich schon überlegt, Sophie einen dreiwöchigen Sommerurlaub im Hause Sorge als Casting für »Die schrecklichsten Eltern der Welt« zu verkaufen, aber ich war mir nicht sicher, ob sie mich im Gegenzug nicht umgehend bei »Frauentausch« anmelden würde.

Als ich beim letzten Weihnachtsessen mit der Frau meines Chefs eine ausführliche Unterhaltung über Erziehung im Allgemeinen führte, hatte mich Frau Sorge streng gemustert.

»Sie sind der Boss! Sie geben die Regeln vor, Sie legen die Konsequenzen fest. Die Kinder lernen sofort, wenn sie ausbrechen, hat das Konsequenzen.« Sie sah mich eindringlich an. »Sehr unangenehme Konsequenzen! Immer! Und damit wird jede Revolution im Keim erstickt. Wenn einer aus der Reihe ausschert, gibt das nur Chaos!«

Sie betonte ihre Sätze mit energischen Handbewegungen und ich hätte fast stehend applaudiert. Diese kleine, knapp 1,60 m große Person, die mit ihren blonden Haaren aussah wie der Engel auf einer Christbaumspitze, hatte die Aura eines Feldwebels. Wenn man sie so reden hörte, glaubte man fest daran, als Mutter das unangefochtene Oberhaupt der Familie zu sein.

Vom Prinzip her hatte ich das verstanden, allerdings haperte es bei mir deutlich mit der Umsetzung. Wenn ich Mario glauben durfte, lag das an meinem weichen und milden Kern, der mit seiner weiblichen, emotional flexiblen Energie den kleinen Diktator in mir einfach überrollte.

»Das bist eben nicht du, Liebes. Und schau dir doch deine Kinder an. Die entwickeln sich zu zauberhaften, eigenständigen Persönlichkeiten mit ganz individuellen und emotional anspruchsvollen Wesenszügen.«

Als er das sagte, starrte ich ihn lange an. Mit diesen überaus entzückenden und hochtrabenden Worten wollte er mir vermutlich durch die Blume sagen, dass ich noch nicht mal konsequent sein könnte, wenn ich durch einen vierwöchigen Verzicht auf Schokolade in einer traumhaft schönen Robe in Größe 34 am Arm von Brad Pitt hätte zur Oscar-Verleihung gehen dürfen – geschweige denn, dass ich meinen Kindern in die Augen sehen und mit fester Stimme die dringend notwendige Grundreinigung des Badezimmers fordern könnte. Ich war unglaublich kreativ im Erfinden von Drohungen jeder Art und löste damit regelmäßig Heiterkeitsausbrüche in meiner näheren Umgebung aus. Nur bei der Umsetzung fehlte mir aus unerklärlichen Gründen das Durchhaltevermögen.

Frau Sorge brachte es auf den Punkt. »Sie dürfen nichts androhen, was Sie nicht umsetzen können oder womit Sie sich selbst bestrafen. Machen Sie sich eine Liste, womit Sie welches Vergehen bestrafen und hängen Sie die an den Kühlschrank – es soll keiner sagen können, er hätte nicht gewusst, was ihm blüht!«

Gelegentlich tat mir Herr Sorge leid, wenn ich mir das strenge Regiment seiner Frau vor Augen hielt, aber viel öfter noch tat ich mir selbst leid, wenn ich nach Hause kam und versuchte, dem Chaos, den Streitereien und den immer wiederkehrenden Bockigkeiten Herr zu werden, die mich täglich so auf die Palme brachten. Aber bei allem Frust, den ich dann abends bei Carsten ablud und der mich im letzten Urlaub in das Tagesseminar »Klare Ansagen – Überleben im Familienleben« getrieben hatte: die Vorstellung, dass ein großer Teil der Familie täglich aus zig verschiedenen Gründen sauer auf mich war, war für mich unerträglich.

Da also der Sorg'sche Befehlston nicht so ganz meinem Naturell entsprach, musste ich einen anderen Weg finden, und ich baute auf die viel gepriesene Vorbildfunktion. Obwohl ich gewissenhaft meine Klamotten aufräumte, das Geschirr in die Küche trug, benutzte Taschentücher im Müll entsorgte und Wagenladungen an Legosteinen aus allen Ecken wegräumte, funkte mein Unterbewusstsein wohl dennoch keine klaren und unübersehbaren Aufforderungen, meinem Bespiel zu folgen. Vielmehr freute sich meine Familie quasi über eine zweite Mary Poppins, die mit einem leichten Schwenk ihres Handgelenks ganze Zimmer auf einmal in Ordnung brachte und danach energiesparend mit ihrem Regenschirm zum nächsten Supermarkt düste.

Wie auch immer, der Urlaub war nicht mehr weit und ich war wild entschlossen, mich in diesen drei Wochen bestmöglich zu erholen. Nichts würde mich aus der Ruhe bringen, wenn ich an diesem wunderschönen Sandstrand entlanglief, die Sonne über die Dünen gekrochen kam und ich mich mit einem guten Buch in meinem Strandkorb niederließ. So zumindest war der Plan!

Kapitel 13

»Du hast gesagt, ich soll rauslegen, was ich mitnehmen will«, motzte es aus den Tiefen des begehbaren Kleiderschrankes. »Habe ich gemacht. Was ist jetzt schon wieder falsch?«

Ich atmete ein und aus, zählte bis 10, zählte weiter bis 20, noch mal rückwärts bis 0 und sagte äußerlich ruhig: »Ja, du sollst rauslegen, was du mitnehmen willst. Allerdings sollte auch dir auffallen, dass die Menge an Klamotten, die da vor dir liegt, unmöglich in die Größe deines Koffers passen kann.«

Sophie fluchte, ein Schal flog an mir vorbei und landete wie ein aufgeblasenes Segel auf dem Aquarium, was sofort hektisches Flossenschlagen und Schnappatmung bei den Bewohnern auslöste.

»Außerdem fahren wir nach Wangerooge! Die Insel liegt in der Nordsee, du erinnerst dich? Sommerkleider sind schick, aber du weißt, wie das Wetter sein kann. Nimm auch für kühlere Tage etwas mit, das den Begriff Hose verdient, ja?«

Ich wandte mich ab und wollte zur Tür hinaus.

»Und wo bitte sollen die dicken Klamotten noch rein? Wenn doch jetzt schon nicht alles in den Koffer passt?« Sophie hatte die Hände in die Hüften gestützt und sah mich missmutig an.

Ich verdrehte die Augen. »Du wirst eben aussortieren müssen. Wir haben eine Waschmaschine, notfalls wasche ich mal was durch. Du musst nicht den ganzen Kleiderschrank mitschleppen.«

Sie riss die Augen auf. »Ich soll drei Wochen in denselben Klamotten rumlaufen? Na toll. Da kann ich ja auch gleich nur die Jogginghose einpacken und fertig.«

»Aber nimm die dicke, falls es mal kühler wird«, gab ich gereizt zurück und ging hinaus.

Sebastian steckte den Kopf aus seinem Zimmer. »Darf ich auch nur Jogginghosen mitnehmen?«

»Nein!! Jeans, mindestens zwei und nach Möglichkeit sauber und ohne Loch, ok?!«

Sophie kam mir hinterher. »Was soll ich denn jetzt einpacken? Ich weiß nicht, was ich aussortieren soll.«

Ich war kurz vor einem Nervenzusammenbruch. Es war immer das gleiche Szenario. Ich konnte noch so sorgfältige Packlisten schreiben, die Interpretationsfähigkeit der Kinder hatte trotz einfacher und klarer Angaben wie »Hosen« oder »Jacke«eine

Bandbreite, die jeden Deutschlehrer in Entzücken versetzt hätte. Mir jedoch raubte sie den letzten Nerv!

Lena öffnete ihre Zimmertür und sah mich zögernd an. »Meine Kleider kommen aber bei euch in den Koffer, oder? Der hier ist nur für meine Spielsachen, ja?«

Vor meinem geistigen Auge fand mich Carsten ein paar Stunden später auf dem Boden sitzend, mit einem Rotweinglas in der Hand und leerem Blick. In der Realität klingelte es und Birgits fröhliche Stimme ertönte durch die Sprechanlage im Telefon.

»Der Housesitter ist da und bereit zur Schlüsselübergabe. Ich dachte, wir begießen den letzten Schultag mit einem Gläschen Sekt.«

Ich drückte zweimal auf die Raute und antwortete: »Erster Stock, mitten im Flur, Fußboden. Gläser sind im Küchenschrank. Komm direkt hoch und mach' ja keinen Umweg!«

Wahre Freunde fragen nicht nach, sondern wissen, wann sofortiges Handeln erforderlich ist, und so kam Brigit nur eine Minute später mit zwei Gläsern und der Sektflasche die Treppe hinauf. Sie sah mich besorgt an. »So schlimm?«

Ich streckte die Hand nach dem Glas aus. »Schlimmer! Ich weiß genau, warum Carsten bis zur letzten Minute im Büro bleibt! Von wegen Stress. Der sitzt da und wartet, bis hier weißer Rauch aufsteigt, vorher traut er sich nicht nach Hause.«

Birgit goss großzügig ein und setzte sich neben mich auf den Boden. Wir stießen an und das leise »Pling« der Gläser hob meine Laune deutlich. »Auf einen schönen, erholsamen und entspannten Urlaub«, sagte sie lächelnd.

Ich sah sie zweifelnd an. »Behältst du die Kinder hier?«

Sie lachte laut. »Gerne. Aber tu nicht so, als ob du das aushalten würdest, du Glucke. Der Gefrierschrank wäre bis an die Oberkante gefüllt mit gut beschrifteten Tupperdosen, vorgekochten, vollwertigen Menüs, und du würdest stündlich die Körpertemperatur deiner Kinder abfragen. Das wäre auch keine Erholung – weder für dich noch für uns!«

Beleidigt sah ich meine Freundin an. »Ich bin keine Glucke! Ich habe nur eine umsichtige Planung, damit ich für alle Fälle gerüstet bin. Das nennt man Effizienz.«

Birgit musterte mich liebevoll. »Ich kenne niemanden, der auch nur halb so effizient ist wie du. Du bist ein wahres Organisationsgenie. Aber lass' ab und zu mal locker, davon geht die Welt auch nicht unter.«

Ich stöhnte. »Das sagst du so. Aber gerade hier und heute versagt meine Organisation auf der ganzen Linie.«

»Wieso?«

»Sie halten sich nicht an die Packlisten!« Entnervt sah ich meine Freundin an. »Verglichen mit dem Berg an Klamotten, den Sophie vor ihrem Schrank stapelt, hat ihr Koffer die Größe einer Nussschale. Aber von praktisch oder wetterfest ist alles, was dort liegt, weit entfernt!«

Birgit stellte ihr Glas auf den Boden und streichelte Balou, der gerade aus den Tiefen einer Reisetasche auftauchte. »Sie ist ein Teenager. Da muss es unpraktisch, dünn und voller Glitzer sein. Glaubst du, Emma ist da anders?« Sie lächelte. »Lass' sie. Pack' ein Sweatshirt und eine Jeans in euren Koffer für alle Fälle. Wenn der Hintern kalt genug ist, zieht sie das auch an.«

Warum klang das bei Birgit immer so unkompliziert? Wurde es tatsächlich einfacher, wenn man sich nicht ständig Sorgen machte? Das war so völlig gegen meine Überzeugung, immer und für alle Eventualitäten gerüstet sein zu müssen. Ich hatte immer einen Plan B, und wenn der nicht funktionierte, dann hatte das Alphabet ja noch weitere vierundzwanzig Buchstaben zur Verfügung.

Abgesehen davon fühlte ich mich immer und für alles verantwortlich. Alleine die Suche nach Sophies Gottesdienstplaner, den sie mitnehmen sollte, um einen Gottesdienst in einer anderen Gemeinde – in diesem Fall auf Wangerooge – zu protokollieren, hatte mich fast in den Wahnsinn getrieben. Das kanariengelbe Heftchen lag vor einer halben Stunde noch bei den Reiseunterlagen und hatte sich ganz plötzlich in Luft aufgelöst. Ganz klar aufgrund einer ganz und gar bösartigen Aktion meinerseits, um IHR das Leben schwer zu machen. Und damit ich wieder schimpfen konnte, weil es nicht aufzufinden war. Ich hatte das Ding nicht angefasst, auch nicht irrtümlich geschreddert oder in der Toilette runtergespült, aber ich war ganz eindeutig Schuld, dass es nicht mehr an Ort und Stelle war. Wieso das Heftchen dann wie durch Zauberhand in einem Stück und unversehrt in Sophies Schminkbeutel aufgetaucht war, konnte sich niemand erklären, aber es hatte mich Nerven gekostet, die ich eigentlich gerade nicht mehr hatte.

Während Birgit und ich mit unseren Sektgläsern mitten in dem Chaos aus Taschen, Koffern und Klamotten saßen und ich ihr eine ausführliche Zusammenfassung der Fressgewohnheiten der sensiblen Fadenschwimmerfische in Sophies Aquarium gab, erklangen hinter ihrer Zimmertür Laute, die vage vermuten ließen, dass jemandem der Hals zugedrückt wurde. Da sich Sebastian und Lena in sicherer Entfernung befanden, war es uns ein Rätsel, wer dort hinter der Tür gerade in den letzten Zügen lag.

Birgit sah mich mit großen Augen an. »Hat sie das öfter?«

»Sie ist in der Pubertät, da ist sie selbst ihr schlimmster Feind – abgesehen von ihrer Familie«, erwiderte ich und wir kicherten los.

Kurze Zeit später, ich hatte mittlerweile noch eine weitere Flasche Sekt aus dem Keller geholt, ging die Tür auf und Sophie kam mit hochrotem Kopf heraus. »Koffer ist zu, ich habe mich draufgelegt.«

»Na, dann hat er bestimmt schnell aufgegeben, weil ihm die Luft ausging«, spottete Sebastian, der in seiner Zimmertür lehnte. Er duckte sich, als ihm ein Hausschuh entgegengeflogen kam.

»Was macht ihr da?« Auch Lena linste neugierig in den Flur, wo Birgit und ich gemütlich saßen.

»Wir feiern den Urlaub, die Kinder und das Leben«, erklärte Birgit, und in diesem Moment summte die Haustür.

»Und jedes einzelne, geschlossene Gepäckstück«, ergänzte ich.

Carsten tauchte verdattert am Treppenabsatz auf. »Was ist denn hier los?«

»Wir machen Hausübergabe und packen«, kicherte Birgit erheitert. »Los, hol' dir ein Glas und setz' dich zu uns.«

Er sah uns entgeistert an. »Seid ihr in der Sache schon irgendwie weitergekommen?«

Wir nickten heftig.

Kopfschüttelnd stieg Carsten über uns hinweg, kletterte über die herumstehenden Gepäckstücke und den Kater und musterte Sophies Koffer kritisch. »Ich sehe das Ding schon an der Gepäckaufgabe explodieren. Wie viele Personen haben sich da draufgelegt?«

»Nur ich«, erklärte Sophie schnippisch.

»Ja, aber das klang wie Frodo auf den letzten Metern auf dem Feuerberg«, gluckste Birgit. »Kurz bevor Gollum ihm den Finger abgebissen hat.«

Wir giggelten schon wieder los und Carsten verzog sich nach oben ins Schlafzimmer. »Ich fange dann mal an, meine Sachen zu packen. Und ich schätze, der kleine Trolley wird völlig geräuschlos und ohne Prostet seinen Reisverschluss schließen.«

»Angeber!«, rief ich ihm hinterher.

»Kein bisschen«, kam es dumpf von oben. »Aber die Menge meiner Klamotten hält sich eben in einem angemessenen Rahmen.«

»Ja«, flötete ich zurück. »Du bist halt der Rahmen und ich das Bild. Während der Rahmen ja nur die Aufgabe hat, das Bild – also mich – bestmöglich zu präsentieren, sollte das Bild häufiger wechseln, damit man sich nicht so schnell satt sieht. Deswegen brauche ich also mehr.«

Vom Dachboden kamen Geräusche, die tatsächlich Packaktivitäten vermuten ließen. Wie ging so was ohne Liste? Während Birgit und ich den restlichen Sekt aufteilten und ich mich seelisch und moralisch darauf einstellte, jetzt tatsächlich weitermachen zu müssen, klappten über uns die Schranktüren immer schneller auf und zu.

»Schatz?«

»Ja?«, riefen Birgit und ich wie aus einem Munde.

Carsten brummelte etwas Unverständliches und fluchte. »Wo sind die Hemden und das rote T-Shirt, die ich hier schon neben meinem Bett gestapelt hatte? Das von Hilfiger, das ich mir erst vor ein paar Wochen gekauft hatte. Ist das noch in der Wäsche?«

Ich erstarrte und war mit einem Schlag wieder nüchtern. »Welches T-Shirt?«, antwortete ich zögerlich, um Zeit zu gewinnen.

Birgt sah mich mit hochgezogenen Augenbrauen an.

»Ich hatte hier oben schon zwei Hemden und ein paar T-Shirts liegen. Die waren neu und ich wollte sie mit in den Urlaub nehmen. Sie sind weg!«

»Weg?«, wiederholte ich.

Carstens Kopf erschien am Treppenabsatz über uns.

»Ja! Weg! Im Sinne von verschwunden. Sind die noch in der Wäsche?«

Ich schüttelte den Kopf. »In der Wäsche ist nichts mehr. Hast du die vielleicht, ähm ... in die Alt-Kleidersammlung gesteckt?«

»Hältst du mich für senil? Ich kaufe mir neue Klamotten und werfe sie in den Kleidersack? Ich bin einundfünfzig und nicht neunzig!«

Vor meinen Augen sah ich das bunte Klassenbanner vor dem Fenster von Lenas Klasse flattern, für das sie vor ein paar Wochen »Stoffreste« gebraucht hatte und auf dem die Klassenbezeichnung »2b« in leuchtend roten Stofffetzen aufgenäht war – auf einem weiß und blau gestreiften Hintergrund....

Ich bin normalerweise für absolute Ehrlichkeit in einer Beziehung, und es gibt nur wenige Dinge, bei denen ich eine Ausnahme mache. Dazu gehören vegane Schnitzel, die ich meiner Familie kalt lächelnd als echte Wiener Schnitzel verkaufe, eine exakte Antwort auf die Frage »Wie viel hast du getrunken?« nach einem Mädelsabend und eben die Verschleierung der schlichten Tatsache, dass ich die nagelneuen Kleidungsstücke meines Mannes ihrem eigentlichen Zweck entfremdet hatte – auch wenn hier in meinen Augen der Zweck durchaus die Mittel geheiligt hatte.

Am nächsten Morgen ging es los. Um kurz nach fünf zerrte ich drei schlaftrunkene Kinder in Jogginghosen aus dem Bett, packte einen völlig verstimmten Kater ohne Frühstück in seine Transportbox und füllte Vorräte in die Kühltasche, die uns auch sicher für eine sechswöchige Pilgertour gereicht hätten. Das allerdings basierte eindeutig auf Erfahrungswerten. So verschlafen die ganze Mannschaft auch war, sobald sich das Auto in Bewegung setzte, schien der Stoffwechsel meiner Kinder eine akute Notsituation zu erahnen. In dem anthroposophischen Erziehungsratgeber, in dem auch so wunderbar über den Instinkt der Mütter hinsichtlich ihrer schreienden Babys berichtet wurde, hatte ich gelesen, dass jede Urlaubsreise für Kinder einen enormen Einschnitt in ihr Sicherheitsbedürfnis darstellte und sie das als Verlust ihrer emotionalen Stabilität empfanden. Dieses konnte durch übermäßigen Appetit, veränderte Wahrnehmung oder durch anhaltendes Schreien zum Ausdruck gebracht werden. Gestresst wirkten allerdings nur Carsten und ich, bis Balou das Genage an den Gitterstäben der Transportbox aufgab und uns beleidigt den Rücken kehrte, die portablen Bildschirme endlich einen Film lieferten, mit dem alle drei leben konnten und die erste Runde Brötchen die nötige Sicherheit vermittelte, dass wir weder auf dem Weg in den Norden verhungern noch plötzlich mit rationierten Lebensmitteln konfrontiert werden würden.

Als dann im Auto endlich Ruhe eingekehrt war, die nur gelegentlich durch Kau- und Schmatzgeräusche und leichtes Geschnarche unterbrochen wurde, lehnte ich mich zufrieden zurück. Ich hatte keine Ahnung, wie unsere Eltern Urlaubsfahrten von mehr als zwei Stunden ohne dieses Entertainment-Center überstanden hatten, das wir jedes Mal in unser Auto einbauten. Mit viel Glück hatten damals die Batterien in meinem Walkman drei Stunden gehalten, und danach war ich den endlosen Country-

Gesängen von Johnny Cash und Truck Stopp ausgesetzt gewesen, die mein Vater auf geschätzten einhundert Kassetten aufgenommen hatte. Ich thronte dank meines Einzelkindstatus' auf dem Rücksitz, hatte dort eine komplette Liegeweise für mich und konnte lesen, aus dem Fenster gucken, Nummernschilder erraten oder mitsummen – aber eines war ganz klar tabu: meinen Eltern mit endlosem Gemecker auf den Geist zu gehen. Um auch nur jeden aufkommenden Gedanken daran im Keim zu ersticken, genügte ein Blick meines Vaters im Rückspiegel. Augenblicklich sang ich inbrünstig »Country Roads, take me home«, anstatt die üblichen Klassiker wie »Wie weit isses denn noch?«, »Wann sind wir endlich da?« oder »Ich muss mal« laut auszusprechen.

Davor waren wir hier im Auto mittlerweile auch sicher. Der Nachteil an einem VW Bus mit Überlänge war zwar, dass ich mir vorkam wie ein Lkw-Fahrer und ich leider auch nach Parkplätzen mit entsprechendem Ausmaß Ausschau halten musste, wenn ich den Verkehr hinter mir nicht für eine halbe Stunde zum Erliegen bringen wollte. Allerdings bot der Innenraum die Möglichkeit, drei Kinder so weit auseinander zu setzen, dass sie sich selbst im größten Streit nicht mehr schlagen konnten. Gut, anschreien ging, werfen auch, und derjenige, der an der Steuerung für den Fernseher saß, konnte die Kopfhörer der anderen stumm schalten, aber die Großzügigkeit des Innenraums reduzierte die tätlichen Attacken während der Autofahrt auf ein Minimum. Außerdem mochte es zwar nicht pädagogisch wertvoll sein, aber Urlaubsfahrten standen unter dem Motto »mehr ist auch mehr«. So durften die drei Terrorkäfer eine DVD nach der anderen gucken, solange sie uns eine entspannte Fahrt garantierten, und die Tatsache, dass sie nach sechs Stunden mit leicht glasigem Blick am Fährhafen aus dem Auto stiegen, ließ sich mit dunklen Sonnenbrillen wunderbar vertuschen.

Nach den letzten Monaten brauchte ich nichts so dringend wie ein paar erholsame Wochen, in denen mir der Wind um die Ohren pfiff, die Sonne mir auf den Bauch brannte – vielleicht gleichzeitig ein paar Fettzellen zum Schmelzen brachte – und die mir etwas von der Traurigkeit nahm, die seit dem Tod meines Vaters um mich herumschlich. Das war auch der Grund, warum ich dem Urlaub auf Wangerooge zum ersten Mal mit gemischten Gefühlen entgegensah. Als wir in den vergangenen Herbstferien dort gewesen waren, hatte mein Vater die zwei Wochen mit uns verbracht. Ich hatte mir jahrelang den Mund fusselig geredet und mir so oft gewünscht, er würde mal mit uns in den Urlaub fahren – zumal meine Eltern die Nordsee immer geliebt hatten. Aber Wangerooge hatte für meinen Vater allein aufgrund der Tatsache, dass es sich um eine Insel handelte, zwei gravierende Nachteile. Erstens war die Insel nur mit dem Schiff oder den kleinen Inselfliegern erreichbar, und zweitens war es eben eine Insel. Er traute den kleinen Flugzeugen nicht, die in Harlesiel im Minutentakt starteten, und sah sich schon abgestürzt und zerschmettert im Watt liegen. Die Anreise mit dem Schiff war auch keine wirklich gute Alternative, da meinem Vater schon schlecht wurde, wenn er ein Schiff, egal in welcher Größe, auch nur ansah. Selbst das Fahren in einem Ruder- und Tretboot löste Übelkeitswellen ungeahnten Ausmaßes aus, und auch auf großen Schiffen lieferte das kleinste bisschen Seegang eine Bandbreite an wechselnden Gesichtsfarben, die dem ARD-Pausenbild früher alle Ehre gemacht hätten.

Nachdem ihm sein Arzt jedoch versichert hatte, dass es für ihn vor seiner ersten OP eine gute Sache sein könnte, der kranken Lunge mal zwei Wochen Nordseeluft zu gönnen und die Medikamente gegen die Übelkeit im Zuge der Chemotherapie auch sehr effektiv gegen Reiseübelkeit helfen würden, stimmte er zögernd zu. Immerhin hatte jetzt eine dieser bitteren Pillen, die er schlucken musste, mal einen Vorteil, aber an der Tatsache, dass Wangerooge eine Insel war, kamen wir auch damit nicht vorbei.

Für meinen Vater hatten Inseln unter einer gewissen Quadratmeteranzahl direkte Ähnlichkeit mit Alcatraz. Einmal dort an Land gegangen, und man kam nicht wieder weg. Nie wieder! Innerhalb weniger Stunden hatte man die ganze Insel abgelaufen, man sah das Festland, sah den Leuchtturm von Helgoland, und trotzdem war man abgeschnitten von der Außenwelt. Ich hatte mit Engelszungen auf ihn eingeredet, und nach einem letzten Blättern in unserem Urlaubsalbum hatte er mir endlich geglaubt, dass man die Fähre ohne Fußfesseln verlassen durfte und keine gestreifte Einheitskleidung tragen musste.

Es waren zwei wunderschöne Wochen gewesen und ich hatte nicht eine Sekunde damit gerechnet, dass es der erste und letzte gemeinsame Urlaub mit ihm gewesen war. Vielleicht hatte ich es auch nicht sehen wollen, aber auch das war ein Teil des Zaubers, den Wangerooge für mich so besonders machte. In dem Moment, in dem ich einen Fuß auf das Schiff setzte, blieben alle Probleme und jeglicher Stress am Festland zurück. Es war eine kleine, heile Welt jenseits von Reizüberflutung, Lärm und Hektik. Und gerade dort barg jetzt jede Ecke Erinnerungen, von denen ich nicht sicher war, wie ich mit ihnen umgehen sollte.

Kapitel 14

Aber erst einmal mussten wir dorthin kommen. Wir standen zwar nicht lange im Stau, aber kurz vor Osnabrück starteten die Kinder einen echten Pipi-Staffellauf. Kaum saß Sophie wieder im Auto, fiel Lena ein, sie wäre vielleicht doch mal besser gegangen, weil es jetzt ganz plötzlich so dringend war und einhalten überhaupt nicht mehr ging. Gemessen an ihrem verkniffenen Gesichtsausdruck war es mehr als eilig und ich überlegte kurzzeitig, einfach auf der Standspur anzuhalten, weil der nächste Rastplatz noch gute zehn Kilometer entfernt war.

Lena sah mich entsetzt an. »Ich kann doch nicht hier Pipi machen, wo alle an mir vorbeifahren! Da sehen doch alle meinen Po.«

Ich schüttelte den Kopf. »Nein. Du bist ja hinter dem Auto, da sieht keiner was.«

Sophie setzte ihre Kopfhörer ab. »Das ist jetzt nicht euer Ernst, das ist doch voll peinlich. Stellt euch mal vor, hier fährt jemand vorbei, der uns kennt, und wir pinkeln hier an den Straßenrand.«

»Nicht WIR pinkeln an den Straßenrand, sondern nur deine Schwester. Ich wollte daraus kein Gruppenevent machen.«

Sophie beugte sich zu Lena vor. »Du kannst das doch noch einhalten, oder? Denk' einfach an was anderes.«

»An was denn?«, fragte Lena.

»Na, zum Beispiel an das Meer, das wir bald sehen. Wie schön das rauscht oder die Seehunde, die auf den Sandbänken neben der Fahrrinne liegen oder ...«

»Das ist auch Wasser und das rauscht, und wenn ich daran denke, muss ich noch mehr«, wimmerte Lena. »Kann mich der Papa nicht abhalten?«

Carsten schüttelte wild den Kopf. »Du bist mir mittlerweile zu schwer. Das musst du selbst machen, das ist doch nicht so schwer.«

»Das kann auch nur ein Mann sagen«, erwiderte ich. »Es ist schwer, und wenn der Wind falsch steht ... Ich kann das auch nicht.«

»Was kann man daran nicht können?«, fragte Carsten verständnislos. »Einfach in die Hocke gehen und los. Dafür braucht man doch keine Anleitung.«

»Der weibliche Körper ist eben einfach raffinierter und komplexer aufgebaut«, entgegnete ich hoheitsvoll und drehte mich kurz zu Lena um.

»Geht's noch, Mäuschen?«

Sie nickte mit rotem Kopf und schwieg.

»Guck' auf die Straße, sonst landen wir noch im Graben und sie pinkelt das Auto voll«, sagte Carsten.

»Ich hab' noch nie ins Auto gemacht! Du bist so gemein, Papa, ehrlich!«, protestierte sie und verschränkte die Beine ineinander.

Sebastian hatte das ganze Theater verschlafen, aus den Kopfhörern drangen merkwürdige Zischgeräusche. Als wir endlich auf dem Rastplatz direkt vor der Toilettentür der Tankstelle anhielten und Lena in gestrecktem Galopp Kurs auf die rettende Schüssel nahm, stellte ich den Ton von »Spiderman« etwas leiser. Sebastian murmelte etwas im Schlaf und ließ den Mund offen stehen. Gerührt betrachtete ich meinen schlafenden Sohn, der ein bisschen sabberte und plötzlich viel jünger wirkte, als er eigentlich war.

Sophie folgte meinem Blick und verzog das Gesicht. »Der sabbert ja.«

Ich warf ihr einen bösen Blick zu. »Ja, er schläft. Da kommt das schon mal vor, auch bei dir.«

»Ich sabbere nicht!! Auch nicht, wenn ich schlafe!«

»Jeder Mensch sabbert mal im Schlaf. Gerade wenn du auf der Seite liegst und schläfst. Oder im Sitzen, so wie jetzt.«

Sophie sah mich entgeistert an. »Aber ich doch nicht! Nie im Leben.«

Ich musste lachen. »Doch, du auch. Ich habe das sogar mal fotografiert, warte mal ...«

Suchend sah ich mich um und griff nach meinem Handy, das in die Seitenablage gerutscht war.

»Ey, das glaube ich nicht, du hast mich im Schlaf fotografiert? Du stalkst mich nachts?« Sophie war fassungslos.

»Ich stalke dich nicht, du verrücktes Huhn, ich habe nur ein Foto gemacht, weil das so goldig aussah.«

Ich blätterte in meinen Fotos und suchte nach dem Bild. Lächelnd hielt ich ihr mein iphone hin. »Da, guck mal, ist das nicht süß?«

Sophie warf einen Blick auf das Foto und sah mich empört an. »Das ist NICHT süß! Das ist peinlich. Ich sehe total blöd aus. Und guck' mal, wie verstrubbelt die Haare sind.«

»Du liegst im Bett und schläfst. Da sind die Haare so.«

Ich zwinkerte ihr zu. »Du hättest mal sehen müssen, wie viele Likes das Bild bekommen hat.«

Sophie schoss aus ihrem Sitz hoch. »Mama! Das hast du nicht gemacht! Du hast dieses Bild von mir nicht gepostet! Ich melde sofort deinen Account.«

Ich konnte nicht länger ernst bleiben und lachte schallend.

Carsten und Lena kamen zum Auto zurück und sahen mich neugierig an.

»Was ist denn los?«, fragte Carsten, als er Sophies wütendes Gesicht sah.

Ich lächelte unschuldig. »Nichts, ich bin völlig gechillt. Sophie wollte mir nur gerade nicht glauben, wie viele Likes das Bild von ihr bekommen hat, das ich vor ein paar Wochen von ihr im Schlaf gemacht habe.«

»Papa!« Sophie wandte sich hilfesuchend an ihren Vater. »Sag ihr, sie muss das löschen. Das ist Rufmord! Das ist strafbar! Dafür bekommt man seine Kinder weggenommen!«

Carsten lächelte sie beruhigend an. »Die Mama hat doch nur Spaß gemacht. Gar nichts wurde da gepostet. Komm Marlene, jetzt ist es gut.«

Sophie warf mir einen bitterbösen Blick zu und tippte wild auf ihrem Handy herum. »Ich frage jetzt Emma, ob da ein Foto von mir auf deiner Seite ist.« Sie setzte ihre Kopfhörer wieder auf. »Und wehe, die findet was«, fügte sie drohend hinzu.

Immer noch grinsend startete ich den Motor und ignorierte Carstens tadelnden Blick. »Muss das sein?«

»Ja, manchmal muss das sein. Aber wenn sie mal für fünf Minuten nachdenken würde, wäre ihr auch klar, dass ich so etwas nie machen würde. Aber ja, der Spaß war es wert.«

Carsten wollte gerade etwas erwidern, als sich plötzlich von hinten Sebastians verschlafene Stimme meldete.

»Können wir mal halten, ich glaub', ich muss mal ...«

Nachdem wir einen repräsentativen Querschnitt der regionalen Raststätten-Toilettenanlagen erhalten hatten, erreichten wir ohne weitere Zwischenfälle Harlesiel. Bis zur Abfahrt der nächsten Fähre hatten wir noch gut anderthalb Stunden Zeit, somit hätte das Ausladen der Koffer und die Gepäckaufgabe ohne großen Stress ablaufen können – wenn alle mitgeholfen hätten.

Während Carsten zuerst die Fahrräder abstellte, damit wir den Kofferraum öffnen konnten, verschwanden Sebastian und Lena wieder Richtung Toiletten. Wir luden die Koffer aus, den Katzentransporter, aus dem heftige Schimpftiraden zu hören waren, räumten die Dachbox aus, und ich zerrte die schon deutlich leichtere Kühltasche aus dem Stauraum zwischen den Sitzen hervor. Da fiel mir zum ersten Mal auf, dass Leute stehenblieben und tuschelten. Irritiert sah ich mich um, aber in meinem unmittelbaren Umfeld konnte ich nichts Ungewöhnliches entdecken.

Sebastian kam von der Toilette zurück und packte seine ganzen Filme, Zeitschriften und sein geliebtes Handy in seinen Rucksack. »Ach Mama, Lena will da drinnen am Büdchen unbedingt eine Zeitung haben, bei der ein aufblasbares Seepferdchen dabei ist. Sie hat aber kein Geld, du sollst mal kommen.«

Ich seufzte. Eigentlich hielt ich von diesen blödsinnigen Kinderzeitschriften mit dem Plastikkram überhaupt nichts: zumal das Zeug meistens schon beim Aufblasen den Geist aufgab, aber schließlich hatten wir Urlaub ...

Ich ging in die kleine Wartehalle und machte meine Tochter glücklich, weil jetzt ein kleines, aufblasbares Plastik-Seepferdchen neben ihr im Meer schwimmen konnte. Wenn alle Probleme dieser Welt so leicht zu lösen wären, dachte ich seufzend. Als wir wieder ins Freie traten und ich zu unserem Auto sah, war mir plötzlich schlagartig klar, warum wir von allen Seiten beobachtet wurden. Ich selbst blieb wie angewurzelt stehen, und auch Lena stand der Mund offen.

»Oh!«, sagte sie ehrfürchtig und machte große Augen.

Das Bild, das sich uns bot, legte die Vermutung nahe, dass unser Aufenthalt von mehrmonatiger Dauer sein müsse. Um den VW Bus, der in Gesellschaft der restlichen Pkws ohnehin schon leicht überdimensioniert wirkte, hatte sich eine Gepäckmenge verteilt, die wohl eher einer japanischen Reisegruppe entsprochen hätte, aber nicht einer fünfköpfigen Familie. Zugegeben, wir hatten noch den Kater dabei, und der nahm schon enorm viel Platz weg. Nicht zu vergessen das Futter für drei Wochen, die Katzentoilette – da kam schon Einiges zusammen. Verglichen damit waren die zwei klappbaren Strandstühle, fünf Fahrräder, vier Koffer und drei Reisetaschen, die Kühltasche, der Fahrradanhänger und je ein Rucksack und/oder Spielkoffer pro Kind verschwindend wenig, aber wohl immer noch genug, um Aufsehen zu erregen.

»Mama, was machen wir denn jetzt?« Lena nahm meine Hand. »Die Leute gucken so komisch.«

Ich zuckte mit den Schultern. Das war mir reichlich egal. »Lass' sie gucken. Wir machen das jetzt wie die Promis. Sonnenbrillen auf und los.«

Lena kicherte. »Nachher denken die noch, der Papa ist ein berühmter Schauspieler und wollen Selfies.«

Mit hoch erhobenem Haupt stürzten wir uns in das Gepäckgetümmel und sortierten strategisch nach »aufgeben« und »selbst schleppen.« Während Sebastian und Lena die Fahrräder zur Gepäckaufgabe schoben, sah ich mich suchend nach Sophie um.

»Wo ist die Prinzessin?«, fragte ich Carsten.

»Im Auto«, kam es zwischen zwei Koffern hervor.

Ich ging um den Bus herum und öffnete die Schiebetür. Sophie strafte mich weiterhin mit Nichtachtung.

»Pack' deine Sachen zusammen, bring den Müll weg und dann hilf uns mal.«

Sophie sah mich stirnrunzelnd an und deutete auf die Kopfhörer. »Ich kann dich nicht hören!«

Ich sah sie durchdringend an, eine Fähigkeit, die besonders bei Müttern pubertierender Töchter sehr ausgeprägt war und die es ermöglichte, mit einem Blick telepathische Botschaften direkt an das Unterbewusstsein zu übermitteln. So in etwa: Beweg' deinen Hintern jetzt sofort raus und hilf mit, sonst schneide ich mit der Nagelschere das Kabel deiner Kopfhörer durch und poste das schlafende Sabberbild noch in diesem Moment auf meiner Facebook-Seite!

Was soll ich sagen – es funktionierte. Zumindest kurzfristig. Nachdem Sophie murrend alle für einen Teenager lebensnotwendigen Halbseligkeiten in ihren Rucksack gestopft hatte, steckte sie vorsichtig den Kopf aus dem Auto.

»Es ist ja total windig«, sagte sie bibbernd und zog sich direkt wieder auf die letzte Sitzreihe zurück.

»Ja, Mäuschen, wir sind ja auch an der Nordsee. Nimm einen Haargummi und die Frisur sitzt.«

»Mir ist aber kalt«, motzte es aus dem Inneren des Autos.

Leichter Unmut machte sich in mir breit. »Sophie, es ist Sommer! Es ist traumhaft schön und die Sonne scheint, also steig aus.«

»Es ist windig und es ist kalt!«

»Hier ist noch eine Jacke von dir, dann zieh' die halt noch drüber.« Ich warf ihr die Regenjacke zu.

»Wie sieht das denn aus, wenn ich zwei Jacken übereinander trage?«

Ich holte tief Luft und lächelte! »Das sieht kein Mensch, weil die eine ja über der anderen ist, okay?«

Sophie verzog das Gesicht. »Aber dann sehe ich bestimmt voll fett aus!«

»Nein, du siehst eben typisch norddeutsch aus.«

»Weil hier alle fett sind?«

»Verdammt noch mal, Sophie!! Und wenn du dich damit für die Teilnahme an »The biggest Loser« qualifizieren würdest – in fünfundvierzig Minuten legt die Fähre ab. Wir müssen das Auto noch parken, den Kater pinkeln lassen und unser Handgepäck nach vorne schleppen. Also beweg' deinen Hintern jetzt aus diesem Auto heraus, wenn du darin nicht die nächsten drei Wochen verbringen willst!«

Mit einem Seufzer, als würde sie das ganze Elend der Welt auf ihren Schultern tragen, stieg Sophie aus dem Bus. »Ich frage mich, ob Oma dich früher auch so gequält hat«, bemerkte sie und schlang die Arme um sich, als hätte sie soeben arktischen Boden betreten.

Ich verdrehte die Augen und enthielt mich jeden Kommentars. Während Sophie den Reisverschluss ihrer Jacke bis unters Kinn zog, liefen zwei Mädchen in kurzen Hosen und T-Shirts an uns vorbei. Ich warf meiner Tochter einen bedeutungsvollen Blick zu und schnappte mir zwei Taschen, während Carsten die Transportbox mit dem jammernden Balou in den Fahrradanhänger hob.

»Vermutlich haben die nichts anderes zum Anziehen«, brummelte Sophie würdevoll und schlurfte zu den Drehtoren.

Carsten zog kopfschüttelnd den Fahrradanhänger zu einem mit Gras bewachsenen Seitenstreifen und ich befreite Balou vorübergehend aus seinem Gefängnis, bis wir auf die Fähre mussten. Während er lautstark verkündete, dass der Toilettengang eines adligen Kartäuserkaters in aller Öffentlichkeit eigentlich völlig unter seiner Würde war – in den Transporter zu pinkeln allerdings auch -, entwickelte sich der Urlaub allem Anschein nach wie immer: heiter bis wolkig, mit gelegentlich unerklärbaren Eintrübungen und kurzen heftigen Gewittern.

Kapitel 15

Große Ereignisse werfen manchmal auch keinen Schatten voraus, und so wird man von manchen Dingen kalt erwischt. Aber alles der Reihe nach. Schon am Festland hatte uns, neben dem schrecklichen kalten Nordwind, strahlender Sonnenschein empfangen und dieser hielt ohne Unterbrechung an, bis wir auf der Insel waren. Nachdem wir mit dem Bimmelbähnchen vom Hafen zum mitten im Inseldorf gelegenen Bahnhof gefahren waren, machten wir uns auf den Weg zu unserer Ferienwohnung. Rechter Hand begrüßte uns wie immer eine Holztafel mit dem Spruch »Willkommen auf der Ferieninsel Wangerooge« und direkt dahinter erhob sich der alte Leuchtturm in voller Pracht. Wir liefen die Hauptstraße Richtung Strandpromenade entlang und ich stellte wie immer mit Erleichterung fest, dass sich nichts verändert hatte. Die Geschäfte waren noch die gleichen, ebenso die verklinkerten Inselhäuser und Lokale, auf deren Außenterrassen reger Betrieb herrschte. Der Brunnen auf dem Dorfplatz plätscherte fröhlich vor sich hin, und in diesem ruhigen, vertrauten Idyll schaltete mein innerer Motor automatisch zwei Gänge runter.

Da kam auf der linken Seite ein mehrstöckiges, gelbes Haus in Sicht, mit weißen Sprossenfenster und dem schönen Namen »Haus Seeluft«. Während Sebastian, Carsten und Lena fröhlich plapperten und ihre Lieblingsbäckerei (auch die gab es immer noch), den Strandkorb, der vor dem alteingesessen Modegeschäft zum Sitzen einlud (auch noch da) und die vertrauten, großen Auslagentische vor dem Spielwarengeschäft kommentierten, musterte ich still das linke Fenster der Ferienwohnung, die im zweiten Stock lag, und spürte einen dicken Kloß im Hals. Letzten Herbst war es oft schon sehr windig und frisch gewesen und manchmal hatte sich mein Vater unseren ausgedehnten Spaziergängen nicht angeschlossen, weil ihm nach der Chemotherapie die Kondition fehlte. Aber so oft hatte ich ihn dort stehen sehen, mit einer Tasse Tee in der Hand, und er hatte immer fröhlich gewunken, wenn er uns zurückkommen sah. In Gedanken versunken stand ich da, als ich plötzlich eine Hand in meiner spürte. Sophie stand neben mir und sah mich mit ihren großen dunklen Augen weich an.

»Da hat er oft gestanden und nach uns Ausschau gehalten.«

Ich nickte und versuchte, die Tränen zurückzudrängen, die mir in die Augen geschossen waren.

Sie drückte meine Hand. »Ich wette, er ist immer noch irgendwie bei uns und sieht, dass wir wieder hier sind. Und er würde wollen, dass du dich daran erinnerst, wie schön es hier im letzten Jahr war.«

Eine Träne lief mir über die Wange und Sophie wischte sie vorsichtig weg.

»Er fehlt mir so«, sagte ich leise.

»Ja, mir auch«, gestand sie.

So standen wir noch eine kleine Weile zusammen, hingen unseren Erinnerungen nach und Sophie legte ihren Kopf an meine Schulter. Diese kleine, sanfte Geste war so unglaublich tröstlich und sie offenbarte ein kleines Stückchen von dem Menschen, der sie mal werden würde, wenn sie diese pubertierende Metamorphose hinter sich gebracht hatte. Sophie hatte eine Antenne dafür, wie sie mich auf die Palme bringen konnte, aber ebenso treffsicher spürte sie auch, wenn es mir nicht gut ging und überraschte mich dann mit einem Zartgefühl, das auf den ersten Blick niemand vermuten würde.

Nach einer kleinen Weile hakte sie mich unter und zog mich weiter. »Komm, Mama. Lass' uns mal gucken, ob das Meer noch da ist.«

Das war unser Ritual nach jeder Ankunft. Unabhängig vom Wetter liefen wir immer einen kleinen Umweg bis zur Standpromenade. Und erst, wenn ich mich idiotischerweise davon überzeugt hatte, dass die Nordsee noch an Ort und Stelle war, konnte ich in Ruhe auspacken.

Auch an diesem Tag wurde ich nicht enttäuscht. Die Sonne stand hoch am Himmel und das Meer glitzerte in sattem Blau. Es war gerade Ebbe, das Wasser war weit zurückgegangen und am Strand hatten sich lauter kleinere und größere Wasserbecken gebildet, die die Kinder früher immer »Babybecken« genannt hatten. Und genau das waren sie eigentlich auch. Nicht sehr tief und das Wasser sehr schnell von der Sonne aufgewärmt, waren sie ideal für Kleinkinder zum Planschen, Krebse fangen und Paddeln. Die Strandkörbe hoben sich weiß gegen den blauen Himmel ab und in der Nähe des Beachvolleyballfeldes absolvierte gerade eine Frauengruppe ein offensichtlich sehr schweißtreibendes Workout.

»Die machen sich ja gerade total zum Deppen«, brummelte Sophie. »Wehe, du machst da mit.«

Ich lächelte selig und sagte: »Keine Sorge, ich betreibe meinen Sport generell am liebsten unter Ausschluss der Öffentlichkeit und ja auch meistens zu einer Zeit, in der die restliche Welt noch im Tiefschlaf liegt.«

Sophie sah erleichtert aus und wir schlenderten langsam an der Strandpromenade entlang zu unserer Unterkunft.

Vor der Strandbar an einem der Stehtische saßen ein paar Jungs auf Barhockern, vielleicht etwas älter als Sophie und warfen ihr anerkennende Blicke zu. Daran merkt man, dass man alt wird, dachte ich mit gemischten Gefühlen - wenn die bewundernden Blicke des anderen Geschlechts auf der »kleinen« Tochter ruhten und man selbst sich in ein geschlechtsloses Neutrum verwandelte. Kein Wunder, dass die Wechseljahre selten ohne Depressionen abliefen, wenn man sich innerlich eigentlich kaum älter fühlte als Fünfundzwanzig, sich der Spiegel aber bei der Frage »Spieglein, Spieglein an der Wand, wer ist die Schönste im ganzen Land?« nur noch peinlich berührt räusperte. Da kann man die Nummer mit dem Apfel vielleicht doch ansatzweise verstehen.

An dem Tisch setzten sich gerade alle vier Kerle in Balzposition, und die leichte Röte, die Sophie ins Gesicht gestiegen war, zeigte mir, dass sie die Reaktion durchaus wahrgenommen hatte. Sie schielte nach links und beschleunigte ihre Schritte etwas.

»Warum rennst du denn so?«, fragte ich und musste mich beeilen, um hinter ihr herzukommen.

»Nichts, nur so.«

»Wir können auch erst im »Strandnest« einen Kaffee trinken und dann auspacken, wenn du willst«, schlug ich mit unschuldiger Miene vor.

Sophie blieb stehen. »Oh Mann, Mama! Ehrlich!«

»Was denn? Die waren doch ganz niedlich.«

Sie verdrehte die Augen. »Na und? Was genau soll man denn mit einem niedlichen Mann? Kunststücke einstudieren?«

Mir blieb der Mund offen stehen. Sophie warf ihre langen Haare nach hinten. »Meinst du vielleicht, Elena hätte sich in Damon verliebt, weil er niedlich ist? Der ist sexy, er ist heiß, und er hat einen Blick, da wird einem abwechselnd heiß und kalt«, schwärmte sie.

»Ja, aber morgens nach dem Aufstehen sieht der auch aus wie ein verstrubbelter Waschbär«, wiegelte ich ab.

»Quatsch, der hat schon Selfies von sich morgens nach dem Aufstehen gepostet. Der sieht einfach nur genial aus.« Sie seufzte laut. »Ich will auch einen Damon.«

Ich nickte verständnisvoll. »Und solange wir keinen in unmittelbarer Umgebung finden, ist das Thema »Jungs« halt leider erst mal vom Tisch. Macht ja auch nix, oder?«

Ich konnte mir Carstens Reaktion lebhaft vorstellen, wenn er mitbekam, dass sein Augapfel nach »heißen Typen« Ausschau hielt. Gedanklich würde er vermutlich anfangen, Stacheldraht um unser Haus zu ziehen. Für Väter ist ja gerade der erste Freund ihrer Tochter oftmals ein erklärtes Feindbild und Carsten bildete da keine Ausnahme. Am besten ließ ich das galant unter den Tisch fallen und schob diese Bemerkung zur Seite, die auch in meiner Brust ein leichtes, wehmütiges Ziehen ausgelöst hatte. Gott, was war sie schon so groß geworden. Und wie sehr hatte ich genau diesen Spruch früher gehasst!

Sophie sah mich mit einem merkwürdigen Blick von der Seite an. »Ja, klar. Die Jungs in meiner Klasse sind sowieso alle gleich blöd.«

Ich war so erleichtert über diese Aussage, dass mein gut ausgebildetes und seit knapp fünfzehn Jahren trainiertes Alarmsystem komplett versagte. Dass Sophie mir einfach so zustimmte, kam normalerweise nur dann vor, wenn wir am Ende einer in ihren Augen angemessenen Shoppingtour an der Kasse eines dieser süßlich müffelnden Geschäfte mit halbnackten Verkäufern gefragt wurden, ob die »Muddi« zahlt. Zähneknirschend schob ich dem hippen Verkäufer die Kreditkarte über die Tresen, mit dem Hinweis, dass er nie so alt werden würde, wie ich vielleicht aussah, wenn er sich dieses Wort in Gegenwart von Frauen meiner Altersklasse nicht sparen würde.

Aber ich schweife ab. Jedenfalls hätte ich zumindest bei der Aussage argwöhnisch werden sollen, dass »in ihrer Klasse alle Jungs doof waren« – aber das ging wohl in meiner Urlaubsfreude und dem Rauschen des Meeres unter. Als Sophie und ich endlich in die Ferienwohnung kamen, war die restliche Familie schon eifrig am Auspacken. Carsten hatte die Fahrräder bereits weggeschlossen und Balou beäugte in dem kleinen Garten vor der Terrasse misstrauisch den Himmel. Im vorletzten Jahr war er von einer Meute Elstern umzingelt worden, die ihn laut keckernd umkreist und unter den gemauerten Grill gejagt hatten. Dass diese

Biester zur Gattung der Vögel und somit zu seinen Beutetieren zählten, war ihm nicht mehr geläufig. Essen kam in Töpfchen, bewegte sich nicht von der Stelle und erforderte keinerlei unbequeme und hektische Aktivitäten. Alles andere war ganz klar der Kategorie »gefährlich« zuzuordnen.

Die nächsten Stunden verbrachten wir in liebgewonnener Routine. Einkaufen in den beiden Insel-Supermärkten und dem Drogeriemarkt, Getränke bestellen und lautstark diskutieren, in welchem Restaurant wir abends essen gehen wollten. Carsten und Sophie wollten Fisch, Sebastian Pizza, Lena prinzipiell nicht das, was alle wollten, und was ich eigentlich wollte, fiel mir in diesem ganzen Getöse gerade nicht ein.

Ein älteres Ehepaar, das an uns vorbeilief, schüttelte missbilligend den Kopf. »Das hätte es bei der Elfriede und mir nicht gegeben, dass die Kinder so mit uns reden«, belehrte uns der Mann, und sein grauer Schnurrbart zitterte empört.

Ich nickte zustimmend. »Ja, ich weiß. Aber heute ist man schon froh, wenn sie in dem Alter überhaupt noch mit einem reden, daher nimmt man das halt in Kauf.«

Die Elfriede sah mich entgeistert an. »Bei der Einstellung ist das ja kein Wunder, dass sich die Kinder so daneben benehmen! Unser Fritz und die Bärbel, die haben sich immer benommen, da hat der Kurt schon für gesorgt.« Beifall heischend sah sie ihren Mann an und wackelte mit ihrem speckigen Kopf. »Die haben es zu was gebracht und jetzt sind sie beide in Amerika!«

Stolz streckte der Kurt seinen ohnehin schon sehr ausladenden Blähbauch noch weiter heraus und nickte eifrig.

»Ja, kein Wunder. Die konnten vermutlich das bescheuerte Gelaber von Ihnen beiden nicht mehr ertragen und dachten, da ist mindestens ein Ozean dazwischen nötig.« Sophie stand freundlich lächelnd hinter uns, die obligatorischen Kopfhörer baumelten um den Hals und sie hatte eindeutig Kampfhaltung angenommen. Der Hinweis »Vorsicht, sie beißt« wäre durchaus angebracht gewesen.

Bei Elfriede und Kurt dauerte es einen Moment, bis die Rädchen im Kopf Sophies Worte entsprechend eingeordnet hatten, und dann schnappten sie synchron nach Luft. »Sie werden schon noch sehen, was Sie davon haben! Das sind dann die Kinder, die ihre Eltern ins Pflegeheim abschieben, weil sie sich später nicht um sie kümmern wollen.«

»Oder die, die gleich den Kontinent wechseln, damit sie erst gar nicht in die Verlegenheit kommen«, entgegnete ich knapp.

Dieses Zusammentreffen blieb jedoch zum Glück der einzig unerfreuliche Zwischenfall dieser Art, und wir einigten uns friedfertig auf ein Abendessen im »Pirat«, weil es dort Fisch, Fleisch, Pizza und »weiß ich nicht« gab, außerdem leckeren Rotwein und kostenloses WLAN, und damit war der Abend gerettet.

Wenn mir in den nächsten Tagen eine gewisse geistige Zerstreutheit meiner großen Tochter auffiel, nahm ich sie nur am Rande wahr, weil ich schlagartig auf Urlaubsmodus umgeschaltet hatte. Das bedeutete, ich war nicht zuständig fürs Brötchen holen und Frühstück machen, ebenso wenig räumte ich Zimmer auf und machte Betten oder stattete die Kühltasche für den Strand aus. Wer morgens am Frühstückstisch saß, konnte sich selbst schmieren und zusammenpacken, was er mitnehmen wollte, und dass Sophie immer erst auftauchte, wenn der Tisch gedeckt war und alle auf den Startschuss warteten, hielt ich einfach für eine clevere, wenn auch für alle anderen Beteiligten nervige Strategie. Erst als ich beobachtete, wie sie mit konzentrierter Miene eine ellenlange Kombination in den Sperrbildschirm ihres Handys tippte, fing ich an, mich zu wundern. »Was machst du da?«, fragte ich und griff nach dem Honigglas.

»Was?« Zerstreut hob sie den Kopf.

Ich deutete auf ihr Handy. »Was du da eingibst? Sind das altgriechische Schriftzeichen?«

»Nein, das ist mein Handycode.«

Mit großen Augen sah ich sie an. »Der ist so lange?«

Sophie verdreht die Augen. »Ja! Und?«

Das mütterliche Warnsystem klingelte leise und verhalten.

»Aha!«

»Was heißt denn jetzt ‚Aha'? Ich kann doch wohl meinen Handycode so lange machen, wie ich will.«

Ich nickte. »Ja, klar. Ich habe mich nur gewundert, weil du vorher immer nur die üblichen vier Zeichen hattest.«

Sophie kniff die Augen zusammen. »Ja. Und jetzt habe ich eben mehr! Fragestunde beendet?«

»Ist ja schon gut.« Beschwichtigend hob ich die Hände. »Es war nur eine Frage. Ein höflicher Versuch, eine Unterhaltung in Gang zu bringen.«

»Das ist keine Frage, du bist neugierig. Außerdem habe ich die kleine Kröte in meinem Zimmer. Wenn ich schon keine

Privatsphäre habe, dann will ich wenigstens sicher sein, dass sie nicht in meinem Handy herumschnüffelt.«

Lena knallte empört das Messer auf ihren Teller. »Ich bin keine Kröte! Und ich hab' noch nie in deinem Handy geschnüffelt!«

»WEIL ich es eben entsprechend gesichert habe«, erwiderte Sophie zufrieden und lehnte sich in ihrem Stuhl zurück.

Ich schüttelte den Kopf. »Du hast doch die ganze Zeit deine Privatsphäre. Den ganzen Tag die Kopfhörer auf den Ohren, da nimmst du doch sowieso nichts von deiner Außenwelt wahr.«

»Ich lerne damit auch, falls es euch interessiert.«

Carsten sah interessiert auf. »Ja? Was denn?«

»Zufällig höre ich mir auch den Psalm 23 und das Glaubensbekenntnis an, und wenn ich das nach den Ferien auswendig kann, kann ich es im Gottesdienst aufsagen und hab' das auch erledigt.«

Carsten und ich tauschten einen überraschten Blick.

»Und außerdem habe ich mir meine Englisch- und Französisch-Vokabeln draufgesprochen und den ganzen Kram von Geschichte. Wenn ich mir das abends vor dem Einschlafen anhöre, muss ich fast gar nichts lernen, weil sich das über Nacht quasi im Gehirn abspeichert.«

Sebastian sah seine Schwester begeistert an. »Echt? Das ist ja geil, das mache ich auch.«

»Das funktioniert aber nur, wenn du die Vokabeln vorher schon mal gehört, geschrieben oder zumindest wahrgenommen hast«, klärte ich meinen Sohn auf. »Ansonsten verweigert das Gehirn im Halbschlaf die Annahme.«

Sebastian zog ein langes Gesicht. »Ein Versuch wäre es wert.«

Ich zuckte mit den Schultern. »Klar, versuch' es. Wenn wir allerdings den Versuch für gescheitert erklären, werden wieder ganz traditionell Lernkärtchen geschrieben, ok?«

Der angenehme Zug an meinem Sohn war: er gab sich oftmals auch schon damit zufrieden, einen Versuch starten zu dürfen und konnte im Zweifel auch zugeben, wenn dieser scheiterte. Scheiterten Sophies Feldversuche, waren prinzipiell zuerst ihre Eltern, dann die ungünstige Mondphase und anschließend alle anderen Schuld, die sich gerade zum falschen Zeitpunkt in ihrer Nähe aufhielten. Die Welt war eben stellenweise noch nicht reif und weise genug für ihre Sichtweise, aber sie hatte keine Schwierigkeiten damit, ihre Weltanschauung bis ins kleinste Detail zu verteidigen; wie man sein Gegenüber zum Kapitulieren bringt, ist ja letztlich auch egal.

Kapitel 16

»Lena, wo ist Sophie? Der Kutter fährt spätestens um elf Uhr ab.«

Wir wollten heute mal die Nachbarinsel Spiekeroog erkunden und hatten somit nicht allzu viel Zeit zum Trödeln.

»Die liegt auf ihrem Bett und lächelt ihr Handy an.«

Ich hob fragend die Augenbrauen. »Du meinst, sie spielt darauf und lacht?«

Lena schüttelte den Kopf. »Nein, sie lächelt einfach. Und guckt es ständig an. Irgendwie gruselig.«

Wenn mein mütterliches Alarmsystem bis jetzt auch entspannt im Liegestuhl gechillt hatte, spätestens jetzt sprang es an.

»Sonst macht sie nichts? Einfach nur gucken und lächeln?«, fragte Carsten verwundert.

Lena nickte heftig, den Mund voll mit einem dick beschmierten Nutella-Croissants. Während der Rest der Familie zügig frühstückte, ging ich leise durch den kleinen Flur zu dem weiß eingerichteten Mädchenzimmer, das sich Lena und Sophie teilen mussten und spähte um die Ecke. Und tatsächlich, dort im Halbdunkeln lag Sophie im Bett, die bunte Decke bis zum Kinn hochgezogen, und der Rest, der von ihr zu sehen war, grinste von einem Ohr bis zum anderen. Aber dieses Grinsen war neu und völlig anders als sonst. Es hatte etwas von einer Katze, die eine Maus verspeist hatte. Eine sehr leckere Maus. Eine ganz neue Art Maus, die die Katzeneltern schon mal generell ablehnen würden, weil eben solche Art Mäuse nur von Katern angeschleppt wurden, die sich mit wilden Tattoos und schweren Motorrädern auf zwielichtigen Partys herumtrieben. Und die brachten als Gastgeschenk keine »Ich bin herrlich spießig und solide«-Maus, sondern eine »Hey Baby, I'm just limited Edition«-Maus mit.

Während ich verwirrt über das Katz- und Mausspiel sinnierte, entdeckte ich in diesem Grinsen auch etwas Sanftes und Weiches. Sophie hatte ein inneres Strahlen, das man auch wahrnehmen konnte, wenn man ansonsten weitestgehend schwingungsresistent war. Meine Tochter war verliebt und zwar bis über beide Ohren. Wie akut das Stadium war, zeigte schon die Tatsache, dass sie der Geruch frischer Brötchen und Croissants völlig kalt ließ, während sie normalerweise schneller über den Frühstückstisch herfiel als ein Heuschreckenschwarm. Als ich dann noch hörte, wie sie in den Aufnahmemodus ihres Handys säuselte: »Ich muss jetzt aufstehen, melde mich später« und über die eingehende Antwort leise kicherte, war jeder Zweifel beseitigt. Ich trat den Rückzug an und hätte jetzt gut einen Friesenkorn vertragen können, nüchterner Magen hin oder her.

Carsten sah mich fragend an: »Alles ok?«

»Ja, klar«, antwortete ich und sah mich betont unschuldig nach meinem Fotoapparat um. »Sie kommt gleich.«

Sophie kam ins Wohnzimmer geschwebt und griff geistesabwesend nach einem Vollkornbrötchen.

»Kein Croissant?«, wunderte sich Sebastian.

Sie sah das Brötchen in ihrer Hand überrascht an, als sähe sie es zum ersten Mal und zuckte mit den Schultern. »Ist doch egal.«

Carsten hörte auf zu kauen und deutete auf ihren Teller. »Egal? Da sind Körner drauf. Das ist gesund und du musst richtig kauen.«

Sophie lächelte ihren Vater an. »Ja.«

Ich spürte, wie sich langsam flächendeckend ein gewisser Argwohn bei der restlichen Familie breit machte. Gesund war sonst eigentlich nicht Sophies Priorität. Schokolade, viel Schokolade und noch mehr Schokolade, helle Brötchen und Croissants und gelegentlich ein Rührei – mehr musste es ihrer Meinung nach in der Frühstückslandschaft nicht geben.

Während sie gedankenverloren Aprikosenmarmelade auf das Körnerbrötchen strich und völlig abwesend einen großen Bissen kaute, bemerkt sie wohl doch, dass um sie herum jegliche Aktivität zum Erliegen gekommen war.

Stirnrunzelnd sah sie uns an. »Was ist los?«

»Nichts«, bemerkt Carsten und musterte sie aus den Augenwinkeln wie eine außerirdische Erscheinung.

Da ertönte plötzlich ein leises Klingeln von ihrem Handy. Sebastian schielte auf das Display und fragte: »Wer ist Marc?«

Spätestens jetzt hätte ich der Vermutung zugestimmt, eine außerirdische Lebensform habe von meiner Tochter Besitz ergriffen, denn Sophie schoss von ihrem Stuhl hoch, als wäre sie gestochen worden. Ihr Gesicht lief dunkelrot an und sie riss die Augen auf. Lena blieb vor Schreck der Mund offen stehen und Nutella-Sabber tropfte ihr vom Kinn.

»Don't touch my mobile!«, knurrte Sophie ihren armen Bruder mit einer Stimme an, die nicht ihr zu gehören schien.

Mit dem halben Brötchen in der einen und ihrem Handy in der anderen Hand rauschte sie ab ins Badezimmer.

Carsten sah mich an. »Weißt du, woran ich gerade denken musste? An Galadriel in »Herr der Ringe«. Als Frodo ihr den Ring geben will und sie sich kurzzeitig in eine schreckliche Herrscherin verwandelt. Gibt es etwas, das ich wissen sollte?«

Betont arglos sah ich ihn an. »Wir müssen gleich los. Das Schiff legt um elf Uhr ab und unsere Strandkörbe Nr. 283 und 364 habe ich für heute an die Nachbarn vergeben. Alles ist geregelt.«

»Marlene«, sagte er streng und kniff die dunkelbraunen Augen zusammen, die Sophies so ähnelten. »Du weichst mir aus!«

Ich entwischte ins Schlafzimmer und schlüpfte in meinen neuen Bikini, den ich unter meine Shorts ziehen wollte. Baden gehen wollten wir auf Spiekeroog auf jeden Fall. Vielleicht fühlte sich die Nordsee um die Nachbarsinsel herum ja ganz anders an. Ich begutachtete mich vor dem großen Spiegel von allen Seiten und fand den Anblick für eine dreifache Mutter gar nicht so schlecht. Zwar würde meine Beschreibung bei Ebay eher lauten »Zustand gut erhalten mit Gebrauchsspuren«, aber ich konnte mich immer noch sehen lassen.

»Na, was meinst du?«

Ich drehte mich vor Carsten, der mir gefolgt war, einmal um die eigene Achse und klimperte mit den Wimpern.

Er grinste. »Hör auf, vom Thema abzulenken.«

Ich lächelte kokett. »Immerhin schaffe ich es nach dreiundzwanzig Jahren noch, dich abzulenken.«

Doch Carsten ließ nicht locker. »Was ist los mit Sophie? Tod eines für die Teenagerwelt bedeutenden Serienstars namens Marc?«

Ich hob die Hände. »Woher soll ich das wissen? Frag' sie doch selbst.«

Carsten warf mir einen zweifelnden Blick zu, ließ das Thema jedoch glücklicherweise fallen. Was sollte ich auch dazu sagen? Mich beschäftigte ja selbst die Frage: wer zum Teufel war Marc?

Kapitel 17

Ansonsten verlief der Urlaub zum Glück annähernd so, wie ich es mir vorgestellt hatte, nämlich entspannt und erholsam – wenn man von meinem heimlichen Beobachtungsposten mal absah. Sophie war erstaunlich freundlich und friedfertig, und gerade das beäugte ich misstrauisch. Während ich hinter meinem Buch verborgen im Standkorb lag, sah ich sie lauter Herzchen neben sich in den Sand malen. Aha!!

Aber abgesehen davon und dass sie ihr Handy nicht mehr aus den Augen ließ, passierte nichts wirklich Aufschlussreiches. Gut, sie lief morgens mit zwei verschiedenen Schuhen zum Bäcker, schmierte versehentlich Zahnpasta auf ihre Haarbürste und aß ohne Diskussion genau das, was man ihr vor die Nase stellte – aber große Gefühlsausbrüche blieben aus. Allerdings reichte dieses veränderte Verhalten schon aus, um Carstens Argwohn zu wecken, und er zog wachsam immer engere Kreise um unsere Strandkörbe, vor allem, wenn sich Sophie im Bikini sonnte. Doch die zeitweise recht hohe Aufmerksamkeit, die sie bei seinen männlichen Artgenossen zwischen vierzehn und achtzehn Jahren erregte und die Carsten einen großen Teil seiner Erholung kostete, nahm Sophie kaum wahr.

Während Lena darüber nachdachte, die Liegeplätze rund um Sophies Strandkorb heimlich für drei Euro am Tag zu vermieten, ließ diese sich einzig und alleine von einem bestimmten Klingelton ihres Handys aus ihrem Chillmodus reißen. Das Strahlen auf ihrem Gesicht ließ mich nur hoffen, dass es der Kerl auch wirklich wert war. Wenn er ihr das Herz brach, würde Carsten ihm das Genick brechen. Außerdem war ich wirklich neugierig auf den Geschmack meiner Tochter. Man hatte ja immer eine gewisse Vorstellung, welche Art Freund oder Freundin zu den eigenen Kindern passen könnte, aber aus eigener Erfahrung wusste ich, dass zwischen den Vorstellungen der Eltern und der Realität Welten lagen.

Dass meine Priorität bei der Auswahl meiner Freunde anfangs bei »Hauptsache anders« lag, raubte meine Mutter nächtelang den Schlaf, und sie befürchtete, ich würde irgendwann in einer Kommune untertauchen oder mir in blinder Verliebtheit den Kopf bis auf einen pinkfarbenen Irokesenkamm kahl rasieren lassen. Als Carsten dann auf der Bildfläche erschien, sank ihm meine Mutter erleichtert an die Brust und hieß ihn überschwänglich in der Familie willkommen. Selbst wenn ich gewollt hätte, wäre ein anderer Mann nach ihm nicht mehr in Frage gekommen, und die Erleichterung meiner gestressten Mutter war so groß, dass ich selbst von ihrem Therapeuten eine Glückwunschkarte zur Hochzeit bekam, da mein Lebenswandel nun endlich nicht mehr Gegenstand etlicher Sitzungen war.

So sah ich der Wahl meiner Töchter in Sachen Männer mit etwas gemischten Gefühlen entgegen. Lena hatte seit dem Kindergarten einen »besten Freund«, der ganz klar alles gut fand, was sie auch mochte und diesen Zustand auch nicht hinterfragte. Bei Sophie war das schon deutlich schwieriger. Ihre Erwartungshaltung, einen optischen Bad Boy mit der Persönlichkeitsstruktur eines Märchenprinzen zu finden, erforderte meiner Meinung nach mehrere multiple Persönlichkeiten und ich war wirklich gespannt, wann sie ihre Familie auf Marc loslassen würde.

An einem Morgen in der letzten Urlaubswoche ging die Sonne gerade am Horizont auf und tauchte die ganze Insel in ein einzigartig weiches Licht. Ich liebte diese ruhigen, frühen Morgenstunden am Strand und wollte gerade zu meiner morgendlichen Laufrunde aufbrechen, da stand Sophie verschlafen vor mir und versuchte, mich aus halbgeschlossenen Augen zu fokussieren.

»Kann ich mitkommen?«, brummelte sie zögernd.

Sie konnte nur schlafwandeln. Nie im Leben würde sich meine Tochter freiwillig bewegen und schon gar nicht um diese Uhrzeit. So sah ich überrascht von meinen Turnschuhen auf. »Du willst Joggen? Freiwillig?«

Sie gähnte. »Ich dachte eher, wir gehen gemütlich am Strand spazieren. Beim Joggen kann ich nicht reden und du mit deinem Geschnaufe nicht denken.«

Wie fürsorglich! Aber gut, wenn das Kind schon mal freiwillig reden wollte ... bei meinem Glück ging es dann lediglich um eine Erhöhung des Taschengeldes. Trotzdem siegte meine Neugier, und mein innerer Schweinehund jubilierte nicht wenig bei der Aussicht auf ein warmes Nougat-Croissant und einen Milchkaffee.

Ich griff nach meinem Portemonnaie. »Klar! Wir holen uns am Kiosk Kakao, Kaffee und ein paar Hörnchen und dann geht es los.«

Mit einem Schlag war Sophie wach, zog sich untypisch nachlässig nur ein paar Sportklamotten über, und wir verließen leise die Wohnung, um den Rest der Familie nicht zu wecken. Es war noch nicht mal sieben Uhr und der Strand fast menschenleer. Die aufgehende Sonne tauchte das Meer in ein silbriges Licht, das glitzernde Punkte auf die Wasseroberfläche warf. Ich hatte schon hunderte Fotos von diesem Ort geschossen und keines glich dem anderen, aber auf jedem hatte ich den einzigartigen Zauber eingefangen, den Wangerooge besaß. Die beruhigende Trägheit, mit der die Wellen in ihrem steten Rhythmus am Strand ausliefen und sich wieder zurückzogen, hatte fast etwas Hypnotisches und hier fühlte ich mich für alle Geständnisse meiner Tochter gewappnet. Naja, vielleicht nicht für alle, denn die Dimension der Verrücktheiten, die in einem Teenager-Gehirn so vor sich gingen, war selbst für erfahrene Eltern fast unvorstellbar. Aber ich konnte in dem morgendlichen Geschrei der Möwen wenigstens vortäuschen, ich hätte nichts gehört und erst bei erneuter Bestätigung des gerade Gesagten in Panik verfallen.

Erst einmal jedoch schlenderte ich zufrieden und schweigend mit meiner Tochter am Strand entlang. Ich genoss die friedliche Stimmung zwischen uns – und wartete ... Wir setzten uns vor einen der leeren Strandkörbe und ich buddelte genießerisch die Zehen in den Sand – und wartete ...

Gerade als ich fand, dass meine tendenziell ohnehin nur sehr spärlich vorhandene Geduld genug strapaziert worden war, holte Sophie tief Luft. »Mama?«

Ich legte meinen Kopf leicht gegen ihren und schnupperte. Gott, roch dieses Kind gut. »Ja?«

»Schnüffelst du gerade an mir?«

»Ja!«

Ich konnte spürte, wie sie das Gesicht verzog. »Jetzt lass' das und hör' auf, an mir herumzuschnuppern, als wäre ich eine Wurst! Du sollst mir zuhören!«

Brav setzte ich mich auf.

»Warst du schon mal so total verliebt?«

Leicht amüsiert schmunzelte ich in mich hinein. »Nein, die Ehe mit deinem Vater war arrangiert. Opa hat mich gezwungen.«

Sophie musste kichern. »Mama, ich meinte doch davor. Also vor Papa.«

»Ja, auch davor schon mal. Mal mehr und mal weniger richtig.«

»Warst du auch schon mal total verliebt und es hat nicht geklappt?«

»Ja«, gab ich ehrlich zu. »Das auch.«

Ich schwieg einen Moment, und dann konnte ich mir die Frage nicht mehr verkneifen. »Klappt es denn nicht? Oder bist du nicht so richtig verliebt?«

Sophie verschränkte die Finger ineinander und buddelte ihre Füße im Sand ein. »Ich glaube schon, dass ich es bin. Und er ist so toll! Er hat die schönsten blauen Augen der Welt und ist so megacool. Marc ist auch schon siebzehn. Aber ich fühle mich irgendwie komisch.«

Siebzehn!! Schöne blaue Augen!! Zum Glück war ich niemand, der leicht in Panik geriet, also nicht immer!

Aber siebzehn!! Sophie war vierzehn! Wer wusste schon, wie dieser Marc tickte! Nachher geriet sie auf die schiefe Bahn, nahm Drogen oder trank hemmungslos Alkohol und war mit fünfzehn schwanger. Wir mussten zum Frauenarzt und über Verhütung reden und...

»Mutter!«

Ich schreckte hoch. »Was?«

»Wenn sich deine Atemfrequenz wieder beruhigt hat, erzähle ich gerne weiter.«

Wie gesagt, es war alles ganz harmlos und es bestand kein Grund zur Panik. »Alles klar, ich bin ganz Ohr.«

Sophie legte sich nach hinten in den Sand und verschränkte die Arme unter ihrem Kopf. Kennengelernt hatte sie Marc (Siebzehn!!) bei dem heimlichen Besuch der Party am Konfi-Wochenende (Drogen und Alkohol!!). Während die Stimmung dort immer ausgelassener geworden war (ohGottohGottohGott, wollte ich mehr hören?), Bier und Sekt die Runde machte, wurde plötzlich auch so eine komische Zigarette herumgereicht. Eigentlich waren sich die beiden Freundinnen einig gewesen, dass sie nichts mehr trinken und auf gar keinen Fall an dem Joint ziehen würden, aber wie sie sich einigermaßen cool und souverän aus der Affäre ziehen sollten, wussten sie nicht so genau. Emma gab den Joint mit bedeutungsvollem Blick an Sophie weiter, die wie hypnotisiert auf den bläulichen Rauch starrte, der nach oben stieg. Bevor sie richtig darüber nachgedacht hatte, hatte sie daran gezogen und den Rauch inhaliert – und den peinlichsten Hustenanfall ihres Lebens bekommen (Sie hat gekifft!!).

»Mama! Du hechelst schon wieder!«

Ich schüttelte mich und wünschte, ich könnte jetzt ganz gelassen und cool reagieren – oder zumindest eine meiner anderen, im Unterbewusstsein vorhandenen Persönlichkeiten - aber da erzählte Sophie schon weiter.

Ihr ungeschickter Versuch wurde mit viel Gelächter und spöttischen Kommentaren begleitet, als ER plötzlich vor ihnen stand: groß, blond, sportlich und mit blauen Augen zum Niederknien. Und obwohl er mit beiden Mädchen sprach, sah er nur Sophie an. Zumindest kam es Sophie so vor, aber mit Sicherheit konnte sie das nicht sagen, weil angesichts der mit Schmetterlingen bedruckten Lampions gerade ein irrsinniges Glücksgefühl in ihr aufstieg, das sie ständig kichern ließ.

Es wäre besser, sie würden hier verschwinden, hatte er gesagt und in Richtung der Gastgeberin genickt. Wenn Kimberley erst in Fahrt kam, konnte so eine Party leicht aus dem Ruder laufen.

Während Sophie leise hickste und den Jungen sowie die schaukelnden Lampions gleichermaßen im Auge zu behalten versuchte, hatte Emma heftig genickt. Da Sophie jedoch gerade kichernd und hicksend an ihrem Arm hing und sehnsüchtig das große Tablett musterte, auf dem der Butler weitere Piña Coladas servierte, musste Emma alleine einen Weg finden, damit sie beide möglichst unauffällig verschwinden konnten.

Auf die Frage hin, ob ER vielleicht eine Idee hätte, wie man das anstellen könne, hatte er die Stirn gerunzelt und sich erst einmal vorgestellt. Unnötig zu erwähnen, dass es sich um »Marc« handelte. Emma hatte sie beide vorgestellt und Sophie unsanft in die Rippen gestoßen, woraufhin die leise rülpste und sich verwundert umsah. Marc grinste breit und beratschlagte kurz mit Emma, wie er die beiden Mädchen möglichst komplikationslos und auf schnellstem Wege wieder ins »Haus Burgfrieden« bugsieren konnte, als Sophie unbeobachtet noch einmal an dem Joint gezogen und sich eine weitere Piña Colada geschnappt hatte. Dieser zweite Zug verstärkte die Wirkung nur noch und sie plumpste mit einem überraschten »Ups« in einen der aufblasbaren Schwimmsessel, die neben dem Pool auf der Terrasse standen.

Emma schüttelte hilflos den Kopf, während Marc Sophie kurz entschlossen wieder auf die Beine zog und ihr den Arm fest um die Taille legte. Zielstrebig steuerte er mit ihr den Ausgang an und nickte dem grimmig aussehenden Security-Beamten freundlich zu. Emma sammelte schnell ihre Jacken auf und folgte Marc mit gesenktem Blick.

Zerknirscht sah Sophie mich von der Seite an. »Willst du den Rest auch noch hören?«

»Ja! Bitte!«, murmelte ich mit zusammengepressten Lippen. »Ich brauche noch etwas Zeit, um für die Standpauke die richtigen Worte zu finden!«

Marc hatte sie also mit festem Griff durch das Tor bugsiert, dem Security-Chef kurz zugenickt und sie schnurstracks über die Straße zum Jugendheim gebracht, bevor jemand Fragen stellen konnte. Sophie war von der Party und allen anderen wunderbaren Dingen in dieser Nacht wie verzaubert – aber am meisten von Marc, dessen Lächeln noch schöner war als das von Ian Somerhalder. Er hatte Emma geholfen, den flexiblen Teil der Feuertreppe auszuziehen, damit sie möglichst leise in ihr Zimmer zurückkehren konnten. Emma, die mitbekam, dass Sophie sich auf Marcs Nachfrage nicht mehr an ihre Handynummer erinnern konnte und ihm kichernd empfahl, sich doch einfach bei der »11880« nach ihr zu erkundigen, speicherte bereitwillig die Nummer ihrer Freundin in dessen Kontaktverzeichnis ab und schob sie dann kopfschüttelnd auf die erste Stufe der Feuertreppe.

Sophie lächelte bei der Erzählung selig. »Ich glaube, er hat versprochen, dass er sich meldet. Hat er dann auch gleich am nächsten Tag.«

Und ich hatte nichts davon mitbekommen. Da waren wir noch zu Hause gewesen, und tatsächlich war die rosarote Wolke meiner Tochter völlig an mir vorbeigegangen. Unfassbar!

»Und dann seid ihr in dem Zustand bei der Köchin im Schlafzimmer gelandet?«, fragte ich vorsichtig.

Sophie grinste. »Ja, irgendwie schon.«

Emma hatte wohl ihre liebe Mühe gehabt, Sophie die Feuertreppe hinaufzuschieben, und letztlich hatte sie vorne gezogen und Marc hinten geschoben. Unter Ächzen und Stöhnen hatten sie Sophie durch das erstbeste, offene Fenster bugsiert und waren schon froh, dass diese nicht aus Versehen über das Dach und auf der anderen Seite des Gebäudes wieder nach unten geklettert war.

»Naja, und den Rest der Geschichte kennst du ja.«

Ich nickte langsam und holte tief Luft. »Und wo genau ist jetzt das Problem? Also »dein« Problem – abgesehen von den vielen kleinen und großen Problemen, die du mit mir gleich haben wirst?«, fragte ich noch halbwegs gefasst. Meine Probleme waren gerade so zahlreich, dass ich beim Nummerieren durcheinander kam.

Sophie ließ den Sand durch ihre Finger rieseln. »Naja, zum einen habe ich Angst, dass ihr sauer seid, weil ich gekifft habe. Aber es war wirklich nur das eine Mal und ich mache es nie wieder!! Ehrlich!«

Mit zusammengekniffenen Augen sah ich sie an. »Und zum anderen?«

»Was ist, wenn Marc mich total peinlich fand an dem Abend? Und insgeheim über mich lacht?«

»Schätzchen, ein bisschen peinlich wird er dich ganz sicher gefunden haben, und dass er zumindest innerlich breit gelächelt hat, solltest du ihm zugestehen. Aber ich schätze mal, die Kombination aus deiner zuckersüßen Optik und der Tatsache, dass du einen gewissen Unterhaltungswert hast, muss ihn ja irgendwie begeistert haben, meinst du nicht?«

»Ja«, sagte Sophie nachdenklich. »Er schreibt auch total lieb und cool, aber die Typen, mit denen meine Freundinnen zusammen sind, machen teilweise total miese Sachen. Was ist, wenn er genauso ist und ich merke es nur nicht?«

Dann wird ihn dein Vater bei lebendigem Leib häuten, dachte ich bei mir.

»Was genau machen denn die Kerle? Und bei welchen Freundinnen?«, fragte ich vorsichtig nach.

Wie dieses Kind auf einmal reden konnte! Würde sie sich sonst mal zur Abwechslung nicht nur über das Essen, ihre Geschwister und das Leben im Allgemeinen beschweren, sondern über wirklich wichtige Dinge sprechen, käme ich mir nicht immer so grottendämlich vor, weil alles an mir vorbeilief!

Sophie wedelte ungeduldig mit der Hand. »Bei wem, ist jetzt egal. Aber die eine hat ihrem Freund ein Bikini-Foto aus dem Urlaub geschickt – naja, ohne Oberteil ... Und der hat das an seine Freunde verteilt und damit angegeben. Sie wollte gar nicht mehr in die Schule kommen.« Sie fuhr sich durch die Haare. »Emma hat erzählt, ein Mädchen aus der Parallelklasse hat ihr ein Video gezeigt, das ihr Ex-Freund beim Küssen aufgenommen hat. Das hat der echt gefilmt und dann auch weitergeschickt. Alle haben sich darüber lustig gemacht, wie sie küsst und so ... Ich würde nie wieder in die Schule gehen, nie wieder!«

Ich seufzte leise und sah Sophie an. Hatten wir es früher einfacher gehabt? Teilweise schon, weil es nur eingeschränkte

Möglichkeiten gab, Klatsch und Tratsch zu verbreiten. Klar konnte man Geheimnisse weitererzählen, die einem unter dem Siegel der Verschwiegenheit anvertraut worden waren oder auch mal ein blödes Foto knipsen, aber der Wirkungskreis war doch deutlich eingeschränkter gewesen als heute. Über die sozialen Medien und eine oft unkontrollierte Anzahl von Chat-Gruppen ließen sich heute Fotos, Videos und Gerüchte in Sekundenschnelle unzählige Male verbreiten und vor allem niemals wieder komplett löschen.

Während früher Chantalle mal den Kevin küssen konnte, auch wenn der mit ihrer besten Freundin Jacqueline zusammen war, und dann eben nur die Jacqueline und die Chantalle sauer und der Kevin peinlich berührt waren, lösten solche Beiträge heutzutage im Internet einen wahren Shitstorm aus. Wildfremde Menschen fühlten sich genötigt, der Jacqueline ihr Mitgefühl auszusprechen und boten an, mit ihr zur Chantalle zu gehen, damit man das in gemeinsamer Runde und vor Zeugen klären konnte. Mindestens zehn Personen würden diese Aussprache mit anschließender Keilerei filmen, und im günstigsten Fall konnte man die noch offenen Punkte in einer dieser Psycho-Shows mit professioneller Hilfe vor laufender Kamera aufarbeiten.

Also ja, das Konfliktpotential war zu unserer Zeit wesentlich geringer gewesen, auch wenn sich die Gefühlslage ähnlich kompliziert gestaltet hatte.

Ich legte den Arm um Sophies Schultern. »Das ist mies, keine Frage. Aber das weißt du ja jetzt und überlegst dir eben gut, welche Fotos du verschickst oder wobei ihr ein Video dreht. Abgesehen davon denke ich, wenn dieser Marc so ticken würde, hätte er spätestens an dem Abend ein Foto geschossen und vielleicht irgendetwas Blödes damit gemacht. Hat er ja nun aber nicht.«

Sie nickte. »Und er schreibt echt voll süß.«

»Das sagtest du bereits. Wann lernen wir den Wunderknaben denn mal kennen?«

»Ihr wollt ihn kennenlernen?«, fragte Sophie erschrocken. »Warum?«

Ich hob die Hand und zählte mit den Fingern ab. »Erstens: es sieht wohl so aus, als wäre er dein erster Freund, er ist drei Jahre älter als du und wir wollen wissen, mit wem du unterwegs bist.«

Ich tippte gegen den zweiten Finger. »Zweitens kann er mit entsprechend sympathischem Auftreten deinen Vater davon abhalten, Auskünfte über seine Familie und potentielle Vorstrafen einzuholen, und drittens müssen wir wissen, wie er aussieht, falls er dir das Herz bricht. Unser Rachefeldzug sollte in diesem Fall keinen Unschuldigen treffen.«

Sophie starrte mich an. »Ich kann nur hoffen, dass die Punkte zwei und drei nicht ernst gemeint sind. Ihr seid manchmal echt schräg.«

Ich wurde ernst. »Das mag sein. Aber schräger finde ich die Vorstellung, dass du gekifft und getrunken hast, obwohl wir sooft über Drogen und Alkohol gesprochen haben. Ich denke, ich kann damit leben, dass du es ausprobiert hast, aber ich sage dir hier ganz klar: ich gehe davon aus, das war das erste und einzige Mal! Du bist erst vierzehn! Es gibt nicht viele Regeln bei uns, aber diesbezüglich kennst du die Vorgaben von Papa und mir ganz genau! Hast du mich verstanden?«

»Ja«, gab Sophie kleinlaut zurück. »Ist okay. Müssen wir das Papa auch erzählen?«

»Nein, müssen wir vorerst nicht. Sonst setzt du keinen Fuß mehr vor die Türe, bis du volljährig bist, und damit ist weder dir noch mir geholfen.« Ich sah sie an und mein Blick wurde weich. »Du hast noch so viel Zeit, um Dinge auszuprobieren und manches muss man nicht wirklich selbst erlebt haben, um zu wissen, dass es Mist ist, okay?«

Sophie nickte heftig und fiel mir um den Hals. »Danke! Du bist die Beste!«

Ich lächelte schief. »Dieses Mal bestimmt, schon klar.«

Lachend und schrecklich albern liefen wir am Strand entlang zurück nach Hause, aber ein Teil von mir blieb ein bisschen nachdenklich. Sophie hatte es meisterlich verstanden, von den wesentlichen Punkten abzulenken. Ich fragte mich, ob ich wirklich angemessen auf das Thema »Kiffen« reagiert hatte. Und wie reagierte man da als Mutter wirklich angemessen? Für viele war das keine große Sache, und selbst Birgit hatte mal schulterzuckend zu mir gesagt, dass ja auch die Kirche ihre Gemeindemitglieder vor dem Gottesdienst mit Weihrauch benebeln würde – also war doch zumindest ein bisschen high einigermaßen legitim. Aber da lag meine eigene Meinung meilenweit von der meiner Freundin entfernt. Jeder Ansatz zum Gebrauch von Drogen musste eigentlich meiner Meinung nach direkt im Keim erstickt werden und ich wusste, Carsten sah das ähnlich. Selbst Mario, der vieles lockerer nahm als wir, verstand bei Drogen keinen Spaß mehr und hatte schon angekündigt, die Kinder notfalls mal zur Abschreckung mit in eine Entzugsklinik zu nehmen. Aber war das wirklich eine Abschreckung oder heizte man damit eine gewisse ängstliche Faszination noch an? Wie auch immer, auch Mario würde in diesem Fall kein Auge zudrücken, und es könnte im Zweifel sein erster wichtiger Einsatz als Patenonkel werden. Allerdings war ich mir insgeheim sicher, die Nummer mit der Köchin würde ihm gefallen ...

Kapitel 18

Kurz vor dem Ende unseres Urlaubs fiel mir schlagartig ein, dass Sophie es nicht einmal in einen der Gottesdienste auf der Insel geschafft hatte und ich wohl somit für den Rest der Ferien in den Genuss kommen würde, meine Tochter jeden Sonntag aus dem Bett zerren zu dürfen. Direkt nach den Ferien stand dann groß der »Konfi-Erlebnistag« in dem Terminplan, gefolgt von dem Kirchensilvester. Sebastian, der sich daraus die Vorstellung bastelte, dass man am Erlebnistag gemeinsam Böller baute und die dann beim Kirchensilvester in den Himmel schoss, bekam einen Dämpfer verpasst, als ich die Beschreibung laut vorlas.

Die Gruppe würde am Erlebnistag in Frankfurt die Bahnhofsmission, die Frankfurter Tafel und eine Einrichtung der Diakonie besuchen, die sich um misshandelte und vernachlässigte Kinder kümmerte. Sophie war alles andere als begeistert.

»Und wann reden wir mal darüber, was wir bei der Konfirmation anziehen dürfen? Und wie die Kirche geschmückt wird? Das ist doch viel interessanter«, maulte sie genervt und sah mir über die Schulter.

»Bleiben wir bei dem Kirchensilvester die ganze Nacht in der Kirche?«

Ich nickte. »Sieht so aus.«

»Und was machen wir da? Schon wieder beten?«

»Die Vermutung liegt nahe. Ihr seid in einer Kirche. Es ist ein Pfarrer dabei. Jesus hängt am Kreuz an der Wand und es brennen Kerzen. Ja, ich schätze, Beten ist relativ wahrscheinlich.«

Lena saß am Tisch und malte ein weiteres Bild von dem alten Wangerooger Leuchtturm, der unten am Bahnhof stand. Da der Turm bis auf den Eingangsbereich von jeder Seite fast gleich aussah, variierte sie eben entsprechend den Hintergrund.

»Ich glaube übrigens nicht, dass wir alle von Adam und Eva abstammen«, verkündete sie und sah kritisch auf ihr Werk.

»Was willst du denn jetzt, du Zwerg?«, schnaubte Sophie. »Und wie kommst du überhaupt auf so was?«

Lena malte fröhlich weiter. »Weil«, erklärte sie beinahe beiläufig, »Adam und Eva dann ganz viele Kinder hätte bekommen müssen, und dazu waren die gar nicht lange genug im Paradies. In meiner Kinderbibel steht nix davon, dass die Kinder hatten, und die hatten bestimmt auch keinen Sex, weil Eva viel zu früh in den Apfel gebissen hat. Also stammen wir doch alle von den Affen ab.«

Das Schweigen um sie herum schien Lena dann doch etwas zu irritieren und sie hob den Kopf. »Ist was?«, fragte sie verwundert, als sie unsere verblüfften Blicke sah.

Sophie tippte mir auf die Schulter. »Hast du dich schon mal gefragt, von wem sie das hat? Ich meine, Sebastian und ich sind doch auch nicht so.«

»Was meinst du?«, fragte ich, perplex über die Gedankengänge meiner jüngsten Tochter und völlig ahnungslos, worauf Sophie hinauswollte.

»Na, dass sie sich mit acht Jahren darüber Gedanken macht, ob Adam und Eva Sex im Paradies hatten! Das haben dich Sebastian und ich garantiert nie gefragt.«

»Nein«, sagte ich trocken. »Ich musste dafür in die Schule, weil du in der 4. Klasse im Aufklärungsunterricht deine Klassenlehrerin angebrüllt hast, deine Eltern würden solchen Schweinskram nicht machen. Glaub mir, viel besser war das auch nicht.«

Carsten und Sebastian brachen in schallendes Gelächter aus und Sophie sah mich beleidigt an.

»Hab' ich so was auch mal gefragt?«, wollte Sebastian wissen.

»Nein. Du hast dich damit abgefunden, dass dich nicht der Klapperstorch gebracht hat. Allerdings bist auch nie in die tieferen Details eingestiegen – zu meiner großen Erleichterung!«, erwiderte ich mit Nachdruck.

»Aber ich habe einmal morgens gehört, dass ihr ...«, setzte er an, aber Sophie fiel ihm ins Wort.

»Stopp! Ich will keine Bilder in meinem Kopf, gar keine! Weder von Adam und Eva, noch von Mama und Papa. Können wir jetzt vielleicht über das Kirchensilvester reden? Wir bleiben da über Nacht und schlafen vor dem Altar? Das ist auch schräg.« Sophie verschränkte die Arme vor der Brust.

Immer noch grinsend sah ich sie an. »Was ist daran schräg? Das ist bestimmt eine tolle Atmosphäre, wenn es dunkel wird und ihr die Kerzen anzündet. Vielleicht spielt sogar jemand leise Musik.«

»Ja, Mama. Und wir beten und horchen wieder in uns hinein und jedes Mal bekomme ich Hunger. Ich habe immer Hunger, wenn ich in mich hineinhorchen soll.«

Carsten schob Balou von seinem Schoß, der bei dem Wort »Hunger« fragend den Kopf gehoben hatte. Wollte noch jemand essen außer ihm? »Vielleicht hungert deine Seele ja nach etwas

Bestimmtem und du solltest mal genau darauf hören, was kommt, wenn du so in dich hinein lauscht«, schlug er vor.

Sophie zog die Augenbrauen hoch und schürzte die Lippen. »Was ist heute eigentlich los? Liegt das am Wetter? Lena denkt über das Sexleben im Paradies nach und du sagst mir, mein Bauch will nicht essen, sondern meine Seele wünscht sich was, wenn mir der Magen knurrt?«

Draußen goss es mittlerweile in Strömen, ein typischer Sommerregen an der Nordsee. Schwallartig, heftig, mit Wolken zum Fürchten und einem orkanartigen Wind – und eine Stunde später konnte schon wieder strahlend die Sonne scheinen.

Ich nahm mein Buch und lehnte mich gemütlich in dem dicken, bauchigen Ohrensessel zurück.

»Naja«, sagte ich schläfrig und grinste. »Wenn man sich manchmal darauf einlässt, das eigene Bewusstsein zu erweitern, begegnen einem die seltsamsten Dinge. Die einen sehen dann Schlangen und Äpfel, andere freuen sich über schaukelnde Lampions, die ...«

Weiter kam ich nicht. Sophie hatte sich das nächstbeste Sofakissen geschnappt und mir mit vollem Karacho an den Kopf geworfen.

Noch immer so sehr lachend, dass ich kaum sprechen konnte, keuchte ich: »Und wer von euch ohne Schuld ist, der werfe den ersten Stein ...«

Kapitel 19

Auch der schönste Urlaub ging einmal zu Ende und der Alltag holte uns wie immer viel zu schnell ein. Bei Herrn Sorge herrschte an meinem ersten Tag im Büro große Freude. Auch Frau Sorge ließ ausrichten, dass sie glücklich über meine Rückkehr sei, da ihr Mann doch während meines Urlaubs satte drei Kilo zugenommen hatte. Frau Schäfer hatte in meiner Abwesenheit kulinarisch wirklich alles gegeben und den Chef nicht nur mit Kuchen, sondern auch jeden Mittag mit einem warmen Essen verwöhnt. Die daraus entstandene Trägheit ihres Mannes war Frau Sorge ein echter Dorn im Auge und sie wünschte sich augenblickliche Rückkehr zur Normalität. Also setzte ich meinen Chef mittags wieder auf Salat und fettarmes Dressing, sah allerdings geflissentlich aus dem Fenster, wenn er zur Kaffeezeit mit einem Stück Kuchen von den Empfangstresen geschlichen kam. Ein paar kleine Freuden vertreiben einfach auch die größten Sorge(n)...

Die restlichen Ferien verbrachte ich damit, Lena, die ich für die Ferienspiele angemeldet hatte, morgens aus dem Bett zu zerren. Sie verkündete ihren Unmut jeden Morgen so laut, dass ihre Geschwister nicht mal den Hauch einer Chance hatten, weiterzuschlafen – was die beiden jedoch nicht daran hinderte, bis mittags chillig im Bett zu liegen. Sophie ließ sich immerhin unter der Bettdecke durch den Schein ihres Handy-Displays orten. Sie stand in virtuellem Dauerkontakt mit Marc, der unglücklicherweise immer noch mit seinen Eltern im Urlaub war.

Wenn ich um kurz nach eins nach Hause kam und den Kopf in die halbdunklen Kinderzimmer steckte, starb augenblicklich mein Geruchssinn ab. Der sich über Nacht entwickelte und in jede Ritze eingezogene Teenager-Mief raubte mir fast die Sinne und ich schätzte, so ähnlich betäubten Bären unwillkommene Eindringlinge in ihren Höhlen während des Winterschlafs. Es funktionierte. Mit einem leichten Schwindelgefühl setzte ich mich auf die Treppe und atmete tief durch, bevor ich im Laufschritt durch die Zimmer ging und die Fenster aufriss. Was da so im Sonnenlicht unter der Bettdecke auftauchte, konnte ich nur vage als meine Kinder identifizieren. Vermutlich hatte der Sauerstoffmangel in den Zimmern schon eine leichte Desorientierung zur Folge, denn anfangs erkannten sie weder mich noch ihre Umgebung. Nicht auszudenken, was passiert wäre, wenn ich sie in diesem Moment auch noch mit ihrem Spiegelbild konfrontiert hätte. Nachdem das erste Begreifen in den glasigen Augen aufblitzte und zumindest das Wort »Mittagessen« eine leichte Aktivität in beiden Zimmern in Gang setzte, ging ich seufzend zurück in die Küche. Während die Strebertochter der akademischen Eltern weiter vorne in der Straße heute Morgen schon den Müll rausgebracht, den Staubsaugerbehälter ausgeleert und vermutlich bis eben schon mal die Vokabeln in Latein und Englisch für das nächste Schuljahr vorgelernt hatte, konnten sich Sebastian und Sophie mit Mühe daran erinnern, welcher Wochentag heute war. Natürlich erwartete ich nicht, dass sie in den Ferien büffelten wie verrückt, es sein denn, sie lagen in einem Fach wirklich daneben. Aber mittags mal einen gedeckten Tisch und zwei angezogene, wache und zu einer normalen Unterhaltung fähige Kinder vorzufinden, hätte mir schon die Freudentränen in die Augen getrieben.

Dafür erzählte Lena am Nachmittag umso mehr, wenn sie fröhlich, braungebrannt und herrlich dreckig von einem der vielen Ausflüge heimkam. Kein Gedanke mehr daran, dass sie morgens zeternd auf dem Fußboden im Badezimmer gesessen und Carsten heulend gefragt hatte, warum wir sie immer loswerden wollten. Jeder Erklärungsversuch ging in einem hyperventilierenden Tränenausbruch unter, und ich konnte es kaum fassen, dass es dasselbe Kind war, das ich mittags so gut gelaunt mit nach Hause nahm. Jeden Morgen ging ich davon aus, dass bei Lena doch mal ein bisschen Vorfreude auf den Tag aufkommen müsse, aber das Geschrei über die Ungerechtigkeit der Welt blieb unverändert infernalisch, sodass Sophie genervt aus ihrem Zimmer brüllte: »Mann, setzt sie doch aus!«

Nach der ersten Arbeitswoche hielt mich nur die Aussicht auf das nahende Wochenende aufrecht, an dem ich jedoch das Vergnügen haben würde, Sophie zu nachtschlafender Zeit – sprich vor dem Mittagessen – aus dem Bett zu werfen und vor der Kirche zum Konfirmandengottesdienst abzustellen.

Als ich am Sonntagmorgen um halb neun leise nach unten schlich, fand ich schon einen gedeckten Frühstückstisch vor. Verzückt stand ich da und dachte, es gibt sie doch, die Heinzelmännchen und sie haben mich gefunden. Als mich dann von hinten meine gut gelaunte, vollständig angezogene und geradezu hyperaktive Tochter umarmte, vermutete ich eher irgendwo die versteckte Kamera.

»Warum bist du schon wach?«, fragte ich misstrauisch. »Hast du auch den Tisch gedeckt?«

Sophie strahlte mich an und tanzte durch die Küche. »Ja, habe ich. Marc holt mich um halb zehn zum Gottesdienst ab. Da muss ich nicht alleine gehen.«

Schlagartig wurde ich wach. »Marc geht mit in die Kirche? Das ist ja nett.«

Sie nickte, noch immer strahlend und steckte zwei Scheiben Toastbrot in den Toaster. »Ja, gell. Er sagt, wenn er nicht arbeiten muss, dann kommt er jetzt jeden Sonntag mit.«

»Was arbeitet er denn sonntags?«, fragte ich beiläufig.

»Seinen Eltern gehört die Gärtnerei »Sachs« in Oberursel«, erklärte Sophie. »Sonntags gibt es da am Nachmittag immer Kaffee und Kuchen, man kann dort einkaufen und die haben auch einen schönen Kinderspielplatz. Da müssen er und sein Bruder immer abwechselnd helfen.«

Das gefiel mir. Während Sophie ja oftmals dachte, der Geldautomat würde aus reiner Freundlichkeit immer dann Geld ausspucken, wenn man mit dem vierstelligen PIN nur nett genug darum bat, gab es anscheinend noch Jugendliche, denen klar war, dass man für Geld arbeiten musste. All das wirkte sehr sympathisch und ich schlug vor, sie könnte Marc doch später mit zum Essen nach Hause bringen.

Skeptisch sah mich Sophie an und biss in ihr Brot. »Hierher?«, nuschelte sie mit vollem Mund. »Warum? Es sind doch heute alle zu Hause.«

»Ja, eben! Mario und Hartmut kommen nachher auch vorbei, wir wollen grillen. Wenn er die Feuerprobe übersteht, meint er es ernst.« Ich setzte mich neben sie und stupste sie in die Rippen. »Na, komm schon. Irgendwann muss er da ohnehin durch. Papa ist heute ausgeschlafen und bestimmt entsprechend umgänglich.«

»Und wenn nicht? Wenn er lauter blöde Sachen fragt und damit nicht aufhört?«, fragte sie unglücklich.

»Mario ist ja auch noch da. Eine Garantie dafür, dass es nicht zu ernst wird.« Ich lächelte sie an. »Und ich würde mich auch freuen, Marc mal kennenzulernen.«

Sophie seufzte ergeben. »Ich kann ihn ja mal fragen, wenn er gleich kommt. Aber ICH frage ihn, nicht du!«

Ich nickte brav. Mir wäre auch nicht im Traum eingefallen, dem neuen Freund meiner Tochter im Schlafanzug die Haustür zu öffnen. Aber aus dem Fenster gucken, das konnte ich, und so spülte ich sehr gründlich alles, was mir in die Finger kam, um den Platz am Küchenfenster nicht räumen zu müssen. Meine Ausdauer wurde belohnt. Nicht nur, dass alle Gläser sauber, liebevoll poliert und farblich sortiert im Schrank standen und die Spüle glänzte, ich hatte freie Sicht, als Marc mit einem Motorroller bei uns vor dem Haus hielt und den Helm abnahm. Er fuhr sich mit den Fingern durch das dunkelblonde Haar, setzte seine Sonnenbrille auf und stieg ab.

Sophie hüpfte neben mir auf und ab. »Er ist da, da ist er!«

»Ja, das sehe ich! Er fährt einen Roller?«

Sie schlüpfte in ihre Sneakers, schnappte sich eine Jacke und war schon halb an der Haustür, als ich etwas schärfer als beabsichtigt rief: »Stopp!«

Verwundert drehte Sophie sich um und sah mich fragend an. »Ja? Was ist denn noch?«

»Du hast keinen Helm und du steigst nicht ohne Helm auf diesen Roller. Es gibt sicher viele Sachen, in denen ich lockerer bin als dein Vater, aber das hier gehört nicht dazu. Er kann das Ding hier parken und ich fahre euch gleich zur Kirche.«

Sophies Augen blitzten wütend. »Vergiss es, ich bin doch kein Baby mehr. Du machst mich total lächerlich.«

Sie riss die Haustür auf und wäre fast in Marc hinein gerannt, der unmittelbar vor ihr stand. Na bravo! Da stand eine 17-jährige Mischung aus Kevin Costner und Justin Bieber, und ich glänzte mit Pferdeschwanz und einem Schlafanzug, der im günstigsten Fall noch für einen Jogginganzug gehalten werden konnte. Ich fühlte mich ... alt!

Marc küsste Sophie kurz auf die Wange und trat einen Schritt an ihr vorbei. »Hallo, ich bin Marc«, sagte er und streckte mir die Hand hin. »Sie sind bestimmt Sophies Mutter, das erkennt man sofort.«

Okay, vielleicht ging zur Not auch der alte Fahrradhelm, wenn man ihn nur eng genug stellte, aber da fuhr er schon fort. »Ich habe für Sophie den Helm meines Bruders mitgebracht. Ich denke, den können wir eng genug stellen, so dass er ihr passen müsste.«

Ich war beeindruckt. Gutaussehend, gesprächig, umsichtig – wo war der Haken? Während meine kleine Kratzbürste einfach nur neben ihm stand und ihn anstrahlte, ergriff ich mit leicht verklärtem Lächeln seine Hand und nickte. »Ja, ich bin Sophies Mutter. Freut mich, dich kennenzulernen. Finde ich klasse, dass du an einen Helm gedacht hast.«

Sophie löste den Blick einen Moment lang von Marc und sah mich warnend an, was so viel bedeutete wie: keine Fragen, keine guten Ratschläge und keine Babyfotos, wenn er nachher wirklich zum Essen bleibt.

Ich nickte den beiden zu und sagte: »Dann mal viel Spaß euch beiden. Vielleicht sehen wir uns ja nachher noch.«

Marc lächelte. »Würde mich freuen.« Dann wanderte sein Blick zu Sophie und wurde weich. »Bist du soweit?«

Sie strahlte mit der Sonne um die Wette. »Ja, klar! Wir können los.« Sie beugte sich kurz vor, gab mir einen Kuss auf die Wange und flüsterte: »Du musst Papa noch das mit Marc erklären, bevor er dann wirklich zum Essen bleibt, okay?«

So sprach sie und verschwand, während mir kurzzeitig der kalte Schweiß ausbrach. Dass ich daran nicht gedacht hatte. Nach dem Urlaub hatte ich einfach noch nicht den richtigen Zeitpunkt gefunden, um Carsten von Marc zu erzählen und ihm vor allem glaubhaft zu versichern, dass es sich bei dem ersten Freund seiner Tochter nicht um den Leibhaftigen in Menschengestalt handelte. Prinzipiell verließ er sich zwar auf meinen Instinkt, und wenn ich nicht in Panik geriet, wurde eine Situation weitestgehend als ungefährlich eingestuft, aber die Vorstellung, dass es im Leben von Sophie plötzlich ein anderes männliches Wesen gab, das eine größere Rolle spielte als er, löste in jeder Diskussion heftiges Unbehagen aus. Und jetzt hatte ich gerade mal zwei Stunden Zeit, um meinen Mann in einen wachen und aufnahmefähigen Zustand sowie in möglichst friedfertige Stimmung zu versetzen. Langsam ging ich nach oben, um Carsten zu wecken, da schlurfte Sebastian an mir vorbei ins Bad.

»Morgen. Was machen wir heute?«

Zerstreut tätschelte ich ihm den Kopf und erwiderte: »Zieh' dich an, später kommen Mario und Hartmut – ach ja, Marc bleibt wahrscheinlich auch zum Essen.«

Ich war schon auf der nächste Treppe und führte gedanklich fröhliche Dialoge mit meinem Mann über den Freund unserer Tochter, als mir Sebastian fragend hinterherrief: »Wer ist denn jetzt eigentlich dieser Marc?«

Na bravo ...

Kapitel 20

Alles in allem wurde es ein guter Tag, wenn auch erst etwas später. Während ich unter der Dusche stand, trudelten schon Mario und Hartmut ein – viel zu früh. Bislang hatte ich noch keine Gelegenheit gefunden, Carsten auf unseren Überraschungsgast vorzubereiten, und das lag mir etwas im Magen. Ich verwarf alle aufwendigen Formulierungen und beschloss, ganz einfach mit der Sprache rauszurücken. Marios neugierige Fragen würden vermutlich sowieso jedes weitere Gespräch unmöglich machen, und bis Sophie und Marc aus der Kirche kamen, hatte Carsten genug Zeit, um den ersten Schreck zu verarbeiten.

Aber als ich nach unten kam, spielte Mario einträchtig mit Lena in ihrem Feengarten und bestaunte ehrfürchtig die zarten Flügelchen und die prächtigen Kleider der Spielfiguren, während Carsten und Hartmut mit Gummihandschuhen in den Buchsbäumen nach dicken, grünen Raupen suchten, die seit einiger Zeit unseren Garten heimsuchten. Diese ekligen Viecher, auch Zünsler genannt, hatten unsere Büsche lange Zeit verschont, doch seit dem Frühjahr waren gefühlt ganze Familienstämme in unsere Buchsbäumchen eingezogen. Das Schlimmste jedoch war, dass man diese Raupen möglichst unwiderruflich und nachhaltig vernichten musste. Eine Umsiedlung in den Garten eines ungeliebten Nachbarn reichte leider nicht aus. Nachdem wir vor einigen Wochen fast fünfzig Zünsler eingesammelt hatten und mir nach den ersten zehn Raupen, die ich zerdrückt hatte, das Mittagessen beim Anblick des grünen, breiigen Geklibbers unaufhaltsam weiter nach oben stieg, hatte sich Sebastian heldenhaft geopfert und die restliche Schar erledigt. Angesichts dieses Massakers fühlte ich mich hundeelend und hatte seitdem den Verdacht, dass wir zur Strafe nun von der doppelten Anzahl Kriechtiere heimgesucht wurden.

Daher wollte ich die beiden Männer nicht stören und setzte mich neben Mario auf den Holzboden der Terrasse.

Er warf mir einen Blick zu, zog die Augenbrauen hoch und fragte: »Okay, Liebes, wo drückt der Schuh?«

Ich hob ein Blatt auf und zupfte daran herum. »Sophie hat einen Freund, seit ein paar Wochen. Er hat sie heute Morgen zum Gottesdienst abgeholt und vermutlich bleibt er zum Essen.«

Mario sah mich fragend an. »Ja, und? Ist er hässlich oder ungepflegt?«

»Nein, gar nicht.«

»Hat er schlechte Zähne oder Nasenhaare?« Sein Blick wurde drohend. »Behandelt er sie schlecht?«

Ich musste lachen. »Nein, nichts dergleichen. Er sieht klasse aus, scheint cool, nett und fürsorglich zu sein und trägt unsere Prinzessin auf Händen.«

»Wo ist dann dein Problem?«, fragte er verwundert. »Das ist doch aufregend. Meine Kleine ist verliebt!«

Ich stieß ihn in die Rippen. »Nicht so laut!«, zischte ich. »Mein Problem steht da hinten, sammelt grüne Glibbertiere mit deinem Mann auf, und ich befürchte, dass er sie dem Freund unserer Tochter ins Essen mischt.«

»Carsten weiß es noch gar nicht?«

Ich sah ihn zerknirscht an. »Nein. Ich habe die Geschichte auch erst im Urlaub erfahren und musste versprechen, erst mal nichts zu verraten. Und heute hat es sich irgendwie noch nicht ergeben. Könntest du nicht vielleicht ...?«

»Marlene, du machst aus einer Mücke einen Elefanten! Und jetzt willst du kneifen«, sagte er streng.

Genau in diesem Moment klingelte es an der Tür und ich sah Mario erschrocken an. »Das sind sie bestimmt. Was machen wir denn jetzt?«

Mario stand auf und klopfte sich die Hose ab. »Geh' du mal an die Tür, ich habe hier alles im Griff. Herzensangelegenheiten sind meine Spezialität.«

Ich sah ihm mit gemischten Gefühlen nach und hoffte, er würde seinen Hang zur Theatralik etwas zügeln. Dann lief ich in den Flur und öffnete die Haustür. Tatsächlich standen Marc und Sophie davor und strahlten um die Wette. Sophie fuhr sich mit einer Hand durch die langen Haare und schüttelte sie kurz auf, in der anderen hielt sie den Helm.

Marc lächelte freundlich. »Sophie hat gemeint, ich könnte noch etwas bleiben. Ist das wirklich okay?«

Ich trat zur Seite und winkte ihn durch ins Wohnzimmer. »Sicher. Der Rest der Familie ist im Garten und versucht gerade, dieser ekligen Zünsler-Plage Herr zu werden, jedoch ohne wirklichen Erfolg.«

»Haben Sie einen Hochdruckreiniger?«, fragte Marc, als wir hinaus auf die Terrasse gingen.

»Nein, wir nicht, aber meine Schwiegereltern. Warum?«, fragte ich verwundert.

Er legte den Helm auf den Tisch und sah neugierig zu den drei Männern hinüber, von denen zwei mit Einweghandschuhen in den Sträuchern wühlten und einer wild gestikulierte. »In unserer Gärtnerei haben meine Eltern alle Buchsbäume mit einem Hochdruckreiniger abgespritzt, sodass ein Großteil der Larven und Raupen abgefallen ist. Damit löst sich auch das ganze tote Geäst und die abgestorbenen Blätter. Wenn Sie dann noch mit einem Insektengift spritzen, kann sich das besser verteilen und erreicht auch die inneren Äste, wo sich die Zünsler gerne verpuppen.«

Ich war beeindruckt. Der Junge hatte echt was auf dem Kasten und Carsten wäre sicherlich erfreut, wenn er sich so die zeitraubende Suche in den Büschen ersparen könnte.

Doch das war jetzt meine geringste Sorge. Mario redete immer noch auf meinen Mann ein, der mich aus zusammengekniffenen Augen ansah. Sophie warf mir einen nervösen Blick zu.

Ein guter Aufhänger, um Marc vorzustellen, dachte ich und winkte dem Trio auf dem Rasen fröhlich zu. »Macht mal eine Pause. Hier ist jemand, der eine Idee hat, wie wir dieser glibberigen Invasion Herr werden können.«

Mario kam mit geöffneten Armen auf uns zugelaufen und zog Marc herzlich an seine Brust. »Das ist ja schön, herzlich willkommen in der Familie.«

Marc war völlig verblüfft und ließ die überschwängliche Begrüßung bewegungslos über sich ergehen.

Sophie stieß mich an. »Ich dachte, ich müsste mir nur wegen Papa Sorgen machen.«

»Ich schätze mal, Mario versucht davon abzulenken, dass dein Vater hinter der Gartenhütte gerade die Messer wetzt.«

Während Mario munter drauf los plauderte, kamen Carsten und Hartmut langsam näher. Hartmut schüttelte Marc freundlich die Hand und lenkte so etwas davon ab, dass Carsten mich ohne ein Wort beiseite nahm.

»Sophie hat einen Freund!«, stellte er brummig fest.

»Ja.«

»Er hat einen Helm in der Hand. Fährt er einen Roller?«

»Ja. Aber er hatte auch für sie einen Helm mitgebracht, das war sehr aufmerksam«, erwiderte ich schnell.

Carsten sah mich entgeistert an. »Sie ist mit ihm gefahren? Heute? Ohne dass du wusstest, was das für ein Mensch ist und was er für einen Fahrstil an den Tag legt?«

Ich verdrehte die Augen. »Meine Güte, Carsten. Der Asphalt hat nicht geraucht, als er vorgefahren ist, der Roller hat keine Beulen oder sonstige Unfallspuren und er hat an einen Helm für Sophie gedacht – also ja, sie ist mit ihm gefahren, und wie du siehst, auch wieder heil angekommen.«

Carsten verschränkte die Arme vor der Brust. »Ich mag ihn nicht.«

»Wieso nicht?«, fragte ich leicht gereizt. »Weil er dir keinen Anlass gibt, ihn nicht zu mögen?«

»Das ist ein Schönling. Der ist zu glatt. Guck doch nur, wie der sich anbiedert. Ich sage dir, er wird ihr das Herz brechen!« Bockig sah er mich an.

In diesem Moment trat Sophie zu uns und sah mich fragend an. »Wir gehen nochmal hoch in mein Zimmer, okay?«

»Nein!«, sagte Carsten.

»Na klar«, erwiderte ich.

»Papa!«, rief Sophie.

»Wir kennen ihn ja gar nicht, wir wissen nicht, was er für Absichten hat. Und da willst du ihn schon mit in dein Zimmer nehmen?«

Ich schielte zu Marc hinüber, der sich immer noch lebhaft mit Mario und Hartmut unterhielt und bereits zu einem kostenlosen Haarstyling eingeladen worden war. Mario nahm verzückt zur Kenntnis, dass Marc seinen Salon »Haarscharf« schon kannte, bisher allerdings dachte, dieser sei zu hipp und zu teuer für seine Verhältnisse.

Sophie legte mir eine Hand auf den Arm und sah mich bittend an. »Mama, bitte. Wir wollen ein bisschen quatschen und du rufst uns, wenn ihr grillt?«

Carsten schnaubte. »Quatschen! Dass ich nicht lache. Das könnt ihr auch hier unten auf dem Sofa.«

Ich sah meinen Mann finster an. »Carsten Schwarz, jetzt reiß' dich zusammen. Denk' mal daran, wie du in dem Alter warst – was soll da schon groß passieren?«

»Genau daran denke ich und deswegen bleibt zumindest die Tür auf!«

Sophie standen mittlerweile die Tränen in den Augen. »Warum musst du so sein? So ... so ... ätzend? Du machst alles kaputt.«

Bevor die Situation eskalieren konnte, erklärte ich mit meiner »Und-jetzt-wird-gefälligst-gemacht-was-ich-sage«-Stimme: »Schluss jetzt. Du«, ich tippte Carsten mit dem Zeigefinger auf die Brust, »sagst jetzt erst einmal ‚Hallo' und hörst auf, dich aufzuführen wie ein italienischer Patriarch!«

Dann warf ich meiner Tochter einen eindeutigen Blick zu. »Und du hörst auf zu heulen und tust dort oben nichts, was ich nicht auch mit vierzehn getan hätte. Damit ist die Auswahl sehr eingeschränkt. Habe ich mich klar ausgedrückt?«

Sophie nickte und schniefte. Ich nickte Carsten auffordernd zu und erntete dafür einen bitterbösen Blick. Doch schließlich trat er zu Mario und Hartmut, die mit Marc schon zum »Du« übergegangen waren.

»Carsten Schwarz«, stellte er sich vor und streckte Marc die Hand hin. »Ich bin der Vater von Sophie.«

Marc schüttelte ihm die Hand und sagte höflich: »Es freut mich, Sie kennenzulernen.«

Carsten nickte. »Ich war vorhin beschäftigt. Musste die ganzen Raupen aus den Büschen sammeln, da ging die Begrüßung irgendwie unter.«

»Kein Ding«, gab Marc lässig zurück. »Ich habe Ihrer Frau schon einen Tipp gegeben, wie meine Eltern da vorgehen. Vielleicht sind die Buchsbäume auf der rechten Seite noch zu retten. Die beiden links sind hin.«

Sophie trat rasch zwischen die beiden und nahm Marcs Hand. »Komm, wir gehen noch ein bisschen hoch in mein Zimmer, bis der Grill angeworfen wird.«

Sie tauschten ein Lächeln und eine zarte Röte stieg ihr ins Gesicht. Nachdem die beiden dann endlich in Sophies Zimmer verschwunden waren, prallten auf der Terrasse die unterschiedlichsten Reaktionen aufeinander. Mario war schier aus dem Häuschen von dem »jungen, gutaussehenden, charmanten und top gestylten Freund seines Patenkindes«, Hartmut gab ein gutmütiges Brummen von sich, was so viel bedeuten sollte wie, »ist ganz ok« und Carsten war ganz einfach prinzipiell dagegen. Dagegen, dass Sophie überhaupt einen Freund hatte, dass es ausgerechnet so ein »gelackter Typ« wie Marc sein musste und dass er noch dazu einer dieser Motorradrocker war. Außerdem, so fügte er nach einer kurzen Pause hinzu, sei er ein Klugscheißer. Kam das erste Mal ins Haus und verteilte schon gute Ratschläge. Als ob er nicht alleine mit den Zünslern fertig werden würde, schließlich stamme er, Carsten, aus einer langen Reihe von Kleingärtnern ab und da könnte man ihm so leicht nichts vormachen.

Mario tätschelte beruhigend seinen Arm und merkte an, dass es aber vielleicht im Laufe der Zeit durchaus effizientere Maßnahmen gäbe, als in einer wohlüberlegten Ansprache die Maulwürfe zu bitten, auf die Rasenfläche der Nachbarn auszuweichen oder jeden Zünsler handverlesen zu Mus zu verarbeiten. Schließlich hätten Marcs Eltern eine Gärtnerei, wären ja also quasi Kollegen vom Fach, und da könnte man doch mal hören, was er so zu sagen hatte.

Hartmut klopfte ihm gutmütig auf die Schulter und meinte, er solle dem armen Jungen doch eine Chance geben. Schließlich könnte er sich doch bestimmt noch gut erinnern, wie mein Vater ihn vor unserer Verlobung auf ein Bier eingeladen hatte, um zu prüfen, was er denn für Absichten hätte. Traumatisiert und nassgeschwitzt war Carsten später bei seinem Cousin aufgelaufen, ganz sicher, gerade unsere gemeinsame Zukunft in Trümmer gelegt zu haben, weil seine spontan dargelegte, gemeinsame Lebensplanung in den Augen meines Vaters doch einige Lücken aufwies. Bei dieser Erinnerung schreckte Carsten hoch.

»Ich habe ihn gar nichts über seine Familie gefragt. Was wissen wir denn überhaupt über diesen Jungen? Nichts! Und da verschwindet er so einfach mit Sophie in ihrem Zimmer.«

»Dazu hast du nachher bestimmt noch ausreichend Gelegenheit. Abgesehen davon macht er auf mich nicht den Eindruck eines verkappten Psychopathen, der gewisse Kindheitstraumata nicht verarbeitet hat.«

Ich ging in die Küche, füllte ein paar Sektgläser mit Prosecco, gab klein geschnittene Erdbeeren und Eiswürfel dazu und trug alles auf einem Tablett auf die Terrasse.

Nachdem wir angestoßen hatten, fragte Carsten: »Wie hat Sophie diesen Marc eigentlich kennengelernt?«

Ich nahm noch einen großen Schluck aus meinem Glas und warf ihm einen schiefen Blick zu – dann fing ich an zu erzählen. Wobei ich manche Stellen stark kürzte und Begriffe wie »Joint, kiffen oder Alkohol« tunlichst vermied. Gekichert hatte Sophie einzig und alleine aus Verlegenheit, und statt im Schlafzimmer der Köchin waren sie und Emma in der Besenkammer gelandet.

»Naja«, brummelte Carsten und spielte mit seinem Glas »immerhin ist sie nicht mit IHM in der Besenkammer gelandet. Da passieren ja bekanntlich die unglaublichsten Dinge.«

Während Mario mir zuzwinkerte und ich an dem Funkeln in seinen dunklen Augen sah, dass er darauf brannte, die ausgelassenen Details zu erfahren, lehnte ich mich einigermaßen entspannt zurück. Eigentlich war es doch ganz gut gelaufen und alle Beteiligten waren noch am Leben – bis auf die Zünsler, die hatte es einen nach dem anderen erwischt, und ich bekam im Verlauf des Abends zufällig mit, wie Carsten seinen Vater am Telefon heimlich nach dem Hochdruckreiniger fragte ...

Kapitel 21

In den nächsten Wochen herrschte eine derart friedfertige Stimmung im Hause Schwarz, dass es schon fast unheimlich war. Marc ging bei uns fröhlich ein und aus, kickte mit Sebastian draußen auf der Wiese, spielte mit Lena »Uno« bis zum Abwinken und ließ keinen Zweifel daran, wie verknallt er in Sophie war. Oft brachte er ihr kleine Geschenke mit - mal eine Blume aus der Gärtnerei, dann wieder ihre Lieblingsschokolade, und zu ihrer völligen Verzückung einen Stoffbären, der ein Herz in der Hand hielt, auf dem stand »You hold my heart«. Sophie schwebte wie auf Wolken, sagte »Bitte« und »Danke«, räumte anstandslos den Tisch ab und die Spülmaschine aus – wobei ich manchmal den Verdacht hatte, dass ihr gar nicht bewusst war, was sie da tat – und umarmte und küsste ständig ihre Geschwister.

Gerade das war Sebastian nicht ganz geheuer und er vermied es tunlichst, mit ihr zusammen von seinen Freunden gesehen zu werden, da ihm diese öffentlichen Liebesbekundungen zutiefst peinlich waren. Jetzt hatte er das durch jahrelanges Training endlich seiner Mutter abgewöhnt, da fing die große Schwester mit diesen Gefühlsausbrüchen an und tauchte urplötzlich an Orten auf, wo man sie nie vermutet hätte. Nicht mal der Fußballplatz war vor ihr sicher, weil Marc ab und zu mit Sophie im Schlepptau bei Sebastian im Training vorbeischaute, und diese in ihrer rosaroten Glücksblase jedes Mal völlig aus dem Häuschen geriet, wenn ihr Bruder ein Tor schoss. Nachdem ihr der Trainer ausdrücklich erklärt hatte, dass es nicht üblich sei, nach jedem Tor auf das Spielfeld zu stürmen und den Torschützen zu umarmen, hielt sie sich zwar etwas zurück, aber spätestens auf dem Weg zur Umkleidekabine bekam Sebastian dann ihre aufgestaute und überschwängliche Euphorie zu spüren.

Auch Lenas Männerbild war durch Marc maßgeblich geprägt worden und sie erklärte feierlich, wenn Sophie ihn nicht heiraten wollte, würde sie das tun. Die Männer ihrer Barbies hießen auch nicht mehr Ken, sondern Marc, Markus und Marco und verließen meistens nach einem heftigen Streit »ihre« Barbie zugunsten der kleinen Schwester Skipper – was Sophie jedoch nur mit einem gleichmütigen Achselzucken zur Kenntnis nahm.

Bei einem seiner Besuche brachte Marc ein biologisch abbaubares Insektengift mit, nachdem er kommentarlos beobachtet hatte, wie Carsten die Buchsbäume mit dem Hochdruckreiniger abgespritzt hatte, und stellte es einfach auf den Terrassentisch. Carsten bedankte sich etwas brummelig und rückte den letzten Zünslern, die sich noch heimtückisch im Geäst versteckten, mit der chemischen Keule zu Leibe. Dass er Marc im Vorbeigehen auf die Schulter klopfte, war an Innigkeit schon fast nicht mehr zu überbieten.

Zwei Wochen später und kurz vor Sophies 15. Geburtstag störte jedoch ein heimtückischer Virus diese spätsommerliche Idylle. Warum Kinder immer nachts und dann auch noch im Rudel krank werden, hat sich selbst mir nach knapp fünfzehnjähriger Erfahrung noch nicht erschlossen, aber es gibt einfach Dinge, da fragt man nicht mehr nach dem Sinn, sondern nimmt sie stillschweigend hin.

Bereits beim Abendessen war der Appetit der drei sehr verhalten gewesen, eher untypisch bei dem Klassiker »Spaghetti Bolognese«. Marc und Carsten hatten sich geopfert und jeweils eine Riesenportion verdrückt, während ich mit gerunzelter Stirn zur Kenntnis nahm, dass Sophie und Lena mit einer dicken Strickjacke am Tisch saßen und froren. Sebastian war angeblich zu müde zum essen, was mich ebenfalls irritierte. Erfahrungsgemäß funktionierte die Nahrungsaufnahme bei einem Zwölfjährigen automatisiert und selbst im Halbschlaf. Aber wie immer wurde meine mütterliche Antenne als übertriebenes Glucken abgetan, und auch die Tatsache, dass Sophie später nach einer heißen Dusche aussah wie ein gekochter Hummer und immer noch fror, war für Carsten lediglich eine Sache der Hormone und sonst nichts.

Aus rein taktischen Gründen ist Frau ja heute noch immer bestrebt, dem Mann gefühlsmäßig die Rolle des Familienoberhauptes zuzugestehen - abgesehen davon gibt es einfach Momente, da wünscht man sich von Herzen, dass er Recht hat. Also fühlte ich zwar möglichst unauffällig allen dreien noch mal die Stirn, schickte Marc früher als geplant und unter heftigem Protest von Lena und Sophie nach Hause und warf einen Blick in die Hausapotheke – zumindest waren wir für alle Härtefälle gerüstet, sofern die Kinder nicht unglücklicherweise von der Männergrippe heimgesucht wurden, gegen die es ja bekanntlich kein Gegenmittel gab.

Nachdem alle Kinder im Bett lagen und fast sofort einschliefen, verzog sich Carsten unter dem Vorwand, er müsse noch arbeiten, ins Arbeitszimmer. Merkwürdigerweise lief kurze Zeit später die

Playstation und es ertönten ganz eindeutig die Jubelrufe des virtuellen Publikums von FIFA 14 aus dem Keller. Egal, ich machte es mir mit einem Buch auf dem Sofa bequem, das ich zur Abwechslung mal für mich alleine hatte. Der Abend verlief erstaunlich friedlich, und als ich um kurz nach elf beschloss, ins Bett zu gehen, war ich auch schon fast davon überzeugt, umsonst Alarm geschlagen zu haben. Ich sagte Carsten gute Nacht, legte eine besondere Betonung in die Bemerkung, dass die Kinder tief und fest schlafen würden und ging nach oben ins Schlafzimmer. Keine fünf Minuten später tauchte mein Mann auf und ich stellte erfreut fest, dass er meine Andeutung trotz des Punkteverlusts seiner Cyber-Mannschaft verstanden hatte – Pech im Spiel, Glück in der Liebe.

Unten auf der Kinderetage war erfreulicherweise immer noch alles friedlich und ich ließ mich genießerisch in Carstens Arme gleiten. Seine Hände fuhren warm über meinen Rücken und ich verschränkte die Arme in seinem Nacken. Selbst nach so langer Zeit flogen immer noch Schmetterlinge in meinem Bauch, wenn er mich küsste. Seine Lippen glitten spielerisch an meinem Hals entlang und er schob mir langsam das T-Shirt nach oben. Ich genoss seine Berührungen und wir wussten einfach instinktiv, was dem anderen gefiel. Es musste nicht mehr halsbrecherisch das Kamasutra durchgearbeitet werden und ich war auch nicht mehr peinlich darauf bedacht, den Bauch einzuziehen, bis ich blau anlief. Unser Sexleben war vielleicht etwas spießig und konservativ, aber wir hatten immer noch Spaß – und das ganz ohne Besenkammer oder Spielzimmer.

Carsten zog mir das Shirt über den Kopf und wir ließen uns auf das Bett fallen. Balou räumte unwillig das Feld und verzog sich maulend in sein Körbchen.

Carsten strich mir durch die Haare und sah mich weich an: »Weißt du, Marlene, du hast dich kaum verändert. Ich sehe dich immer noch genauso gerne an wie vor dreiundzwanzig Jahren. Selbst die kleinen Fältchen um die Augen machen dich nur noch schöner.«

Ich zog ihn an den Haaren. »Ich habe keine Fältchen um die Augen! Zumindest verspricht das diese abartig teure Augencreme, die unseren Kontostand alle zwei Monate maßgeblich nach unten treibt. Es kann sich also nur um eine optische Täuschung handeln.«

Er lachte leise und zog sich den Pullover über den Kopf. Ich fuhr mit den Fingernägeln über seinen muskulösen Rücken und dachte, dass wir uns beide dank einer gewissen Eitelkeit ganz gut gehalten hatten.

Carstens Lippen wanderten langsam meinen Körper hinab und ich liebte dieses tiefe Brummen auf meiner Haut. Ich schloss die Augen und spürte, wie sich eine wohlige Hitze in meinem Körper ausbreitete.

Plötzlich störte ein gurgelndes Geräusch diese Idylle. Ich hob den Kopf und sah Carsten fragend an. »Alles okay?«

Mit leicht verschleiertem Blick sah er auf und murmelte: »Ja, wieso?«

Wieder ertönte dieses Gurgeln, gefolgt von einem Würgen, und es kam eindeutig nicht von Carsten.

»Hör' doch mal«, sagte ich drängend. »Da war so ein komisches Geräusch von unten.«

»Ich war noch gar nicht unten«, murmelte Carsten und setzte die Wanderung mit seinen Lippen fort.

Ich setzte mich halb auf. »Jetzt hör' doch mal, da kotzt jemand.«

Er sah mich etwas genervt an. »Marlene, das wird der Kater sein. Bleib' locker.«

Da ertönte von unten eine matte Stimme. »Mama?«

Ich schob Carsten zur Seite und sah ihn bedeutungsvoll an. »Hast du den Kater schon mal ‚Mama' rufen hören? Ich gehe mal nachschauen.«

Schnell sprang ich aus dem Bett, zog mein T-Shirt über und lief die Treppe hinunter. Ich hielt im Flur kurz inne und versuchte zu orten, aus welcher Richtung das jammervolle »Mama« gekommen war. Da erklang das Würgen erneut, und zwar eindeutig aus Sebastians Zimmer. Als ich in sein Zimmer stürzte, saß er im Bett und kotzte gerade hingebungsvoll in die Chipstüte auf seinem Schoß. Oh Gott, hoffentlich war die leer und vor allem: dicht! Ich setzte mich neben ihn und streichelte seinen Rücken. Langsam ebbte der Brechreiz ab und er hob matt den Kopf.

»Mir ist so schlecht und der Bauch tut so weh«, stöhnte Sebastian.

Ich nickte und strich ihm durch die Haare. »Ich hole kurz eine Schüssel und einen nassen Waschlappen, bin gleich wieder da. Ist die Tüte dicht?«

Er hob die Chipstüte leicht an und nickte. »Ja, nix ausgelaufen. Und nix daneben gegangen.«

Fast musste ich lachen. Typisch Sebastian, dass er zielsicher noch in die Tüte getroffen hatte, während die Mädchen ohne zu zögern das Bett und die umliegenden Stofftiere garniert hätten.

Als ich gerade unten in der Küche mit den alten Plastikschüsseln hantierte, die wir für solche Fälle aufgehoben hatten, würgte es oben erneut, und ich flitze die Treppe hinauf. Im Flur traf ich auf Carsten, der mich fragend ansah. »Nur eine Schüssel?«

Ich hob die Augenbrauen. »Ja, klar. Für Sebastian. Der Rest ist in der Chipstüte, also greif' nicht aus Versehen rein.«

Carsten drehte sich um. »Das kam aber eben nicht aus Sebastians Zimmer, das kam von Lena.«

Mit großen Augen sah ich ihn an, als ein langgezogener Klagelaut wie von einem ausgesetzten Heuler aus Lenas Zimmer kam. »Uuuhhhhh, ich hab' gekotzt«, wimmerte sie.

Ich drückte Carsten die Schüssel in die Hand. »Geh' zu Sebastian und gib' ihm die Schüssel. Und entsorge bitte auch die Chipstüte, bevor jemand auf die Idee kommt, sie wieder ins Naschfach zu stellen! Ich gehe zu Lena.«

Carsten trollte sich und ich öffnete Lenas Zimmertür. Der Gestank traf mich wie ein Keulenschlag. Wenn jemand denkt, Leistungssportler wären die Meister der Körperbeherrschung, dann hat er keine Ahnung von der heldenhaften Disziplin, die Eltern an den Tag legen, wenn sie literweise Erbrochenes aus Haaren, Decken, Stofftieren und Teppichen waschen müssen, ohne sich dabei selbst zu übergeben. Das sind Momente, da wünscht man sich die Fähigkeit, seinen Körper verlassen oder zumindest den Geruchssinn vorübergehend deaktivieren zu können.

Lena saß im Bett und tropfte. Aber nicht nur sie! Der Mondbär tropfte ebenfalls, außerdem tropfte es von der Bettdecke auf den Boden und – um der ganzen Sache noch eine persönliche Note zu geben – tropfte es von dem mit Blumen verzierten und netzartig gewebten IKEA-Betthimmel, der über ihr Fußende gespannt war, und der wohl die größte Ladung abbekommen hatte! Mit aufgerissenen Augen und wirren Haaren saß Lena in ihren Kissen und sah erschrocken auf die Bescherung in ihrem Bett.

»Mama, das kam alles oben raus«, stöhnte sie aufgelöst. »Und mein Bauch tut so weh.«

Carsten kam herein, drückte mir eine Schüssel in die Hand und lief mit dem im Backofen erhitzten Kirschkernkissen zurück in Sebastians Zimmer.

Okay, dachte ich mir, ganz ruhig bleiben. Zuerst das Kind aus dem Bett holen und feststellen, ob eine Generalreinigung nötig ist. Kind schnellstmöglich vor der Schüssel postieren, das Bettzeug in die Badewanne werfen, alles abziehen und die groben Stückchen (würg) auswaschen. Alles in die Waschmaschine stecken, neue Bettbezüge aufziehen und eventuell Kind duschen. Abläufe dieser Art automatisierten sich nach einigen Jahren. Dann sah ich nach oben und fügte gedanklich für mich hinzu: Müllsack holen und Betthimmel entsorgen! Die Ersatzbeschaffung bei dem freundlichen, schwedischen Möbelhaus war ja zum Glück kein Problem, außerdem war es eines meiner bevorzugten Ausflugsziele.

Lena war glücklicherweise so mit dem beschäftigt, was da auf ihrer Bettdecke waberte, dass sie gar keine Zeit fand, um sich über den kurzerhand entsorgten Betthimmel aufzuregen. Kurze Zeit später saß sie frisch geduscht und ebenfalls mit einem Kirschkernkissen auf dem Bauch vor ihrer Schüssel, während ich das Bett frisch bezog und den Fußboden wischte.

Im Bad spülte Carsten gerade die nächste Ladung von Sebastian in der Toilette hinunter, als ein brodelndes Husten erklang. Dann herrschte wieder Stille. Carsten sah um die Ecke der Badezimmertür und unsere Blicke trafen sich im Spiegel.

»Nicht auch noch sie«, stöhnte ich erschrocken, als das Husten wieder einsetzte, allerdings unterbrochen von einem dumpfen Würgen.

Carsten sprintete in Sophies Zimmer, Sebastians Schüssel unter dem Arm, und stieß hektisch hervor: »Verdammt, in dem Zimmer ist auch noch Teppichboden!«

Passender hätte sein Timing nicht sein können, denn genau als Sophie sich aufsetzte und sich schwallartig erbrach, hielt ihr Carsten die Schüssel vor das Gesicht.

Immerhin, dachte ich mit einem Anflug von Galgenhumor. Sie hätte ja auch das Aquarium neben dem Bett treffen können und wir hätten mitten in der Nacht noch die Fische evakuieren müssen. Ich ließ Lena noch einen Moment auf dem Boden sitzen. Sie lehnte sich erschöpft gegen ihr Bücherregal und umklammerte ihre Schüssel fest. »Das ist meine!«

Ich nickte und strich ihr über die Haare. »Natürlich, mein Schatz. Kein Sorge, wir haben genug.«

Zeitgleich rief Sebastian aus seinem Zimmer. »Papa! Ich brauche die Sch ...«

Carsten stöhnte und sah mich müde an. »Ob das die ganze Nacht so geht?«

Ich verzog das Gesicht. »Erfahrungsgemäß ja. Sie hören meistens erst auf, wenn wir eigentlich aufstehen müssen, damit wir zumindest theoretisch pünktlich im Büro wären.«

Sophie jammerte laut aus ihrem Bett. »Ich habe solche Bauchkrämpfe! Ich glaube, ich muss sterben.«

Ich ging in ihr Zimmer und streichelte ihr das Gesicht. »Keine Angst, mein Schatz, so schnell stirbt man nicht. Du bekommst jetzt auch ein Kirschkernkissen und dann wird das besser.«

Leidend sah sie mich an. »Du kannst ja gar nicht wissen, wie schlimm es ist. Solche Bauchkrämpfe hat sonst niemand.«

»Doch, deine Geschwister haben auch Bauchweh. Das ist bestimmt ein fieser Virus.«

»Bei mir ist es schlimmer«, beharrte sie.

Natürlich! Ganz klar war es bei ihr schlimmer. Dass das die blöden Eltern aber nie wirklich begriffen.

Sie setzte sich ruckartig auf und erbrach die nächste Ladung, als Carsten mit einem weiteren Kirschkernkissen anrückte. Immerhin hatte der liebe Gott ein Einsehen gehabt und mir diese Show in einer Nacht erspart, in der Carsten auf Geschäftsreise war. In solchen Momenten hatte ich vollstes Verständnis dafür, wenn Mütter plötzlich nur mit Autoschlüssel und Kreditkarte bewaffnet auf unbestimmte Zeit spurlos verschwanden.

»Siehst du«, jammerte Sophie. »Ich habe schon wieder gebrochen. So oft bricht niemand hier wie ich!«

Um diese Aussage direkt zu widerlegen, legten Sebastian und Lena nebenan synchron nach und Sophie schimpfte verstimmt vor sich hin, dass das ja alles nur Show sei.

In diesem Rhythmus ging es tatsächlich weiter bis in die frühen Morgenstunden. Wir bezogen Betten, leerten Schüsseln, wischten Gesichter ab, kochten Tee, verteilten Kirschkernkissen und streichelten im Akkord.

Als die ersten Vögel zwitscherten, saß ich mit einer Schüssel im Arm erschöpft auf dem Fußboden im Flur vor den Kinderzimmern. Carsten lag schlafend vor Sophies Bett auf dem Teppich, da sie darauf bestanden hatte, dass man sie nicht alleine lassen könnte – es sei bekanntlich bei ihr ja viel schlimmer als bei ihren Geschwistern.

Sebastian und Lena lagen gemeinsam in Sebastians Bett und hielten Händchen im Schlaf – geteiltes Leid ist eben doch halbes

Leid. Sophie stöhnte im Schlaf immer wieder auf und fühlte sich auch leicht fiebrig an, aber ansonsten war jetzt alles ruhig.

Ich raffte mich auf und ging nach oben in unser Schlafzimmer, wo sich Balou wohlig in dem großen Bett räkelte, das er zu seiner großen Freude die ganze Nacht für sich alleine gehabt hatte. Stöhnend ließ ich mich in die Kissen fallen und griff nach meinem Handy auf dem Nachttisch. An Büro war heute nicht zu denken, wenn hier alle noch dermaßen angeschlagen waren, und ich wollte Herrn Sorge schon mal eine kurze Nachricht schicken, damit er wusste, dass er heute ohne mich würde auskommen müssen.

Carsten kam ins Schlafzimmer geschlurft und ließ sich neben mich ins Bett fallen. »Wem hast du geschrieben?«

»Ich habe mich bei Sorge schon mal abgemeldet für heute«, erwiderte ich matt.

Er drehte den Kopf und sah mich an. »Kannst du mich auch für heute abmelden?«, fragte er müde. »Nach so einer Nacht packe ich das nicht.«

Es war mittlerweile kurz nach sechs, und so schickte ich Carstens Sekretärin eine Nachricht.

Liebe Frau Engelhardt, Magen- und Darmvirus hat heute Nacht zugeschlagen, auch mein Mann liegt flach. Er kann heute nicht ins Büro. Nähere Beschreibung erspare ich Ihnen. Liebe Grüße, Marlene Schwarz

Keine zwei Sekunden später hatte ich die Antwort:

Liebe Frau Schwarz, oh Gott, Sie Arme! Beschreibung brauche ich keine, bin selbst seit fünfundzwanzig Jahren verheiratet! Bleiben Sie stark! Viele Grüße, Katharina Engelhardt

Kapitel 22

Als ich drei Stunden später aufwachte, fühlte ich mich wie gerädert. Immerhin war mir nicht auch noch schlecht geworden, aber ich fühlte mich, als hätte mich ein Bus überfahren. Langsam stand ich auf und schlich die Treppe hinunter. Balou folgte mir fröhlich miauend in der Annahme, es gäbe nun endlich sein Kater-Frühstück.

Lena und Sebastian schliefen noch friedlich, die weißen Plastikschüsseln auf ihren Bäuchen hoben und senkten sich gleichmäßig bei jedem Atemzug. Sophie fühlte sich immer noch ziemlich heiß an, aber auch sie schlief ruhig mit dem Teddybären von Marc im Arm, der zum Glück außerhalb ihrer Aktionsreichweite gesessen hatte.

Leise ging ich in den Keller zur Waschmaschine, in der sich etliche Stofftiere im Kreis drehten. Ich holte die Bettbezüge aus dem Trockner und legte sie zusammengefaltet in den Wäschekorb. Besser, ich nahm alles schon mal mit nach oben. Man wusste ja nie, ob es heute im Laufe des Tages noch eine Zugabe gab.

Heute war Donnerstag und am Samstag hatte Sophie Geburtstag. Sie wollte ihre erste, richtige Party feiern und hatte einige Freunde und Freundinnen aus ihrer Klasse eingeladen, darunter auch Emma und natürlich Marc. Der halbe Keller stand schon voll mit Fanta, Cola und alkoholfreiem Sekt, aus dem Sophie eine Erdbeer-Bowle zaubern wollte – ich war schon völlig überrascht, dass sie diesen Begriff überhaupt kannte. Aber manchmal tauchte ja auch etwas Schönes aus der Vergangenheit wieder auf und nicht nur Skurriles wie Schlaghosen, Dauerwellen und Schulterpolster. Bezüglich der Wagenladung an Chips und Knabberzeug im Vorratsregal würde sich Sebastian bestimmt völlig selbstlos anbieten, mit seinen Freunden bei der Vernichtung zu helfen. Ich stellte immer wieder fasziniert fest, dass bei Jungen in einem gewissen Alter die Kaufunktion bei der Nahrungsaufnahme nahezu völlig eingestellt wird. Wenn ich sah, in welchem Tempo Sebastian und seine Freunde Lebensmittel in sich hineinschaufeln konnten, erinnerte mich das immer an zerrupfte Vogelküken in einem Nest, die die Schnäbel nach dem dicksten Wurm aufsperrten. Und ungefähr so sahen die Jungs in diesem Alter auch aus. Die Arme und Beine waren eigentlich viel zu lang für den dünnen Körper, der Kopf wirkte riesengroß, und in ihren Augen stand ständig dieser Ausdruck von Hunger. Fast schon gruselig!

Carsten schleppte sich hinter mir die Treppe hinunter und plumpste auf das Sofa. »Ich glaube, mir ist schlecht«, stellte er mit leidendem Tonfall fest.

Ich warf einen Blick zum Himmel und nahm mir vor, dass ich irgendwann im Jenseits eine ausgedehnte Unterhaltung mit Gott führen würde. Trotz all dieser wunderbaren Thesen, die Sophie aus dem Konfirmandenunterricht mitbrachte, war ich mir absolut sicher, dass er gerade jetzt Jesus im Vorbeigehen »High Five« gab und sich zu diesem ausgebufften Schachzug gratulierte. Klar haben wir ihnen den freien Willen gegeben, mein Sohn, aber findest du es nicht urkomisch, dass sie immer wieder die Klausel »mein Wille geschehe, wie im Himmel so auf Erden« vergessen?

Wenn der liebe Gott mit der gleichen Schadenfreude, mit der er mir immer wieder in die Suppe spuckte, doch mal die Handbremse des Autos von unserer schrecklichen Nachbarin gegenüber lösen würde ... Die blockierte aufgrund ihrer völligen Unfähigkeit, zielsicher in die eigene Einfahrt einzubiegen, mit ihrer Luxus-Karosse regelmäßig unseren Parkplatz und raubte mir damit den letzten Nerv. Aber nein, anstelle von göttlichem Beistand bekam ich nach diesem erheiternden »Break out« heute Nacht noch einen leidenden Ehemann geliefert, dessen Symptome sicherlich das ohnehin schon schwere Siechtum von Sophie bei weitem übertreffen würden.

Wortlos ging ich in die Küche, holte die letzte Plastikschüssel aus dem Schrank und drückte sie Carsten in die Hand. »Brauchst du auch ein Kirschkernkissen, Tee, Cola, Salzstangen oder ein Zäpfchen?«, leierte ich herunter, wobei Carsten bei dem Begriff »Zäpfchen« erschrocken zusammenzuckte.

»Was bist du denn so mies gelaunt? Glaubst du, ich habe mir das ausgesucht?«, murrte er beleidigt.

Nein, das hatte er sicher nicht, dafür war jemand anders verantwortlich, und der war auch ein Mann! Ob Gott, Jesus oder der gemeine Ehemann – die Kerle hielten doch alle zusammen und zerflossen gegenseitig vor Mitleid, wenn einer aus der Runde Schnupfen hatte.

»Ich bin nicht mies gelaunt, ich bin effizient«, korrigierte ich die Aussage meines Mannes, der sich entkräftet quer auf das Sofa gelegt hatte.

»Du BIST mies gelaunt. Ich weiß, wovon ich rede! Zu den Kindern warst du wesentlich liebevoller letzte Nacht.«

»Die kommen nach mir und sind auch effizient. Sie regeln das alle gleichzeitig, wobei Sophie immer noch fiebert. Und jetzt kommst du als Nachzügler. Soll ich da jubilieren?«

Carsten hielt sich an der Schüssel fest und schloss die Augen. »Ein bisschen Mitgefühl wäre angebracht! Du weißt genau, wie ich Zäpfchen hasse! Das brennt so.«

Ich verdrehte die Augen. »Ja! Aber wenn es oben rauskommt, muss eben das, was hilft, unten rein. Und so viele Möglichkeiten gibt es da eben nicht.«

Gerade in diesem Moment kamen Sebastian und Lena die Treppe herunter und sahen uns an. »Was hat Papa?«, fragte Lena mit pelziger Stimme.

Ich warf meinen Kindern einen bedeutungsvollen Blick zu. »Ich kann es noch nicht genau sagen, aber es ist sehr ernst!«

Ich kochte also mit einem krampfhaft milden Lächeln eine Runde Tee und verteilte Salzstangen, dann sah ich nach Sophie. Die blinzelte leicht und murmelte: »Kopfweh.«

Vorsichtig setzte ich mich auf den Rand ihres Bettes und legte ihr die Hand auf die Stirn. »Du hast bestimmt noch Fieber. Lena und Sebastian geht es besser, dafür liegt Papa jetzt flach.«

Sophie öffnete die Augen ganz und gähnte. »Echt, der kotzt jetzt auch? Du Arme, das ist ja bestimmt voll eklig.«

Ich verzichtete auf eine nähere Beschreibung und stellte fest, dass das Fieberthermometer meine Annahme bestätigte. Sophie hatte Fieber, und langsam festigte sich in mir die Befürchtung, dass wir die Geburtstagsfeier verschieben mussten. Sophie dreht sich auf die Seite und sah mich aus leicht glasigen Augen an. »Mama ... ich glaube, ich bin heute Nacht fast gestorben.«

Ich tätschelte ihr die Hand. »Nein, Mausi, hier stirbt nur einer und das ist dein Vater! Glaub' mir, so schlimm war es bei dir nicht.«

»Doch, Mama! Das war echt krass, wie eine Nahtoderfahrung! Ich habe auch ständig so ein Licht gesehen. Das hat mich voll warm eingehüllt.«

»Sophie«, antwortete ich seufzend. »Das Licht war die Taschenlampe an meinem Handy, weil ich keine Lust hatte, im Dunkeln in eine vollgekotzte Schüssel zu greifen, und die Wärme war das Kirschkernkissen, das ich dir unter die Decke geschoben hatte.«

Sie zog sich die Decke bis zum Kinn hoch und brummelte: »Aber ich habe auch eine Stimme gehört, die hat von Gott geredet!«

»Ja! Ich habe gesagt: Lieber Gott, mach', dass sie die Schüssel trifft, ich habe keine Bettbezüge mehr.«

»Ich hatte aber das Gefühl, ich war nicht alleine«, beharrte Sophie.

»Das lag vermutlich daran, dass dein Vater die halbe Nacht vor deinem Bett auf dem Boden verbracht hat, weil es bei dir ja so viel schlimmer war als bei allen anderen. Vermutlich hat er sich bei dir angesteckt, weil es bei ihm noch einmal viel, viel schlimmer ist«, stellte ich mit unschuldiger Miene fest. »Möchtest du mal einen Schluck Tee?«

Sophie nickte leicht. »Kann ich auch was essen? Nutella-Brot?«

»Salzstangen«, korrigierte ich und stand auf. »Wenn du die nicht rückwärts frühstückst und sie auf normalem Weg deinen Körper durchlaufen, reden wir über ein Nutella-Brot.«

»Der Kinderarzt sagt immer, wir sollen das essen, worauf wir Lust haben, wenn wir krank sind«, motzte Sophie.

»Euer Kinderarzt hatte heute Nacht bei sich zu Hause auch nicht den Betrieb wie in einem Klärwerk und deswegen entscheide ich jetzt, worauf ihr Lust habt. Ansonsten bleibt dir noch der gute alte Haferschleim.«

Bei dem Wort »Schleim« wurde Sophie leicht blass um die Nase und schüttelte heftig den Kopf. »Salzstangen sind ok.«

Im Wohnzimmer hatte Sebastian seine kleine Schwester und sich schon mit einem Toastbrot versorgt. Die beiden saßen einträchtig nebeneinander auf der Couch und sahen sich eine von diesen idiotischen Fernsehserien an, bei denen das Gelächter des Publikums eingespielt werden musste, da ohne diese Hilfe vermutlich kein Mensch die Pointen in diesem aneinandergereihten Stumpfsinn erkennen würde.

Carsten, der gerade eben noch auf seinem iPad gelesen hatte, ließ sich schlagartig nach hinten auf die Couch sinken und stöhnte. Faszinierend, wie Männer spontan in eine gewisse Theatralik verfallen können.

Ich zog die Augenbrauen hoch und flötete: »Schlaf doch ein bisschen, Liebling, dann geht es dir sicher bald besser und du kannst wieder arbeiten gehen!«

Er warf mir einen leidenden Blick zu. »Du meinst wohl auch, ich hätte hier Spaß daran, oder? Ich habe mir das nicht ausgesucht.«

Langsam war ich mir da nicht mehr so sicher! Vielleicht hatte Carsten einen Notfall-Wunsch an Gott oder das Universum abgesetzt. Hier ging es ja wohl eindeutig darum, wie man sich am effektivsten vor der Leitung des Familienlazaretts drücken konnte, und Brechdurchfall erschien ihm da wohl das kleinere Übel zu sein.

Der Mensch war ja strukturell so veranlagt, dass er sich in Extremsituationen über jede Form von körperlichem Unwohlsein hinwegsetzte und zu wahrer Höchstform auflief. Da Männer schon rein evolutionstechnisch gesehen nur über einen kurzen Zeitraum extreme Höchstleistungen erbringen können (z. B. bei der Jagd oder beim Sex), fällt seit jeher längerfristiges Katastrophenmanagement in den Zuständigkeitsbereich der Frau, die über ungeahnte Kraftreserven verfügt und vieles relativ gelassen erträgt (Schwangerschaften, Magen- und Darmerkrankungen der kompletten Familie und schlechten Sex). Da jedoch spätestens seit Alice Schwarzer gewisse Automatismen nicht mehr ganz so reibungslos funktionieren, findet man schon mal in der Gästetoilette den Klassiker »Wünsche ans Universum«, der sich in der neusten Ausgabe von »Auto, Motor, Sport« versteckt. Durch Carstens blitzartigen Totalausfall wurde gemäß dieser Ur-Theorie jede aufkommende Übelkeit meinerseits im Keim erstickt, bevor ich auch nur den Hauch einer Chance hatte, sie auszuleben.

»Emails beantworten geht aber noch?«, fragte ich süffisant.

»Mario und Hartmut fragen, wie es mir geht«, betonte er würdevoll. »Wenigstens ist ein Teil der Familie um mich besorgt.«

Ich verzog das Gesicht. »Mario macht sich auch Sorgen, wenn er liest, dass manche Menschen als Darmbakterie wiedergeboren werden und er Bauchweh hat, weil er dann vermutet, er könnte von reinkarnierten Psychopathen befallen sein.«

»Marlene, deine mitfühlende Art von früher ist deutlich auf der Strecke geblieben.«

Stimmt nicht!

»Ich reiße mich schon so zusammen und will niemandem zur Last fallen, und du weißt das gar nicht zu schätzen.«

Ich wüsste es durchaus zu schätzen, wenn mein Unterbewusstsein nicht andere Signale empfangen würde.

»Und bei den Kindern bist du viel geduldiger.«

Stimmt!

»Ich bin halt durch den ganzen Stress körperlich anfälliger als du.«

Stimmt n ...

»Mama? Wann bringst du mir denn den Tee? Und die blöden Salzstangen?«, tönte es da leidend aus dem ersten Stock.

Sophie! Genau, Tee und Salzstangen! Ich fischte die Packung Salzstangen vom Wohnzimmertisch, als Carsten mich mit vollem Mund und großen Augen ansah.

»Leer? Ich dachte, dir wäre so schlecht«, fragte ich ungehalten. Ich ging in den Keller und brach die Vorräte an, die eigentlich für Sophies Geburtstagsfeier gedacht waren. Immerhin erfüllten die zig Tüten mit Salzstangen und Brezelchen jetzt ihren Zweck, wenn auch anders als gedacht. Schnell füllte ich ein paar Knabbereien in eine Schüssel und stellte sie zwischen Lena und Sebastian, jedoch tunlichst außerhalb Carstens Reichweite.

»Wenn mein Magen leer ist, dann tut es einfach mehr weh. Das ist dann mehr so ein krampfartiges Reißen ...«, erklärte Carsten, brach jedoch ab, als er mein Gesicht sah.

»Ich weiß, die Basis einer guten Ehe ist Offenheit, aber es gibt Bereiche, da darfst du Geheimnisse haben! Und wenn du meinst, die mangelhafte Funktionalität deiner Verdauungsorgane mit jemandem teilen zu müssen, blieben da noch dein Hausarzt oder deine Mutter!«

Ich goss in der Küche den Tee auf und Carsten tippte wie wild auf seinem iPad herum. Lena und Sebastian waren neben ihm auf dem Sofa eingeschlafen und ich schaltete erleichtert den Fernseher aus. Gerade füllte ich den Tee für Sophie in einen Becher und stapfte müde die Treppe nach oben, da erbrach sich Balou hingebungsvoll auf die unterste Treppenstufe. Zum Glück war das jetzt das letzte Familienmitglied, das mir vor die Füße kotzen konnte – sofern die Fische im Aquarium nicht plötzlich anfangen würden, die roten Mückenlarven halbverdaut hochzuwürgen.

Kapitel 23

Am nächsten Tag zeigte sich, dass wir Sophies Geburtstagsparty wirklich verschieben mussten, da sie noch immer fieberte. Zum Glück waren Lena und Sebastian wieder fit und konnten in die Schule gehen, sodass ich morgens nur Carsten und Sophie mit allen nötigen Utensilien auf die Wohnzimmercouch packen musste. Wenn auch ein triumphierendes Glitzern in ihre rotumränderten Augen trat, als ich zugeben musste, dass es sie wirklich heftiger erwischt hatte als ihre Geschwister, lag sie ansonsten doch noch ziemlich schlapp auf dem Sofa. Matt bewegte sie nur ihren Zeigefinger, mit dem sie jammervolle Nachrichten an Marc schrieb, ihr katastrophales Aussehen beklagte und jeden Besuch genau aus diesem Grund kategorisch ablehnte. Die vielen Herzchen, die in jede Antwort verpackt waren, konnte ich selbst ohne Brille auf eine gewisse Distanz erkennen und sie zauberten zumindest ein kleines Lächeln auf Sophies blasses Gesicht.

Völlig selbstlos hatte Carsten seiner angeschlagenen Verdauungsregion ebenfalls einen weiteren Tag Schonzeit verordnet und blieb zu Hause.

Nach solchen Tagen war die Zeit im Büro wie Haftunterbrechung. Ich war umgeben von gesunden, meist freundlichen, wenn auch leicht exzentrischen Menschen, und wenn ich Herrn Sorge mit den wichtigsten Unterlagen für den Tag versorgt hatte, konnte ich in Ruhe arbeiten. Nachdem sich mein Chef mit bangem Blick nach dem Befinden meiner Familie erkundigt hatte, zog er sich in sein Büro zurück. Lieber hielt er noch eine gewisse räumliche Distanz ein, da ihn Frau Sorge genauestens über eine mögliche Ansteckungsgefahr informiert hatte und er sich ja nicht wagen sollte, ihr mutierte und behandlungsresistente Keime ins Haus zu schleppen. Im Hause Sorge verzweifelte garantiert sogar jede reinkarnierte Darmbakterie bei dem Versuch, gutes Karma zu sammeln.

Als ich mich gerade durch etliche Emails von Frau Rockenfeller arbeitete, die sich ebenfalls nach meinem Befinden erkundigte und mir mitteilte, dass sie das Cover ihres Buches nach ihrem Meditationswochenende noch immer hinreißend fände und erneut anbot, mir bei der Trauerbewältigung zur Seite zu stehen, bekam ich eine Nachricht von Marc auf mein Handy.

Hi Marlene, blöd mit Sophies Party. Emma und ich würden gerne trotzdem kommen und ein bisschen mit ihr/euch feiern.... Ist das ok? Bye, Marc

Gott, war der süß. Warum war mein erster Freund damals so eine unromantische Niete gewesen?

Hi Marc, kein Problem – ansteckend sollte bis dahin zu Hause keiner mehr sein und bis morgen sieht sich Sophie bestimmt auch wieder ähnlich. Sie freut sich bestimmt riesig.

Cool! Emma und ich haben noch eine Überraschung. Was gibt's zu essen? 9

Ich musste lachen. Aber die Frage war berechtigt. Immerhin wollte ich nicht die nächste Übelkeitswelle einläuten. Spontan entschied ich mich für Nudeln. Die gehen immer. Marc schrieb ich:

Haferschleim und gedünstetes Gemüse!

Plan' mich nicht ein, ich geh' vorher zum Dönerturm! ;-)

Keine Panik! Nudeln! Geht immer und für alle – freu mich! 9

Ich bekam noch das »Ok«-Zeichen und lauter lachende Smileys, damit war alles geklärt. Keine zehn Minuten später klingelte das Telefon und Marios Stimme erklang mit merkwürdigen Hintergrundgeräuschen in meinem Ohr.

»Hallo Liebes, ich will gar nicht lange stören. Was planst du denn jetzt für mein armes, krankes Lämmchen?«

»Sprichst du von Carsten? So schlecht geht es ihm noch nicht, dass ich irgendetwas planen müsste, keine Bange«, sagte ich unschuldig.

»Du bist ein Biest«, erwiderte Mario mit strenger Stimme. »Ich rede von meinem entzückenden Patenkind, dessen erste Party einem heimtückischen Anschlag entarteter Bakterien zum Opfer gefallen ist.«

Ich legte den Stift auf den Tisch und grinste. »Dein Patenkind wird gepampert und gepudert. Carsten ist zu Hause. Und gefeiert wird am Samstag auch – nur eben im kleinen Kreis. Die Party holen wir nach.«

»Carsten ist immer noch zu Hause?«, fragte Mario misstrauisch und brüllte plötzlich los. »Herrgottchen noch mal, wer soll denn da drunter sitzen? Glauben Sie vielleicht, das ist ein Salon für Gartenzwerge? Abmachen, weiter nach oben, aber dalli.«

Ich hielt den Hörer ein Stück von meinem Ohr weg und verzog schmerzhaft das Gesicht. »Was ist denn bei dir los?«

Er stöhnte genervt. »Wir bekommen zwei neue Trockenhauben. Frag nicht – es ist schrecklich. Unruhig, staubig und laut, und zu allem Überfluss montiert der Haubenmeister die neuen Hauben einen halben Meter tiefer als die alten. Soll ich meinen Kunden ein Sitzkissen auf den Boden stellen? Wir sind doch nicht im Salon Suleika im Orient!«

»Der Haubenmeister??«, fragte ich ungläubig.

»Liebes, so heißt die Firma. Die neuen Hauben sind sehr chic und leistungsstark, ohne das Gehäuse zu erhitzen. Die blasen wie nix.«

Ich lachte laut auf. »Wenn sich das herumspricht, hast du bald eine ganz andere Art von Kundschaft.«

Mario schnalzte mit der Zunge. »Du und deine verdorbenen Gedanken! Woher kommt das bloß?«

Plötzlich knallte etwas gegen den Hörer und ich hörte seine Stimme etwas gedämpfter. »NEIN! Herrgott, da ist doch schon ein Loch! Wie viele brauchen Sie denn noch? Soll meine Wand aussehen wie ein Schweizer Käse?«

Entnervt war er wieder am Telefon. »Also Liebes, wo waren wir? Der Geburtstag! Und du bist sicher, dass bis Samstag alle wieder gesund sind? Ich frage nur, damit ich mich nicht anstecke. Und auch der Hartmut nicht! Nicht auszudenken, wenn der sich hier plötzlich vorwärts und rückwärts entleert. Ich kann so was gar nicht sehen. Selbst bei mir muss ich immer weggucken.«

»Sei unbesorgt. Wir haben Mundschutz und Einweghandschuhe im Haus, in jeder Toilette stehen Desinfektionstücher und das Besteck habe ich eingeschweißt. Alles keimfrei.«

Mario schmollte leicht. »Du nimmst mich nicht ernst!«

»Doch, natürlich«, versicherte ich ihm und lehnte mich in meinem Bürostuhl zurück. Draußen trommelte gerade der Regen gegen die Fensterscheibe, und ich empfand mein ruhiges Büro als sorglose, kuschelige Oase. »Wenn ich schon sehe, wie Carsten leidet – das würde ich dir nie zumuten wollen.«

»So schlimm?«, fragte Mario betroffen.

»Schon. Bei ihm ist es deutlich schlimmer, aber nicht so heftig wie bei Sophie. Die hat sogar Fieber.«

»Nein!«, entfuhr es ihm. »Auch Schüttelfrost und diese hässlichen Fieberbläschen an den Lippen?«

»Noch nicht so offensichtlich, aber die Lippen sieht man ja hinter dem Mundschutz nicht. Da bringst du mich wirklich auf eine Idee«, antwortete ich gespielt besorgt.

Mario schwieg einen Moment und ich konnte förmlich hören, wie er versuchte, seine aufkommende Panik niederzuringen.

»Also«, sagte er leicht gepresst, »ganz plötzlich habe ich nämlich auch so einen Druck im Magen und der macht Geräusche, sage ich dir ...«

»Bitte verschone mich mit Details, ich will keine Bilder in meinem Kopf«, sagte ich und schüttelte mich. »Ich hatte das drei Tage live und in Farbe.«

»Vielleicht sollte ich vorher zur Sicherheit nochmal zum Arzt gehen«, überlegte Mario laut. »Da kann man doch sicher vorbeugen. Hartmut und ich sind da ja so empfindlich.«

Ich nickte zustimmend, auch wenn er das am Telefon nicht sehen konnte. »Gute Idee. Wenn so eine Darmflora mal nachhaltig gestört ist, dauert das teilweise Monate, bis man die wieder im Griff hat.«

»Marlene, du machst es gerade nicht besser«, verkündete Mario pikiert. »Du bist da schon abgehärtet.«

»Schätzchen, deine Gesundheit liegt mir am Herzen! Sehr! Sophie würde es mir nie verzeihen, wenn ich ihren Patenonkel auf dem Gewissen hätte, und was sollte ich in dem ganzen alltäglichen Wahnsinn ohne dich machen?«

Ich konnte förmlich hören, wie Mario von einem Ohr bis zum anderen grinste. »Jawoll! Dein Leben wäre eindeutig ärmer ohne mich!«

»DAS kann ich nur bestätigen – in jeder Hinsicht, und außerdem hätte ich die Haare nicht halb so schön.«

»Gut! Dann sehen wir uns morgen zu der improvisierten Party, und wenn meine Kleine es dann so richtig krachen lässt, bin ich natürlich für das entsprechende Styling zur Stelle«, plante er bereits im Voraus.

»Nichts anderes wird sie erwarten. Ich freu' mich auf euch.«

Wir verabschiedeten uns und ich betrachtete für einen Augenblick die Regentropfen am Fenster. Größere Dramen hatte die Verschiebung der Geburtstagsparty nicht ausgelöst und ich war erleichtert. Bei den Stimmungsschwankungen meiner Tochter war es gegenwärtig nicht leicht einzuschätzen, was sich zu einer ausgewachsenen Katastrophe entwickeln konnte und was nicht. Derzeit herrschte jedoch, wenn auch teilweise krankheitsbedingt, ein ziemliches Idyll zu Hause, und Widerspruch gab es in erträglichem Maße. Es blieb abzuwarten, ob dieser Aufwärtstrend anhielt oder sich nur als Ruhe vor dem Sturm entpuppte ...

Kapitel 24

Unsere kleine Geburtstagsfeier verlief wunderbar harmonisch. Sophie hatte am Samstagmorgen kein Fieber mehr und war halbwegs wieder auf den Beinen, sodass ich es auch für vertretbar hielt, Oma und Opa einzuladen. In gewohnter Manier riss sie ihre Geschenke auf und stieß spitze Begeisterungsschreie aus. Die neue Handtasche einer Marke, deren Name klang wie eine Neuauflage der Beatles, ließ ihre Augen verzückt aufleuchten, und die neue Jacke, die zumindest ein bisschen mehr als nur chic war, wurde gleich anbehalten. Etliche Einkaufsgutscheine von den Großeltern sowie von Mario und Hartmut rundeten den Geburtstagstisch ab, und Mario bot sich zu meiner großen Freude sogleich für den Einkaufsbummel als fachkundiger Berater an. Es gab einfach Geschäfte, da fühlte ich mich nicht nur altersmäßig deplatziert. Die Kombination aus extrem dünnen, durchtrainierten und gestylten Menschen, wummernden Bässen und so vielen unterschiedlichen Düften, dass das Geruchszentrum noch Stunden später lahmgelegt war, führte bei mir schon nach kurzer Zeit zu einer derartigen Reizüberflutung, dass ich im Halbdunkeln nur noch stumpfsinnig vor mich hinstarren konnte und automatisch alles abnickte, was mir meine Tochter aus der Umkleidekabine reichte. Vermutlich war das der gewünschte Effekt und erklärte den unglaublichen Boom dieser Marken.

Mario war dafür definitiv besser geeignet, flatterte mit Sophie völlig begeistert durch den ganzen Laden und unterhielt später mit seinen fachlich kompetenten Kommentaren die ganze Schlange vor den Umkleidekabinen. Alleine für die gehobene Stimmung dort müsste man ihn eigentlich bezahlen.

Das Geschenk jedoch, bei dem Sophie plötzlich ganz still wurde, kam von Marc und Emma, deren Überraschung wirklich gelungen war. Die beiden hatten sich zusammengetan und ihr eine silberne Kette mit einem Medaillon geschenkt, das mit kleinen Charms bestückt werden konnte. Darin lag eine Einlegescheibe mit einem ausgestanzten Herz und außerdem die Buchstaben »M« und »E« sowie eine kleine Katze, die ein Schild zwischen den Pfoten hielt, auf dem »Forever« stand.

Ich sah, wie meine große Tochter mit den Tränen kämpfte – im Gegensatz zu Mario, der kämpfte nicht, sondern ließ ihnen vor lauter Rührung freien Lauf – und dann Marc und Emma stürmisch um den Hals fiel. Ich hatte ebenfalls einen Kloß im Hals, reichte Mario wortlos ein Taschentuch, da Hartmut gerade völlig unvorbereitet war und lächelte Carsten an, der noch überlegte, ob er sich für Sophie freuen sollte oder nicht.

Mario fiel nacheinander Marc, Emma und Sophie um den Hals, während meine Schwiegermutter mit hochgezogenen Augenbrauen fragte, ob diese Beziehung nicht doch vielleicht zu »ernst« werden würde. Später in der Küche ermahnte sie mich eindringlich, mit meiner Tochter über das Thema »Verhütung« zu sprechen, da sie das sonst in die Hand nehmen würde. Ich zog diese Option alleine schon deswegen in Erwägung, weil ich zu gerne den Aufklärungsversuchen unserer stockkonservativen Oma gelauscht hätte. Was die Kids heute wissen wollen, unterscheidet sich doch sehr von dem, was im vorigen Jahrhundert im Dunkeln unter der Bettdecke stattfand. Ich selbst wäre manchmal ohne Google komplett aufgeschmissen. Daher wäre dieses Aufklärungsgespräch zwischen Oma und Enkelin bestimmt noch jahrelanges Gesprächsthema bei sämtlichen Familienfeiern und eine unvergessliche Erinnerung geworden.

Nachdem nun die Schule nach den Sommerferien wieder in vollem Gange war, ging auch der Konfirmandenunterricht in die nächste Runde. Marc trottete immer noch treu und brav nahezu jeden Sonntag mit Sophie zum Gottesdienst, und darum wurde sie von ihren Freundinnen glühend beneidet. Es war schon etwas anderes, ob man den Kopf völlig verschlafen aus eigener Kraft gerade halten musste oder ob man ihn bequem an der Schulter eines gutaussehenden Kerls ablegen konnte – der einen noch dazu regelmäßig in die Rippen stieß, wenn aus den gleichmäßigen Atemzügen ein röchelndes Schnarchen wurde. Sophie behauptete jedoch steif und fest, sie würde nicht schlafen, sondern wäre lediglich extrem konzentriert und könne die Worte von Pfarrer Heumann besser aufnehmen, wenn sie die Augen geschlossen hätte.

Letztlich war es mir aber auch egal und ich ging davon aus, dass Gott nur grob überschlug, wie viele Schäfchen sonntags in seinen Kirchen saßen und nicht etwa den Zustand jedes einzelnen überprüfte. Zumindest hatte ich selbst aus den katholischen Reihen noch nicht vernommen, dass man sich nach einem Nickerchen während des Gottesdienstes direkt vor dem Beichtstuhl einzufinden hatte. Also zählte das vermutlich noch nicht zu den wirklich schweren Vergehen.

Fasziniert beobachtete ich, welche Themen Sophie und ihre Freundinnen nach den Gottesdienstbesuchen so beschäftigten, und an einem Sonntag Ende September saßen wir gerade im Garten, als die ganze Bande bei uns einfiel.

Sophie setzte sich auf die Lehne meines Gartenstuhls und platzte heraus: »Mama, wie stellst du dir das eigentlich mit dem Jüngsten Gericht vor?«

Etwas überrumpelt sah ich meine Tochter und ihre Freundinnen an, während Marc hinter den Mädchen stand und über das ganze Gesicht grinste.

»Wie ich mir das vorstelle? Was genau meinst du?«

»Naja, stell' dir mal vor, du bist tot – also nur theoretisch ...«, fing sie an.

Beruhigender Gedanke!

»Und dann hast du den ganzen Kram mit dem Licht und dem Tunnel und all den toten Verwandten hinter dir, und was kommt dann? Dann steht irgendwo Gott und rechnet mit dir ab?«

Gar kein beruhigender Gedanke.

»Was glaubst du, wie das ist?«, fragte Emma. »Bekommt man da echt alles vorgehalten, also auch das, was ich so in meinem Tagebuch schreibe? Oder in den Chats?«

Carsten lachte aus vollem Hals und schlug sich auf die Schenkel. »Mädels, ihr seid der Knaller. Wie stellt ihr euch das vor? Da sitzt eine Heerschar von Engeln in einem riesigen Schreibbüro und checkt lebenslänglich eure Chats und Tagebücher, und bevor ihr bestimmte Zonen im Paradies betreten dürft, müsst ihr erst durch den göttlichen Gerichtssaal? Das ist doch nicht die NSA.«

Sophie warf ihm einen wütenden Blick zu. »Ich habe keine Ahnung, wie ich mir das vorstellen muss. Ich war noch nie tot!! Und die meisten, die es mal waren, kommen ja über dieses Tunnelgedöns nicht hinaus.«

Jenny, eine Klassenkameradin von Sophie, schüttelte sich. »Vor allem heißt es ja, zu richten die Lebenden und die Toten'. Stell dir mal vor, die kommen dann alle aus den Gräbern raus und sind dann voll die Zombies.«

Manchmal befürchtete ich, dass Gott gerade in Momenten wie diesen dem weinenden Jesus über den Rücken strich und ihm verzweifelt auszureden versuchte, er wäre umsonst gestorben. Der musste doch denken, die hat nichts kapiert, die Menschheit, in über zweitausend Jahren nicht.

Ich drehte mich zu Jenny um, die mich mit großen, blauen Kulleraugen nicht gerade wirklich intelligent ansah und suchte nach den richtigen Worten. »Naja, das sind ja ganz unterschiedliche Dinge. Das Jüngste Gericht ist ein Tag X, an dem Gott, bzw. Jesus oder auch beide zusammen über die ganze Menschheit richten – und nein, Jenny, ich glaube nicht, dass dafür alle Toten ausgegraben werden müssen. Das ist mehr im übertragenen Sinne gemeint, es geht um die Seele, über die gerichtet wird.«

Sie setzten sich alle auf den Rasen und sahen mich erwartungsvoll an. Plötzlich kam ich mir als sonst so nervige Mutter richtig wichtig vor und räusperte mich laut.

»Wenn man stirbt und die Seele in den Himmel oder in das Paradies kommt, je nachdem, wie man es nennen will, berichten viele, man wird von einem Licht durch einen Tunnel geführt, begleitet oder wie auch immer. Viele Leute sagen, sie sehen Verstorbene, die ihnen sehr nahe gestanden haben, aber was danach kommt, das weiß keiner. Aber ich glaube nicht, dass man dann in einer Wartehalle vor dem göttlichen Gericht landet und schon mal nach ‚gut' oder ‚böse' sortiert wird. Das ist mir zu klischeehaft.«

Jenny sah mich zweifelnd an. »Aber wenn die Seele beim Jüngsten Gericht gerade wiedergeboren wurde und man die dann nicht findet?«

Carsten gluckste neben mir und ich warf ihm einen strafenden Blick zu. »Die Christen glauben nicht an Wiedergeburt, Jenny, das sind die Buddhisten. Im Christentum geht man davon aus, man hat nur ein Leben, und das sollte man gut nutzen.«

Erschrocken riss sie die Augen auf. »Echt, nur eins? Aber das ist doch voll krass, wenn man das erst so spät erfährt und voll alt ist und dann nur Scheiße gebaut hat – dann isses doch echt vorbei, oder? Hast du da nicht manchmal voll die Panik?«

»Erstens bin ich noch nicht so alt, zweitens glaube ich, dass mein Leben bisher eigentlich ganz okay war – abgesehen davon, dass ich Stechmücken aufsauge oder mit dem Hausschuh erschlage – und drittens kann man ja über alles reden«, entgegnete ich trocken.

Carsten und Marc bekamen sich vor Lachen nicht mehr ein und erlebten wohl das erste Mal so ein typisch männliches Wir-Gefühl.

»Außerdem«, fuhr ich fort, »geht es ja nicht um solchen Kleinkram, sondern darum, ob du generell ein guter Mensch gewesen bist. Da wird nicht jede Kleinigkeit analysiert, es geht mehr um den Gesamteindruck.«

Jenny nickte nachdenklich. »Also meinst du, Sex vor der Ehe ist jetzt kein Thema mehr, oder?«

Carsten verschluckte sich fast an seinem Äppler. »Doch!! Das ist jetzt immer noch ein Thema – mehr denn je!!«, bekräftigte er nachdrücklich und sah Jenny streng an. »Wenn nicht vor dem Jüngsten, dann aber vor dem Gericht deines Vaters, da bin ich mir absolut sicher.«

Sophie und Emma sprangen auf und zogen Jenny mit sich. »Ja, danke, ich denke, jetzt ist alles klar.« Sie schoben Jenny eilig Richtung Terrassentür, um jede weitere Unterhaltung im Keim zu ersticken.

Sophie nahm Marcs Hand und rief uns über die Schulter zu: »Wir chillen jetzt noch ne Runde bei mir oben und dann fahren wir ins Zentrum.«

Carsten sah ihnen mit finsterem Blick nach. »Sex vor der Ehe ist heute kein Thema mehr. Ist das zu glauben.«

Ich stand lächelnd auf und streckte mich. »War es bei uns auch nicht. Es war kein Thema, dass wir Sex vor der Ehe hatten«, sagte ich und zwinkerte ihm zu.

»Gott, Marlene, das ist doch was ganz anderes. Wir waren älter, es war klar, dass es was Ernsteres ist und wir wussten, was wir tun.«

Ich lachte laut auf. »Ja, WIR waren bei UNSEREM ersten Mal älter, aber ich wette, beim allerersten Mal wussten weder du noch ich genau, was wir tun – geschweige denn von den anderen Beteiligten. Und da war die Ehe definitiv noch kein Thema.«

Carsten starrte nach oben zu dem Fenster von Sophies Zimmer, aus dem lautes Gelächter erscholl. »Ich finde, DAS sollten sie mal im Konfirmandenunterricht thematisieren. Maria Magdalena als mahnendes Beispiel wäre doch vielleicht mal angebracht.«

Ich schüttelte den Kopf und nahm die Gartenschere aus dem Geräteschuppen. »Maria Magdalena war eine Sünderin, der Beschreibung nach eine Prostituierte. In manchen Überlieferungen geht man auch davon aus, dass sie Jesus' Gefährtin war. Hier stehen Teenager vor dir und es geht um Sex vor der Ehe. Carsten, wirklich!! Das ist ja wohl kaum miteinander zu vergleichen!«

Mein Mann fixierte immer noch das Fenster seiner Tochter und grummelte: »Papperlapapp, so was kann man ja entsprechend verpacken. Ist doch alles nur eine Frage der Taktik, und darin sollten diese Kirchenleute doch nun wirklich genug Übung haben.«

Ich lächelte! Breit und halbwegs freundlich! Und schnitt mit einem lauten »Schnipp« die verblühten Wicken direkt über dem Boden hab. Carsten verstand den Wink und zog sich grummelnd hinter sein Buch zurück. Manche Diskussionen mit meinem Mann mussten eben einfach mit einer aussagekräftigen Geste beendet werden, weil sie sonst ins Unendliche führten. Oder auch zurück in die Steinzeit.

Kapitel 25

Als ich ein paar Wochen später gedanklich schon mal Lenas Kindergeburtstag plante und ihr gleichzeitig eine schier endlose Liste geistreicher Lernwörter wie »Flohhalsband« oder »Küchenschabenfalle« diktierte, kamen Carsten und Sebastian gerade vom Joggen zurück. Während mein Sohn locker und flockig seine Beine ausschüttelte, ähnelte Carstens Gesichtsfarbe eher einer überreifen Tomate. Er schnaufte laut und stützte sich an seinen Oberschenkeln ab.

»Wow, echt Basti ... Heute haben wir aber ein ganz schönes Tempo hingelegt. Der nächste Halbmarathon kann kommen«, keuchte Carsten und machte einen Katzenbuckel.

Sebastian streckte sich lang nach rechts und links und erwiderte unbeeindruckt: »Wir waren langsamer als das letzte Mal, Papa. Du wirst halt älter und hast jetzt eine Weile nicht trainiert.«

Carsten richtete sich empört auf: »Das hat doch damit nichts zu tun. Ich habe locker mitgehalten, auch wenn ich zur Zeit nicht so gut im Training bin.«

Lena und ich tauschten einen bedeutungsvollen Blick. Nach »locker« sah das zwar nicht wirklich aus, aber ich wollte nicht die sein, die hier mit einem Wort Illusionen zerstörte.

»Schatz, vielleicht solltest du dich mal einen Moment ausruhen und etwas dehnen. Nach der großen Runde tut das dem Körper bestimmt gut.«

»Mama, es war die kleine Runde!«, bemerkte Sebastian aus den Tiefen des Kühlschranks, wo er gerade nach einer Wasserflasche suchte.

Ich schielte vorsichtig in Carstens Richtung und erntete einen finsteren Blick. Ein Schweißtropfen fiel ihm von der Nase auf den Teppich und ich runzelte die Stirn. Während sich bei Sebastian gerade mal die Haare im Nacken etwas feucht kräuselten, war Carsten nicht wirklich ein Beispiel dafür, dass man sich nach dem Sport besser fühlte als vorher. Auch wenn er aktuell noch keine Herz- und Kreislaufprobleme hatte: so wie er gerade aussah, war er nicht allzu weit davon entfernt. Ich suchte gerade nach einigermaßen diplomatischen und der Sensibilität der männlichen Psyche entsprechenden Worten, da flog die Haustür mit einem lauten Krachen auf. Mit großen Augen starrten wir zum Flur, durch den Sophie völlig aufgelöst und verheult gestürmt kam.

»Ich will ihn NIE wieder sehen«, stieß sie zwischen zwei Schluchzern hervor und sah wild um sich. »Das hätte ich nie von ihm gedacht.«

Carsten sah sie verdattert an und sagte: »Wir sind doch nur an ein paar deiner Freundinnen vorbeigelaufen und da habe ich auch noch nicht so schrecklich rot ausgesehen und geschnauft wie jetzt, ehrlich nicht.«

Sophie schüttelte heftig den Kopf. »Wer redet denn von DIR, Papa? Ich meine Marc!«

Wir starrten sie alle verblüfft an. Lena fing sich als erste und fragte vorsichtig: »Was hat er denn gemacht?«

»Er hat gelogen und hat was mit einer anderen. Ich will nie wieder was von ihm hören«, schrie sie und wischte sich die Tränen aus dem Gesicht.

Carsten holte entrüstet Luft. »Da hast du ganz recht, mein Schatz. Dann ist er ein mieses Schwein und hat dich nicht verdient.« Er stand auf und wollte sie in den Arm nehmen, doch Sophie machte sich los.

»Ich will mit Männern nie wieder was zu tun haben!«, rief sie und stürzte die Treppe hinauf. Sekunden später flog ihre Zimmertür mit einem donnernden Schlag zu.

Carsten sah mich an. »Was habe ich denn jetzt mit der ganzen Sache zu tun?«, fragte er irritiert.

Ich seufzte. »Du bist ein Mann und gehörst damit zum feindlichen Lager.«

»Ich bin ihr Vater! Und wenn ich den Kerl in die Finger bekomme, wird er sein blaues Wunder erleben!«, rief er wütend.

Sebastian ließ zischend die Luft aus seiner Wasserflasche entweichen. »Ich glaube einfach nicht, dass Marc so ein Arsch ist. Die hat garantiert was völlig in den falschen Hals bekommen und macht jetzt ein Riesendrama draus.« Er nahm einen großen Schluck aus der Flasche. »Das wird ja jetzt lustig hier.«

Das würde alles andere als lustig werden. So, wie Sophie stets ihren Gefühlen freien Lauf ließ und es ihrem Umfeld überlassen blieb, wie es damit fertig wurde, so würde sie auch ihren Liebeskummer hemmungslos ausleben, und damit hatten wir garantiert alle keinen Spaß mehr.

Eine erste Vorahnung bekamen wir schon, als von oben plötzlich lautstark der Song »All of me« von John Legend durch das Haus dröhnte, gefolgt von »Apologize« ... Und dann wieder beide von vorne.

»Wie lange geht das jetzt so?«, fragte Lena und verzog das Gesicht. »Wenn ich meine CDs so laut mache, bekommt sie einen Anfall.«

Ich nickte. »Lange! Es wird lange gehen! Und wenn wir Pech haben, noch länger.«

»Aber was hat Marc denn eigentlich gemacht?«

»Ich habe keine Ahnung. Aber wenn wir uns nicht alle völlig in ihm getäuscht haben, schätze ich, wird der auch bald hier aufkreuzen – und dann wissen wir vielleicht mehr.«

Carsten schnaubte und warf sich in die Brust. »Der taucht hier besser gar nicht mehr auf! Er hat meiner Tochter das Herz gebrochen! Dafür breche ich ihm ganz andere Körperteile!«

»Du brichst ihm überhaupt nichts!«, sagte ich und verschränkte die Arme vor der Brust. »Bevor wir nicht wissen, was hier überhaupt los ist, machen wir gar nichts. So, und nun geht ihr beiden Sportskanonen mal duschen.«

Ich wandte mich an Lena: »Du deckst bitte schon mal den Tisch. Ich schaue nach Sophie und helfe dir dann.«

Maulend holte Lena die Teller aus dem Schrank und ich ging nach oben, in das Zentrum des unsäglichen Herzschmerzes, und wappnete mich für den nächsten Akt des Dramas.

Als ich vor Sophies Zimmertür stand, atmete ich noch einmal tief durch. Da mir Klopfen bei dem ohrenbetäubenden Katzenjammer von John Legend sinnlos erschien, öffnete ich vorsichtig die Tür.

»Mäuschen? Darf ich reinkommen?«, fragte ich und steckte den Kopf durch die Tür.

Sophie bot ein einziges Bild des Jammers. Sie lag auf ihrem Bett, hielt das Kissen zerknautscht in den Armen wie ein Schutzschild, und die Augen waren völlig verheult. Um sie herum lagen lauter zerknüllte Taschentücher, und das Hinterteil des Teddybären, den Marc ihr vor einigen Wochen geschenkt hatte, ragte eingequetscht aus einer Schublade heraus. Stellvertretend für den Verursacher ihres Kummers war er wohl einer Art stumpfer Guillotine zum Opfer gefallen.

»Ist er da? Ich will ihn nicht sehen! Du kannst ihm gleich sagen, er braucht nie wieder kommen, und seine blöde Kette bekommt er auch zurück«, stieß Sophie aufgelöst hervor.

»Nein, er ist nicht da. Ich wollte einfach nur nach dir schauen«, sagte ich und setzte mich auf die Bettkante.

»Siehst du«, heulte sie auf und vergrub den Kopf wieder in ihrem Kissen. »Er kommt nicht! Es kümmert ihn überhaupt nicht, wie es mir geht.«

Ich strich ihr sanft über die Haare und sagte: »Naja, wenn du ihm gesagt hast, dass du ihn nicht sehen willst, ist das vermutlich nicht so verwunderlich.«

Sophies Kopf flog nach oben und sie blitzte mich aus tränennassen Augen an. »Aber daran würde er sich ja nicht halten, wenn er mich wirklich lieben würde. Das zeigt doch schon, dass ich ihm wirklich nichts bedeute, sonst wäre er längst hier.«

Es folgte der nächste Tränenausbruch und ich merkte schon, dass ich mit Logik nicht weiterkam. Abgesehen davon wusste ich aus eigener Erfahrung, dass man in Zeiten emotionaler Ausnahmezustände wie diesem für Logik nicht empfänglich war. Mitleid, Rachepläne, blinde Zerstörungswut und ein nicht enden wollender Nachschub an Schokolade – aber bloß keine Logik.

Nur leider lasen Männer, und schon gar nicht in Marcs Alter, selten zwischen den Zeilen. Wenn seitens einer Frau im Streit Sätze fielen wie »Ich will dich nie wieder sehen!« oder »Mach' doch, was du willst!«, dann sollte Mann um Gotteswillen nicht machen, was er will und schon gar nicht davon ausgehen, dass sie ihn wirklich nie wieder sehen will. Das ist die Einladung zum Kampf und der richtige Zeitpunkt für poetische Liebesschwüre, endlose Liebesbriefe – oder heute eben für endlose Chat-Nachrichten, untermalt von Videos, Fotos und von mit Herzchen um sich werfenden Hunden und Katzen - und für raffiniert platzierte Geschenke. Wenn Mann diese Taktik einigermaßen beherrschte, folgte dann am Ende meistens eine wunderbare Versöhnung, in der die Tatsache generell unterging, dass er eigentlich gar nicht wusste, wofür er gerade zu Kreuze gekrochen war. Die Erleichterung darüber, dieses aufwendige Balzverhalten nach kurzer Zeit wieder einstellen zu dürfen, siegte über die kleine Stimme, die vielleicht zaghaft anmerkte, man(n) habe aber doch eigentlich gar nichts falsch gemacht und sie hat doch ganz klar gesagt, dass ... naja, das kennt man ja.

Sophies Nase lief und war schon völlig wund; trotzdem drückte ich ihr ein frisches Taschentuch in die Hand.

»Willst du mir nicht mal erzählen, was denn eigentlich passiert ist?«, fragte ich sanft.

Sie setzte sich auf und lehnte sich mit dem Rücken an die Wand, das zerknautschte Kissen immer noch fest vor die Brust gedrückt. »Marc hat was mit seiner Ex-Freundin.«

» Hast du die beiden gesehen?«

»Nein, aber Luisa. Im Eis-Café im Zentrum. Und er hat sie geküsst!«, sagte sie und fing gleich wieder an zu weinen.

Ich setzte mich neben Sophie auf das Bett und legte tröstend den Arm um sie. »Er hat sie mitten in dem Eis-Café geküsst? So richtig?«

Sie nickte heftig. »Ja! Luisa hat sogar ein Foto gemacht und es mir gezeigt.« Sie tippte wie wild auf ihrem Smartphone herum und hielt es mir dann unter die Nase. »Hier!«

Ich betrachtete das Bild einen Moment lang und schwieg.

»Da fällt dir auch nichts mehr ein, oder?«

»Sophie ...?«

»Ja?«

»Er küsst sie auf die Wange.«

»Das ist doch wohl egal, wohin er sie küsst! Außerdem hat er sich heimlich mit ihr getroffen und mir nichts gesagt«, rief sie empört.

»Er hat sich im Eis-Café mit ihr getroffen und da ist es doch klar, dass ihn jemand sehen könnte. Hätte er es heimlich machen wollen, dann wären sie irgendwo hingegangen, wo sie nicht gesehen werden.«

Sophie zerrupfte ihr Taschentuch und schniefte. »Außerdem ist das noch nicht alles.«

»Okay. Was ist denn noch passiert?«

»Erst mal hat sich Marc total über Luisa aufgeregt, dass die ihn fotografiert hat und mir das Bild dann zeigt. Es wäre alles ganz harmlos gewesen und er hätte sich bei Angelina – das ist die Ex-Hexe – nur bedanken wollen. Sie wären schließlich schon ewig befreundet.«

Ich hob fragend die Augenbrauen. »Wofür denn bedanken?«

Sophie platzte fast vor Empörung. »Jetzt halt' dich fest! Angelinas Mutter hat eine Firma, die Schmuck verkauft. Ketten! Mit wunderschönen Medaillons! Und Charms! Klingelt da was bei dir?«

»Oh!«, erwiderte ich. »Die Kette, die dir Marc und Emma zum Geburtstag gekauft haben?«

»Ja! Und Emma wusste auch, dass die Kette von der Ex-Hexe ist. Und hat da auch noch mitgemacht.« Sophie brach erneut in

Tränen aus. »Ich laufe mit einer Kette von Marcs Ex-Freundin durch die Gegend. Das ist doch Scheiße!«

Gut, jetzt war vielleicht doch eine klitzekleine, halbwegs zumutbare Dosis Logik angebracht.

»Also, Mäuschen ... jetzt mach' mal langsam. Du sagst, Marc wäre schon ewig mit dieser ... wie heißt sie gleich?«

»Angelina! Wie die Schlampe, wegen der Brad Pitt Jennifer Aniston verlassen hat.«

Ich rollte mit den Augen, heimlich natürlich. »Okay, also Marc und Angelina sind schon ewig befreundet. Daher weiß er vermutlich, dass ihre Mutter diesen Schmuck vertreibt. Er ist aber nicht mehr mit ihr zusammen, sondern mit dir. Und hat DIR mit Emma zusammen diese Kette geschenkt. Er hat sich bei Angelina nur mit einem Eis bedankt, und ich vermute sogar, er hat die Kette vielleicht etwas günstiger bekommen.«

Ich nahm Sophie fest in den Arm und drückte ihr einen Kuss auf die Haare. »Das ist kein Betrug und der Kuss war völlig harmlos. Dass Luisa das fotografiert und dir unter die Nase reibt – das ist mies und der pure Neid, da gebe ich Marc recht.«

Sophie macht sich los und starrte mich an. »Auf wessen Seite stehst du eigentlich? Du bist meine Mutter!«

»Sophie, ich stehe natürlich auf deiner Seite, aber hier gibt es eigentlich gar keine Seiten. Ja, vielleicht hätte er dir sagen können, dass er sich mit ihr trifft, aber wärst du dann nicht auch sauer gewesen? Oder hättest du mitgehen wollen?«

»Mitgehen? Nie im Leben! Da wäre ich ja eh nur das fünfte Rad am Wagen gewesen.« Sie putzte sich geräuschvoll die Nase. »Die finden ja eh alle so toll.«

»Wer findet Angelina so toll?«

»Na, Marcs Freunde. Die denken, ich bin viel zu jung für ihn und dass Angelina viel besser zu ihm passen würde.«

»Haben sie das gesagt?«, fragte ich überrascht. Sophie wirkte eigentlich auf viele Leute nicht wie fünfzehn, sondern wurde in der Regel ein bis zwei Jahre älter geschätzt.

Sie warf mir einen todunglücklichen Blick aus ihren braunen Augen zu. »Luisa hat gehört, wie Marc das Angelina erzählt hat.«

»Aha ... und was sagt Marc nun zu alledem?«

»Er sagt, ich würde mich total kindisch benehmen. Er findet es mies, dass Luisa das fotografiert hat und behauptet, er hätte nie gesagt, dass seine Freunde mich nicht mögen würden. Luisa hätte auch viel zu weit weg gesessen und hätte gar nicht hören können, was er mit Angelina geredet hätte.«

»Da hat er ja vielleicht ein bisschen recht, oder?«, meinte ich vorsichtig.

»Ich bin überhaupt nicht kindisch«, brauste Sophie auf und drückte auf die Tasten der Fernbedienung. John Legend sang erneut darüber, wie sehr er jede Ecke und Kante seiner Angebeteten liebte.

»Das meinte ich auch nicht. Aber warum reibt dir Luisa das alles unter die Nase? Schon mal daran gedacht, dass sie eifersüchtig ist?«

»Das behauptet Marc auch. Am Ende würde ich auch noch glauben, er hätte was mit Emma, weil sie mir zusammen die Kette geschenkt haben.«

»Was du natürlich nicht glaubst!«, sagte ich.

Sophie schwieg und schniefte.

»Sophie? Das glaubst du doch nicht wirklich?«, fragte ich verblüfft.

»Ich habe ihn angebrüllt und gesagt, ich würde überhaupt nichts mehr glauben. Und Marc hat dann gemeint, damit würde ich jetzt wohl gerade beweisen, dass ich wirklich zu jung wäre, und dann hätte das ja alles keinen Sinn mehr. Und dann bin ich gegangen und sagte, ich wolle ihn auch nicht mehr sehen.« Sie brach wieder in Tränen aus und ich nahm meine kleine große Tochter in den Arm.

»Ach, Mäuschen. Ihr wart beide sauer. Jetzt warte mal ein paar Tage und dann redet ihr noch mal in Ruhe darüber.«

»Nein!«, weinte sie in meinen Ärmel. »Wenn er sich jetzt nicht gleich meldet, dann braucht er es gar nicht mehr tun. Er weiß doch, wie elend ich mich fühle.«

Ich legte meine Wange auf ihre Haare und sagte leise: »Vielleicht fühlt er sich aber gerade genauso elend. Wenn keiner von euch den ersten Schritt macht, wird das nichts.«

»Jawohl. Das wird nie wieder was! Und dass es sich so anfühlt, als müsse ich sterben, daran ist nur er schuld. Und dann wird er schon sehen, was er davon hat, wenn ich tot bin.«

»Mäuschen, so schnell stirbt man nicht, auch wenn Liebeskummer einfach schrecklich ist und es sich so anfühlt. Und das will auch niemand, Marc schon gar nicht. Der fühlt sich vermutlich gerade ähnlich.«

Sophie hob ihr tränennasses Gesicht. »Jetzt hör' doch mal auf, immer davon zu reden, wie er sich fühlt! Du bist MEINE Mutter. Er hat eigene Eltern, die können sich darum kümmern, wie er sich fühlt. Ich bin dein Kind. Und ich werde nie wieder essen können, weil mir alles weh tut!«

Aus solchen Dramen entsteht in der Weltliteratur oftmals etwas ganz Großes. Wie viel Szenen unser Drama hier haben würde, war noch nicht abzusehen, und ich schwankte zwischen Mitleid und leicht belustigter Verzweiflung. Natürlich tat es mir in der Seele weh, Sophie so traurig und unglücklich zu sehen, aber von außen betrachtet war das eine Situation, die eigentlich leicht zu lösen war. Marc war keiner dieser pickligen, Wollmütze tragenden Typen, bei denen man nach den ersten Sätzen schon merkte, wie blöd er war. Er war auch kein Typ, der die Mädchen verarschte und mehrere Freundinnen gleichzeitig am Start hatte. Ihm lag etwas an Sophie, und mein kleiner Sturkopf verrannte sich hier in dem Gefühl, unbedingt gewinnen zu wollen, in eine blöde Sackgasse.

Während ich noch überlegte, was ich jetzt am besten tun sollte, klopfte es leise.

Sophies Kopf schoss hoch und sie sah erwartungsvoll zur Tür. »Wenn er das jetzt ist«, begann sie, »will ich ihn immer noch nicht sehen! Nie wieder!«

Ich stand vom Bett auf und nickte. »Ja, ist mir klar.«

Die Tür ging auf und Emma steckte vorsichtig den Kopf um die Ecke. »Ich bin's. Darf ich reinkommen?«

Sophie warf sich in ihre Kissen und vergrub den Kopf in den Armen. »Was habe ich dir gesagt? Er kommt einfach nicht und hat mich nie wirklich geliebt.«

Emma sah mich erschüttert an und ich klopfte ihr leicht auf die Schulter, als ich von Sophies Bett aufstand. »Versuch' du dein Glück. Vielleicht sprichst du ihre Sprache. Ich gehe mal runter und mache Abendessen. Der Rest der Familie muss ja nicht automatisch mit verhungern.«

Als ich die Tür hinter mir schloss, hörte ich Emma noch sagen: »Sophie, Marc geht es gerade genauso mies. Das ist doch alles nur ein ganz dummes Missverständnis.«

Sophies Antwort kam dumpf aus dem Kissen. »Auf welcher Seite stehst du eigentlich? Du bist MEINE Freundin!«

Kopfschüttelnd ging ich nach unten. Und täglich grüßt das Murmeltier ...

Kapitel 26

Auch Emma hatte kein Glück und schlich nach einer Stunde wie ein Hund ohne Herrchen wieder nach Hause. Sophie kam nicht zum Abendessen herunter, sondern lag zusammengerollt wie ein Igel in ihrem Bett – und war auch mindestens genauso stachelig. Der Versuch, ihr etwas zu essen nach oben zu bringen, scheiterte daran, dass sie alles und jeden aus ihrem Zimmer verbannte. Schließlich gaben wir es auf, und als ich später ins Bett ging, stellte ich ihr wortlos eine Flasche Wasser auf den Nachttisch. Morgen sieht die Welt schon wieder anders aus, hoffte ich.

Diese Hoffnung erfüllte sich jedoch leider nicht. Als ich am nächsten Morgen um kurz nach sechs verschlafen und mit halb geschlossenen Augen die Treppe herunterkam, rührte sich im ersten Stock noch nichts. Da Sophie normalerweise als Erste den Schulbus nahm, war sie um diese Zeit sonst immer schon im Badezimmer aktiv. Ich schob die Tür zu ihrem Zimmer weiter auf und sah, dass sie noch immer eingerollt in ihren Klamotten im Bett lag. Offensichtlich hatte sie die ganze Nacht darin geschlafen. Ich beugte mich über das schlafende, verwuschelte Bündel und drückte ihr einen Kuss auf die Haare.

»Mäuschen, du hast verschlafen. Komm, steh' auf und dann ab ins Bad.«

Sophie knurrte unwillig und vergrub den Kopf in ihrem Kissen.

»Sophie, komm. Mach' die Augen auf.«

Sie schüttelte den Kopf und brummte: »Ich gehe heute nicht zur Schule.«

Ich gähnte und fragte noch nicht ganz wach. »Warum nicht?«

»Ich bin krank, mir ist sterbenselend und alle glotzen mich blöde an. Ich geh' da nicht hin!«

»Warum sollten dich alle anstarren? Marc ist doch gar nicht auf deiner Schule und Emma hat bestimmt nichts erzählt.«

»Aber Luisa hat bestimmt was gesagt oder das Foto rumgezeigt. Und jetzt wissen alle, dass Marc mich verarscht hat und lachen sich kaputt«, kam es aus der Tiefe des Kopfkissens.

Ich warf einen Blick auf die Uhr und seufzte. »Sophie, selbst wenn sie etwas erzählt hat, lacht bestimmt keine deiner Freundinnen über dich. Warum sollten sie dich auslachen, wenn du traurig bist?«

»Ich will heute aber nicht in die Schule gehen und du kannst mich nicht zwingen.«

»Doch, kann ich. Aber ich würde es lieber nicht tun. Außerdem kannst du nicht ewig zu Hause bleiben, weil du Liebeskummer hast. Die Schule lenkt dich ein bisschen ab.«

Sophie schob sich die Haare aus dem Gesicht und sah mich mit zusammengekniffenen Augen an. »Ich will nicht abgelenkt werden und ich will niemanden sehen. Ich will heute einfach nur zu Hause bleiben.«

Ratlos saß ich am Bett meiner Tochter, als Sebastian ins Zimmer geschlurft kam. »Was ist denn los?«, fragte er und gähnte.

»Sophie will nicht in die Schule.«

»Warum nicht?«

»Liebeskummer. Du erinnerst dich!«, erklärte ich bedeutungsvoll.

Sebastian nickte verschlafen. »Dann soll sie halt heute zu Hause bleiben und geht morgen wieder.«

»Und wenn sie morgen auch nicht gehen will?«, fragte ich genervt.

»Dann greifst du auf die bewährte Taktik aus dem Kindergarten zurück und fährst sie im Schlafanzug in die Schule«, erwiderte er und grinste.

Sophie schoss aus ihrem Bett hoch. »Könnt ihr mal aufhören, über mich zu reden, als ob ich nicht da wäre? Ihr habt doch keine Ahnung, wie es mir geht.«

Sebastian zuckte mit den Schultern. »Hab' ich auch nicht, und wenn ich das so sehe, verzichte ich auch gerne darauf.« Er tätschelte mir die Schulter. »Ich geh' dann mal ins Bad.«

Ich nickte und sah Sophie an. »Okay. Dann bleib' also heute hier und leide. Aber morgen geht es wieder in die Schule, verstanden? Ich kann dich schlecht dauerhaft wegen Liebeskummer entschuldigen.«

»Dann gehe ich eben zum Arzt und hole mir eine Krankmeldung!«, fauchte sie. »Was du machst, ist seelische Grausamkeit. Du verstehst mich null.«

»Doch, ich verstehe dich. Das hatten wir alle schon, aber so blöd es vielleicht klingt, auch das geht vorbei. Selbst wenn es sich gerade nicht so anfühlt.«

Ich ging zur Tür und schob mit dem Fuß einen Stapel Klamotten zur Seite. »Sei so gut und räum' hier nachher ein bisschen auf, wenn du schon zu Hause bist. Frühstück lasse ich dir unten stehen.«

»Ich will nie wieder was essen. Und du hast doch überhaupt keine Ahnung von meinem Leben«, schleuderte sie mir hinterher, als ich die Tür schloss. Als ich die Treppe hinunterging, sang Sarah Connor gerade anklagend »Keiner ist wie du«.

Zum Glück kam an diesem Morgen auch keine Diskussion mit Carsten darüber auf, dass Sophie in ihrem Zimmer verkrochen blieb. Entscheidungen dieser Art fielen fast immer in meinen Zuständigkeitsbereich, weil damit später auch die Schuldige leichter auszumachen war, wenn sich daraus unangenehme Folgen ergaben.

Als ich etwas später im Verlag ankam und Herr Sorge mich besorgt nach dem Grund für meinen angespannten Gesichtsausdruck fragte, beschrieb ich in kurzen Worten den Ausnahmezustand bei uns zu Hause. Er verzog mitfühlend das Gesicht und fragte sich, welche Vorgehensweise seine Frau wohl in so einem Fall wählen würde. Emotionale Ausfälle dieser Art waren im Hause Sorge nicht vorgesehen. Das konnte ich mir gut vorstellen. Weniger lebhaft wollte ich mir vorstellen, was Frau Sorge mit einem Jungen machen würde, der ihrer Meinung nach ihrer Tochter das Herz gebrochen hatte. Mütter wie Frau Sorge waren vermutlich der Grund, warum manche Kinder nie erwachsen wurden und auch noch mit Vierzig die Ansicht vertraten, niemand sei so gut wie Mutti.

Als ich gerade im Türrahmen zum Büro meines Chefs lehnte und sagte: »Naja, Liebeskummer hatten wir alle mal in dem Alter und haben es überlebt. Das erste Mal ist es halt besonders schlimm«, flatterte wie aus dem Nichts plötzlich Cosima Rockenfeller neben mir ins Zimmer, die vermutlich in ihrer etwas ungestümen Art die arme Frau Schäfer am Empfang einfach überrannt hatte.

»Guten Morgen, guten Morgen, was höre ich da? Du hast Liebeskummer, du Armes?«

Ich schüttelte heftig den Kopf und gleichzeitig die ausgestreckte Hand von Frau Rockenfeller. »Nein, glücklicherweise nicht ich, sondern meine Tochter. Aber das bekommen wir schon wieder hin«, beeilte ich mich zu sagen.

Herr Sorge kam mit einem Anflug von Panik in den Augen um seinen Schreibtisch herum. »Frau Rockenfeller, wie schön, Sie zu sehen. Es gibt hoffentlich nicht doch noch ein Problem mit dem Cover?«

Sie wedelte ungeduldig mit der Hand in der Luft und schnalzte mit der Zunge. »Später, Herr Sorge, später. Es gibt Wichtigeres im Leben, vor allem, wenn ein junges Herz gerade im Kummer ertrinkt.«

Ihre großen, grünen Augen sahen mich eindringlich an. »Marlene, es ist jetzt immens wichtig, dass deine Tochter ihre Gefühle ausleben darf.«

Naja, das tat sie ja ziemlich ungehemmt.

»Wenn sie ihre Verzweiflung, ihren Kummer, ihren Schmerz verbannt, kann das zu einem Riss in der Aura führen. Das kann sich auch viel später erst zeigen, weil dadurch auch die Energie um sie herum nicht richtig zum Fließen kommt. Ermuntere sie zum Schreien, am besten in einem geschützten Raum. In einer Kirche eventuell!«

Nein! Definitiv nicht! Wenn Sophie sich in der evangelischen Kirche unseres kleinen Ortes schreiend auf den Boden werfen würde, würde Pfarrer Heumann vermutlich bei seinem katholischen Kollegen einen geübten Exorzisten anfordern und wir könnten umziehen.

Auch Herr Sorge sah mich ganz erschrocken an. »In der Kirche? Aber das geht doch nicht.«

»Natürlich geht das!«, erklärte Cosima Rockenfeller resolut. »Wenn sich die Mönche dort früher gegeißelt haben, was glauben Sie, was das für unmenschliche Schreie waren. Die hätten Gott bis ins Mark erschüttern müssen.«

Bevor sie sich noch mehr in Rage reden konnte, fiel ich ihr ins Wort. »Ich denke, wir werden schon einen Weg finden. Sophie geht ja auch in den Konfirmationsunterricht, vielleicht hilft es ihr auch, dort mit jemandem darüber zu reden.«

Cosima schüttelte ihren Kopf so heftig, dass die blonden Locken flogen. »Nicht reden! Du kannst Gefühle doch nicht lösen, indem du darüber redest. Schmerz verschwindet nicht, wenn man ihn in Worte fasst. Man muss ihn leben, etwas zerstören, bevor er uns zerstört.«

Ich schielte zu meinem Chef hinüber, der sich mit banger Miene wieder hinter seinen Schreibtisch geflüchtet hatte. Vermutlich dachte er gerade darüber nach, seine Frau anzurufen und zu fragen, was er gegen diese Bedrohung innerhalb seines Büros tun sollte.

Besänftigend legte ich Cosima die Hand auf den Arm und bugsierte sie zu dem Besprechungstisch. »Aber Sie sind doch bestimmt aus einem anderen Grund gekommen, als über den Liebeskummer meiner Tochter zu sprechen? Gibt es Probleme mit dem Buch?«

Sie sah mich eindringlich an. »Wir waren schon beim Du! Cosima, du erinnerst dich?«

Ups, das hatte ich glatt vergessen.

»Natürlich, entschuldige. Aber gerade im Moment geht mir so vieles durch den Kopf. Also, was können wir für dich tun?«

Sie tätschelte mir die Hand und verkündete: »Ich habe DIE Lokäschen für meine Premierenlesung gefunden! Sagt man das heute so? Lokäschen?«

Ich nickte und sah sie gespannt an. »Ja, so nennt man das. Also, was schwebt dir da vor?«

Cosima strahlte über das ganze Gesicht. »Also, passt auf. Die Kirche in unserer Gemeinde, die hat direkt nebenan einen Friedhof und es gibt dort eine Art Gewölbekeller, der früher mal die Gruft einer großen, schwerreichen Familie war.«

Mir schwante Böses und ich sah aus den Augenwinkeln, wie Herr Sorge mit offenem Mund auf seinen Bürostuhl sackte.

»In meinem Buch geht es ja um viel mehr als um Ernährung und den Hunger der Seele. Es geht darum, was man mit falschem Essen dem Körper und der Seele antut. Treibt man das auf die Spitze, ist man tot. Also passt die Gruft doch hervorragend ins Bild.«

Ihre grünen Augen blitzten und sie malte mit den Händen in der Luft. »Mir schwebt vor, den Gang bis zu dem eigentlichen Kellerraum mit verdorbenen Lebensmitteln zu dekorieren und am Ende des Ganges, wenn deutlich wird, wie verfault unser Inneres durch diese Nahrungsmittel sein muss, findet man eine gesunde, grüne und vegane Oase vor. Stimmungsvoll beleuchtet. Und da lese ich dann. So kommen wir über das Umfeld direkt zur Kernaussage meines Buches.«

Selbst mir stand der Mund offen und ich wusste im ersten Moment nicht, ob ich lachen oder weinen sollte. Die Vorstellung, unsere Gäste und die Presse durch einen düsteren Gang mit verschimmeltem Fleisch und Käse zu jagen, war nur schwer in Worte zu fassen. Ob sich jemand bei diesem Anblick die Mühe machen würde, sich den Weg bis zu der grünen Oase zu bahnen, wagte ich zu bezweifeln.

Ich holte tief Luft und sah meinen Chef auffordernd an. »Ja, also, das ist eine interessante Idee und sehr anschaulich von dir dargestellt. Aber vielleicht doch etwas zu gewagt für eine Premierenlesung, meinst du nicht?«

Herr Sorge nickte heftig hinter seinem Schreibtisch und pflichtete mir bei: »Gewagt, ja. Sehr gewagt.«

»Vielleicht können wir so was mal als Event-Lesung ankündigen, in Kombination mit einer kleinen Auswahl an Gerichten, die du in deinem Buch vorstellst. Bei der Premierenlesung stehen ja du und dein Buch im Vordergrund, da sollte sich das Publikum nicht ablenken lassen von ... äh ... der Dekoration und der doch etwas eigenwilligen Umgebung«, fuhr ich fort.

Herr Sorge nickte wie ein Wackeldackel. »Sehr richtig, nicht vom Wesentlichen ablenken lassen.«

Cosima sah mich enttäuscht an. »Aber das Ambiente dort ist ganz besonders. Auf dem Friedhof sind direkt am Eingang neben der Gruft Gräber von zwei italienischen Familien. Die haben Fotos an den Grabsteinen, und wenn man die Bilder sieht, ist ganz klar, dass sich die armen Männer zu Tode gefressen haben.«

Herr Sorge schielte unauffällig auf seinen Bauch und zog ihn augenblicklich etwas ein.

Ich schenkte Cosima eine Tasse Tee ein, um etwas Zeit zu gewinnen und sagte sanft: »Das weißt du aber nicht mit Sicherheit. Stell' dir vor, du baust die Geschichte über diese beiden Personen in deine Lesung ein, und plötzlich erfahren wir den von Angehörigen, dass die Herren an einem Herzinfarkt gestorben sind. Das wäre absolut pietätlos.«

Sie nahm einen Schluck Tee und sah mich über den Rand ihrer Tasse leicht beleidigt an. »Wenn das tatsächlich so ist, dann haben sie den auch nur bekommen, weil sie zu fett waren. Die Fotos sind schon oval, damit die Kerle überhaupt drauf passen.«

»Lass' uns das mal genauer recherchieren und dann schauen wir, was wir damit anfangen können«, bat ich. »Und für deine Premierenlesung ... ein Freund von Carsten hat eine große Gärtnerei in der Nähe, mit wunderschönen Gewächshäusern. Dort werden Gemüse und Kräuter angebaut, und sonntags gibt es dort oft Kaffee und Kuchen, alles vegan. Stell' dir das mal für deine Premierenlesung vor – mitten im Grünen, umgeben von lauter gesunden, reifen Nahrungsmitteln und biologisch einwandfreiem Gemüse!«

Fragend sah ich Herrn Sorge an. Diese Idee war mir gerade gekommen, und ich hatte sie mit meinem Chef noch gar nicht abgestimmt. Doch der klatschte begeistert in die Hände und rief: »Perfekt!«

Cosima war jedoch noch nicht bereit, sich so schnell von der Idee mit der Gruft zu verabschieden und jammerte: »Aber vielleicht kann dieser Freund von deinem Mann ja auch den Kellerraum ausstatten. Tomaten sind ja Nachtschattengewächse, und feuchtwarm ist es da auch. Deswegen mussten die Toten ja umgebettet werden, weil es zu warm war und der Geruch bis nach ...«

»Ja, ich verstehe«, unterbrach ich sie schnell. »Aber Tomatenpflanzen sind auch sehr empfindlich, die kann man nicht so leicht transportieren.«

Cosimas Mundwinkel sackten immer weiter nach unten und mir war klar, dass wir wieder bei Punkt Null anfangen würden, wenn wir die Kuh nicht vom Eis bzw. die Autorin nicht aus der Gruft bekamen.

»Weißt du«, sagte ich nachdenklich. »Eigentlich passt die Aussage von deinem Buch auch gar nicht an so einen düsteren Ort. Du hast nicht nur Gewicht verloren, sondern dein Leben geändert. Du hast dich durch das Dunkel ins Licht gearbeitet. Wie eine Raupe, die zum Schmetterling wurde.«

Herr Sorge blinzelte irritiert, während Cosima geschmeichelt eine Locke um ihren Finger drehte.

»Was passt besser dazu als Licht, Sonne, Blumen und eben genau die Nahrungsmittel, die dir dafür den Weg geebnet haben?«, fragte ich und beugte mich vor.

Cosimas sah mich aus großen Augen gebannt an und klatschte dann so plötzlich in die Hände, dass ich zusammenfuhr. »Du hast Recht! Ich bin wirklich von der Raupe zum Schmetterling, vom hässlichen Entlein zum Schwan geworden – innerlich und äußerlich. Ich bin ins Licht getreten! Wir machen das in der Gärtnerei, und vielleicht finde ich ein paar schöne Schmetterlinge, die wir als Deko in die Tomatensträucher klammern können. Oder die vom Dach des Gewächshauses fliegen. Du bist ein Genie.«

Sie sprang auf, lief um den Tisch herum und umarmte mich heftig. Dann stürzte sie um den Schreibtisch herum und fiel auch Herrn Sorge stürmisch um den Hals. »Sie ist ein Genie. Mit welchem Engagement sich dieser Verlag um seine Autoren kümmert, ist einfach unbeschreiblich! Ich fühle mich so gut begleitet.«

Herr Sorge nickte leicht überfordert und schob sich seine Brille auf die Nase zurück. »Ja, wir tun, was wir können. Und sind unsere Autoren zufrieden, sind wir es auch, nicht wahr, Frau Schwarz?!«

Ich nickte zustimmend und Cosima segelte auf den Besprechungstisch zu und schnappte sich ihre Tasche. »Jetzt kann ich beruhigt zu meinem Meditationskurs gehen, ich kann innerlich loslassen. Danke, ihr Lieben, vielen Dank.«

Dann schwebte sie zur Tür hinaus und gurrte am Empfang noch ein überfreundliches »Auf bald« in Richtung Frau Schäfer, die ihr verkniffen nachsah.

Herr Sorge sah mich dankbar an. »Sie sind wirklich ein Genie, Frau Schwarz. Leiten Sie alles in die Wege, bevor sie es sich anders überlegt. Und wenn Sie die Neuerscheinungen für das Verlagsprogramm zusammengestellt und an die Druckerei weitergegeben haben, gehen Sie nach Hause! Sie haben sich einen frühen und ruhigen Feierabend heute mehr als verdient.«

Das Angebot nahm ich gerne an, allerdings fragte ich mich, ob der Feierabend wirklich so ruhig werden würde. Vor meinem geistigen Auge hatte ich eine Vision von Sophie, die Cosimas Rat beherzigte und ihren Gefühlen freien Lauf ließ. Göttlichen Beistand brauchte in diesem Fall wohl eher ich!

Kapitel 27

Auf dem Heimweg sammelte ich die überraschte Lena auf, die sich gerade von der Betreuungseinrichtung der Schule auf den Weg nach Hause machte, und wir legten einen Zwischenstopp im Eis-Café ein.

Während ich einen Simba-Becher, ein Spaghetti-Eis, einen Amarena-Becher und das größte Banana Split, das man dort zaubern konnte, zum Mitnehmen bestellte, rief Mario auf meinem Handy an. »Liebes, ich habe gerade bei dir im Verlag angerufen. Dein Chef wirkt irgendwie fertig. Ist alles ok? Er sagte, du wärst heute wegen einer familiären Notsituation früher gegangen?«

Ich klemmte mir das Handy zwischen Schulter und Ohr und reichte das Geld über die Tresen. »Naja, Notsituation ist vielleicht etwas übertrieben. Cosima hat uns heute den letzten Nerv geraubt, und da Sophie heute nicht in der Schule war, hat Herr Sorge mich früher in den Feierabend geschickt.«

»Warum war sie heute nicht in der Schule?«, fragte er besorgt. »Ist sie wieder krank?«

»Naja, so ungefähr. Es sieht im Moment wohl so aus, als wäre das mit Marc vorbei, und sie hat schrecklichen Liebeskummer.«

»Was?«, tönte es so laut aus dem Telefon, so dass ich fast taub wurde. »Warum hat mir niemand Bescheid gesagt? Oh Gott, das arme Lämmchen. Was sie jetzt braucht, ist eine Schulter zum Anlehnen. Keine Sorge, Marlene, ich bin schon unterwegs.«

Bevor ich Luft holen und antworten konnte, hatte Mario das Gespräch auch schon beendet und ich klappte den Mund wieder zu.

»War das Mario?«, fragte Lena, als wir zurück zum Auto gingen.

»Ja. Er ist auf dem Weg zu uns, um Sophie beizustehen. Vielleicht ist Eis doch nicht so eine gute Idee gewesen?«

»Warum nicht? In Sophies Serien essen immer alle Eis, wenn sie Liebeskummer haben.«

»Ja, im Film hat Eiscreme immer eine heilende Wirkung. Und wenn die Packung leer ist, gibt es ein Happyend oder die Prinzessin erkennt, dass der Held gar nicht so toll war, wie sie dachte, und reitet kurz vor dem Abspann mit dem nächsten Prinzen in den Sonnenuntergang«, erwiderte ich. »Aber wenn Mario jetzt den Seelentröster spielen will, wären vielleicht Taschentücher und Wodka angebrachter.«

Zu Hause empfing uns eine ungewohnte Stille. Ich stellte das Eis auf dem Esstisch ab, bat Lena, schon mal Löffel aus der Küche zu holen und ging die Treppe nach oben, um nach Sophie zu sehen. Die Zimmertür stand weit offen, Fenster und Rollladen waren geschlossen, und es sah nicht nur nach Bärenhöhle aus, es roch auch so. Ich atmete möglichst flach durch den Mund, öffnete schnell das Fenster und zog den Rollladen hoch. Dann schüttelte ich das völlig zerknautschte Bettzeug auf und machte mich auf die Suche nach meiner großen Tochter.

Im Arbeitszimmer im Keller wurde ich fündig. Sophie saß im Halbdunkeln auf der Couch, und im Fernseher lief in Endlosschleife eine ihrer Lieblingsszenen aus »The Vampire Diaries«, in der sich Damon (Vampir) und Elena (mal Mensch, mal Vampir, mal irgendwas dazwischen) unaufhörlich ihre Liebe gestanden. Die Tränen liefen ihr übers Gesicht und ihre Lippen bewegten sich synchron zum Dialog der Darsteller. Okay, das sah noch nicht wirklich besser aus. Vorsichtig setzte ich mich neben sie und gab ihr einen Kuss.

»Hallo Mäuschen, ich bin früher nach Hause gekommen. Lena und ich waren im Eis-Café und oben steht ein riesiger Banana Split-Becher für dich.«

Sophie warf mir einen wunden Blick zu. »Als Seelentröster, oder was? Als ob ein Eisbecher da helfen würde. So was gibt es doch nur im Film.«

Oje, selbst diese Illusion konnte nicht mehr aufrechterhalten werden. Ich wollte gerade zu einer Antwort ansetzen, als ich Marios Stimme oben im Flur vernahm. Nach einem kurzen Wortwechsel mit Lena kam er die Treppe hinuntergestürzt, bepackt mit Tüten und Taschen, und in der einen Hand balancierte er einen großen Eisbecher – Banana Split.

Vorsichtig setzte er sich auf Sophies andere Seite und nahm ihre Hand in seine. »Ich habe es schon gehört und bin sofort gekommen. Du armes Ding, wie konnte er dir das nur antun? Kriecht er wenigstens vor dir im Staub?«

Sophie wischte sich über das Gesicht. »Er meldet sich nicht, also kann er auch nicht kriechen. Vermutlich heult er sich bei dieser kulleräugigen Kuh aus.«

Mario sah mich verwirrt an. »Von wem reden wir gerade?«

»Marc hat was mit seiner Ex-Freundin!«, sagte Sophie und ihre Stimme zitterte.

»Das ist nicht dein Ernst!«, empörte sich Mario und nahm einen großen Löffel Banana Split.

»Das vermutest du«, sagte ich zu Sophie gewandt. »Ich bin nach wie vor der Meinung, du gehst da einer falschen Freundin auf den Leim.«

Sophie schob Marios Hand weg, mit der er ihr fragend den Eisbecher hinhielt und sah mich wütend an. »Ja, du bist auf seiner Seite. Du kennst ihn ja auch so gut und musst ihn immer noch verteidigen. Wenn er mich lieben würde, wäre er hier oder hätte sich gemeldet.«

»Da hat sie recht«, nuschelte Mario mit vollem Mund.

»Ich stehe nicht generell auf seiner Seite, ich bin nur der Meinung, dass das alles ein riesengroßes Missverständnis ist und ihr miteinander reden solltet. Und wenn er sich nicht meldet, dann mach' du den ersten Schritt.«

»Ich?«, rief Sophie empört. »Wieso denn ich? Ich habe doch nichts gemacht. Er rennt doch mit dieser Angelina-Kuh herum!«

Mario riss die Augen auf. »Angelina? Wie die von Brad Pitt? Dieser Name ist Programm!«

Ich warf ihm einen unfreundlichen Blick zu. »Das hilft gerade nicht wirklich!«

Sophie zog sich die Sofadecke bis unters Kinn und schluchzte: »Mir hilft überhaupt nichts mehr. Lasst mich alle nur in Ruhe.«

»Ein Weltuntergang, ich verstehe dich! Aber das lassen wir nicht auf uns sitzen! Du gehst jetzt mal duschen, ich mach' dir die Haare und dann schmieden wir Rachepläne. Dieser Kretin wird noch sein blaues Wunder erleben. Wir werden sein Herz zerquetschen und wenn ...«

Wildes Gekreische kam aus dem Fernseher und Mario zuckte erschrocken zusammen. »Können wir das mal ausmachen? Dieses Geschrei mit dem ganzen Blut macht mich immer völlig nervös.«

Sophie schüttelte den Kopf. »Nein, ich brauche das! So geht Damon mit allen um, die Elena jemals verletzt haben.«

Mario schluckte. »Also, das mit dem zerquetschten Herz – das habe ich mehr im übertragenen Sinn gemeint.«

»Lasst mich einfach alleine und ich will auch kein Eis. Ich will einfach nur meine Ruhe!«

Sie drückte auf ihr Handy und ich sah, dass der Flugmodus eingestellt war. »Sophie, wie soll er sich denn auch melden, wenn du nicht erreichbar bist? Vielleicht hat er es längst versucht.«

»Aber wenn er es nicht versucht hat, ist das mies. Also will ich lieber nicht wissen, ob er es versucht hat oder nicht.«

Ich verdrehte die Augen. »Das ist unlogisch!«

Sophie schoss einen wütenden Blick in meine Richtung ab und verschränkte die Arme vor der Brust. Mit zusammengekniffenen Augen starrte sie auf den Bildschirm, von dem gerade ein blutverschmierter Damon mit wildem Blick zurückstarrte. Vielleicht wäre ein bisschen göttlicher Beistand gar nicht so verkehrt, dachte ich mit einem mulmigen Gefühl, und ganz kurz kam mir der Vorschlag von Cosima in den Sinn.

Lena saß oben am Esstisch und futterte seelenruhig ihren Simba-Becher, während Sebastian, der zwischenzeitlich nach Hause gekommen war und sein Spaghetti-Eis schon verputzt hatte, begehrliche Blicke auf meinen halb geschmolzenen Amarena-Becher warf.

»Vergiss es«, sagte ich und schnappte mir den Eisbecher, von dem es schon tropfte. »Ich brauche Nervennahrung.«

»Ich auch«, sagte Mario abwesend und griff nach dem zweiten Banana Split, nachdem er seine Plastikschale im Mülleimer unter der Spüle entsorgt hatte.

Fragend zog ich die Augenbrauen hoch. »Warum du?«

»Weil ich ein mitfühlender Mensch bin! Da nimmt man jemanden mit offenen Armen in die Familie auf, öffnet sein Herz und wird menschlich dann so enttäuscht. Ich fühle mich auch hintergangen«, bemerkte Mario mit hängenden Mundwinkeln.

Ich rührte meine Amarena-Kirschen unter. »Ich bin nicht sicher, ob das wirklich alles so ist, wie Sophie sich das strickt.«

»Wie meinst du das? Er bandelt mit seiner Ex an und hat ihr das Herz gebrochen. So ähnlich muss sich die arme Jennifer auch gefühlt haben.«

»Jennifer?«

»Aniston!«

»Oh Mario«, stöhnte ich. »Du und deine Promis – ihr solltest wirklich mal das Bunte-Abo im Salon gegen irgendwas Vernünftiges tauschen.«

Beleidigt sah er mich an. »In unserer Beziehung ist Hartmut zuständig für klassische Literatur, meine Allgemeinbildung muss alleine schon wegen meiner Kundschaft breiter gefächert sein.«

Versöhnlich lächelte ich ihn an. »Schon gut. Aber hier wird gerade etwas aufgebauscht, was meiner Meinung nach eher harmlos ist. Angelinas Mutter leitet einen Schmuck-Vertrieb und hat die Kette für Marc und Emma besorgt. Als Dankeschön lädt Marc Angelina zum Eis essen ein und gibt ihr einen freundschaftlichen Kuss auf die Wange. Fertig! Mehr war da nicht!«

Mario zog skeptisch die Augenbrauen hoch. »Er geht gar nicht fremd?«

»Eher nicht. Das vermutet aber Sophie, weil er ihr nichts von dem Treffen erzählt hat. Naja, er hat wohl schon geahnt, was sie daraus machen würde.«

»Woher weiß Sophie dann überhaupt von dem Treffen?«, fragte Mario verständnislos.

»Weil eine Klassenkameradin in dem Eis-Café saß und gerade in dem Moment ein Foto geschossen hat, in dem Marc Angelina auf die Wange küsst. Und die hat natürlich nichts Eiligeres zu tun, als das Sophie direkt unter die Nase zu reiben. Mit ihrer blühenden Fantasie dichtet die sich dann den Rest dazu«, erklärte ich.

Sebastian stand kopfschüttelnd auf. »Wenn ich das so höre, schwöre ich den Frauen ab, ehrlich. Das braucht doch kein Mensch.«

Mario nickte zustimmend. »Ja, das habe ich mir vor Jahren auch gedacht. Diese Theatralik, diese Dramen, diese extreme Emotionalität ... das hätte mich auf Dauer völlig fertig gemacht.«

Sebastian sah mich groß an, aber ich schüttelte nur den Kopf und verbiss mir ein Grinsen. Mario lebte in der Beziehung mit Hartmut die Rolle der Diva voll aus. Letzte Woche hatte Mario ihn zu einem Thermomix-Abend geschleppt und Hartmut in arge Verlegenheit gebracht, weil ihn nahezu jeder Gang in völlige Ekstase versetzt hatte. Die allseits bekannte Szene aus »Harry & Sally« war kein Vergleich zu Marios überschwänglicher Begeisterung angesichts der Tomaten-Kokos-Suppe gewesen, und Hartmut hatte sich kettenrauchend und peinlich berührt auf den Balkon verzogen.

Ich stand auf und räumte gerade die leeren Eisbecher in den Müll, als die Tür aufging und Sophie aus ihrer Kellergruft geschlichen kam. Bei Licht betrachtet sah sie noch schlimmer aus als im Halbdunkeln des Kellers. Die Augen rot und geschwollen, die Nase ebenso, und ihre Haare – alleine der Anblick war für Mario ein Schlag ins Gesicht.

»Magst du vielleicht mal unter die Dusche springen?«, fragte ich vorsichtig. »Du fühlst dich bestimmt besser, wenn du auch mal was Frisches anziehst.«

»Ich geh' eh gleich wieder ins Bett«, murmelte Sophie und plumpste auf einen Stuhl.

»Aber du hast schon letzte Nacht in den Kleidern geschlafen. Zieh' doch wenigstens deinen Schlafanzug an.«

Sebastian rümpfte die Nase. »Das kann man auch riechen.«

»Lass' mich bloß in Ruhe, du Schmock. Ich rieche nichts.«

»Vermutlich hast du dich schon daran gewöhnt«, rief er und flüchtete die Treppe hinauf, bevor seine Schwester ihn zu fassen bekam.

»Na, komm schon«, sagte ich aufmunternd. »Einmal unter die Dusche und gut ist es. Mario knotet dir bunte Taschentücher in die Haare, dann hast du morgen schöne Locken.«

Sophie verzog keine Miene. »Wieso morgen?«

»Wenn du wieder in der Schule gehst«, sagte ich leichthin.

»Ich gehe nicht in die Schule«, erklärte sie bestimmt.

»Oh doch, du gehst. Es wird nicht besser davon, dass du hier zu Hause im Keller sitzt«, erklärte ich genauso bestimmt.

Von oben ertönte wildes Gekicher und Gepolter aus Lenas Zimmer. Sebastian hatte sich anscheinend erweichen lassen und spielte mit seiner kleine Schwester »Bibi & Tina«, und sie galoppierten wild durch das Zimmer. Der Flur stellte wie so oft den imaginären Wassergraben dar und war somit erklärtes Sperrgebiet.

Mario schwenkte auffordernd seine große Tasche und sah Sophie erwartungsvoll an.

»Als ob das helfen würde. Aber wenn ihr mich danach in Ruhe lasst – meinetwegen«, brummelte sie und schlich die Treppe hinauf.

Ein Aufschrei ertönte, gefolgt von lautem Gewieher und Gelächter. Sophie war wohl mitten durch den Wassergraben gelaufen und von Pferd und Reiter überrannt worden.

»Jetzt hört endlich auf, ihr seid so ätzend! Es ist total rücksichtslos, dass ihr hier so lacht und rumtobt. Es gibt hier nichts mehr zu lachen, versteht ihr«, brüllte Sophie, brach unmittelbar in Tränen aus und knallte mit einem heftigen Wumms die Badezimmertür zu. Immerhin, sie war im Bad.

Mario sah mich an und sagte: »Manchmal verstehe ich, warum Hartmut von einer Adoption nichts wissen will und glaubt, ich wäre damit völlig überfordert. Das erträgt man vermutlich nur bei seinem eigenen Fleisch und Blut.«

Nein, dachte ich entnervt, auch dann erträgt man das nur bedingt und in Kombination mit legalen Rauschmitteln.

Kapitel 28

Als die Kinder abends im Bett lagen, Sophie frisch geduscht und mit lauter bunten Taschentüchern in den Haaren, setzte ich Carsten bei einem Glas Rotwein ins Bild. Dass sich das nähere Umfeld um seine große Tochter herum in ein Minenfeld verwandelt hatte, war ihm natürlich nicht verborgen geblieben, allerdings fehlten ihm die entscheidenden Details.

Obwohl er meine Version der ganzen Geschichte für sehr wahrscheinlich hielt, stand er erwartungsgemäß völlig auf der Seite seiner Tochter. »Wenn ihm wirklich etwas an ihr liegen würde, hätte er sich schon gemeldet. Entschuldige Marlene, du hast mich damals in den Wahnsinn getrieben, weil du jedes Wort auf die Goldwaage gelegt hast. Hätte ich immer gewartet, bis du den ersten Schritt zur Versöhnung gemacht hättest, wären wir nicht über das erste halbe Jahr hinausgekommen!«

Ungläubig sah ich Carsten an. »Wo hast du denn den ersten Schritt gemacht? Wenn ich dir nicht so viele Hinweise gegeben hätte, hättest du oft gar nicht gemerkt, dass du was falsch gemacht hast!«

»Deine ‚Hinweise' ähnelten sehr denen von Sophie. Ignorieren des Offensichtlichen, Betonen des Unwahrscheinlichen, Schmollen, das Leid offen zur Schau tragen, und wenn gar nichts mehr ging, hast du mir den Ring in einem Briefumschlag geräuschvoll in den Briefkasten geworfen. Und wer, bitte, hat dann jedes Mal das Gespräch gesucht?«

»Ja, sicher«, rief ich, »weil du dann deine Fehler eingesehen hast. Und die hättest du gar nicht bemerkt, wenn ich dich nicht immer mit der Nase darauf gestoßen hätte.«

Carsten räusperte sich und sagte: »Wie auch immer ... wenn einem jemand wichtig ist, dann muss man nicht unbedingt auf seinem Standpunkt beharren. Dann kann man auch mal über seinen Schatten springen. Marc ist älter als Sophie und sollte doch schon eine andere Reife haben.«

Ich starrte Carsten an. »Genau über die Reife, die du jetzt gerne haben möchtest, hast du dir in anderer Hinsicht vor ein paar Wochen noch Gedanken gemacht.«

»Er ist Sophies erster Freund! Da ist doch klar, dass sie alles verunsichert und sie manches überbewertet. Wenn er das nicht versteht, dann ist er einfach nicht der Richtige für sie. Und dann ist es auch besser so. Lieber ein Ende mit Schrecken als ein Schrecken ohne Ende.«

Ich musterte meinen Mann über den Rand meines Weinglases hinweg. »Carsten«, sagte ich gedehnt, »das passt dir ganz schön in den Kram, oder?«

»Was meinst du?«, fragte er unschuldig.

»Ich meine, dass du dir ja jetzt keine Sorgen mehr machen musst, wie ernst oder nicht ernst diese Beziehung ist, denn sie ist ja vorbei. Und lieber lässt du deine Tochter da oben in ihrem Herzschmerz sitzen, als eventuell etwas zu unternehmen, damit es ihr besser geht.«

Carsten griff nach seinem Weinglas. »Klar kann ich was unternehmen. Ich gehe mit ihr bummeln, Eis essen, ins Kino. Was immer sie will.«

»Das meine ich nicht und das weißt du auch. Du könntest mal mit Marc reden – von Mann zu Mann. Da du ja offensichtlich schon damals bei uns beiden so unglaublich taktisch agiert hast, wäre es doch für dich eine Kleinigkeit, Marc die Tücken der weiblichen Psyche zu erklären, oder?«

Carsten betrachtete betont interessiert seine Fingernägel. »Das könnte ich, wenn es sich ergäbe. Aber ich will mich da nicht aufdrängen. Es geht mich ja letztlich auch nichts an, was er mit dieser Angelika hat. Ich muss mich um unsere Tochter kümmern und die Scherben aufsammeln, die er hinterlassen hat. Er soll sich besser von ihr fernhalten!«

Ich runzelte die Stirn. »Sie heißt Angelina, und hast du nicht gerade gesagt, wenn ihm was an Sophie liegen würde, wäre er schon längst hier gewesen? Wie soll das dann funktionieren, wenn er sich gleichzeitig von ihr fernhalten soll?«

Carsten lehnte sich zurück und verschränkte die Arme vor der Brust. »Er hatte jede Menge Zeit, mit ihr zu sprechen, ihr zu schreiben, anzurufen. Hat er aber nicht gemacht. Und jetzt hält er sich besser fern!«

»Sag ich doch – es passt dir genau in den Kram«, gab ich zurück.

»Ja, Marlene, vielleicht passt es mir in den Kram«, sagte er ruhig. »Aber ich bin schlichtweg nicht dazu bereit, mir den Kopf über Marc zu zerbrechen, wenn ich sehe, wie unglücklich Sophie ist. Und ganz ehrlich bin ich ein bisschen verwundert darüber, wie sehr es dich beschäftigt. Auch wenn unsere Große eine gewisse

Theatralik an den Tag legt; in einem hat sie recht: du bist IHRE Mutter. Marc hat eine eigene!«

Verstimmt nahm ich die Fernbedienung und schaltete den Fernseher ein. Ich wollte doch nur irgendwie vermitteln, warum verstand das denn niemand? Nach dieser Unterhaltung fühlte ich mich mal wieder in der Annahme bestätigt, dass Männer und Frauen einfach nicht die gleiche Sprache sprechen.

Immerhin ging Sophie am nächsten Tag tatsächlich wieder zur Schule und es waren nur zwei Tage bis zum Wochenende – das sollte auszuhalten sein. Allerdings stand am Samstag ein ganztägiger Workshop der Konfirmanden mit einem Besuch in einem Hospiz an und ich war mir nicht sicher, ob das jetzt gerade so günstig war. Sophie war entweder extrem aufbrausend oder brach bei jedem falschen Wort in Tränen aus. Beides schien mir nicht gerade die richtige Stimmungslage für den Besuch bei todkranken Menschen zu sein. Andererseits relativierte das ihren Kummer vielleicht ein bisschen und machte ihr klar, dass es Schlimmeres auf der Welt gab als ein gebrochenes Herz.

Von Marc kam immer noch keine Nachricht und ich wusste nur von Birgit, dass Emma hin und wieder mit ihm Kontakt hatte.

»Und, was sagt er so?«, fragte ich meine Freundin am Telefon.

»Nicht viel«, erwiderte Birgit. »Er habe mehrfach versucht, Sophie alles zu erklären, und sie hätte nicht zugehört, sondern sich komplett in dieses Betrugsszenario verrannt. Vielleicht wäre sie dann doch einfach zu jung. Den nächsten Schritt müsse eindeutig sie machen.«

»Da kann er lange warten. Und was heißt ‚zu jung'?«, erwiderte ich und stützte den Kopf auf meine Hand. » Sophie weiß im Moment selbst nicht, ob sie Fisch oder Fleisch ist. Das ganze Chaos, das in ihr tobt, auch in Worte zu packen, schafft selbst sie nicht.«

»Ja, das wissen du und ich, aber Marc ist erst siebzehn. Die Männer in unserem Alter schaffen es ja kaum, in einer Konfliktsituation gescheit zu argumentieren, was erwartest du da von einem Siebzehnjährigen?«

»Carsten kann schon argumentieren«, sagte ich und dachte an unsere Unterhaltung am vergangenen Abend.

Birgit lachte. »Carsten ist auch seit über zwanzig Jahren im Training, der kann das mittlerweile im Schlaf.«

Im Hintergrund ertönte gerade Emmas Stimme. Sie schlug vor, dass sie am Freitag bei uns übernachten und dann gemeinsam mit Sophie am Samstagmorgen zum Gemeindehaus gehen könne. Eine wunderbare Idee, fand ich, denn damit würde sich Sophies schlechte Laune beim Aufstehen vielleicht in einem erträglichen Rahmen halten.

Unerwartet spät kamen die beiden Mädchen am Samstagabend von dem Workshop zurück, und ich sah sie fragend an: »Das ging aber lange. Hattet ihr danach noch eine Abschlussrunde?«

»Nö«, antwortete Sophie einsilbig und ließ sich auf die Couch fallen.

Emma sah unschlüssig zwischen ihrer Freundin und mir hin und her. »Wir konnten alle direkt von dem Hospiz nach Hause gehen, aber wir sind ... ähm ... noch etwas geblieben.«

»Ach so«, sagte ich erstaunt. »Was habt ihr denn noch gemacht?«

Emma warf Sophie einen auffordernden Blick zu und diese seufzte genervt. »Du gibst ja doch keine Ruhe ... wir haben noch vorgelesen.«

»Ihr habt noch vorgelesen? Wem denn?«

Emma setzte sich auf den Teppich. Nachdem Sophie nur mit den Schultern zuckte, antwortete sie: »Da sind zwei Patientinnen, die keinen Besuch bekommen, oder zumindest nur sehr unregelmäßig.« Sie nestelte am Reißverschluss ihrer Jacke herum. »Naja, Sophie hat dann gefragt, ob wir etwas tun können, und die Leiterin des Hospiz', die uns vorher herumgeführt hat, meinte, es würde viele Menschen beruhigen, wenn sie eine Stimme hören würden. Man könnte einfach etwas Schönes vorlesen oder erzählen.«

»Und das habt ihr dann gemacht?«, fragte ich und spürte einen dicken Kloß in meinem Hals. Ich hatte Sophie erzählt, wie oft ich meiner Mutter am Ende vorgelesen hatte, als diese zu schwach für eine Unterhaltung gewesen war.

Emma nickte. »Ja, fast eine Stunde lang.« Ihre Augen glänzten. »Und weißt du was? Ich hatte das Gefühl, es hat sie wirklich beruhigt. Die Frau, bei der ich war, hat plötzlich ganz ruhig geatmet, nicht mehr so laut und angestrengt wie vorher.«

Ich fing den Blick meiner Tochter auf, und einen Moment lang hielt sie ihn fest.

»Das habt ihr gut gemacht«, sagte ich leise mit belegter Stimme.

Als Sophie den Kopf senkte, fragte ich: »Was hast du denn gelesen?«

»Ich hatte nur ‚Mieses Karma' in der Tasche«, sagte sie und verzog den Mund zu einem kleinen Lächeln. »Aber die anderen Bücher im Aufenthaltsraum waren alle so traurig. Da dachte ich, traurig ist es dort schon genug, dann lese ich lieber etwas Lustiges.« Sie zuckte wieder mit den Schultern. »Aber ich glaube auch, es hat Frau Moser gefallen. Sie hat mich die ganze Zeit nicht aus den Augen gelassen, als ich ihr vorgelesen habe.«

»Das hat den beiden Damen ganz bestimmt gefallen und es war unglaublich lieb von euch, dass ihr euch diese Zeit genommen habt. Manchmal sind es gerade solche kleinen Dinge, die die Welt von jemandem etwas schöner machen«, bemerkte ich bewegt.

»Gott, Mama, jetzt mach' nicht so eine große Sache daraus«, sagte Sophie unwirsch. »Ich habe nicht für den Weltfrieden gebetet, sondern nur vorgelesen.«

Emma stand auf und sah auf die Uhr. »Ich gehe dann jetzt mal nach Hause.« Sie wandte sich an mich. »Vielleicht gehe ich da jetzt ab und zu mal hin und lese vor. Es ist schon echt cool, was die da leisten, für all diese kranken Menschen.«

»Und du?«, fragte ich Sophie vorsichtig.

»Keine Ahnung, wenn ich Bock habe, vielleicht. Aber ich habe auch genug eigene Probleme und leider hilft es mir nichts, wenn mir jemand eine Geschichte vorliest.« Sie schnappte sich ihre Tasche, verabschiedete sich mit einer kurzen Umarmung von Emma und lief nach oben. »Love hurts« erklang kurz danach in voller Lautstärke und Emma schüttelte den Kopf. »Wenn sie sich wenigstens mal ablenken lassen würde. Aber jedes zweite Wort ist ‚Marc', wobei sie ihn abwechselnd verflucht und vermisst.«

Ja, dachte ich, nachdem ich die Tür hinter ihr schloss. Diese Wirkung haben Männer mitunter bis ins hohe Alter.

Kapitel 29

Ein paar Wochen später tobte sich der Herbst wettermäßig so richtig aus. Es stürmte und regnete, und als ich nach der Arbeit im Verlag noch kurz in den Supermarkt flitzte, reichte das kurze Stück vom Auto bis zum Eingang aus, um mich nass bis auf die Haut werden zu lassen. Bei Bo Derek in »10 – Die Traumfrau« hatte das damals noch einen gewissen erotischen Effekt gehabt; ich sah einfach nur aus wie ein begossener Pudel. Als ich nass und müde mit Lena nach Hause kam, war Sophie schon da.

Überrascht sah ich sie an. »Nanu, was machst du denn schon hier?«, fragte ich, während ich Lena zurückpfiff, die ihre matschigen Schuhe, die nasse Jacke und den Schulranzen mitten im Flur abgeworfen hatte.

»Physik ist ausgefallen«, erwiderte Sophie und sah mir zu, wie ich mich aus meinen nassen Klamotten schälte und Lenas Schuhe auf eine alte Zeitung stellte, auf der sich prompt der Kater niederlassen wollte. Nur unter Protest ließ sich Balou zur Seite schieben und tapste mit anklagendem Miauen unter den Esstisch.

»Kannst du die Einkaufstüten schon mal in die Küche tragen?«, bat ich Sophie und hing die Jacken an die Heizung.

»Die sind nass«, sagte Sophie angewidert.

»Ja! Es regnet oder vielmehr, es gießt in Strömen«, entgegnete ich gereizt. »Warum, glaubst du, sehe ich so aus?«

Sie zuckte mit den Schultern und trug eine der tropfenden Tüten in die Küche, wo sie sie mitten auf der Post abstellte, die auf der Küchentheke lag.

»Herrgott, Sophie!«, fluchte ich. »Das weicht doch alles durch.«

»Macht nix, ist eh nichts Wichtiges dabei.«

»Das kannst du ja wohl kaum beurteilen«, gab ich zurück und zog die Umschläge unter der Plastiktüte hervor.

Gleich der oberste Umschlag stach mir ins Auge, auch wenn der Absender leicht verwischt war.

Ich hob den Kopf. »Warum haben wir Post von deiner Schule?«, fragte ich betont ruhig und riss den Briefumschlag auf.

»Woher soll ich das wissen?«, sagte Sophie gelangweilt. »Ich hab' ja keine Ahnung, was drinsteht.«

Ich zog den Briefbogen aus dem Umschlag und überflog das Schreiben, während ich mir mit der anderen Hand die nassen Haare aus dem Gesicht strich. Ungläubig sah ich meine Tochter an.

»Du hast in Mathe eine 6 und eine 5 geschrieben? Du machst deine Hausaufgaben nicht und deine mündliche Mitarbeit ist 5? Kannst du mir erklären, was da los ist?«, fragte ich fassungslos.

»Das weißt du doch selbst«, gab Sophie patzig zurück, »Mathe ist eben nicht mein Ding.«

»Aber zwischen ‚es ist nicht dein Ding' und einer 5 oder 6 im Zeugnis ist ja wohl ein gewaltiger Unterschied«, rief ich laut. »Dein Mathelehrer will am Montag ein Gespräch mit mir!«

Mit ausdruckslosem Gesicht sah sie mich an und kaute auf ihrem Kaugummi. »Na, dann geh' halt hin.«

»Sophie, was soll das? Wo sind denn überhaupt die Arbeiten – ich habe nichts unterschrieben.«

»In meiner Tasche, und ich habe sie eben nicht unterschreiben lassen.«

»Aber dann war doch klar, dass hier irgendwann ein Brief ins Haus geflattert kommt.«

»Ja, klar. Aber das hat ja eine Weile gedauert. Außerdem, was soll ich denn machen, wenn ich einfach nicht verstehe, was Herr Michels da erklärt?«

»Was du hättest machen sollen?«, wiederholte ich entgeistert. »Naja, uns vielleicht mal etwas sagen, wäre eine Idee gewesen. Nachhilfe organisieren, mit jemandem vor den Arbeiten lernen – alles Möglichkeiten, die dir aber anscheinend nicht in den Sinn gekommen sind.«

»Du kannst echt immer nur meckern. Meine Noten sind ansonsten gut.«

»Sagst du! Bis zum nächsten Brief, den wir geschickt bekommen.«

»Danke für dein Vertrauen«, fauchte Sophie. »Weil ich ja in der Schule auch schon so viel Mist gebaut habe.«

Ich seufzte. So kamen wir nicht weiter.

»Nein, du hast bislang keinen Mist gebaut, aber es sieht dir gar nicht ähnlich, dass du Noten verheimlichst und in einem Fach so absackst. Ja, Mathe ist nicht dein Ding, aber bisher standest du zwischen 3 und 4, und somit war das auch kein Thema.«

Sie hatte den Kopf gesenkt und nestelte an den Ärmeln ihres Pullis herum. »Ich hatte eben andere Sachen im Kopf.«

Ich musterte sie schweigend und sagte dann leise: »Marc!«

Sie zuckte nur mit den Schultern.

Ich nahm den Wasserkocher aus dem Küchenschrank, ließ ihn unter dem Hahn halbvoll laufen und schaltete ihn ein.

»Habt ihr euch mal wieder gesehen?«, fragte ich beiläufig.

»Kurz.«

»Hast du gar nicht erzählt.«

»War auch nicht wichtig«, erwiderte sie, »er war beschäftigt.«

Das Wasser kochte sprudelnd auf, und mit einem Klack schaltete sich das Gerät ab. Ich nahm die Teekanne aus dem Schrank, füllte losen Tee in einen Filter und hing ihn in die Kanne.

»Aha. Womit denn?«

Sophie beobachtete mich, wie ich den Tee mit heißem Wasser übergoss.

»Mit Angelina.«

Ich sah sie an. »Was haben die beiden denn gemacht?«, fragte ich behutsam. Sich von seiner Ex-Freundin trösten zu lassen, war auch nicht wirklich geschickt.

»Sie waren bummeln, ausgerechnet. Wo Marc ja auch so gerne shoppen geht«, erwiderte sie verächtlich.

»Habt ihr miteinander geredet?«

»Ja, haben wir«, sagte sie mit einer vor Sarkasmus triefenden Stimme. »Also, Angelina hat geredet, Marc hat nur geglotzt. Es wäre so schön, mich kennenzulernen. Marc hätte so viel von mir erzählt.«

Ich trug die Teekanne, Tassen und die Dose mit dem Kandiszucker zum Tisch und setzte mich. »Vielleicht hat er das ja wirklich und sie hat es nur gut gemeint, um euch eine Brücke zu bauen.«

Sophie lachte verächtlich auf. »Weil ich auch über eine Brücke gehe, die von dieser Kuh gebaut wurde! Da gehe ich ja gleich baden.«

Dass mein eigen Fleisch und Blut so störrisch sein konnte, verblüffte mich doch ein wenig. Ja, ich war auch stur, nachtragend wie ein Elefant und konnte Carsten aus dem Stand jedes Detail unserer Streitereien in den vergangenen zweiundzwanzig Jahren runter beten, aber ich hätte es nie ausgehalten, mich so lange in meinen Schmollwinkel zurückzuziehen. Als Carsten und ich noch nicht zusammen gewohnt hatten, hatte ich ihm einmal einen Brief unter der Tür durchschieben wollen, weil ich zu wütend war, um persönlich mit ihm zu reden. Leider hatte er seine Wohnungstür mit Tesamoll abgedichtet, und nachdem ich erfolglos mehrere Minuten kniend mit dem Briefumschlag an seiner Wohnungstür herumgestochert hatte, riss er unvermutet die Tür auf. Ich hatte versucht, den Rest meiner Würde zusammenzukratzen und ihm den Brief mit den Worten in die Hand gedrückt: »Vermutlich ist er einfach zu dick, aber ich konnte mich nicht kürzer fassen.«

Als ich mich auf dem Absatz umdrehen und gehen wollte, hielt Carsten mich an der Hand fest und zog mich wortlos in seine Wohnung. Naja, eine Versöhnung braucht nicht immer Worte, manchmal sprechen Taten Bände.

Ich schenkte Tee ein und schob Sophie eine Tasse zu. »Okay, reden wir mal über die Schule. Gibt es noch etwas, was ich vor dem Gespräch mit Herrn Michels wissen sollte?«

Sophie schüttelte den Kopf und rührte Zucker in ihre Tasse. »Gehst du alleine hin?«

»Ja, vermutlich. Papa ist am Montag auf Geschäftsreise, sofern sich nichts geändert hat. Warum?«

»Müssen wir es ihm dann überhaupt erzählen?«

Ich trank einen Schluck Tee. »Ich mag deswegen nicht lügen. Und es hat dir auch noch niemand wegen einer schlechten Note den Kopf abgerissen. Du hättest einfach nur mal mit uns reden müssen.«

»Aber Papa fängt dann immer gleich mit seiner Predigt über Vertrauen an und wie enttäuscht er ist. Kannst du mir das nicht ersparen?«, fragte sie genervt.

»Das hättest du dir ersparen können, wenn du von Anfang an mit offenen Karten gespielt hättest, als es brenzlig wurde«, erwiderte ich. »Jetzt lass' uns mal hören, was Herr Michels am Montag sagt, und dann sehen wir weiter, ja?«

»Der ist total spießig. Bestimmt erzählt er alles ganz anders«, maulte Sophie.

»Ich dachte, der wäre noch recht jung. Hast du nicht mal gesagt, die Jungs aus deiner Klasse fänden ihn so cool?«, sagte ich erstaunt.

»Ja, die Jungs! Was die halt so cool finden. Außerdem verstehen die Mathe halt auch viel besser. Und der kann ausflippen, echt krass.«

Skeptisch sah ich Sophie an. »Wann ist er denn ausgeflippt?«

»Letzte Woche bin ich in die Schule gelaufen, und ich schwöre dir, ich hatte zwar die Kopfhörer auf, aber ich hatte keine Musik an, ehrlich! Ich war halt in Gedanken und bin über die Straße gelaufen. Da kam er mit seinem Auto voll schnell an und meinte, ich wäre ihm vors Auto gelaufen, und wenn er mich noch einmal mit den Kopfhörern auf der Straße erwischen würde, wären die weg.«

»Sophie, du weißt genau, was wir dir immer ...«, begann ich, aber sie unterbrach mich aufgebracht.

»Ja, ich weiß. Und ich habe KEINE Musik gehört. Er kann mir doch nicht einfach die Kopfhörer abnehmen. Außerdem ist das echt ätzend, dass er mich dann vor der ganzen Klasse anmacht. Das hätte er mir auch alleine sagen können.«

»Er kann dir die Kopfhörer abnehmen, weil du auf dem Schulweg warst und damit die Schule auch zuständig ist, wenn etwas passiert. Was hat er denn gesagt?«

»Meine Mathe-Note wäre zwar sehr unschön, aber ich müsste mich ja deswegen nicht gleich vors Auto werfen, und schon gar nicht vor seins, da würde niemand an einen Unfall glauben. Und das vor der ganzen Klasse! Der hält sich ja für so lustig!«

Na, das konnte ja heiter werden. Rationaler Mathematiker mit seltsamem Humor trifft auf gefühlsmäßig aus dem Ruder laufenden Teenager und ich durfte vermitteln.

»Ich komm schon mit ihm klar. Bisher hatte ich immer einen ganz guten Draht zu deinen Lehrern«, beruhigte ich Sophie und nieste zweimal kräftig. »Ich gehe jetzt mal heiß duschen und ziehe mir was Trockenes an, sonst bin ich am Ende noch auf einem Ohr taub und bekomme von dem Gespräch mit dem sagenhaften Herrn Michels nur die Hälfte mit.«

»Was vielleicht auch besser wäre«, murmelte Sophie, als ich die Treppe nach oben ging.

Kapitel 30

Am Montag stand ich pünktlich um dreizehn Uhr vor Raum 533 und wartete auf Herrn Michels. Die meisten Klassenzimmer waren schon leer und die dunkelroten Türen in dem ehemals wohl weißen Gang standen offen, nur Herr Michels hatte seinen Raum abgeschlossen. Plötzlich erschien Sophies Kopf am Ende des Ganges und sie lugte um die Ecke.

»Ist er schon da?«, rief sie leise.

»Würde ich dann vor der Tür stehen?«, fragte ich zurück. »Oder glaubst du, er hat mich stellvertretend für dich in die Ecke gestellt?«

Sophie kam mit Emma im Schlepptau langsam näher. »Sehr witzig.« Dann sah sie auf die Uhr. »Er ist unpünktlich«, stellte sie mit schadenfrohem Grinsen fest.

»Ja, aber das werden wir ihm nicht unter die Nase reiben, weil das nicht gerade eine diplomatische Gesprächseröffnung ist. Willst du mit reinkommen?«

Sophie sah mich an, als hätte ich sie gefragt, ob sie barfuß über glühende Kohlen laufen möchte. »Nein, sehe ich so aus? Der hat mich heute schon die ganze Zeit im Unterricht auf dem Kieker gehabt, das reicht.«

Emma grinste. »Du hast dich aber auch bewusst doof gestellt.« Sie wandte sich an mich. »Als Herr Michels sie aufgefordert hat, zusammenfassend den Satz des Pythagoras zu erklären, hat Sophie gefragt, ob er damit seine letzten Worte meinen würde.«

Ich sah meine Tochter streng an. »Prima! Genau heute, wenn ich das Gespräch mit ihm habe. Vielen Dank.«

Sophie lächelte mich unschuldig an. »Mir war nicht gleich klar, was er meinte.«

Da hörten wir plötzlich Schritte auf der Treppe, die energisch und schnell näher kamen.

»Oh Gott, das ist er«, rief Sophie und zog Emma mit sich in die entgegengesetzte Richtung. »Viel Glück.«

Zugegebenermaßen war mir etwas mulmig zumute und ich drehte mich erwartungsvoll in die Richtung, aus der die Schritte kamen. Auf den ersten Blick war ich angenehm überrascht. Ich konnte mich leider von dem weitverbreiteten Vorurteil nicht ganz frei machen, dass Mathematiklehrer immer ein leicht schrulliges Aussehen besaßen. Das traf jedoch nicht im Mindesten auf dieses

Exemplar zu, das da gerade mit großen Schritten auf mich zukam. Vielleicht würde das Gespräch gar nicht so unangenehm werden, dachte ich und musterte den Mathematiklehrer meiner Tochter. Er war groß, schlank und sportlich, und mit Sicherheit nicht älter als ich, eher ein paar Jahre jünger. Sein braunes Haar hatte er mit Gel modisch frisiert, was Mario sofort entzückt bemerkt hätte. Seine strahlend blauen Augen musterten mich jedoch kühl und distanziert und meine anfängliche Euphorie legte sich schlagartig. In seinem Gesichtsausdruck lag eine gewisse Arroganz und er blickte mich abschätzend an.

»Frau Schwarz, nehme ich an. Manfred Michels!«, begrüßte er mich mit einem festen Händedruck. M & M dachte ich und lächelte. Er sah mich stirnrunzelnd an und schloss den Klassenraum auf.

»Bitte!«, sagte er und hielt mir die Tür auf.

Ich trat ein und dachte, dass es rein optisch Schlimmeres geben konnte, als den Unterricht von Herrn Michels besuchen zu müssen. Er hatte eine gewisse Ähnlichkeit mit meinem damaligen Sportlehrer – Gott, war das eine Sahneschnitte gewesen. Braune Haare, grün-blaue Augen, braungebrannt und durchtrainiert. Letzteres hatte man im Sportunterricht nur allzu gut erkennen können. Herr Panz hatte damals die Ära eines neuen Lehrertyps eingeläutet und hätte einem Vergleich mit Zeki Müller alias Elias M'Barek problemlos standgehalten.

»Bitte setzen Sie sich«, unterbrach Herr Michels rüde meine Tagträumereien und deutete auf den Stuhl vor seinem Schreibtisch. Ich setzte mich gehorsam und sah ihn abwartend an, während er das Klassenbuch aufschlug und einige Unterlagen aus seiner Tasche zog.

»Ja, Frau Schwarz, Ihre Tochter hat wohl beschlossen, an meinem Unterricht nicht mehr teilzunehmen, sondern nur noch körperlich anwesend zu sein. Das könnte ich noch tolerieren, solange sie mich nicht stört. Was ich nicht toleriere, sind Unehrlichkeit und dumme Bemerkungen während meiner Stunden. Habe ich mich soweit klar ausgedrückt?«

Er hob den Kopf und sah mich durchdringend an. Okay, vielleicht war der Unterricht doch nicht so angenehm – ansprechende Optik hin oder her.

Ich zog die Augenbrauen hoch. »Sie sprechen Deutsch, Herr Michels, also kann ich Ihnen folgen.«

»Meine Schülerinnen und Schüler sprechen auch Deutsch, das heißt noch lange nicht, dass sie in der Lage sind, mir zu folgen. Also verzeihen Sie bitte, wenn ich nachfrage!«

Was für ein arroganter Sack, dachte ich wütend. Wenn der sich so im Unterricht gibt, ist mir klar, warum das mit Sophie nicht funktioniert.

»Herr Michels, reden wir Klartext. Mathe ist nicht Sophies stärkstes Fach, aber ich bin doch überrascht, dass ihre Leistungen so derart abgefallen sind. Mir geht es jetzt in erster Linie darum zu klären, woran das liegt und wie sich das im Zeugnis darstellt.«

Er verschränkte die Arme vor der Brust und lehnte sich zurück.

»Das kann ich Ihnen leicht beantworten. Ihre Tochter hält eine Mitarbeit nicht für notwendig, lässt sich lieber von ihrer Freundin die Haare flechten und hat beschlossen, dass Mathe nicht nur nicht mehr ihr Ding ist, sondern dass sie den Unterricht regelrecht boykottiert. Da Ordnungsrufe meinerseits immer nur eine kurzfristige Wirkung erzielt haben, sehe ich mich jetzt gezwungen, die nicht vorhandene Mitarbeit und die Störungen meines Unterrichts entsprechend zu benoten.«

»Und das bedeutet?«, fragte ich betont ruhig.

»Das bedeutet, dass Sophie im Zeugnis eine 6 bekommen wird – und wenn sich ihr Verhalten nicht ändert, im zweiten Schulhalbjahr auch«, erklärte Herr Michels ungerührt.

Ich starrte ihn erschrocken an. »Aber dann bleibt sie sitzen!«

Er zuckte mit den Schultern. »Das ist dann wohl so.«

Ich holte tief Luft. »Herr Michels, Sophie hat in allen anderen Fächern nur Einsen und Zweien, abgesehen von Physik und Chemie mit einer Drei. Die Noten in Mathe in diesem Halbjahr sind Ausrutscher, weil sie privat ... ähm ... sehr angeschlagen war und sie die Probleme einfach nicht aus dem Kopf bekommen hat. Wir werden dafür sorgen, dass sie ab sofort Nachhilfe bekommt und entsprechend unterstützt wird. Wäre da eine Fünf als Warnschuss nicht ausreichend?«, fragte ich mit trockenem Mund.

Herr Michels sah mich durchdringend an. »Frau Schwarz, ist jemand aus Ihrer Familie gestorben?«

Verwirrt sah ich ihn an. »Sie meinen vor kurzem? Nein, warum?«

»Hatte ein Familienmitglied einen Unfall oder hat Ihr Mann seinen Job verloren? Ist jemand unheilbar krank?«

Ich schüttelte den Kopf und verstand immer noch nicht genau, worauf er hinaus wollte.

»Dann frage ich mich, was Sophie so belasten könnte, dass sie meinem Unterricht nicht mehr folgen kann – und was für mich eine ausreichende Erklärung sein sollte, dies zu entschuldigen.«

Ich hätte ihm zu gerne gesagt, was ich von seinem arroganten und unverschämten Verhalten hielt, aber ich schluckte eine scharfe Erwiderung hinunter.

»Sie wissen doch, wie das in der Pubertät ist. Die Kinder wechseln fast stündlich ihre Stimmung und Kleinigkeiten werden zu riesigen Problemen. Wenn dann noch Liebeskummer dazukommt, ist alles zu spät.«

»Liebeskummer?«, fragte er ungläubig und sah mich an, als würde ich eine fremde Sprache sprechen.

»Ja«, sagte ich. »Sie wissen schon, Herzschmerz, himmelhochjauchzend und zu Tode betrübt.«

»Und das soll ich als Begründung akzeptieren? Die hormonellen Störungen der Schülerinnen und Schüler sind doch wohl kaum mein Problem und sollten im Unterricht auch keine Rolle spielen. Stellen Sie sich mal vor, wenn ich darauf Rücksicht nehmen wollte: da würde sich jede Woche ein anderer bei mir ausheulen«, fuhr er abwehrend fort.

Er nahm eine Seite aus seiner Mappe und schob sie mir über den Tisch. »Das ist der Förderplan, der für Ihre Tochter geschrieben werden musste. Sie soll sich zusammenreißen und eine gewisse Notwendigkeit sehen, sich an meinem Unterricht zu beteiligen. Sonst sehe ich im wahrsten Sinne des Wortes schwarz.« Herr Michels hielt einen Moment inne. »Eine passende Wortspielerei, finden Sie nicht auch?«

Ich war fassungslos und glaubte, jeden Augenblick explodieren zu müssen. »Mein Gott ...«, fing ich an, doch er fiel mir direkt ins Wort.

»Ja, das ist typisch. Wenn die eigene Erziehung versagt, dann fängt man an zu beten, und eine höhere Macht soll es dann richten. Ich kann Ihnen aus Erfahrung sagen, das funktioniert nur sehr selten.«

Ungerührt packte er seine Sachen zusammen und sah mich an. »Gibt es noch was?«

Ich stand auf und knallte meinen Stuhl unter das Pult. Vermutlich hätte Carsten hier wirklich geschickter agiert als ich, aber irgendetwas explodierte gerade in mir. Abgesehen davon - mit einer Sechs im Zeugnis hatte Sophie ohnehin nichts mehr zu verlieren.

»Wissen Sie, genau Menschen wie Sie bringen diesen Berufsstand so in Verruf! Es mag sein, dass Sophie sich in Ihrem Unterricht derzeit nicht korrekt verhält und nicht vernünftig mitarbeitet, aber interessiert Sie überhaupt, warum? Sie unterrichten hier Menschen und keine Roboter! Was bringt Sie also auf die Idee, dass Ihr Zuständigkeitsbereich nur der Unterricht ist? Ein guter Lehrer hat auch Themen wie menschliche und pädagogische Fürsorge auf dem Schirm, und wenn eine Schülerin, die sich vorher anders präsentierte, so völlig aus dem Ruder läuft, dann ist es auch seine verdammte Pflicht, zumindest mal das Gespräch zu suchen und sie nicht noch vor der Klasse vorzuführen!« Ich war völlig außer Atem und holte tief Luft, bevor mir Herr Michels ins Wort fallen konnte.

»Ich frage Sie andersherum: Haben Sie jemals mit Sophie direkt gesprochen?«

Er schüttelte irritiert den Kopf und öffnete den Mund.

»Haben Sie nach den Klassenarbeiten mal gefragt, wo das Problem lag und sich Zeit genommen, ihr vielleicht noch mal etwas zu erklären?«

Er schüttelte wieder den Kopf und versuchte erst gar nicht, zu antworten.

Meine Stimme wurde immer lauter. »Haben Sie mal daran gedacht, dass Ihr Unterricht für die Kinder nicht das Zentrum ihres Universums ist, in dem Sie als Lichtgestalt den Mittelpunkt darstellen, sondern dass sie aus ihrem alltäglichen Leben eben manchmal Dinge mit sich herumtragen, die sie aus der Bahn werfen und durcheinanderbringen?«

Herr Michels stand auf und klatschte mit den Händen auf den Tisch. »Frau Schwarz, ich muss doch sehr bitten!«

»Sie müssen mich überhaupt nicht bitten«, sagte ich wütend, denn ich war noch nicht fertig. »Sie sind doch an den Kindern als Mensch überhaupt nicht interessiert. Es geht Ihnen darum, sich mit den guten Noten Ihrer Schülerinnen und Schüler brüsten zu können, und wer nicht in Ihr Schema passt, ist raus. Es wäre ja auch viel anstrengender, mal ein aufmunterndes Wort zu finden oder die Schüler gar zu motivieren. Stattdessen ist es einfacher, diese......«

Ich kann nicht Arschloch-Nummer sagen!!

»... diese ...«

Ich brauche ein anderes Wort für Arschloch-Nummer! Lieber Gott, bitte, schick' mir eine Eingebung.

» ... diese Nummer abzuziehen, die das Schimpfwort für den verlängerten Teil Ihres unteren Rückens verdienen würde«, erklärte ich würdevoll und stapfte zur Tür.

»Für den verlängerten Teil meines ...«, wiederholte er verdattert, und jegliche Arroganz war aus seinem Gesicht verschwunden. »Frau Schwarz, warten Sie!«

»Danke!«, fauchte ich. »Ich finde alleine hinaus!«

Mit Nachdruck knallte ich die Tür hinter mir zu und lief durch das Treppenhaus auf den Schulhof. Was für ein Typ! Und sowas wurde dann auf unsere Kinder losgelassen, damit sie – gemäß den salbungsvollen Worten der Direktorin am Tag der Einschulung – nicht nur für die Noten, sondern auch für das Leben lernten. Was genau sollten sie von Lehrern wie diesem Michels lernen? Wo bekam man nur die nötige Arroganz her, um andere Menschen so klein zu machen und sich dann anscheinend besser zu fühlen?

Ich hatte den Eindruck, mir käme noch immer der Qualm aus den Ohren, als ich bei den Fahrradständern auf Sophie und Emma traf, die auf mich gewartet hatten.

»Und, wie ist es gelaufen?«, fragte Sophie und sah mich angriffslustig an.

»Das ist ein arroganter Mistkerl«, schimpfte ich und stampfte wütend auf den Parkplatz zu meinem Auto, während die beiden Mädchen versuchten, mit mir Schritt zu halten.

»Ich schätze, das bedeutet, nicht so gut«, keuchte Emma und sprang gerade noch rechtzeitig in den VW Bus, als die Schiebetür durch meine hektische Drückerei auf den Autoschlüssel wie ein durchgeknallter Fensterladen auf- und zuging. DAS war noch die Untertreibung des Jahres!

Kapitel 31

Carsten verzichtete nach meiner Schilderung am nächsten Tag darauf, meine diplomatischen Fähigkeiten zu kommentieren und sah mit Sophie gemeinsam die Klassenarbeiten durch.

»Ich kann das schon mit dir durchgehen, aber ich denke, deine Mutter hat Recht. Wir sollten jemanden finden, der dir regelmäßig Nachhilfe gibt. Anfangs vielleicht sogar zweimal pro Woche.«

Sophie sah geschockt zwischen ihm und mir hin und her. »Zweimal pro Woche? Jetzt auch zusätzlich zu dem ganzen Konfi-Kram? Wie soll ich das denn schaffen?«

»Nur für die erste Zeit«, beruhigte ich sie. »Wenn du wieder aufgeholt hast und es läuft besser, können wir das auf einmal pro Woche reduzieren.«

Sie zog ein langes Gesicht. »Und wer soll mir Nachhilfe geben?«, fragte sie übellaunig.

»Mal sehen«, antwortete ich betont heiter. »Ich höre mich mal um. Im Mathe-Förderkurs bist du ja ab Januar auch noch, aber ich hoffe, dass wir jetzt schnellstmöglich jemanden finden, damit wir bis dahin schon einiges auffangen können.«

»Du fragst aber doch nicht in der Schule nach, oder?«, fragte Sophie entsetzt. »Das bekommen dann auch meine Klassenkameraden mit.«

»Und denen entgeht, dass du in den Förderkurs gehst, ja?«, fragte ich gereizt.

»Das merken die ja erst nach den Ferien. Nachher machen da noch welche einen dummen Spruch und der Michels lacht sich tot.«

Dann hätten wir wenigstens ein Problem gelöst, dachte ich grimmig.

»Kommst du eigentlich zu dem Wandelkonzert am nächsten Freitag?«, fragte Sophie. »Emma und ich machen bei der Percussions-Gruppe mit. Wir haben mit Herrn Bachmann was mit kubanischen Congas und afrikanischen Djembes eingeübt. Klingt voll genial.«

Ich lächelte. »Ich komme mit Sebastian und Lena. Papa kommt erst spät zurück.«

Sebastian sah mich mürrisch vom Sofa aus an. »Warum muss ich mit?«

»Weil wir eine Familie sind und es gelegentlich schön ist, wenn wir Anteil an den Dingen nehmen, die der andere macht«, erklärte ich.

»Und das muss jetzt gerade das Wanderkonzert sein?«

»Wandelkonzert«, korrigierte ich. »Ja! Das ist eine schöne Sache und wurde vom Förderverein unterstützt. Deswegen muss ich mich da ohnehin sehen lassen. Außerdem habe ich Dienst an der Sektbar.«

Sebastian rollte mit den Augen, beließ es aber dabei. Wenigstens eine Diskussion blieb mir mal erspart.

»Also«, sagte ich munter und sah Carsten und Sophie an, »ich höre mich wegen der Nachhilfe um, und am Wochenende schaut ihr zusammen die Arbeiten durch und schreibt mal eine Liste zusammen, wo es überall hängt. Dann kann ich einem potentiellen Nachhilfelehrer zumindest schon mal sagen, was am dringendsten zu bearbeiten ist. Einverstanden?«

Beide nickten und fügten sich ergeben in ihr Schicksal. Was blieb ihnen auch anderes übrig?

Am Freitag traf ich mit Sebastian und Lena eine halbe Stunde vor Beginn des Wandelkonzertes in der Schule ein. Im Eingangsbereich stand eine große Tafel, auf der kunstvoll die Zeiten vermerkt waren, zu denen die unterschiedlichen Konzerte stattfanden. Die Idee hatte der Fachbereich Musik vor einem Jahr gehabt, und die Veranstaltung fand bereits zum zweiten Mal statt. In mehreren Klassenräumen wurden etwas zeitversetzt ganz unterschiedliche Musikstücke gespielt und man konnte durch die Räume »wandeln« und stehenbleiben, wo man wollte. In der Pausenhalle hatte der Förderverein eine Sektbar aufgebaut und die Schülervertretung verkaufte direkt daneben Laugengebäck. Die Eltern und Familien der Schülerinnen und Schüler freuten sich sichtlich auf die Veranstaltung und standen schon mit strahlenden Gesichtern um die Sektbar herum. Meine Schicht begann zum Glück erst in einer Stunde, sodass ich mich vorher in aller Ruhe umsehen und Sophie und Emma beim Trommeln zuhören konnte.

Birgit kam mir in dem Gewühl entgegen und sah mich lächelnd an. »Schön, dass ihr da seid. Hier ist ja der Teufel los. Wollen wir uns schon mal ein Glas Sekt sichern, bevor nachher nichts mehr da ist?«

Ich lachte. »Ja, gerne. Aber da ICH eingekauft habe, liegen genug Flaschen im Kühlschrank. Mach' dir keine Sorgen.«

Sie zwinkerte mir zu. »Dann bin ich beruhigt.«

Ich schlängelte mich hinter die Theke und begrüßte die anderen Eltern, die mit mir ehrenamtlich im Vorstand des Vereins arbeiteten, und die zufrieden den Ansturm an der Sektbar bewältigten.

»Bei manchen sollte man meinen, sie bekämen das erste Mal Sekt. Die trinken aus und stehen gleich wieder an«, brummte Markus Bassewitz, unser Kassenwart, belustigt.

»Gut für uns«, grinste ich, »dann klingelt es wenigstens in der Kasse.«

Ich schenkte für Birgit und mich zwei Gläser Sekt ein und legte das Geld in die Kasse.

»Prost«, sagte sie, »auf den Trommelwirbel unserer Töchter.«

Wir stießen die Gläser aneinander und nippten an dem Sekt.

»Für Wirbel zu sorgen, ist doch ihre zweite Natur«, seufzte ich und beobachtete Lena und Sebastian, die sich in der Schlange vor dem großen Korb mit Laugengebäck langsam nach vorne arbeiteten.

»Emma hat schon erzählt, es gibt Trouble mit dem Mathe-Michel«, meinte Birgit mitfühlend.

»Mathe-Michel gefällt mir«, kicherte ich. »Da hätte man ja glatt für heute Abend den ‚Holz-Michel' umtexten können.«

»Saß denn sein Kopf noch auf den Schultern, nachdem du mit ihm fertig warst?«, fragte Birgit erheitert.

»Gerade eben so. Ich fürchte, ich war nicht diplomatisch, aber deutlich. Jetzt werden wir uns um Nachhilfe für Sophie kümmern und schauen, dass wir wieder halbwegs in den grünen Bereich kommen. Dann hat dieser Arroganzling hoffentlich nichts mehr zu meckern.«

In diesem Moment griff Frau Marger, die Schulleiterin, zum Mikrofon und begrüßte alle Gäste. Sie bedankte sich überschwänglich beim Bürgermeister und dessen Frau für ihr Kommen und wies ausdrücklich auf das Engagement der Fachschaft Musik, der Schülerinnen und Schüler, der Schülervertretung und am Ende noch hastig auf die Unterstützung des Fördervereins hin, wofür es höflichen Applaus gab. Nachdem Frau Marger das Wandelkonzert offiziell für eröffnet erklärt hatte, verteilte sich die Menge auf die umliegenden Klassenräume. Sebastian und Lena erschienen mit einem Arm voller Laugenteilchen und ich sah sie ungläubig an.

»Für wen sind die denn alle? Glaubt ihr, wir verhungern in zwei Stunden?«

Sebastian grinste. »Lena konnte sich nicht entscheiden und Sophie hat gejammert, wenn sie fertig sei, wäre nichts mehr da. Also haben wir großzügig eingekauft.«

»Ja, das sehe ich. Ungefähr so wie ich bei den Sektflaschen«, bemerkte ich trocken.

Während Birgit und ich über den Flur flanierten und die unterschiedlichsten Musikstücke an uns vorbeizogen, entdeckte ich am Ende des Ganges die Gestalt von Herrn Michels.

»Schnell, lass' uns umdrehen«, zischte ich und packte meine Freundin am Arm.

»Was ist denn los?«, fragte sie verwundert. »Die »Crazy Bongos« sind dort hinten, wir müssen in den vorletzten Raum.«

»Da hinten ist der Michels«, zischte ich. »Das ist der Letzte, den ich heute sehen will!«

»Ach komm. Der wird uns in dem Gewühl überhaupt nicht bemerken. Und wenn doch, grüßt du höflich und gehst weiter«, beruhigte mich Birgit.

Ich starrte nach unten auf den Boden und folgte Birgit dicht auf den Fersen. Sebastian und Lena flitzten an uns vorbei und verschwanden in der vorletzten Tür am Ende des Ganges, und ich eilte ihnen mit gesenktem Kopf hinterher. Gerade als ich abbiegen wollte, rannte ich mit voller Wucht in einen breiten Rücken hinein, der mitten in der Tür stand. Atemlos hob ich den Kopf und starrte in die blauen Augen von Herrn Michels, der sich mit ärgerlichem Gesicht umgedreht hatte.

»Sie sind auch immer mit Volldampf unterwegs, nicht wahr, Frau Schwarz«, begrüßte er mich sarkastisch und trat ein Stück zur Seite. »Bitte«, sagte er und deutete eine übertriebene Verbeugung an. »Bevor Sie mir noch auf die Schultern springen, stellen Sie sich doch lieber weiter nach vorne, damit Sie auch etwas sehen.«

Mit hochrotem Kopf ging ich an ihm vorbei und stellte mich neben Birgit, die sich nur mühsam das Lachen verkneifen konnte. »Schon wieder ein Zusammenstoß? Wenn das nicht bald Gerede gibt«, flüsterte sie und zwinkerte mir zu.

Herr Bachmann trommelte mit seiner Gruppe zwei tolle und rhythmische Stücke, bei denen man kaum stillstehen konnte. Die Hände von Sophie und Emma flogen in einem schnellen Wechsel über die Congas und ihre Füße wippten lässig im Takt. Ich platzte fast vor Stolz und filmte begeistert mit meinem Smartphone, damit

Carsten sich später den Auftritt seiner Tochter anschauen konnte. Dieser afrikanische Beat ging einem ins Blut und auf dem Gang hinter mir fingen zwei Schülerinnen an zu tanzen. Schön, wenn man sich noch keine Sorgen machen musste, was die anderen von einem dachten, ging es mir ein bisschen wehmütig durch den Kopf, als ich den Blick von Herrn Michels auffing. Er zog fragend die Augenbrauen hoch und ich sah rasch in eine andere Richtung.

Sophie und Emma hatten eine kurze Pause und wir lauschten noch in ein paar andere Räume hinein, bevor ich mich langsam zur Sektbar aufmachen musste, um meine Schicht zu übernehmen.

»Ihr macht keinen Mist«, schärfte ich Sebastian und Lena ein. »Wenn ihr irgendwo stehenbleibt und zuhört, wird da nicht geblödelt, ist das klar? Ihr stört sonst das ganze Konzert. Wenn ihr keine Lust mehr habt, geht raus auf den Schulhof.«

Die beiden nickten brav und betont unschuldig, und Brigit versprach, besonders den kleinen Wirbelwind im Auge zu behalten.

Ich gesellte mich zu zwei anderen Müttern hinter die Sektbar und füllte im Akkord Gläser auf, kassierte und stellte die benutzten Gläser in einen großen Wäschekorb, den Markus jedes Mal nach unten in die Schulküche schleppte, wo wir eine große Spülmaschine benutzen durften.

Ich bereitete gerade eine Reihe Gläser mit Orangensaft vor, als mich eine tiefe Stimme fragte: »Ob ich wohl auch ein Glas Sekt bekommen könnte?«

Auch ohne dass ich aufsah, erkannte ich die Stimme von Herrn Michels, der mir einen Geldschein unter die Nase hielt. Ich stellte die Flasche ab und griff nach dem Geld: »Klar, für Geld bekommt man doch alles. Mit Orangensaft oder pur?«

»Bitte pur, wenn es keine Mühe macht.«

Ich verkniff mir jeden Kommentar und schenkte ihm ein Glas Sekt ein – randvoll, damit es keinen Anlass zur Kritik gab. Mit betont gleichmütiger Miene überreichte ich ihm das Glas und kramte in der Kasse nach dem Wechselgeld.

»Bitte schön und wohl bekomms«.

Ich wollte mich schnell wieder abwenden, da sagte er: »Frau Schwarz, hätten Sie einen Moment Zeit für mich?«

Irritiert sah ich ihn an. »Ich habe jetzt eigentlich hier Dienst, da ist es etwas ungünstig.«

»Ist schon okay«, sagte Markus hinter mir. »Die Gläser laufen unten noch durch und ich kann kurz für dich übernehmen.«

Ich folgte dem Mathelehrer meiner Tochter also mit einem mulmigen Gefühl im Magen an die Seite. Jetzt bekam ich vermutlich die Quittung für meinen Ausbruch in der letzten Woche.

Herr Michels räusperte sich. »Ja, also, um noch mal auf unser Gespräch in der vergangenen Woche zurückzukommen ... ich habe mir alle Tests aus diesem Halbjahr – auch die Hausaufgabenkontrollen – nochmals angeschaut und das hier für Sophie zusammengestellt.«

Er überreichte mir eine Mappe mit fein säuberlich sortierten Unterlagen. Verblüfft sah ich ihn an.

»Das sind meiner Meinung nach die Themen, die ihr schwergefallen sind und die sie mit Hilfe eines Nachhilfelehrers aufarbeiten sollte«, redete er schnell weiter. »Haben Sie denn schon jemanden gefunden?«

»Ähm«, sagte ich nicht besonders intelligent, »nein, also, ich wollte nachher mal hier am Schwarzen Brett schauen.«

Herr Michels schüttelte leicht den Kopf. »Ich habe bereits in meinem LK nachgefragt, aber die stecken alle in den Abiturvorbereitungen und haben den Kopf dafür nicht frei.« Er zögerte kurz. »Wenn ich Ihnen etwas vorschlagen dürfte: ein Freund von mir am Taunus-Gymnasium in Oberursel hat nebenbei eine Nachhilfeschule und immer einen Pool an älteren Schülern und Studenten, die in ganz verschiedenen Fächern Nachhilfe geben können. Wenn es Ihnen Recht ist, frage ich mal nach, ob jemand dabei ist, der für Sophie in Frage käme.«

Ich konnte ihn nur mit offenem Mund anstarren. Was war denn mit dem passiert? Das klang ja unerwartet nett.

»Ja, äh ... danke, Herr Michels. Das wäre wirklich eine große Hilfe«, stotterte ich und trat verlegen von einem Fuß auf den anderen.

»Wo Sie gerade unser Gespräch von letzter Woche erwähnen - ich habe vielleicht auch etwas überreagiert, als ich sagte ...«

Ich darf nicht Arschloch-Nummer sagen!

»Naja, als ich Ihr Verhalten ...«, verhaspelte ich mich wieder.

Mein Gott, es muss doch irgendeinen gesellschaftlich akzeptablen Ausdruck für Arschloch-Nummer geben, dachte ich verzweifelt.

»Als Sie mein Verhalten als pädagogisch und emotional inakzeptabel beschrieben haben«, erklärte er mit einem süffisanten Lächeln.

Ich spürte, wie mir die Röte langsam ins Gesicht kroch und nickte. »Genau! Das war vielleicht ein bisschen zu heftig. Und ich bin Ihnen wirklich sehr dankbar, dass Sie uns jetzt mit den Unterlagen und bei der Suche nach einem Nachhilfelehrer so unterstützen.«

An der Sektbar war immer noch reger Betrieb und ich sah, wie Markus mir ein Zeichen machte. »Ich glaube, ich muss zurück hinter die Theke«, meinte ich und lächelte vorsichtig.

Er nickte. »Ja. Und wenn Sophie noch Fragen zu den Unterlagen hat, kann sie mich gerne jederzeit ansprechen. In der Pause oder nach der Schule; es muss ja nicht vor der ganzen Klasse sein.«

Immer noch perplex nickte ich und wandte mich zum Gehen. Da berührte er mich leicht am Arm. »Frau Schwarz?«

Mit einem Blick über die Schulter sah ich ihn fragend an. »Ja?«

Ein leichtes Lächeln erschien auf seinem Gesicht. »Im Übrigen bin ich kein Arsch!«, bemerkte er und zwinkerte mir zu.

Kapitel 32

Anhand der kopierten Klassenarbeiten und der Unterlagen von Herrn Michels ackerten Carsten und Sophie jedes Wochenende schon mal einen kleinen Teil der Aufgaben durch – eine Notlösung, die für den Familienfrieden äußerst wenig zuträglich war. Nach einer halben Stunde fing ich langsam an, von zehn rückwärts zu zählen, und Sebastian, Lena und ich schlossen schon Wetten ab, wer von den beiden zuerst völlig entnervt und Türen knallend das Arbeitszimmer verlassen würde.

An dem Wochenende vor dem ersten Advent kamen sie jedoch beide gleichzeitig aus dem Keller nach oben gestürmt, Sophie in Tränen aufgelöst, Carsten schäumend vor Wut.

»Der Papa hat überhaupt keine Geduld«, heulte Sophie und warf sich auf die Couch. »Der schreit immer gleich rum.«

Carsten war hochrot im Gesicht. »Ich schreie überhaupt nicht gleich! Ich erkläre etwas mehrmals klar und deutlich und sie googelt nebenbei, wann die nächste Staffel von ‚Vampire Diaries' gedreht wird! Da komme ich mir echt verarscht vor.«

»Du bist schon genervt, wenn wir anfangen, und da traue ich mich ja schon nicht mehr zu fragen.«

»Du machst unter der Woche noch nicht mal die Übungsaufgaben, die wir abgesprochen haben«, hielt Carsten ihr vor. »Natürlich bin ich dann sauer, weil ich am Wochenende mit dir jedes Mal wieder bei null anfange. Glaubst du, ich habe keine anderen Hobbies?«

»Ach, entschuldige«, antwortete Sophie mit einer Stimme, triefend vor Sarkasmus, »ich wusste nicht, dass ich dein ‚Hobby' bin. Schön zu wissen, welchen Stellenwert ich als deine Tochter habe.«

»Jetzt komm' mir nur nicht so«, donnerte Carsten laut, und ich schloss hastig das Küchenfenster, weil sich unsere Nachbarin schon unnatürlich lange an ihrer Mülltonne vor dem Haus aufhielt. »Ich habe teilweise eine 70-Stunden-Woche und kann wohl erwarten, dass du zumindest konzentriert mitarbeitest, wenn ich mich dann am Wochenende mit dir hinsetze und lerne!«

»Dann lass' es doch einfach«, gab Sophie patzig zurück. »Es wird sich ja wohl mal jemand als Nachhilfelehrer melden und dann falle ich dir nicht mehr zur Last.«

»Könntet ihr beide bitte mal aufhören«, unterbrach ich die Streithähne. »Ihr werdet doch mal ein oder zwei Stunden miteinander lernen können, ohne euch in den Haaren zu liegen.«

Carsten sah mich böse an. »Fall' du mir nur auch noch in den Rücken. Ich habe allerdings keine Lust mehr, mich hier anzicken zu lassen.« Er wandte sich an Sophie. »Du hast die Unterlagen und die Aufgaben, sieh' zu, wie du alleine klarkommst.«

Sie warf ihre langen blonden Haare zurück. »Na und? Dann mache ich das halt mit Mama.«

»WAS?« Alarmiert fuhr ich herum. »Wieso denn mit mir?«

»Weil Papa mich hängen lässt!«

»Ich lasse sie nicht hängen, aber deine Tochter ist nun mal so schwierig!«

»Weil du immer gleich schreist!«

»Ich schreie NICHT immer gleich«, brüllte Carsten so laut, dass Balou trotz seiner Schwerhörigkeit vom Kratzbaum flüchtete.

»Da, bitte«, sagte Sophie. »Jetzt brüllst du ja gerade schon wieder.«

Carsten schüttelte den Kopf. »Ich gebe es auf. Ihr macht mich verrückt.« Er knallte seinen Stift auf den Tisch. »Ich gehe laufen.«

»Ich gehe in mein Zimmer!«

»Ich gehe raus«, rief Sebastian, der sich außer Reichweite des Stimmungstiefs bringen wollte.

Lena kam zu mir in die Küche und schob ihre Hand in meine. »Und wo gehen wir hin?«, fragte sie und sah mich treuherzig an.

Ich zog meine kleine Tochter in die Arme und vergrub die Nase in ihren Haaren. »Weißt du was? Wir beide gehen ins Kino! Sollen die sich doch alle hier die Köpfe einschlagen!«

Lena strahlte über das ganze Gesicht. »In echt? Gucken wir ‚Bibi & Tina – Mädchen gegen Jungs'?«

»Den Film hast du doch schon gesehen.«

»Das macht nix, dann gucke ich ihn noch mal. Und dabei futtern wir Popcorn, bis wir platzen.«

Na, das klang doch echt gut. Geplatzt war heute zu Hause auch definitiv schon genug.

Als ich drei Stunden später mit Lena aus dem Kino kam, vollgefuttert bis unter die Ohren mit Popcorn, aber immer noch heil, herrschte im Haus Totenstille. Lena sah mich fragend an. »Wo sind die alle? Ist Papa so lange laufen?«

»Das würde mich wundern – so lange kann er sich selbst über Sophie nicht ärgern. Genießen wir einfach die Ruhe, solange sie anhält.«

Ich setzte mich an den Esstisch und klappte mein Laptop auf.

»Was machst du jetzt?«, fragte Lena und kletterte auf meinen Schoss.

»Ich schreibe jetzt eine Email an den Mathe-Michel und höre mal, wie weit er mit seinen Bemühungen in Sachen Nachhilfelehrer gekommen ist. Sonst muss ich mich wirklich anderweitig umhören.«

Lena lehnte sich gegen mich. »Marc hat ihr immer gut geholfen.«

»Ja«, antwortete ich bedauernd. »Aber der bewegt sich nicht mehr in Sophies Umlaufbahn, also müssen wir eine andere Lösung finden. Aber damit können wir uns jetzt nicht mehr viel Zeit lassen.«

Während ich an möglichst höflichen und unverfänglichen Formulierungen für meine Email an Herrn Michels feilte, verlor Lena die Lust, mir dabei zuzusehen und trollte sich in ihr Zimmer. War »Lieber Herr Michels« schon zu vertraulich? Aber »Sehr geehrter Herr Michels« kam mir zu distanziert vor – schließlich war er ja kein Arsch, dachte ich belustigt und entschied mich für »Hallo, Herr Michels«.

Höflich fragte ich an, ob er denn schon Gelegenheit gehabt hätte, seinen Freund aus Oberursel zu kontaktieren, bzw. ob sich denn schon ein Schüler oder Student gemeldet hätte. Sophie hätte angefangen, die Aufgaben aus seinen Unterlagen mit ihrem Vater durchzuarbeiten, aber ich wollte diesen aufgrund seines zeitintensiven Berufes dauerhaft nicht noch mehr strapazieren.

Das erschien mir diplomatisch genug, und die Wortgefechte, die sich Vater und Tochter lieferten, wollte ich lieber für mich behalten. Ich drückte auf »senden« und lehnte mich erleichtert zurück. Dann zückte ich mein Smartphone, um nachzuforschen, in welche Himmelsrichtungen sich denn die übrige Familie zerstreut hatte. Erst da sah ich, dass ich eine Nachricht von Mario bekommen hatte und las:

Deine Familie ist bei mir, zumindest der komplizierte Teil. Carsten heult sich bei Birgt aus und Sophie versucht, mir eine Gleichung zu erklären, bei der ich nur a, b und c verstanden habe. Abholen asap erwünscht!

Ich schrieb zurück:

Bin gerade erst mit Lena nach Hause gekommen. Dauert noch einen Moment. Du schaffst das schon!

Liebes, die sind alle geschäftsschädigend, wenn sie so böse Gesichter machen. Nachher denkt meine Kundschaft noch, ICH wäre schuld an Carstens Haarausfall. Beeil' dich!

Ein kleiner Ausflug zu Birgit und Mario – warum nicht. Ich wollte gerade Lena rufen, als mir einfiel, dass ich noch keinen blassen Schimmer hatte, wo sich Sebastian herumtrieb. Also schickte ich eine Nachricht an meinen verlorenen Sohn.

Hey du, hier ist Mama. Wo bist du denn? Sind vom Kino zurück, und ich fahre jetzt mit Lena zu Mario. Papa und Sophie sind auch da. Willst du mit?

Mama, du musst nicht immer schreiben, dass du es bist. Das sehe ich! Bin bei Nico und komme gegen sieben heim.

Ich suchte in den blöden Emojis mal wieder vergeblich nach dem ‚Daumen hoch'- Zeichen und schrieb daher nur: Ok

Gerade als ich mein Laptop zuklappen wollte, wurde eine neue Email vom Mathe-Michel angezeigt. Das ging aber schnell, dachte ich erfreut.

Liebe Frau Schwarz, begann er in seiner betont liebenswürdigen Art, *es muss gar nicht sein, dass Sophie die Aufgaben mit ihrem Vater macht. Ich will ja nicht Ihren Mann benoten, sondern Ihre Tochter. Sie möchte bitte die Aufgaben, die sie unter der Woche gemacht hat, freitags bei mir abgeben und ich schaue sie mir an. Montags nach der 6. Stunde bespreche ich diese dann mit ihr. Das sollte auch dem Familienfrieden zuträglicher sein, und mir ist es letztlich egal, ob Ihre Tochter auf mich sauer ist oder nicht.*

Wegen des Nachhilfelehrers hat mein Freund Ihre Handynummer an zwei potentielle Kandidaten weitergeben, die sich jetzt zeitnah bei Ihnen melden sollten. Sollte das nach dem Wochenende noch nicht erfolgt sein, bitte ich um Info – dann gibt es auf die Mütze. Gruß, Manfred Michel

Das ist schon ein schräger Kautz, dachte ich belustigt und rief nach Lena, mit der ich mich dann auf den Weg machte, um die restliche Familie einzusammeln.

Im *Haarscharf* angekommen, verschwand Lena sofort im Lagerraum und schleppte einen der Frisierköpfe und das pinkfarbene Frisierset nach vorne, das Mario ihr letztes Jahr zu Weihnachten geschenkt hatte. Als sie den etwas grotesk geschminkten Plastikkopf mit den weit aufgerissenen Augen an den Haaren vor sich hertrug, zuckte eine Kundin am Waschbecken erschrocken zusammen. Man hätte wirklich vermuten können, es stünde eine Guillotine im Hinterzimmer. Mario bemerkte den erschreckten Blick seiner Kundin und sagte: »Keine Panik, Frau Schneider. Echthaar heißt in dem Fall nicht, dass dieses noch mit dem Originalkopf der Spenderin verwachsen sein muss. Bis auf die Haare ist alles aus Plastik.«

Frau Schneider entspannte sich etwas, beäugte aber Lenas Treiben mit sichtbarem Misstrauen. Lena ließ sich davon nicht aus der Ruhe bringen, platzierte den Kopf auf einen der freien Stühle und fing seelenruhig an, Zöpfe zu flechten. Als sich der Plastikschädel immer wieder in die falsche Richtung drehte, gab sie ihm einen Schlag auf den Hinterkopf. »So kann ich nicht arbeiten! Halt' doch mal still!«, sagte sie streng und Frau Schneider riss die Augen auf.

»Was sich die Kleinen in dem Alter bei ihrem Spiel so alles ausdenken«, beeilte sich Mario zu sagen. »Als ob man so mit seinen Kunden umspringen würde.«

»Ja, ja«, sagte Frau Schneider gedehnt und verfolgte jede seiner Bewegungen misstrauisch im Spiegel. Mario flatterte um seine Kundin herum und versuchte sie davon abzulenken, dass Lena die Haarnadeln gerade mit voller Wucht in das Plastik rammte. »So, jetzt gehen die auch nicht mehr auf«, meinte die kleine Friseurin in spe zufrieden.

»Nein«, sagte ich trocken. »Im wirklichen Leben hättest du jetzt gerade mit einem Schlag alle wichtigen Funktionen des Gehirns ausgeschaltet.«

Mario sah mich mit funkelnden Augen an. »Marlene, gerade komme ich mir so vor, als hätte ich Besuch von der Adams Family«, sagte er leise und betont. »Magst du nicht mal Birgit ‚Hallo' sagen und schauen, ob Sophie schon eine Bastelanleitung für Voodoo-Puppen gefunden hat?«

Ich verstand seinen Wink und machte mich grinsend auf den Weg nach nebenan. »Wenn Lenalein stört, schick' sie einfach rüber«, rief ich noch keck um die Ecke, als meine kleine Tochter die nächste Haarnadel mit voller Wucht in dem Frisierkopf versenkte.

Sophie schmökerte in Birgits Buchladen in einem Stapel Fantasy Romane. Carsten saß neben ihr in der Sitzecke, hatte die Augen geschlossen und schnorchelte leise mit offenstehendem Mund vor sich hin. Kopfschüttelnd sah ich ihn an und umarmte meine Freundin herzlich.

»Danke, dass du sie hier alle aufgenommen hast. Das war heute Mittag nicht mehr zu ertragen. Aber der Mathe-Michel hat geschrieben, es würden sich in den nächsten Tagen zwei potentielle Nachhilfelehrer melden. Die Chancen, dass wir also alle gemeinsam Weihnachten feiern, stehen gut.«

Birgit grinste schelmisch. »Cool. Machen wir ein Casting?«

»Ja! Und in diesem Fall geht der Hauptgewinn an den mit Abstand unattraktivsten Kandidaten.«

»Warum? Gönn' deiner Tochter doch wenigstens ein bisschen Spaß dabei.«

»Nix da«, sagte ich bestimmt. »Je hässlicher der Nachhilfelehrer, umso weniger wird sie abgelenkt. Dann guckt sie mehr in die Bücher, arbeitet zügig, damit er schnell wieder verschwindet und alles wird gut.«

»Mit Marc hat das immer gut geklappt, oder?«

»Ja, mit Marc schon«, antwortete ich bedauernd und sah mich um, ob Sophie unser Gespräch hören konnte, »aber der war echt eine Ausnahme, in jeder Hinsicht.« Wehmütig sah ich Birgit an. »Und wie lieb er sich immer mit Lena beschäftigt hat. Sebastian fand ihn auch so cool. Wir haben uns alle wirklich schnell an ihn gewöhnt.«

Birgit lächelte eine Kundin hinter mir freundlich an, packte das Buch in eine Tragetasche und tippte den Betrag in die Kasse ein. »Auf Wiedersehen, Frau Moor, und viel Spaß damit.«

Die ältere Dame nickte und zwinkerte uns zu. »Ei sicher. Denken Sie nur, ‚Shades of Grey' hatt' ich in einer Woche dorsch. Mein Hermann sacht zwar, des is' alles Schweinskram, aber mer is' nie zu alt für e bissi Spass, oder?«

Verblüfft sah ich ihr nach. »Was hast du ihr da verkauft?«, fragte ich neugierig. »Das will ich auch.«

Birgit grinste. »Die arbeitet sich durch das komplette Erotik-Angebot. Gerade ist sie in die ‚Before' und ‚After'-Reihe eingestiegen.«

Ich lachte. »Und da muss ihr Hermann jetzt vermutlich seine Werkstatt räumen und ein Spielzimmer einrichten, nehme ich an.«

Birgit klimperte mit den Augen. »So eine Werkstatt kann in gewisser Weise auch ein Spielzimmer sein, Frau Schwarz. Ein bisschen mehr Fantasie hätte ich dir schon zugetraut.«

»Die kann ich erst wieder entwickeln, wenn die drei Terrorkäfer ausgezogen sind und ich nicht jedes Mal damit rechnen muss, beim ‚Spielen' erwischt zu werden. Und nein, bevor du fragst, das hat nicht den gleichen Kick wie in der Umkleidekabine im Kaufhaus.«

Birgit brach in schallendes Gelächter aus und sah auf die Uhr. »So, Feierabend! Endlich! Ich schließe nur mal kurz vorne ab. Trinken wir noch einen Sekt?«

Ich wollte gerade antworten, als Carsten wie von der Tarantel gestochen aus dem Sessel hochschoss. Erschrocken sah ich ihn an, bis ich bemerkte, dass sein Handy klingelte. Verschlafen drückte und wischte er auf dem Display herum und brummelte: «Ja?«

Ich hob fragend die Augenbrauen, doch er nickte immer nur mit glasigen Augen und sagte: »Ja! ... Ja?... Oh!« Dann hielt er mir sein Smartphone hin und sagte: »Da!«

»Da? Wer ist das?«

»Weiß nicht, irgendein Freund von Sebastian. Du kennst die doch besser als ich.«

Ich rollte mit den Augen und hielt mir das Smartphone ans Ohr. »Ja? Marlene Schwarz.«

Es war Nico, Sebastians Schulfreund, bei dem er heute den Nachmittag verbracht hatte.

»Oh hallo Nico. Ist alles in Ordnung bei euch?

Es folgte ein kurzes Schweigen am anderen Ende, dann sagte Nico: »Naja, Frau Schwarz. Also, dem Sebastian geht es gerade nicht so gut. Vielleicht können Sie mal kommen?«

Alarmiert sah ich auf. »Was soll das heißen, es geht ihm nicht so gut? Wo seid ihr denn?«

»Wir waren draußen auf dem Sportplatz und haben ein bisschen gekickt und so. Und dann ging es ihm plötzlich nicht mehr so gut. Wir sind dann zu mir nach Hause, aber meine Eltern sind nicht da.«

Nicos Stimme klang etwas hilflos. »Und er sitzt jetzt hier vor dem Klo und will nicht aufstehen. Ich weiß nicht, was ich machen soll.«

Ich stöhnte leise. Fast dreizehn, dachte ich. War das jetzt der Beginn seiner experimentellen Phase oder schlichtweg ein verdorbener Magen?

»Okay, Nico. Ich komme vorbei und hol' ihn ab. Lass' ihn einfach vor der Toilette sitzen – nur für alle Fälle. Dann musst du im Zweifel nicht so viel aufwischen.«

»Aufwischen? Sie meinen, wenn er kotzt? Ihhh, Frau Schwarz, das ist jetzt voll eklig.«

»Ich weiß«, erwiderte ich munter und schlüpfte in meine Jacke, das Handy immer noch am Ohr. »Aber du willst es ja im Zweifel nicht so lange antrocknen lassen, bis deine Eltern nach Hause kommen, oder? Ich bin gleich da.«

Ich drückte den Home Button und gab Carsten das Telefon zurück. »Guten Morgen, mein Schatz. Ich hole mal unseren Sohn bei Nico ab. Ihm geht es angeblich gerade nicht so gut.«

Carsten rieb sich die Augen. »Ich war einfach so fertig von heute Morgen, da bin ich glatt eingeschlafen. Soll ich fahren?«

Ich nahm meine Tasche und kramte nach den Autoschlüsseln. »Nein, lass' nur, ich fahre schon. Bring' du bitte die Mädels mit und kläre mit Mario doch mal ab, was er sich dieses Jahr für Heiligabend gedacht hat. Wenn es keine Planänderung gibt, machen wir alles wieder bei uns, wie immer, oder?.«

Carsten nickte und streckte sich. »Ist gut. Wo ist Lena?«, fragte er, nachdem er Sophie auf dem bunten Sitzkissen vor dem Bücherregal erspäht hatte.

»Na, wo wohl? Drüben bei Mario und frisiert mit Hingabe abgehackte Köpfe. Die Dinger wären echt eine prima Deko für Halloween, wenn man sie vorher mit dem Hals in Ketchup tauchen würde«, meinte ich grinsend.

»Du liest echt zu viel von diesem kranken Zeug«, sagte Carsten und deutete auf das Regal mit den Psychothrillern. Er gab mir einen Kuss. »Wir sehen uns dann also später zu Hause.«

Kapitel 33

Zwanzig Minuten später hielt ich im Ligusterweg vor dem Haus von Nicos Eltern. Als ich ausstieg, öffnete Nico schon die Tür.

»Hallo, Frau Schwarz. Er hat zum Glück noch nicht gekotzt«, empfing er mich erleichtert.

»Wie beruhigend. Hallo Nico. Wo ist er denn?«

Er ging an mir vorbei zur Treppe. »Oben im Bad. Kommen Sie mit.«

Ich stieg hinter Nico die Stufen in den ersten Stock hinauf. Da der untere Wohnbereich durch eine Milchglastür abgetrennt war, hatte ich keinen Blick hinein werfen können, aber von außen wirkte das Haus wirklich groß! Sehr groß! Allerdings war ich in keiner Weise auf das gefasst, was ich jetzt in der ersten Etage zu sehen bekam. Direkt gegenüber der Treppe stand die Tür zu einem riesigen Ankleidezimmer offen, bei dessen Anblick sich schlagartig alle Gedanken an meinen lädierten Sohn nebenan verflüchtigten. Ich blickte mit offenem Mund auf ein beleuchtetes Schuhregal in der Dimension eines kleinen Supermarktes. Jeweils zwei Paar Schuhe standen auf einer schrägen Milchglasplatte, die von unten beleuchtet wurde. Die Wände waren in einem hellen Cappuccino-Ton gestrichen, der sich um einige Nuancen heller in dem weichen Teppichboden wiederfand. In der Mitte dieses Traums stand ein kleiner Glastisch, auf dem ein schwarzer Ständer ein paar weiße High Heels präsentierte, deren Absätze mit lauter kleinen Glitzersteinchen verziert waren. Sie hatten die allseits bekannte rote Sohle und ich starrte ehrfürchtig auf dieses Wunderwerk aus Leder. »Wow«, entfuhr es mir beeindruckt, »ich habe noch nie Louboutins aus der Nähe gesehen.«

Nico warf einen kurzen Blick über seine Schulter und grinste. »Ja, meine Mutter ist verrückt nach Schuhen. Der Raum hat sogar eine eigene Klimaanlage, damit das Leder nicht spröde wird. Mein Vater sagt immer, wenn meine Mutter ihn je verlassen würde, dann für Manolo Blahnik.«

»Ja«, sagte ich gedehnt und konnte immer noch nicht fassen, was ich da sah. »Das hat schon was.«

Ich hatte eigentlich keinen ausgeprägten Schuhtick, aber schon alleine der Gedanke, so viel Platz zu haben, um sich ein solches Zimmer einrichten zu können ... und das nötige Kleingeld, um es zu füllen ... unglaublich. Selbst wenn wir den Platz hätten, würden solche Regale Fantasie bleiben. Mit dieser Familie – keine Chance. Im Geiste sah ich Lena mit dem Kettcar um den Glastisch Kreise ziehen und Sebastian zielsicher die kleinen Strahler an der Decke mit dem Fußball abschießen. In den Regalen wären nicht nur Schuhe, sondern ein ganzes Sammelsurium an Knete, Schleichfiguren, Playmobilprinzessinnen, und die Hälfte dieser sorgsam zusammengetragenen Sammlung würde nach und nach in Sophies Zimmer verschwinden. Aber man wird ja noch träumen dürfen ...

Ich riss mich von dem eindrucksvollen Anblick los und folgte Nico durch den lichtdurchfluteten Flur, der mit weißem Teppichboden ausgelegt war, ins Badezimmer. Mit einem Schlag landete ich wieder in der Realität. Sebastian lag auf den mattglänzenden, cremefarbenen Fliesen und passte von der Gesichtsfarbe her hervorragend ins Bild. Er hielt die Hände auf den Bauch gedrückt und atmete schnell und hektisch. Erschrocken fiel ich vor ihm auf die Knie.

»Mensch Basti, was machst du denn für Sachen? Tut es so weh?«, fragte ich besorgt. Über die Schulter sah ich Nico an. »Kam das denn ganz plötzlich?«

»Ja ... schon so ... irgendwie.«

Ich beugte mich tiefer zu Sebastian hinunter und strich ihm die Haare aus dem Gesicht. »Kannst du aufstehen? Wir fahren dann wohl besser ins Krankenhaus.«

Er schüttelte nur stumm den Kopf, presste die Lippen zusammen und zog die Beine an.

»Basti, wenn du nicht aufstehen kannst, dann muss ich den Notarzt rufen. Ich kann dich doch nicht hier liegen lassen, und alleine bekomme ich dich nicht hoch«, sagte ich, und mich packte eine leise Verzweiflung. Ob ich Carsten anrufen sollte?

Ich ging in die Hocke und sah Nico an. »Kannst du mir helfen? Vielleicht geht es, wenn wir ihn erst mal hinsetzen?«

Nico nickte unbehaglich und kniete sich auf Sebastians andere Seite. »Okay, Bruder, dann komm' mal hoch.«

Wir zogen Sebastian mit vereinten Kräften nach oben und lehnten ihn mit dem Rücken gegen die große Badewanne.

»Hey«, sagte ich leise. »Geht es oder ist dir schwindelig?«

Er war weiß wie die Wand, und selbst seine sonst so leuchtend blauen Augen waren stumpf und glanzlos. Ich bekam es wirklich mit der Angst zu tun.

»Okay, Nico. Was ist hier los? Das ist doch mehr als eine Magenverstimmung. Was zum Teufel habt ihr gemacht?«

»Wir? Nichts! Ich schwör's Ihnen, das war plötzlich einfach so«, nuschelte er und sah an mir vorbei.

Sebastian murmelte etwas Unverständliches und ich beugte mich zu ihm. »Was hast du gesagt, mein Schatz?«, fragte ich und sah ihn liebevoll an.

»Mama ... weg ...«, stieß er hervor, schob mich zur Seite und drehte blitzartig den Kopf zur Badewanne. Mit letzter Kraft stemmte er sich hoch und erbrach sich direkt in den überdimensionalen Whirlpool von Nicos Eltern.

Ich sprang zurück und Nico rief erschrocken. »Scheiße, ey Bruder, hoffentlich verstopfen jetzt nicht die Düsen vom Whirlpool von den Brocken.«

Unfreundlich sah ich Nico an. »Wenn das deine einzige Sorge ist! Hättest du es lieber von den Fliesen gewischt?«

Sebastian tauchte mit kalkigem Gesicht wieder über dem Rand der Wanne auf und stöhnte: »Besser!«

»Alles eine Frage der Perspektive«, knurrte ich und sah mich suchend nach etwas um, das Ähnlichkeit mit einer Handbrause hatte.

»Nico, kann man dieses Wunderwerk auch irgendwie ausspülen? Es muss doch so was wie einen Wasserhahn geben oder einen Duschkopf.«

Er nestelte an verschiedenen Knöpfen und Hähnen herum. »Der Duschkopf ist in der Dusche, das hier ist ja eine Badewanne ... also eigentlich ein Whirlpool.«

»Normalsterbliche haben gelegentlich auch beides in einem«, erwiderte ich knapp. »Also, wie läuft Wasser in den Pool und wo läuft es ab?«

Der Gestank ließ sich mittlerweile nur schwer aushalten und ich atmete flach durch den Mund. Sebastian hatte sich mühsam auf die Toilette gehievt und stützte den Kopf mit geschlossenen Augen schwer auf die Hände. Ich war mit der Nase etwa in Höhe seiner Haare, als ich innehielt und schnupperte.

»Sebastian«, sagte ich gefährlich ruhig.

»Hhmmmhmmm?«

»SEBASTIAN SCHWARZ! Mach' die Augen auf und schau' mich an.«

»Ich will nicht. Du hast bestimmt wieder diesen Blick.«

»Nein! Ich habe einen Blick, den du ganz sicher in deinem ganzen Leben noch nie gesehen hast«, erklärte ich bissig.

»Dann will ich erst recht nicht gucken«, gab mein Sohn kleinlaut zurück.

»Du liegst hier und jagst mir eine Heidenangst ein. Ich dachte im ersten Moment, du stirbst.«

»Ja«, unterbrach er mich, öffnete ein Auge und nickte heftig. »Ich dachte auch, ich sterbe.«

»Und das alles nur, weil du GERAUCHT hast!!«, schnauzte ich ihn mit blitzenden Augen an.

Er riss die Augen auf, sah mein Gesicht und schloss sie schnell wieder. Nico wollte langsam und betont unauffällig den Rückzug Richtung Badezimmertür antreten.

»Und du bleibst hier«, sagte ich scharf. »Komm' bloß nicht auf die Idee zu verschwinden, sonst lasse ich die Bescherung da in der Wanne genauso, wie sie ist.«

Nico wurde blass und machte wieder einen Schritt nach vorne.

»Also! Was genau habt ihr gemacht? Und kommt mir nur nicht mit irgendwelchen Geschichten, man hätte euch gezwungen oder keine andere Wahl gelassen.«

»Aber Mama, fast war es so, ein bisschen, ehrlich. Wir wurden quasi verführt«, stotterte Sebastian.

»Ich hoffe inständig, wir reden hier immer noch vom Rauchen!«

»Ja«, sagte er und sah mich schockiert an. »Was denkst du denn?«

»Das willst du gerade nicht wissen, glaub' mir! Also, ich höre!«

»Wir waren kurz im Eis-Café und da kamen diese Girls«, erklärte er und rülpste leise. Ich verzog das Gesicht und rückte ein Stück von ihm ab.

»Die haben da Zigaretten und Zigarillos verteilt, und wer Rauchkringel blasen konnte, der bekam noch zwei Zigarren geschenkt.«

»Woher kannst du Rauchkringel blasen?«, fragte ich entgeistert.

»Ich kann das«, sagte Nico zerknirscht. »Ich hab' das schon öfter mal gemacht.«

Ich war mir nicht sicher, ob die knapp dreizehnjährige Psyche der beiden Schaden nehmen würde, wenn ich aussprach, was ich dachte.

»Weiter«, presste ich also lediglich hervor.

»Die kamen da mit einem voll coolen Auto vorgefahren und Nina – die war voll süß mit ihren Hosenträgern – hat sich zu uns an den Tisch gesetzt.«

Nico gluckste und Sebastians Stimme wurde deutlich lebhafter. »Das waren so Promoter oder so, und die hat uns gefragt, ob wir rauchen.«

»Und weil sich da so eine Werbetussi mit Hosenträgern zu euch an den Tisch gesetzt hat, seid ihr augenblicklich zu weltgewandten Kettenrauchern geworden und euer Hirn hat sich praktischerweise ausgeschaltet?«

»Das war keine Tussi«, empörte sich Sebastian und fing heftig an zu husten. »Nina war voll klasse.«

»Ja«, sagte ich stocksauer. »So klasse, dass sie zwei Jungs eine ganze Palette Tabakwaren in die Hand drückt, ohne nach dem Alter zu fragen. Das ist nicht klasse, das ist dumm und verantwortungslos! Wieso durftet ihr überhaupt im Eis-Café rauchen?«

»Durften wir nicht«, erklärte Nico. »Wir sind mit nach draußen gegangen.«

»Und dort hast du dann Rauchkringel geblasen? Waren die ‚Girls' wenigstens angemessen beeindruckt?«, fragte ich.

Nico warf sich in die Brust. »Ja, voll krass. Ich kann nämlich sogar zwei Kringel ineinander.« Er strahlte über das ganze Gesicht. »Die fanden uns total cool, Bruder, oder?«

Sie wollten sich gerade abklatschen, als sie mein Gesicht sahen.

»Um das abzukürzen: ich nehme an, ihr habt die ganze Ration, die ihr für deine einmalige Vorführung bekommen habt, dann später gemütlich geraucht und deswegen sitzt du hier wie ausgekotzt?«, konstatierte ich und verschränkte die Arme vor der Brust.

Sebastian warf Nico einen unsicheren Blick zu. »Ich wollte ja nur mal probieren. Von den Zigarillos und Zigarren habe ich gar nicht so viel geraucht. Ich wollte einfach mal wissen, wie das ist.«

»Oh, ich kann dir sagen, wie das ist«, entgegnete ich aufgebracht. »Du probierst es noch ein paar Mal, dann fängt es an, besser zu schmecken. Dann kannst du es irgendwann nicht mehr lassen, und wie es ausgehen kann, hast du an deinem Opa gesehen. Hättest du gerne Details?«

Seit mein Vater an Lungenkrebs gestorben war, war Rauchen für mich ein absolutes Reizthema, und meinetwegen hätte man auch gerne ein globales Rauchverbot verhängen können.

»Nein«, sagte Sebastian kleinlaut und ließ den Kopf hängen. »Mama, mir ist so elend. Ich mache das bestimmt nie wieder, ehrlich.«

»Ich rauche ja auch nicht«, beeilte sich Nico zu sagen. »Ich habe das nur mal geübt, das mit den Kringeln, um vielleicht mal später ... also, falls die Mädchen das vielleicht ... naja, egal.«

Ich sah von einem zum anderen, unschlüssig, was ich jetzt machen sollte. Mit knackenden Gelenken stand ich auf.

»Also«, fing ich an, »ihr macht jetzt erst mal hier sauber und zwar zügig, bevor deine Eltern nach Hause kommen. Nachher denken die noch, ICH war das!«

Die beiden Jungs sahen mich irritiert an und stotterten gleichzeitig. »Wer, wir? Aber wie denn? Und womit denn?«

Ich zuckte ungerührt mit den Schultern. »Glaubt ihr vielleicht, ICH mache das? Nico, hol' einen Eimer und eine Küchenrolle, damit könnt ihr das Gröbste aus der Wanne wischen und in die Toilette kippen. Und dann solltet ihr herausfinden, wo der Wasserhahn ist, damit ihr den Rest ausspülen könnt.«

Nico sah mich hilflos an. »Aber ich habe keine Ahnung. Wenn ich hier mal chille, lässt meine Mutter immer das Wasser ein.«

Ich klopfte ihm auf die Schuler. »Na, dann betrachte es als Experiment.« Mit Nachdruck schob ich ihn zur Tür. »Eimer! Küchenrolle! Jetzt!!«

Sebastian sah angeekelt in die Wanne. »Mama, ich kann das echt nicht. Dann kommt es mir gleich noch mal hoch.«

»Dann holt Nico eben noch eine Küchenrolle. Es wird in dem Haus ja nicht nur eine geben.«

Kurz darauf kam Nico mit den gewünschten Utensilien zurück und drückte Sebastian die Küchenrolle in die Hand. »Hier! Du wischst auf und ich spüle nach.«

»Aber wir sollen das zusammen machen«, rief Sebastian und wurde wieder grau im Gesicht.

»Ey Bruder, so weit geht dann die Freundschaft doch nicht. Ich meine, da sind Stücke drin.«

Mit Todesverachtung nahm Sebastian die Küchenrolle, wickelte etliche Lagen davon ab und beugte sich mit verkniffenem Gesicht über den Wannenrand.

»Ey, habt ihr keine Gummihandschuhe?«

»Brauchen wir nicht«, sagte ich resolut. »Wisch!«

Grimmig sah er mich an und ich grinste.

»Das macht dir auch noch Spaß«, meinte er vorwurfsvoll.

»Ein bisschen! Und ich gehe davon aus, es wird die nachhaltigste Erinnerung sein, die du an deine erste Zigarette oder was auch immer haben wirst.« Ich nickte ihm aufmunternd zu.

Mit einer kompletten Rolle fischte Sebastian einen Teil seiner Pizza wieder aus der Riesenwanne. Nico setzte sich vorsichtig auf den Rand, drehte an mehreren Knöpfen und probierte einen Schalter nach dem anderen durch. Plötzlich lief tatsächlich Wasser in die Wanne, allerdings setzten unmittelbar danach die Sprudeldüsen ein. Panisch drückte Nico auf den nächsten Knopf, was das Sprudeln allerdings nur noch verstärkte.

»Wenigstens setzt es sich jetzt nicht fest«, sagte ich fröhlich.

»Oh Gott«, stöhnte er und fand endlich den richtigen Hebel, um das Wasser ablaufen zu lassen.

»Der würde dir auch nicht helfen«, bemerkte ich. »Technische Details fallen meines Wissens nicht in seinen Zuständigkeitsbereich.«

Gluckernd lief die braune Brühe durch einen trichterförmigen Ablauf an der Seite, der sich ebenfalls wie durch Zauberhand geöffnet hatte. Staunend beobachteten wir, wie ein Schlitz rund um den Wannenrand erschien, aus dem eine Teleskopdüse ausfuhr und sich einmal rund um den Wannenrand drehte.

»Was ist das?«, fragte Sebastian und verzog das Gesicht. »Das stinkt ja furchtbar.«

»Desinfektionsmittel - das Wunderteil ist anscheinend sogar selbstreinigend«, erklärte ich. »Ist bestimmt dieselbe Marke wie die Toiletten auf den Autobahnraststätten, bei denen ist das genauso.«

Ich klopfte meinem Sohn auf die Schuler und sagte: »So, dann bringe ich dich mal nach Hause, damit dein Vater auch noch sein Vergnügen an der Schilderung dieser Ereignisse hier hat. Besonders der Teil mit den Sprudeldüsen, der wird ihm gefallen.«

Kapitel 33

Der Teil mit den Sprudeldüsen erheiterte Carsten tatsächlich, wenn auch nur kurzzeitig. Sebastian bekam von seinem Vater die erste heftige Standpauke seines Lebens, gefolgt von anschaulichen Videos zum Thema Raucherlunge aus dem Internet. Es war doch immer wieder faszinierend, welche Erleichterung diese virtuelle Welt erziehungstechnisch bot. Unsere Eltern waren noch darauf angewiesen, die Auswirkungen von Zigaretten, Drogen und Alkohol so phantasievoll und anschaulich wie möglich zu schildern, damit wir mit Schrecken vor unserem inneren Auge das sahen, was heute mit einem einfachen Mausklick im Internet aufgerufen werden kann. Nach dem ersten Video zollte ich meiner Mutter innerlich Respekt – einen großen Unterschied zu der von ihr recht plastisch geschilderten und im Detail beschriebenen, schwarz verschrumpelten Raucherlunge konnte ich beim besten Willen nicht erkennen. Nach dem dritten Video hatte Sebastian vorerst genug und zog sich kleinlaut in sein Zimmer zurück. Kurz darauf hörte ich oben eine Teufelskicker-CD laufen, weil er nach eigener Aussage dringend die schrecklichen Bilder aus dem Kopf bekommen musste.

Sophie hatte das alles nur stirnrunzelnd und kopfschüttelnd verfolgt. Allerdings bereitete ihr der geschilderte Vorfall mit den Sprudeldüsen arges Kopfzerbrechen.

»Wenn ich jetzt in der Schule die bin, deren Bruder in den Whirlpool gekotzt hat, gehe ich da nicht mehr hin«, erklärte sie kategorisch.

»Hatten wir das nicht erst?«, fragte ich gereizt. »Liebeskummer und familiäre Peinlichkeiten sind keine Entschuldigung. Abgesehen davon werden Sebastian und Nico auch kein Interesse daran haben, dass das die Runde macht.«

Plötzlich machte sich mein Handy bemerkbar und summte mehrmals aufgeregt. Mehrere Nachrichten von einer mir unbekannten Rufnummer waren eingegangen und ich entsperrte neugierig den Bildschirm. Als erstes sah ich ein Foto von einem dunkelhaarigen, sportlichen Mittzwanziger, der mit sinnlichem Lächeln in die Kamera sah. Aber hallo, dachte ich, Escort Service oder Werbung für eines dieser Dating Portale? Unter dem Foto las ich:

Hi! Ich habe Ihre Nummer bekommen und wollte mich eigentlich schon viel früher melden. Wann würde es denn passen?

Ratlos runzelte ich die Stirn. WER war das, WOHER hatte er meine Nummer und WAS genau sollte denn bei mir passen? Was antwortete da die weltgewandte, kultivierte Frau Mitte Vierzig, die natürlich voll im Bilde war, was so ein schicker Latino-Verschnitt von ihr wollte?

Sophie sah mich im Vorbeigehen fragend an. »Alles okay?«

»Ja, sicher«, murmelte ich abwesend und tippte ein:

Wie viel Zeit muss ich denn einplanen?

Ich kam mir unglaublich raffiniert vor. Prompt kam als Antwort:

Naja, meistens bin ich so in einer Stunde durch.

Durch? Womit? Mit mir? Ich musste schleunigst in Erfahrung bringen, was der genau mit mir vorhatte. Nachdem ich mehrere lässige Formulierungen gegeneinander abgewogen und wieder verworfen hatte, tippte ich schließlich ein:

Wie genau läuft das denn ab?

Seine Antwort darauf müsste ja etwas Licht ins Dunkel bringen. Hoffte ich!

Naja, ich komme, Sie sagen mir, was ich machen soll und dann fangen wir an. Keine große Sache, bisher waren alle zufrieden.

Meine Augen wurden immer größer. Das konnte ja wohl nur ein Irrtum sein. Ich schielte zu meiner Tochter hinüber, die mit untergeschlagenen Beinen auf dem Sofa saß. Ihre Augen hatten sich förmlich am Display ihres Handys festgesaugt.

»Sag mal, wenn dir einer schreibt und du weißt nicht genau, warum ... wie bekommst du das raus?«

Sophie sah mich verständnislos an. »Häh??«

»Na, du wirst von einem schicken Typen angeschrieben und hast keine Ahnung, was der von dir will. Was machst du dann?«

Meine Tochter betrachtete mich mit einer Mischung aus Mitleid und Faszination. »Du hast echt eine blühende Fantasie. Warum sollte dir ein toller Typ schreiben? Du bist doch viel zu alt.«

Hat man eine pubertierende Tochter, braucht man keine Feinde, dachte ich.

»Glaub' es oder nicht – ich weiß nur nicht genau, worum es geht.« Verschnupft warf ich die Haare zurück. »Aber es klingt vielversprechend.«

Sophie rollte mit den Augen. »Schon mal daran gedacht, ihn einfach zu fragen?«

»Was fragen?«

»Oh Mann, Mama! Einfach fragen, von wem er deine Nummer hat und was er von dir will.«

»Und wenn ich das wissen müsste und er hält mich dann für doof? Oder es ist wirklich nur eine Verwechslung? Obwohl das echt schade wäre, also rein optisch«, sagte ich unschlüssig und wickelte mir eine Haarsträhne um den Finger.

Sophie stand vom Sofa auf und sah mir über die Schulter. »Das ist definitiv eine Verwechselung!«

»Sei nicht so ekelhaft. Immerhin hat er mich angeschrieben. Wenn es ein Irrtum wäre, hätte er das doch sicher bemerkt.« Ich war beleidigt. »Abgesehen davon tust du so, als wäre ich steinalt. Schau' dir teilweise mal die Mütter deiner Freundinnen an – da habe ich mich ja wohl gut gehalten.«

»Mama, der ist höchstens halb so alt wie du und echt heiß. Was soll der denn von dir wollen?«, fragte Sophie skeptisch.

»Ich habe keine Ahnung, was er von mir will! Aber du scheinst ja noch nicht mal in Erwägung zu ziehen, dass er mich einfach interessant finden könnte«, erwiderte ich trotzig.

»Mama, wir können das ganze Quiz hier abkürzen. Du fragst ihn einfach, was er will.« Sophie grinste breit. »Wenn er tatsächlich nur schreibt, weil ihn deine hinreißende Optik anmacht, dann bin ich gespannt, wie du das Papa erklärst!«

»Ich muss überhaupt nichts erklären, weil es nichts zu erklären gibt«, sagte ich hoheitsvoll. »Aber ich darf mich ja wenigstens mal geschmeichelt fühlen. Und deinen Vater würde es im Übrigen überhaupt nicht wundern, wenn mich ein Typ Mitte zwanzig attraktiv findet.«

Sophie zog skeptisch die Augenbrauen hoch. »Bist du sicher? Wärst du entspannt und locker, wenn eine zwanzigjährige

Traumfrau den Papa anbaggert und ihm schreibt, in einer Stunde wäre sie mit ihm durch? Das möchte ich sehen.«

»Das ist was ganz anderes und außerdem extrem unwahrscheinlich in Papas Alter«, antwortete ich unwirsch.

»Du meinst, in ‚eurem' Alter – sage ich ja: das ist eine Verwechslung.«

Ich hatte die Nase voll von dieser Diskussion und schrieb:

Wer hat dir nochmal meine Nummer gegeben?

Sophie und ich sahen gespannt auf das Display meines Smartphones, das uns gefühlte fünf Minuten darüber informierte, dass Mr. Unbekannt ‚schreibt'.

»Typisch Mann«, sagte Sophie. »Da erscheint zehn Minuten die Meldung ‚schreibt', du erwartest eine Nachricht epischen Ausmaßes und dann kommt ‚ok'.«

»Aber ‚ok' passt nicht als Antwort auf meine Frage. Vielleicht schreibt er wenigstens mal seinen Namen.«

Da ploppte die Antwort auch schon auf den Bildschirm:

Die habe ich von Herrn Fellner vom Taunus-Gymnasium.
Sie suchen doch noch jemanden für Mathe-Nachhilfe?

Sophie schrie auf und klatschte in die Hände. »Der kommt wegen mir«, jubelt sie aufgeregt. »Ist das irre. So ein Typ gibt mir Nachhilfe. Schick' mir mal das Foto rüber, das muss ich sofort Emma schreiben.«

»Langsam, langsam«, sagte ich und spürte, wie mein Gesicht errötete. »Der kommt zuerst zu einer Probestunde und dann sehen wir mal, wie das läuft. Und damit meine ich Mathe! Ich bezahle ihn nicht dafür, dass du ihn eine Stunde lang anhimmelst. Davon wird nämlich deine Note nicht besser.«

Da erschien die nächste Nachricht auf meinem Smartphone.

Ach so, ich heiße übrigens Antoine.

»Antoine«, schnurrte Sophie. »Das klingt gebildet, so französisch. Der ist bestimmt toll. Oh, schreib' ihm nur gleich zurück und frag', wann er kommen kann.«

»Der ist im Übrigen zu alt für dich«, erklärte ich bestimmt. »Und wenn er Mathe-Nachhilfe gibt, ist er bestimmt sterbenslangweilig.«

»Ach, Mamilein, du willst mir das jetzt nur mies machen. Du bist eingeschnappt«, trällerte meine Tochter fröhlich.

War ich überhaupt nicht! Kein bisschen! Franzosen kann man ohnehin nicht über den Weg trauen, hat man jetzt erst bei der Fußball-EM gesehen.

Ich vereinbarte mit Antoine einen ersten Termin am kommenden Samstag, einen Tag vor dem ersten Advent, und schrieb ihm, er solle um fünfzehn Uhr bei uns sein. Auf meine Frage, ob ich ihm schon mal die Themen nennen sollte, die Sophie gerade in Mathe behandelte, antwortete er:

Nee, muss nich. Mache ich spontan.

So viel Spontaneität begeisterte Sophie völlig und sie philosophierte hingerissen darüber, dass er vermutlich ganz andere Ansätze hätte als der olle Michels und Mathe mit einem viel frischeren Drive rüberbringen könnte. Auf der Treppe drehte sie sich grinsend zu mir um und sagte: »Im Übrigen hatte ich recht – es war eine Verwechslung!«

Kapitel 34

Am Samstag stand ich gerade auf der Leiter und versuchte, mit nur zwei Händen eine vier Meter lange, künstliche Tannengirlande an unserem antiken Gründerzeitschrank zu befestigen, als es klingelte. Halb verdreht warf ich einen Blick auf die Uhr. Das musste Antoine sein.

»Sophie«, brüllte ich laut durch das Haus. Es rührte sich nichts außer dem erneuten Singsang unserer Türklingel. »Sophie«, versuchte ich es noch mal eine Stufe lauter.

»Jaaahaaaa«, kam es genervt von der Treppe, und Sekunden später schwebte meine Tochter hinunter – oder zumindest jemand, der entfernte Ähnlichkeit mit ihr hatte.

»Stopp!«, rief ich energisch, als sie sich gerade auf den Weg zur Haustür machte.

»Was ist denn? Antoine ist da!«

Ich pfefferte die Tannengirlande auf den Schrank und kletterte von der Leiter. »Ich bin nicht taub. Geh' nach oben, zieh' dich um und wisch' dir die Hälfte von dem Zeug aus dem Gesicht. Sofort!«

»Was ist denn bitte mit meinem Aussehen nicht in Ordnung?«, motzte Sophie wütend. »Ich bin immerhin fünfzehn.«

»Ja, das würde man in dem Aufzug kaum glauben. Und es käme auch niemand auf die Idee, dass du dich für die Nachhilfestunde fertig gemacht hast – zumindest nicht für Mathe!«

Sophie sah mit blitzenden Augen an sich hinunter. »Ich gefalle mir so! Und Antoine gefällt es bestimmt auch.«

»Aber mir gefällst du nicht und das ist entscheidend.«

Kopfschüttelnd betrachtete ich meine Tochter, die in einem schwarzen Minirock vor mir stand, der die Bezeichnung ‚Rock' eigentlich nicht verdient hatte. Die schwarze Bluse mit den weiten Ärmeln endete gerade mal einen Fingerbreit unter der Brust und war leicht transparent. Wann, zum Teufel, hatte sich Sophie diese Klamotten gekauft?

Mit der Kriegsbemalung, die entfernt an eine bekannte, deutsche Kultblondine erinnerte, stöckelte sie mit wallenden Locken auf ihren Stiefelletten an mir vorbei.

»Du wirst so auf gar keinen Fall die Tür öffnen«, sagte ich entschieden. »Und wenn er da draußen französische Wurzeln schlägt.«

Tränen der Wut stiegen in Sophies Augen und sie blitzte mich stinksauer an. »Echt, du bist so spießig! Du musst mir immer jeden Spaß kaputt machen.«

Auch wenn ich mich allmählich daran gewöhnte, in Sophies Augen die Spaßbremse zu sein, taten solche Worte weh. Trotzdem blieb ich hart.

»Ja, das mache ich mit Absicht, deswegen habe ich Kinder.« Ich deutete mit dem Daumen über meine Schulter. »Du gehst nach oben und ziehst dich um und ich gehe an die Tür. Ansonsten lernst du weiterhin mit Papa.«

»Manchmal kotzt mich das hier richtig an«, wütete der bunt geschminkte Racheengel und stapfte die Treppe dröhnend nach oben.

Ich warf einen Blick in den Flurspiegel und zuckte mit den Schultern. Wochenende, Vorweihnachtsstress und eine schlecht gelaunte Tochter – meine Optik riss mich heute selbst nicht gerade vom Hocker. Mindestens zweihundert graue Haare, die ich mir von Mario sorgfältig strähnen ließ, trugen Sophies Initialen. Ich öffnete die Tür mit einem etwas verkrampften Lächeln. Antoine lehnte lässig im Türrahmen und kaute geräuschvoll Kaugummi.

»Cool, ist ja doch jemand zu Hause. Hätte ja sonst noch länger gewartet, aber es ist ein bisschen frisch zum outside chillen«, sagte er forsch und streckte mir die Hand entgegen. »Ich bin Antoine. Und Sie brauchen Nachhilfe?«

Netter Versuch, dachte ich belustigt. Laut antwortete ich: »Zum Glück nicht mehr. Marlene Schwarz, freut mich, Sie kennenzulernen. Das Vergnügen haben Sie gleich mit meiner Tochter.«

Ich führte ihn durch den Flur ins Wohnzimmer. »Setzen Sie sich doch, Sophie kommt gleich. Möchten Sie etwas trinken?«

Antoine sah sich neugierig um und nickte. »Kaffee, gerne. Ich war gestern lange Party machen, da sind die Augen noch etwas schwer.«

Na bravo, dachte ich. Hoffentlich ist der Kopf schon in Betrieb.

Er deutete auf die Pappkartons. »Ziehen Sie um?«

»Nein, da ist die ganze Weihnachtsdekoration drin. Morgen ist ja schon der 1. Advent.«

Ich füllte frische Bohnen in die Kaffeemaschine und drückte auf die Start-Taste. Ein dunkles Brummen ertönte und der Duft nach frisch gemahlenem Kaffee zog durch die Küche. Ich schielte zur Uhr und fragte mich, wo zum Teufel meine Tochter blieb.

»Milch und Zucker?«

Antoine stand neben der offenen Umzugskiste und betrachtete fasziniert eine Reihe glitzernder Hirsche. »Schwarz, danke. Bin immer noch ganz geflasht.«

Ja, ein bisschen geflasht war ich auch. Da stand so ein attraktiver Ricky-Martin-Verschnitt in meinem Wohnzimmer, der sich noch in dem beneidenswerten Alter befand, in dem durchgemachte Nächte keine Spuren hinterließen. Wenn Carsten und ich mal feiern gingen, sahen wir am nächsten Tag aus, als kämen wir direkt von den Dreharbeiten zu »Der Club der lebenden Toten« – mal abgesehen davon, dass wir uns auch so fühlten.

Mit der Kaffeetasse in der Hand trat ich zu ihm. »Hier, bitte. Sind bei Ihnen auch schon die ersten Weihnachtsfeiern im Gange?«

»Weihnachtsfeiern? Ach so, nein, nein. Ich bin am Wochenende immer mit meinen Jungs unterwegs, Sie wissen schon.« Er zwinkerte mir zu. »Man ist nur einmal jung.«

Auf einmal fühlte ich mich steinalt. Vorsichtig schob ich Balou zur Seite, der mit unheilvollem Blick und ausgefahrenen Krallen nach einem Hirschgeweih schlug. Glitzerstaub rieselte ihm auf den Kopf und er sah mich aus seinen trüben Augen verwirrt an.

»Wie bauen Sie denn Ihre Stunden so auf?«, fragte ich vorsichtig.

Er zuckte mit den Schultern und nahm einen großen Schluck Kaffee. »Da bin ich total flexibel. Sie nennen mir das Problem und ich löse es.«

Ich nickte. »Klingt gut. Sie studieren auf Lehramt?«

»Ja, Mathe und Sport. Wobei, unter uns gesagt: Mathe ist ein Arschloch, oder?« Er zwinkerte mir schon wieder vertraulich zu. »Da rutsche ich in dem Semester wohl gerade so durch.«

Entgeistert hob ich die Augenbrauen. »Und da geben Sie Nachhilfe in Mathe?«

»Naja, in Sport ist Nachhilfe eher weniger gefragt. Aber ich bin da voll locker, für die siebte Klasse reicht es schon noch.«

»Was für ein Pech, dass Sophie in der achten Klasse ist«, erwiderte ich sarkastisch.

Unbekümmert grinste Antoine. »Da machen die doch fast dasselbe.«

Ganz plötzlich sah ich dieser Probestunde mit einem eher unguten Gefühl entgegen und war nahe daran ihm vorzuschlagen, er solle doch vielleicht lieber für den nächsten Partymarathon vorschlafen gehen, als Sophie in Jeans und einer lockeren Bluse zu uns stieß. Immerhin DAS hatte funktioniert. Sie strahlte Antoine an, der sie freundschaftlich umarmte.

»Hey, du bist doch viel zu hübsch für Mathe.«

Erneut zwinkerte er mir zu. Das war doch ein Nervenleiden, oder?

»Okay, dann legen wir mal los, solange ich noch fit bin.«

Mathe-Michel hätte seine wahre Freude an diesem fröhlichen Kerlchen, dachte ich. Ob der wusste, welche Kaliber sein Freund da so in seinem Nachhilfelehrer-Pool hatte? Ich räumte schnell ein paar Schachteln vom Esstisch und sagte: »Na, dann mal los.«

Sophie sah mich ausdruckslos an. »Wieso hier und nicht im Arbeitszimmer?«

»Weil ich das so möchte«, entgegnete ich mit einem freundlichen Lächeln, hinter dem ich meine schlechte Laune zu verbergen versuchte.

»Kontrollfreak«, murmelte meine Tochter abfällig.

»Lass' nur«, zwinkerte Antoine schon wieder fröhlich. »Dann sind wir zu dritt und einer von uns wird den Kram schon verstehen, oder?«

Sophie kicherte albern, während ich schon anfing, durch Antoines andauerndes Gezwinker ebenfalls ständig zu blinzeln.

Sophie schlug die entsprechenden Buchseiten auf und die beiden vertieften sich in die Details der linearen Gleichungssysteme. Ich wandte mich wieder der Tannengirlande auf dem Schrank zu. Das unterdrückte Gekicher am Tisch nervte mich und ich versuchte, mich auf die Häkchen und Ösen der Weihnachtsgirlande zu konzentrieren, damit am Ende nicht alles samt der Lichterkette mit einem satten Rauschen wieder nach unten rutschte.

Als ich gerade die Glitzerhirsche in der Girlande befestigte, hörte ich Antoine sagen: »Also, das ist schon ein bisschen komplizierter. Aber warte mal, da gibt es bestimmt ein cooles Video auf YouTube, das können wir uns erst mal reinziehen.«

Sophie warf mir einen kurzen Blick zu und ich schüttelte entschieden den Kopf. »Sorry, aber so geht das nicht.«

Antoine schlürfte seinen Kaffee und sah mich fragend an.

»Wenn Sie sich auf die Stunde vorbereiten müssen, ist das okay, aber Sie können nicht hier sitzen und sich mit Sophie gemeinsam Lernvideos anschauen, damit Sie verstehen, was Sie machen müssen. DAS kann sie auch alleine.«

»Hey, bleiben Sie cool. Wir kriegen das schon.« Zwinker, zwinker. »Die 7. Klasse ist bei mir halt schon eine Weile her.«

Ich knallte einen Hirsch auf den Schrank und eine Wolke Glitzerstaub hüllte mich ein. Vermutlich hatten Balou und ich jetzt eine entfernte Ähnlichkeit mit einem Weihnachtswichtel. »Dann versuchen Sie es doch mal mit der 8. Klasse, vielleicht funktioniert das besser! Abgesehen davon würde es meiner Tochter deutlich mehr bringen!«

»Sorry, hab' ich doch gecheckt. Ich war nur abgelenkt von der Schönheit hier neben mir.« Er stieß Sophie leicht an, die verlegen kicherte. Prüfend musterte er uns abwechselnd und sagte: »Sie beide könnten glatt als Schwestern durchgehen, echt krass.«

Sophie riss ungläubig die Augen auf.

»Ja, sicher«, antwortete ich sarkastisch. »Man könnte uns fast für Zwillinge halten, wenn man von den grauen Haaren mal absieht.«

Und heute Abend dürfte es vermutlich wieder ein paar mehr davon geben!

Antoine lachte und zeigte seine blendend weißen Zähne. »Echt, Sie haben Humor. Das mag ich an Frauen.«

»Ja, Antoine, ich habe Humor. Aber auch der hat seine Grenzen und die sind dann erreicht, wenn ich einen horrenden Betrag für Nachhilfe ausgebe, die weder die Bezeichnung verdient noch ihren Zweck erfüllt.«

Ich stützte mich auf der Leiter ab. »Sie sind ein netter, lustiger Kerl, aber ich glaube, das hier ist kaum dafür geeignet, Sophies Note zu verbessern.«

Antoine gähnte hinter vorgehaltener Hand. »Ich mach' das ja auch noch nicht so lange. Bald sind Semesterferien, da bin ich ausgeschlafener. Echt, dann läuft das besser.«

Skeptisch sah ich ihn an. »Sie meinen, dann finden Sie die Lernvideos auf YouTube schneller? Ich denke ehrlich, Sie sollten über eine andere Nebenbeschäftigung nachdenken.«

»Ach, wissen Sie, das höre ich in letzter Zeit öfter«, erwiderte Antoine und lächelte geschmeichelt. »Viele sagen ja, ich hätte das Zeug zum internationalen Model. So bei Lagerfeld oder so.«

»Ohne jeden Zweifel. Die suchen bestimmt haargenau Ihren Typ.«

Sophie sah zwischen uns hin und her. »Und wer macht jetzt mit mir Mathe?«

Ich machte eine wegwerfende Handbewegung. »Ach, Schätzchen, das sehen wir dann. Irgendeine Lösung findet sich immer.«

Ich zwinkerte Sophie zu. Die blinzelte irritiert und sah Antoine an, der zurückzwinkerte. Jeder Neurologe hätte seine helle Freude an unserer Runde gehabt.

Antoine streckte sich. »Ja, dann«, fing er an und gähnte erneut. »Ich dachte, ich wäre halt so der lässige Lehrertyp, wissen Sie. Aber andererseits, Model beim Karl, das wäre echt krass.«

Ich nickte zustimmend und dekorierte künstliche Schneeflocken um die Hirsche herum.

»Wir wollen Ihrer beruflichen Zukunft auch keinesfalls im Wege stehen. Sie sollten das nicht auf die lange Bank schieben, sondern es so schnell wie möglich angehen. Umgehend. Also am besten jetzt.«

Antoine sprang auf. »Sie haben Recht. Nutze den Tag – so sagt man doch, oder?«

»Carpe diem, ja«, bestätigte ich resigniert.

Er umarmte Sophie. »Hey, es war echt cool, dich kennenzulernen. Wenn ich dick im Geschäft bin, melde ich mich.«

Sophie strahlte wie die aufgehende Sonne und betrachtete ihr Spiegelbild in der Wohnzimmertür, während ich Antoine zur Haustür begleitete. »Das ist wirklich eine Spitzenidee. Wir sind sehr gerührt.«

Im Flur umarmte er mich und sah mir tief in die Augen: »Echt, Sie sind als Mutter voll cool. Sie haben voll den Durchblick.«

Was für ein wunderbares Kompliment. Ich wollte doch schon immer die coole Mutter mit dem totalen Durchblick sein. Sophie gluckste hinter mir.

Endlich fiel die Haustür hinter ihm ins Schloss und ich erschöpft auf die kleine Bank im Flur. »Der hat ja unglaublich toll ausgesehen«, sagte sie schwärmerisch. »Hast du seine Augen gesehen?«

Ich schüttelte den Kopf. »Dazu hat er nicht lange genug aufgehört zu blinzeln.«

»Nur von Mathe hat er nicht ganz so viel verstanden, oder?«

»Das war pure Zeitverschwendung, und Dank meines totalen Durchblicks habe ich das ratzfatz erkannt. Und jetzt werde ich noch zwei Kisten Glitzerhirsche, Engel, Lichterketten und Tannengirlanden im Haus verteilen – nicht mitgezählt die winkenden Weihnachtsmänner für den Garten und die

Fensterbilder. Und nebenbei werde ich den lieben Gott inständig darum bitten, dass er den nächsten Nachhilfelehrer doch mit qualitativ höherwertigen Features ausstatten möge.«

»Und wer lernt jetzt mit mir Mathe?«, fragte Sophie vorsichtig.

Ich strahlte sie an. »Na, der Papa! Ihr habt euch doch schon richtig gut aneinander gewöhnt und er hat fast während der kompletten Ferien frei. Das passt doch super, oder?«, fragte ich und zwinkerte ihr zu.

Kapitel 35

Im Trubel der Vorweihnachtszeit registrierte ich nur am Rande, dass mich der zweite potentielle Nachhilfelehrer mehr oder weniger anonym anschrieb, aber man muss eben Prioritäten setzen. Solange er Mathe konnte, musste er auch keinen Namen haben oder durfte ihn meinetwegen auch tanzen – Hauptsache, der häusliche Frieden war wieder im Gleichgewicht. Marios Besuch während Carstens letzter Nachhilfestunde mit Sophie verkürzte sich rapide, als Carsten völlig genervt und lautstark verkündete, er würde Sophies Weihnachtsgeschenke dem Roten Kreuz spenden, und sie in Tränen aufgelöst zurückbrüllte, sollte sie jemals heiraten, wäre er der letzte Mensch auf Erden, der sie zum Altar führen dürfte. Als Mario sich vermittelnd einschalten wollte und verkündete, im Zweifelsfall könne er das ja übernehmen, wurde er von Vater und Tochter in unvermuteter Eintracht angeschnauzt, er solle sich da raushalten. Mit wütendem Blick verzog sich Carsten ins Arbeitszimmer und schoss am Computer mit dicken, bunten Vögeln auf hysterisch jubelnde Affen, Sophie verbarrikadierte sich in ihrem Zimmer und ich versuchte, einen völlig aufgelösten Mario im Auto zu trösten. Spätestens an diesem Punkt wäre ich zu allem bereit gewesen. Wen interessierte da schon ein Name? Ich vereinbarte mit Mr. NoName eine Probestunde nach dem zweiten Weihnachtsfeiertag und hatte somit eine Sorge weniger.

Wie ich es schaffte, die Vorweihnachtszeit zu überleben, war mir jedes Jahr aufs Neue schleierhaft. Alleine das Zusammenstreichen der Wunschzettel der Kinder auf ein geldbeutelverträgliches und damit umsetzbares Maß ähnelte dem Feilschen auf einem türkischen Basar, und die Stimmung war in dieser Zeit mindestens genauso emotional aufgeladen. Nachdem ich wie immer erschöpft, aber siegreich aus den Verhandlungen hervorgegangen war, wartete der Rest der Familie ungeduldig auf die Mitteilung der Ergebnisse. Wenn ich nur für die Beschaffung UNSERER Geschenke zuständig gewesen wäre, hätte das meinen Puls nicht großartig in Wallung gebracht. Mittlerweile jedoch organisierte ich auch all die Geschenke, die die Großeltern, Onkel, Tanten und angeheirateten Onkel und Tanten (diese Rollen wechselten bei Mario und Hartmut mitunter) unseren Kindern überreichen wollten. Idealerweise sollte die von mir getroffene Auswahl dann bitte auch den unterschiedlichen Anforderungen entsprechen, die jeder an »sein« Geschenk stellte, und genau das brachte mich regelmäßig an den Rand der Verzweiflung.

Während die Geschenke meiner Schwiegereltern stets einen gewissen repräsentativen Niedlichkeitsfaktor aufweisen sollten, stand bei meinem Schwager und seiner Frau die pädagogische Sinnhaftigkeit im Vordergrund. Carstens Tante war eine konsequente Gegnerin von Markenprodukten und tierischen Erzeugnissen jeder Art. Einzig und alleine Mario und Hartmut waren da völlig entspannt, übernahmen alles, was cool, hipp, löchrig und möglichst teuer war – und zogen sich somit den Zorn der übrigen Familie zu, weil das genau die Dinge waren, die sich die Kinder sehnlichst wünschten und über die sie sich am meisten freuten.

Ich recherchierte im Internet, schleppte Tüten aus dem Einkaufszentrum nach Hause, und in unserem Schlafzimmer sah es mittlerweile aus wie in einer Weihnachtswerkstatt. Hätte ich mir ein grünes Kleid angezogen und eine rote Mütze aufgesetzt; der Nikolaus hätte mich im Vorbeifliegen garantiert für einen entlaufenen Weihnachtswichtel gehalten. Überall lagen kleinere und größere Geschenkestapel herum, teilweise sogar schon eingepackt und fein säuberlich beschriftet.

Als Carsten eines Abends total gestresst nach Hause kam, weil er stundenlang in überfüllten Kaufhäusern mit wahnsinnigen Menschen und sprechenden Weihnachtsbäumen nach einem Geschenk für mich gesucht hatte, brannte bei mir die Sicherung durch. Da sich nichts anderes in meiner Reichweite befand, warf ich mit vollem Karacho den singenden Weihnachtshund mitten im Refrain von »Rockin' around the Christmas Tree« an die Wand.

»Du bist gestresst davon, dass du EIN Geschenk besorgen musst?«, brüllte ich. »Schaust du dich hier bitte mal um? Glaubst du mit Anfang fünfzig vielleicht noch an den Weihnachtsmann? Das war alles ich! Weißt du was, ich besorge mir am besten mein Geschenk auch noch selbst. Auf eins mehr oder weniger kommt es auch nicht mehr an!«

Meine Stimme überschlug sich fast und ich hatte das Gefühl, mein Kopf würde platzen. Nacheinander fielen unten drei Kinderzimmertüren sachte ins Schloss.

Carsten stand schockiert vor seinem Kleiderschrank. »Aber Schatz, du machst das eben immer so toll. Und wir sind ja auch alle so dankbar«, stammelte er.

»Dankbar? Ihr seid dankbar?«, schnaubte ich. »Niemand ist hier dankbar! Die Kinder meckern über die Geschenke deiner Eltern, weil sie uncool sind. Deine Eltern und dein Bruder meckern, weil ihnen die Geschenke für UNSERE Kinder nicht intellektuell oder niedlich genug sind. Du meckerst, weil ich so viel Geld ausgebe, und an Heiligabend meckern alle, weil jeder das Gefühl hat, die Kindern freuen sich über die Geschenke der anderen mehr als über das eigene. Wo, verdammt noch mal, seid ihr dankbar?«

Erschöpft saß ich nach diesem Ausbruch auf dem Boden und lehnte mich mit dem Rücken an das Bett. »Neben all dem sieht keiner, dass ich auch noch einen Job habe – in dem ich übrigens auch noch Weihnachtsgeschenke organisieren muss, zu zig verschiedenen Weihnachtsfeiern mit den Kindern hetze, dekoriere, Plätzchen backe, Weihnachtslieder und Gedichte mit den Kindern einübe, einen Nikolaus bestelle und das Essen für Heiligabend plane. Und das allerletzte, was bei mir ankommt, ist Dankbarkeit!«

Carsten sah mich betroffen an. Der Weihnachtshund mit der roten Mütze war schon etwas schwach auf der Batterie und leierte seinen Text verzerrt rauf und runter, während mein Mann nach den richtigen Worten suchte. Vergeblich! Er wusste, wenn ich so in Rage war, gab es niemals passende Worte.

Leise sagte er dann: »Du bist einfach toll, wie du das alles schaffst. Wirklich!«

»Nein«, sagte ich müde, »ich bin einfach nur bescheuert, dass ich das jedes Jahr wieder mache.«

Als ich spät am Abend nach unten kam und alle Geschenke zum Abholen in Tüten sortiert und verpackt hatte, war alles ruhig. Carsten saß im Arbeitszimmer, und die Lichterketten tauchten das Wohnzimmer in diese warme und geheimnisvolle Atmosphäre, die für die Weihnachtszeit so typisch war. Ich ging in die Küche und holte mir ein Glas Rotwein. Dann zündete ich drei Kerzen auf dem Adventskranz an, und mir wurde bewusst, wie schnell auch in diesem Jahr die Vorweihnachtszeit wieder an mir vorbeigerast war. Jedes Jahr nahm ich mir vor, diese wunderbare Zeit weniger stressig zu gestalten, mit den Kindern zu basteln, zu lesen oder einfach nur mal bei einem Kakao auf dem Sofa zu sitzen und zu reden. Und wie immer gelang mir das nur selten.

Sophie und Sebastian waren schon aus dem Alter raus, und auch Lena würde bald nicht mehr mit großen Augen den Weihnachtsgeschichten von Engeln, dem Christkind und den

Weihnachtswichteln lauschen. Die Vorweihnachtszeit schrie doch geradezu nach Entschleunigung, und wie setzte ich das um? Doch nur, indem ich in angemessen ruhigem Schritt mit den Kindern zur nächsten Weihnachtsfeier trabte, um mir abends die Absolution erteilen zu können, ich wäre eine echte Supermutter und wir hätten alles geschafft. Sogar die Dinge, die keinen wirklich interessierten.

In der Realität saß ich bei all diesen pseudo-stimmungsvollen Veranstaltungen erschöpft und gestresst neben den anderen Müttern, die sich ebenfalls über die vollen Terminkalender und die ganze Hektik beklagten und hörte nur mit halbem Ohr den mitunter recht abstrakten Interpretationen der gängigen Weihnachtslieder zu, die die lieben Kleinen darboten. Gedanklich planten wir währenddessen schon die nächsten Tage durch, und spätestens nach zwei Bechern Glühwein fassten wir in rührseliger Gruppenstimmung den Vorsatz, es im nächsten Jahr besser zu machen. Bei der Weihnachtsfeier im letzten Jahr von Sophies und Emmas Kindergartenzeit hatten Birgit und ich darauf sogar einen Blutschwur geleistet und uns mit Sicherheitsnadeln in die Finger gestochen. Anhaltende Wirkung? Keine! Der Vortrag der Erzieherin zum Thema HIV und anderen Infektionskrankheiten? Unvergesslich!

Ich nippte an meinem Rotwein und starrte in die kleine Krippe, die Lena neben dem Adventskranz auf dem Wohnzimmertisch aufgebaut hatte. Nachdenklich betrachtete ich Maria und Josef, die ruhig und friedlich mit den Tieren und den Heiligen Drei Königen um das Jesuskind in der Krippe herumstanden. Ob damals das Besorgen von Weihrauch und Myrre auch so ein Stress gewesen war wie heute die Jagd nach dem neusten Smartphone? Wäre es damals für Maria und Josef eine Erleichterung gewesen, über eine Hotel-App die freien Herbergen checken zu können? Immerhin hätte man so auch gleich die nächste, erreichbare Hebamme ausfindig machen können. Die Hirten hätten sich nicht auf den Stern von Bethlehem verlassen müssen, sondern den Weg zum Stall dank Google Maps auch bei Nebel gefunden, nebenbei wäre bestimmt noch der ein oder andere Geo Cache zu heben gewesen. Und die Heiligen Drei Könige hätten sich nicht noch spät abends auf die Suche nach Weihrauch und Myrre machen müssen – der sagenumwobene Internetshop mit dem berühmten Prime-Service hätte das innerhalb von vierundzwanzig Stunden direkt in den Stall geliefert. Nicht auszudenken, wie viele Follower das erste Foto von Baby Jesus bekommen hätte – im Vergleich dazu könnte jeder Promi einpacken.

Wenn ich diese Szenerie im Stall so betrachtete, fand ich dort etwas, das mich neidisch machte und das in dem heutigen digitalen Zeitalter fast unmöglich zu finden war: Stille! Ruhe!

Ich konnte mir vorstellen, wie das Feuer in der Feuerstelle leise knisterte und die Tiere friedlich ihr Heu kauten. Das leise Glucksen des Babys und die gemurmelten Worte von Maria und Josef – ansonsten herrschte dort Ruhe und Frieden und nicht das Gefühl, mal eben kurz nebenbei was erledigen oder den Posteingang checken zu müssen. Eben nicht zwei Minuten nach Jesu' Geburt ein Foto der glücklichen Mutter mit Kind in alle Welt posten zu müssen und die nächsten drei Tage alle Glückwünsche abzuarbeiten, damit sich auch ja niemand aufgrund eines vergessenen Likes das Leben nahm.

Für eine Weile träumte ich mich in diesen Stall, weit weg von Weihnachtsgeschenken, Vereins- und Klassenfeiern, zwanzig verschiedenen Nachrichten, die einen Pulli in unterschiedlichen Farben und Formen zeigten und anhand derer ich auf die Schnelle entscheiden sollte, welcher denn wohl meinen Töchtern gefallen würde.

In dieser angenehmen Glücksblase und mit dem warmen Gefühl des Rotweins in meinem Bauch döste ich friedlich auf dem Sofa ein, bis ich unsanft von Carsten geweckt wurde, der mich streng ansah. »Marlene, wer zur Hölle ist denn dieser Josef, von dem du da im Schlaf die ganze Zeit brabbelst? Ich finde, wir müssen wirklich mal miteinander reden!«

Kapitel 36

Heiligabend startete immer mit einer liebgewonnenen Tradition und dem einzig wirklich entspannten Teil des Tages, nämlich mit einem ausgedehnten Brunch mit Mario, Harmut, Birgit und Emma. Es war mein eigentliches Weihnachtsgeschenk, dass Harmut immer beladen mit unendlich vielen Köstlichkeiten bei uns einfiel und ich absolut nichts vorbereiten musste. Während ich noch oben im Bett lag und den Gesprächsfetzen lauschte, die zu mir hinauf klangen, döste ich friedlich vor mich hin. Mario übernahm die komplette Tischdekoration, und erst wenn ich Worte vernahm wie: »Jetzt sind wir fast fertig und können die Mama holen«, sprang ich unter die Dusche und zog mich schnell an.

Ich war gerade dabei, noch ein leichtes Make-up aufzutragen, da stand auch schon Lena mit glänzenden Augen in der Tür. »Mario sagt, ich soll mal gucken, ob du schon wach bist, sonst käme er dich wecken.«

»Bloß nicht«, erklärte ich lächelnd. »Auch wenn Mario mich schon lange kennt, würde er meinen Anblick unmittelbar nach dem Aufstehen nicht unbeschadet überstehen.«

»Du siehst immer schön aus«, sagte mein kleines Goldstück und schlang die Arme um meine Taille. In dem Alter sind Kinder noch Balsam für die vom Spiegel geplagte Mutterseele, weil man ruhig auch aussehen darf wie ein zerknitterter Waschbär und trotzdem jeder Konkurrenz standhält.

»Mario hat eine Weihnachtslandschaft auf dem Tisch aufgebaut«, erzählte Lena aufgeregt, während ich mir die schulterlangen Haare bürstete. »Da stehen lauter glitzernde Hirsche, Eulen und Engel auf einem weißen durchsichtigen Tuch. Und dazwischen liegen Tannenzweige und Eiskristalle. Auf jeder Serviette liegt ein Tannenzapfen und überall auf dem Tisch sind glitzernde Sternchen.«

Lenas braune Augen funkelten, und sie hatte vor lauter Begeisterung ganz rote Bäckchen. »Ich soll dir aber noch nichts erzählen, also tust du ganz überrascht, ja?«

Ich gab ihr einen Kuss auf die Nasenspitze. »Ich werde die Überraschung in Person sein, versprochen. Sind Birgit und Emma schon da?«

Lena nickte heftig, sodass ihr Zopf wippte. Sophie hatte wohl einen guten Tag erwischt und ihr eine sehr schöne Flechtfrisur gemacht, die in einem offenen Pferdeschwanz endete.

»Es sind schon alle da, wir warten nur noch auf dich.«

»Na, dann wollen wir mal. Ein paar Becher Eierpunsch und ich halte später auch die übrige Verwandtschaft aus.«

Lena sah mich streng an. »Du darfst später nicht betrunken sein, Mama! Sonst singst du in der Kirche wieder den falschen Text.«

Kinder haben genau dann ein Gedächtnis wie ein Elefant, wenn es den Erwachsenen lieber wäre, sie würden manches vergessen, dachte ich. Würde ihnen im entscheidenden Moment mal einfallen, wo sie ihre Busfahrkarten, Mensachips oder Fahrradhelme hingelegt hätten, wäre dieser Wesenszug durchaus hilfreich.

Als wir nach unten in das Wohnzimmer kamen, blieb ich einen Moment stehen und ließ mich von einem warmen Glücksgefühl durchrieseln. Nicht nur, dass hier meine absoluten Lieblingsmenschen versammelt waren: Mario hatte sich auch mal wieder selbst übertroffen. Darin, dass Weihnachtsdekoration glitzern muss und es ruhig mal etwas mehr sein darf, waren wir uns einig. Hingerissen betrachtete ich den Esstisch, der sich in einen kleinen Weihnachtstraum verwandelt hatte. Da es draußen verhangen und neblig war, warf das Kerzenlicht jetzt schon warme Schatten und fing sich in den Glitzersteinchen an den Figuren, die funkelten, als wären sie mit Diamanten bestückt. Die ganze Szenerie war so stimmungsvoll und gemütlich, dass ich plötzlich mit den Tränen kämpfte.

Mario kam strahlend mit einem Becher Eierpunsch auf mich zu. »Hier Liebes, trink' erst mal einen Schluck. Und nicht weinen, du weißt, ich kann das nicht sehen, dann kommen mir auch gleich die Tränen.«

Ich schniefte und musste lächeln. »Danke, du Heulsuse. Das sieht wieder wunderschön aus, wirklich! Das lassen wir nachher gerade so für heute Abend stehen. Es wäre schade, wenn dieser Zauberwald nicht nochmal zum Einsatz käme.«

»Bist du sicher, dass die Dekoration für die Gäste heute Abend intellektuell genug ist?«, fragte er augenzwinkernd. »Vielleicht könnten wir den Eulen und Hirschen noch ein paar kleine Brillen aufsetzen.«

»Ich habe von Playmobil noch ein paar Doktorhüte, die können wir nehmen«, rief Lena kichernd dazwischen. »Und kleine Schulbücher.«

»Sehr gut, sehr gut«, freute sich Mario. »Schauen wir nur, dass es sich dabei um Unterrichtsmaterial aus den Geisteswissenschaften handelt und nicht etwa um den Aufklärungsunterricht aus der 5. Klasse.«

Wir prusteten los, und nachdem alle mit Eierpunsch versorgt waren, stießen wir auf ein fröhliches und entspanntes Weihnachtsfest an. Meine Ersatzfamilie, dachte ich gerührt und sah mich um. Vor einigen Jahren waren meine Eltern auch immer mit von der Partie gewesen und ich spürte diese Lücke gerade an Weihnachten deutlich. Aber diese Menschen hier schafften es, dass der Verlust für mich halbwegs erträglich war.

Staunend betrachtete ich die ganzen Leckereien, die da auf unserem Esstisch standen und schüttelte nur fassungslos den Kopf. »Gott Hartmut, hast du in den letzten Tagen in der Küche übernachtet? Das ist ja unglaublich, was du da gezaubert hast.«

Mir lief das Wasser im Mund zusammen, und gemeinsam mit Birgit bestaunte ich die Crêpesröllchen mit Lachs, verschiedene Dips, kleine Gläschen mit Krabbensalat und Ei, die Bratapfelmarmelade, Speckdatteln und andere Köstlichkeiten, die jedem Sterne-Restaurant alle Ehre gemacht hätten. Hartmut strahlte bei meinem Lob über das ganze Gesicht. »Ach du, mit dem Thermomix geht das ja alles so unglaublich schnell, das kannst du dir nicht vorstellen.«

Mario legte ihm liebevoll den Arm um die Schultern. »Mein Mann ist ein wahres Genie. Was der mit diesem Gerät so alles zaubern kann. Schatz, vielleicht solltest du nebenbei Thermomix-Vertreterin werden.«

Ich nickte begeistert. »Oder Kochkurse mit dem Thermomix anbieten. Ich melde mich sofort an.«

Hartmut wehrte lachend ab. »Das wäre nichts für mich. Ich bin im Umgang mit Kunden nicht wirklich diplomatisch. Mir reichen schon die Geschichten, die mir dieser verrückte Friseur hier am Abend erzählt.«

Liebevoll sahen sich die beiden an und mir wurde ganz warm ums Herz. Carsten gesellte sich zu uns. »Wollen wir nicht mal anfangen? Ich komme um vor Hunger.«

Mario klatschte in die Hände. »Aber natürlich. So, bitte alle Platz nehmen. Das große Fressen kann beginnen.« Er lächelte uns an. »Schön zu sehen, dass bei euch beiden wieder alles in Ordnung ist.«

Sophie setzte sich neben mich und sah mich fragend an. »Was war denn bei euch nicht in Ordnung?«

»Ach«, erwiderte ich mit harmlosem Augenaufschlag, »dein Vater war der Meinung, ich hätte eine Affäre mit einem Josef.«

Sophies Blick flog zwischen Carsten und mir hin und her. »WAS? Wieso denn das? Hast du?«

Erheiterndes Gelächter flog über den Tisch und Carsten wurde rot. »Was würdet ihr denken, wenn eure Frau mit seligem Lächeln auf dem Sofa liegt und im Halbschlaf den Namen eines Kerls haucht?«

»Gott Papa, aber Josef?? So heißt doch heute niemand mehr«, sagte Sebastian kopfschüttelnd.

»Und? Wieso träumst du von einem Josef?«, wollte Sophie wissen.

»Weil ich vorher eine gedankliche Zwiesprache mit der Krippe auf dem Wohnzimmertisch geführt habe«, erklärte ich würdevoll. »Und Josef nach unserem inneren Dialog einen bleibenden Eindruck hinterlassen hat.«

Sophie und Emma tauschten einen entgeisterten Blick. »Echt Mama, du solltest mal weniger trinken. Das macht mir langsam Angst.«

Ich verdrehte die Augen und prostete Birgit zu. »Was wäre unser Leben ohne Alkohol und Schokolade?«

»Völlig sinn- und zweckentfremdet«, antwortete sie und hob ihr Glas.

Nach fast drei Stunden feucht-fröhlicher Völlerei lag Carsten erschöpft auf dem Sofa und schnarchte. Emma, Sophie, Sebastian und Lena lagen auf dem Teppich und sahen sich hingerissen die jährliche Sissi-Wiederholung an. Mario und Hartmut räumten den Tisch ab und deckten schon mal für das abendliche Raclette-Essen ein, während Birgit und ich die Reste im Kühlschrank verstauten.

»Wollt ihr heute Abend nicht doch noch mal vorbeikommen?«, fragte ich Birgit und suchte nach einem Platz für die letzte Dose.

»Ich würde so gerne. Aber wir holen nachher meine Eltern ab, und das sind ja nun mal nicht solche Gesellschaftstiger. Du kennst sie ja.«

»Ja, ich weiß. Aber vielleicht würden sie sich ja gut mit Carstens Eltern und der Tante verstehen.«

Birgit verzog das Gesicht. »So viel Eierpunsch könnten wir gar nicht trinken, dass wir diese Zusammenkunft unbeschadet überstehen. Lass' uns lieber am zweiten Weihnachtsfeiertag noch mal was machen. Kommt da nicht auch der neue Nachhilfelehrer?«

»Nein, der kommt einen Tag später. Ich wollte Sophie Weihnachten nicht mit Mathe verderben.«

»Wie rücksichtsvoll. Habt ihr schon was von Antoine gehört? Hat er sich seinen Platz als Karl Lagerfelds neue Muse gesichert?«, fragte Birgit grinsend.

»Keine Ahnung. Vermutlich bastelt er noch an seiner Set-Karte. Über mangelndes weibliches Interesse kann er sich zumindest auf seiner Facebook-Seite nicht beklagen.«

»Ach nein, bist du etwa mit ihm ‚befreundet'?«

Ich lachte. »Nein, aber er stellt alles öffentlich. Auf eine Freundschaftsanfrage habe ich verzichtet, nachdem er schon so angetan von meinem total Durchblick war.«

Birgit lachte laut auf. »Nicht dass Carsten noch vermutet, Antoine ist in Wirklichkeit Josef und du willst auf einem Esel mit ihm durchbrennen.«

Naja, so schön war DIESER Esel nun auch wieder nicht!

Kapitel 37

Mario und Hartmut waren kurz nach Hause gefahren, um sich noch etwas auszuruhen und sich für den Gottesdienst in Schale zu werfen. Nach und nach trudelte der Rest der Familie ein und es wurde voll in unserem Reihenhäuschen. Carstens Eltern, Oma Helene und Opa Herbert, trafen mit Tante Emmi als Erste ein. Mit viel Getöse verteilten sie »ihre« Päckchen unter dem Weihnachtsbaum, den ich am Vorabend mit den Kindern geschmückt hatte. Es wurde geküsst und umarmt, als hätte man sich monatelang nicht gesehen.

Mit quietschenden Reifen fuhren Mario und Hartmut vor und hätten fast meinen Schwager Markus gerammt, der mit seiner Familienkutsche versuchte, neben unseren Mülltonnen zu parken. Säuerlich lächelnd stieg Markus aus und wies seine restliche Familie an, zur Sicherheit lieber im Auto sitzenzubleiben. Er schleppte etliche, mir sehr vertraute Tüten ins Haus. Na, immerhin hatten meine Geschenke wohl Gnade vor seinen Augen gefunden.

Meine Schwägerin lugte aus dem Autofenster, und neben ihr tauchte das blasse Gesicht meines Neffen auf, das von Locken in einer undefinierbaren Haarfarbe umrahmt wurde. Carl war ein Jahr älter als Sebastian und laut Aussage seiner Eltern ein sehr zartes, sensibles und anfälliges Kind. Meiner Meinung nach war er eher ein verzogener Giftzwerg, der vor Neid zerfressen war, weil er von Geburt an mit pädagogisch wertvollem Spielzeug aus schadstoffarmen Hölzern gequält wurde, während seine Freunde mit Bobby Cars, Hot Wheel-Bahnen und Laserschwertern aufwachsen durften.

Meine Schwägerin Anja ließ Carl noch nicht mal in die Nähe einer Spielekonsole oder eines iPods, als könnte er einer undefinierbaren, virtuellen Seuche zum Opfer fallen. Aber statt die Gunst der Stunde zu nutzen, wenn er bei Sebastian zu Besuch war und der ihm eine heimliche Auszeit vom strengen Regime seiner Eltern verschaffen wollte, verpetzte er seinen Cousin auch noch mit schöner Regelmäßigkeit. Daher war die Stimmung zwischen der nächsten Generation etwas – naja, angespannt.

Nachdem nun die Geschenke ausgeladen waren und sich alle auf die verschiedenen Autos verteilt hatten, fuhren wir in einer Kolonne zur Kirche. Normalerweise mussten wir immer recht früh dort sein, weil sonst kaum noch Sitzplätze zu ergattern waren, aber seit sich Tante Emmis allergisches Asthma verschlimmert hatte, hustete sie mit einem Schlag mindestens zwei Sitzreihen frei. Spätestens nach Marios freundlicher Bemerkung, die Ansteckungsgefahr sei nach der letzten Behandlung deutlich geringer, wechselten zwei weitere Familien mit kleinen Kindern hektisch die Seite. Aber Jesus hatte selbst gesagt, lasset die Kranken zu mir kommen. Oder waren es die Lahmen gewesen? Egal, Tante Emmi war es auf jeden Fall wichtig, einmal im Jahr gesegnet zu werden, und sie absolvierte den Gottesdienst wie eine Heiligsprechung. Kerzengerade saß sie in der Bank und betete das »Vater unser« mit einer solchen Inbrunst, dass die Leute um uns herum wirklich glauben mussten, es sei ihr letztes Weihnachten und ihr mitleidige Blicke zuwarfen. Als sie Pfarrer Heumann am Ende seiner Predigt lautstark applaudierte und die Verwendung der Kollekte mit mehreren enthusiastischen »Amen«-Rufen begleitete, rückten meine Schwiegereltern etwas peinlich berührt von ihr ab. Lena schlug sich kichernd die Hand vor den Mund, und ich warf unaufhörlich böse Blicke in Sophies Richtung, die zum wiederholten Male versuchte, sich unauffällig ihre Kopfhörer aufzusetzen.

Während des musikalischen Auszugs schoben wir uns alle wieder Richtung Ausgang und ich war sicher, auf dem rechten Ohr taub zu sein, weil mir das Kleinkind der Familie hinter uns die ganze Zeit direkt ins Trommelfell gebrüllt hatte. Der Brüllkäfer saß auf dem Schoss seiner Mutter direkt unter dem gekreuzigten Jesus und grapschte mit Begeisterung immer wieder nach dem Nagel in den Füßen. In Endlosschleife erklärte die Mutter, dass man da nicht ziehen und reißen durfte. Das sei schließlich der Jesus!

Genervt drehte Mario sich schließlich um und sagte: »Keine Sorge, Schätzchen, der hängt da schon so lange, der fällt so schnell nicht von der Wand.«

Schockiert rissen die besorgten Eltern die Augen auf und das Kleinkind patschte in die Hände; wobei mir nicht klar war, ob der Grund dafür Marios Worte oder das glitzernde Abbild der Jungfrau Maria auf dem Revers seines pinkfarbenen Jacketts war.

Wir wünschten nach allen Seiten frohe Weihnachten und eskortierten die ganze Gesellschaft zu den Autos auf dem Parkplatz und dann wieder zu uns nach Hause.

Hartmut verschwand erneut mit mir in der Küche und wir bereiteten den Rest für das Raclette vor, während Mario und Carsten alle Anwesenden – ausgenommen der Kinder natürlich – mit einer großzügigen Runde Eierpunsch versorgten. Die Kinder hätten am liebsten drei Pfännchen gleichzeitig unter das Raclette geschoben, um endlich die Geschenke auspacken zu dürfen. Nur Carl aß brav und gesittet ein Pfännchen nach dem anderen, weil er so fettes Essen und konservierte Lebensmittel nicht gewohnt war. Zwischendurch erklärte er besserwisserisch, dass man jeden Bissen gut kauen müsse, um die Verdauung schon im Mund einzuleiten; das bräuchte eben seine Zeit.

Ich verkniff mir jeden Kommentar und vermutete eher, dass er es nicht eilig hatte, seinen Experimentierkasten zur Beobachtung von Mikroorganismen auszupacken, was angeblich schon immer seine geheime Leidenschaft gewesen sei, wie mir mein Schwager stolz anvertraute.

Nachdem Tante Emmi mehrfach über den Käse gehustet hatte, verging auch den Erwachsenen langsam der Appetit, und etwas ermattet sangen wir pflichtschuldig zu Sebastians Gitarrenspiel noch ein paar Weihnachtslieder.

»Der Carl hat ja auch mal Gitarre gespielt«, beeilte sich meine Schwägerin zu sagen. »Aber der hat so sensible Finger, dem hat das am Ende einfach weh getan mit diesen harten Saiten. Jetzt spielt er lieber Klavier. Und er hat einen Anschlag, du, das ist unglaublich.«

Ich nickte. Der Carl mit seinen knochigen, aber unglaublich breiten Fingern hatte wohl eher Schwierigkeiten gehabt, nur EINE Saite der Gitarre zu treffen. Die Tasten eines Klaviers waren für seine Pranken ganz klar besser geeignet.

Nach dem letzten Weihnachtslied wachte auch Opa Herbert wieder rechtzeitig zum Auspacken der Geschenke auf und ich verteilte gespannt unsere Päckchen an die Familie. Zufrieden beobachtete ich die Gesichter meiner Kinder, die mit hellen Freudenschreien eine gefütterte Lederjacke (Sebastian), ein paar Winterstiefel, die aussahen wie die Füße eines Yetis, aber absolut hipp waren (Sophie) und eine Tattoo-Werkstatt (Lena) auspackten. Auch Carls Miene erhellte sich kurzzeitig, als er ein cooles Sweatshirt mit dem Spruch »In poetas veritas« auspackte, das mit diesem Aufdruck hoffentlich auch den intellektuellen Anforderungen von Markus und Anja entsprach. Der Markenname war zum Glück nur auf der Rückseite sichtbar und ging im allgemeinen Trubel vorerst unter.

»Das ist aber hoffentlich Bio-Baumwolle«, erkundigte sich meine Schwägerin besorgt. »Der Carl ist doch immer so empfindlich.«

»Ich habe mich vorher erkundigt. Die Baumwollpflanzen sind eines natürlichen Todes gestorben und wurden vorher weder gespritzt noch geimpft.«

Stirnrunzelnd dachte Anja über meine Worte nach und flüsterte dann besorgt mit Markus, der das Sweatshirt misstrauisch beäugte.

Die Masse an Geschenken um den Weihnachtsbaum herum schrumpfte, während neben der Tür der Stapel an Geschenkpapier und Schleifen in ungeahnte Höhen wuchs. Päckchen und bunte Tüten wurden ausgetauscht, und die Szenerie hatte eine gewisse Ähnlichkeit mit dem regen Treiben an den Wühltischen im Schlussverkauf. Es fiel niemandem auf, dass ich immer stiller wurde, und erst als Mario mir ein großes Paket überreichte – das letzte, das unter dem Weihnachtsbaum lag – zeigte sich in einigen Gesichtern Betroffenheit.

»Hier Liebes«, sagte er betont munter. »Mit viel Liebe und Sorgfalt ausgesucht. Es ist jugendfrei und darf auch vor den Kindern ausgepackt werden.«

Er blinzelte mir zu und drückte mir kurz die Hand. Ich schluckte und zwang mich zu einem Lächeln. Vorsichtig löste ich die pinkfarbene Schleife und entfernte die Klebestreifen von dem glänzenden Lackpapier. Als ich den Deckel der Schachtel hob, die unter dem Papier zum Vorschein kam, lag dort eine schwarze, wunderbar weiche und sündhaft teure Lederjacke, die ich schon seit Wochen immer wieder in einem Laden umkreist hatte.

»Mario, das ist ... du bist verrückt«, stammelte ich gerührt und fiel meinem besten Freund um den Hals.

»Das mag sein, Liebes«, entgegnete er und umarmte mich fest. »Aber du hast es dir verdient und es gibt fast niemanden, für den ich mein Geld lieber ausgebe als für dich.« Er warf Hartmut einen Kuss zu.

Ich freute mich riesig über die Jacke und fuhr mit der Hand über das weiche Leder. Die Überraschung war ihm wirklich gelungen - mal abgesehen von der kleinen, etwas störenden Tatsache, dass es das einzige Geschenk war, das ich bekommen hatte!

Als ich in die Jacke schlüpfte, die wie angegossen passte, sah ich die betretenen Gesichter meiner Familie.

»Schatz, es tut mir so leid«, sagte Carsten zaghaft. »Ich habe einfach nicht das bekommen, was ich wollte, und dann ging es irgendwie unter ...«

Sebastian und Lena sahen mich nur mit großen, erschrockenen Augen an. Sophie zuckte mit den Schultern und meinte betont lässig: »Wir machen einen Gutschein. Da kannst du dir dann was Schönes aussuchen.«

»Gute Idee, wir beteiligen uns«, pflichtete ihr meine Schwiegermutter bei. »Obwohl ab einem gewissen Alter Geschenke sowieso überbewertet werden, findet ihr nicht?«

Beifall heischend sah sie sich um, und meine Schwägerin nickte wie ein Wackeldackel. Ich merkte, wie irgendetwas in mir platzte und holte tief Luft.

»Ach ja, werden sie das?«, fragte ich scharf. »Warum mache ich mir dann eigentlich jedes Jahr die Mühe, für EUCH ALLE Geschenke zu besorgen? Wenn das bei mir so ist, dann ist euer Zenit ja wohl schon lange überschritten. Merkwürdigerweise erwartet aber die ganze Familie, dass ich hier Jahr für Jahr ganze Wagenladungen an Geschenken herankarre, die ihr dann fröhlich untereinander verteilen könnt.«

Meine Stimme wurde lauter und ich merkte, wie mir Tränen der Wut in die Augen schossen. »Habe ich etwa in dem ganzen Trubel den Auftrag überhört, mir mein Geschenk selbst zu besorgen? Fakt ist doch, ihr habt mich vergessen! Ihr alle, bis auf Mario und Hartmut. Und dann werden Geschenke plötzlich überbewertet?« Ich sah Carsten an. »Du hast nicht das bekommen, was du wolltest, ja? Und es gab keine Alternative? Keine Möglichkeit, wenigstens eine Kleinigkeit zu besorgen?«

Ich griff über den Tisch nach einer Serviette und warf sie Sophie zu, die sie erschrocken auffing. »Da, du wolltet doch einen Gutschein machen. Nimm' doch einfach die Serviette und lass' alle unterschreiben. Mehr Mühe wird ohnehin überbewertet.«

»Marlene, bitte ...«, fing Carsten an.

»Bitte, was ...?«

»Mir ist klar, wie sich das für dich anfühlen muss, aber es ist doch kein Drama.«

Es war kein Drama? Für ihn vielleicht nicht, aber für mich! Und zwar ein großes! Und ich hatte vor, das auszuleben! Wie konnte es passieren, dass niemandem, wirklich niemandem in dieser Familie aufgefallen war, dass noch kein Geschenk für mich besorgt worden war? Noch nicht einmal meinen Kindern.

Ich stand auf. »Wisst ihr was, vielleicht habt ihr recht. Vielleicht ist es kein Drama und ich bewerte es gerade völlig über. Vielleicht bewerte ich die ganze Idee von Weihnachten und allem, was dazugehört, gerade völlig über. Aber ich habe die Nase im Augenblick voll bis obenhin.«

Langsam ging ich in den Flur und zog meine Stiefel an.

»Wo willst du denn hin, Mama?«, fragte Lena in Tränen aufgelöst.

»Also Marlene, jetzt reagierst du aber wirklich übertrieben«, empörte sich meine Schwiegermutter.

»Wer bekommt denn jetzt das Geld für den Gutschein?«, hustete Tante Emmi dazwischen und fuchtelte mit einem Geldschein in der Luft herum.

»Mama, es ist echt blöd und es tut uns Leid. Aber das ist jetzt gerade voll Drama«, rief Sophie und setzte sich genervt die Kopfhörer auf.

»Marlene, jetzt mach' doch bitte nicht der ganzen Familie das Fest kaputt«, sagte Markus kopfschüttelnd.

Ich nahm meine Jacke. »Mache ich nicht. Ihr könnt hier gerne noch weiterfeiern. Ich gehe in die Christmette und ich gehe alleine! Ich will keine Begleitung und ich will nicht, dass jemand von euch nachkommt.«

Schnell ging ich noch zu Mario und Hartmut und umarmte die beiden. »Vielen Dank für alles, auch für die Mühe, die ihr euch heute Morgen gemacht habt. Aber ich muss jetzt mal alleine sein.«

Mario gab mir einen Kuss auf die Wange und Hartmut tätschelte mir den Rücken.

»Gar kein Problem. Wir haben hier alles im Griff und du tust jetzt das, was dir guttut«, erklärte er ruhig.

Ohne den Rest der Familie noch eines Blickes zu würdigen, ging ich hinaus, setzte mich in das Auto und fuhr zur Kirche. Fröhliche Weihnachten, na, vielen Dank!

Kapitel 38

Als ich auf dem Parkplatz ankam, strahlte die kleine, alte Kirche mit ihrem warmen Licht eine tröstliche Atmosphäre aus. Schneeflocken tanzten leise am Himmel und die kalte Luft prickelte in meinem Gesicht. Die Christmette fing erst in zehn Minuten an und es waren nicht so viele Leute da. Oben auf der Empore saßen einige Konfirmanden aus Sophies Gruppe und ich verzog mich mit einem Gesangbuch in die letzte Reihe. Außer den Lichtern an dem großen Weihnachtsbaum, der mit unzähligen Schleifen und Strohsternen geschmückt war, wurde der Innenraum der Kirche nur von den großen Kerzenleuchtern neben dem Altar und an den Seitenwänden erhellt. Es war friedlich und ruhig, und plötzlich kamen mir die Tränen. Ich verschanzte mich hinter meinem Gesangbuch, und als sich die Kirche nach und nach füllte, kam glücklicherweise niemand auf die Idee, mir in meinem Eckchen Gesellschaft leisten zu wollen.

Pfarrer Heumann, der auch schon wieder im Einsatz war, begrüßte seine Schäfchen warmherzig, aber ich nahm seine Worte kaum wahr. Die Orgel fing an zu spielen, und das erste Lied, das die Gemeinde zusammen sang, war ausgerechnet »Stille Nacht, heilige Nacht«. Bei der Textstelle »alles schläft, einsam wacht« kam ich mir noch einsamer vor und die Tränen wollten gar nicht mehr aufhören zu laufen. Wie immer in den entscheidenden Momenten meines Lebens gingen mir die Taschentücher aus und ich schniefte leise vor mich hin. Pfarrer Heumann warf ab und zu einen fragenden Blick in meine Richtung, den ich aber ignorierte. Während er von Achtsamkeit predigte und betonte, all unsere Handlungen sollten auch stets dem Wohl unserer Mitmenschen dienen, seufzte ich leise. Was nutzte es, wenn man selbst achtsam war und sich der Rest der Welt benahm wie eine Elefantenhorde im Porzellanladen? Mein Blick blieb an Jesus hängen, der mit Leidensmiene an seinem Platz hing. Du warst auch achtsam und um deine Mitmenschen besorgt, dachte ich, und was hat es dir gebracht?

Ich schob es auf den Eierpunsch und den Rotwein, dass ich den Eindruck hatte, Jesus hätte leicht den Kopf gedreht.

Wenn man sich ständig nur Gedanken um andere macht, vergisst man sich selbst, grübelte ich vor mich hin. Und ist es da ein Wunder, wenn man schließlich auch vergessen wird?

»Von Selbstaufgabe war auch nie die Rede.«

Verwirrt hob ich den Kopf. Neben mir saß niemand, und die Worte schienen auch nicht zu Pfarrer Heumanns Predigt zu passen.

Nachdenklich starrte ich vor mich hin. Ich riss mir permanent ein Bein für die ganze Familie aus, kämpfte täglich mit den pubertären Randerscheinungen von mindestens zweien meiner Kinder und erntete nichts als Gemecker. Manchmal fragte ich mich, warum ich es nicht einfach bei meinem Single-Haushalt mit zwei kastrierten Katern belassen hatte, sondern der wahnsinnigen Idee verfallen war, eine Familie zu gründen.

»So schlimm sind die ja nun auch nicht, jetzt lass' mal die Kirche im Dorf«, gluckste es da wieder.

Irritiert sah ich mich um, und dieses Mal war ich mir sicher, dass Jesus mich anstarrte. Ich starrte zurück und fragte mich, ob zu Ehren von Christi Geburt mit den ganzen Kerzen vielleicht auch bewusstseinsverändernde Drogen verbrannt wurden.

»Nein, keine Drogen. Aber gerade an Weihnachten hänge ich hier nutzlos herum und muss mir ständig das Gejammer der Menschheit anhören. Irgendwann geht mir das so auf den Keks. Als ob meine Lage nicht schon ätzend genug wäre.«

Okay Marlene, dein Zustand ist bedenklich. Aber noch bemerkt es niemand, und schließlich brauchst du wirklich jemanden, dem du dein Herz ausschütten kannst, dachte ich. Also warum sollte ich mich nicht auf eine kleine, surreale Unterhaltung mit demjenigen einlassen, der ja eigentlich den totalen Durchblick haben müsste?

»Du kannst hören, was ich denke? Auch ohne dass ich spreche?«, fragte ich in Gedanken. »Das ist ja noch viel schlimmer, als ich immer angenommen habe!«

»Naja, nicht bei allen Menschen. Manche denken zu leise, andere zu wirr oder im Dialekt – da wird es schwierig. Aber du brüllst ja in deinem Kopf geradezu herum.«

Kam es heute wirklich noch darauf an, ob mich jemand für völlig durchgeknallt hielt? Eigentlich nicht, und wen interessierte es schon, dass ich in der Kirche saß und mit Jesus plauderte? Außerdem war Weihnachten, da ließ sich das leicht als Wunder verbuchen.

»Ich brülle nicht, das habe ich vorhin schon zu Hause erledigt«, schickte ich die nächste Botschaft in Richtung Kreuz. »Aber das ist ja wohl Stalking vom Feinsten, einfach so die Gedanken anderer zu belauschen, oder?«

Jesus verdrehte die Augen. »Ach herrje, das mache ich nun schon seit Tausenden von Jahren. Man muss ja schließlich beim Jüngsten Gericht wissen, wovon man redet.«

»Oh Gott.«

»Ja, der hört gelegentlich auch mit.«

Erschüttert schüttelte ich den Kopf. »Dann hört ihr alles mit? Jeden Gedanken? Auch wenn man Tagebuch schreibt?«

»Wenn man beim Schreiben denkt, dann schon. Viele Menschen denken allerdings nicht. Nie! Das war so auch nicht zu erwarten. Andere wiederum denken so ermüdend und ohne Pause, dass man echt vom Kreuz springen könnte.«

»Und mich hast du gehört?«

Jesus zuckte mit den Schultern, so gut es eben ging. »Naja, der Rest hier denkt gerade nicht viel. Die sind alle vollgegessen und gedanklich quasi im Leerlauf. Außerdem warst du schon öfter mit deiner Familie hier. Es ist immer lustig, euch zuzuhören.«

Krampfhaft versuchte ich mich zu erinnern, was ich während der letzten Gottesdienste so gedacht hatte, aber es konnte nicht allzu schlimm gewesen sein, sonst hätte ich es nicht vergessen. Aber Jesus konnte auch das hören, was meine Familie dachte? Interessant!

»Was denkt sie denn so, meine liebe Familie?«, fragte ich möglichst unbeteiligt und betrachtete meine Fingernägel.

»Deine Kinder denken am meisten an dich. Egal was sie planen, sich wünschen oder worüber sie nachdenken – es kreist alles darum, was du davon hältst oder darüber denken könntest.« Jesus lächelte zufrieden.

»Ja, sicher«, gab ich zurück. »Das habe ich gerade heute Abend gemerkt. Ich bin der Nabel ihrer Welt.«

Jesus legte den Kopf schief und verzog das Gesicht. »Gott, diese verdammten Nägel bringen mich noch um.«

»Jetzt lenk' nicht vom Thema ab! Außerdem hast du das schon hinter dir«, erwiderte ich gereizt.

Er warf mir einen ärgerlichen Blick zu und setzte gleich darauf wieder sein friedliches Lächeln auf. Aha, dachte ich für mich, doch nicht so über alle irdischen Gefühle erhaben, wie alle denken. Als seine Augen aufblitzten, fiel mir ein, dass er vermutlich auch das gerade gehört hatte.

»Ich habe nie behauptet, keine Gefühle zu haben. Ich habe nur versucht, der Menschheit klar zu machen, dass es Gefühle gibt, die niemanden weiterbringen und nur zu zwischenmenschlichen Problemen führen.«

»Und die wären?«

»Neid, Missgunst, Gier, Rache, Habsucht, Eitelkeit – naja, im Wesentlichen die Todsünden eben.«

Ich überlegte kurz. »Gut! Dann bin ich aus dem Schneider.«

»Ha«, lachte Jesus kurz auf. »Das denken sie alle.«

»Ich bin weder neidisch noch missgünstig. Und schon gar nicht gierig oder rachsüchtig«, behauptete ich halsstarrig. Jetzt fing der auch noch an, an mir herumzunörgeln – gerade heute!

»Also«, hüstelte er. »Wenn ich das mal kurz zusammenfassen darf, was dir da eben gerade noch durch den Kopf gewirbelt ist: du bist am Boden zerstört, weil du von deiner ganzen Familie keine Weihnachtsgeschenke bekommen hast – abgesehen von dem Typ mit dem geilen Jackett; meine Mutter wäre begeistert von diesem Revers.«

Bei dem Gedanken an Mario wurde mir warm ums Herz.

»Du ärgerst dich, dass du nicht nur alle Geschenke besorgt hast, sondern dass man gerade dich, wo du dich doch immer um alle kümmerst, vergessen hat, richtig?«

Ich nickte heftig.

Jesus fuhr fort. »Du wünschst ihnen gerade nacheinander die Pest an den Hals oder zumindest einen ekligen Ausschlag, für dessen Heilung nur du das Gegenmittel kennst, auch richtig?«

Ich nickte wieder.

Jesus wackelte mit vier Fingern. »Das wären für mich ganz klare Fälle von Neid, Missgunst, Rache und Eitelkeit. Die restlichen Tatbestände müsste ich genauer überprüfen.«

Ich sah ihn finster an. »Na super! Ich bin hier die Angeschmierte, eines der besten Beispiele für Opfer familiärer Ignoranz, und du schlägst dich mal wieder auf die andere Seite.«

»Opfer? Hallo? Wenn hier einer was zum Thema ‚Opfer' sagen kann, dann ja wohl ich. Ich hätte ja wohl allen Grund dazu, rachsüchtig und neidisch zu sein, oder? Ich meine, schließlich bin ich Gottes Sohn. Und euch Menschen fiel nichts Besseres ein, als mich an das Kreuz zu nageln.« Zerknirscht sah er nach oben. »Entschuldige Vater, das war eitel. Manchmal geht es halt mit mir durch, vor allem an meinem Geburtstag.«

Ich schwieg einen Moment, dann fragte ich zögernd. »Empfindest du das sonst nie so?«

»Was genau meinst du?«, fragte Jesus interessiert.

»Wie unfair diese ganze Geschichte ist. Du kommst hier auf die Erde als Gottes Sohn, willst die Menschheit vor Schaden bewahren, und am Ende geht das total schief. Fragst du dich nie, wofür du dein Leben geopfert hast und ob es das wert war?«

Jesus musterte mich mit sanftem Blick. »Nein, das frage ich mich tatsächlich nicht, weil ich die Antwort darauf längst weiß.«

»Und die wäre?«, fragte ich gespannt und beugte mich vor.

»Es war jede Minute und jeden Schmerz wert«, sagte er leise. »Für jeden Menschen, der an mir gezweifelt hat, gab es einen, dessen Herz ich berührt habe. Für jeden, der mich als Bedrohung empfand und sich von mir abgewandt hat, gab es einen, der meine bedingungslose Liebe gespürt und mich in seinem Herzen bewahrt hat – und das heute noch tut.« Er schwieg einen Moment. »Genauso im Übrigen, wie deine Kinder dich in ihrem Herzen tragen, eigentlich deine ganze Familie. Sogar deine übellaunige Schwiegermutter und die hustende Tante.«

»Die haben mich vergessen! Heute! An Weihnachten!«, begehrte ich störrisch auf.

»Sie haben ein Geschenk für dich vergessen, nicht dich! Sie sind tagtäglich eingehüllt in deine Fürsorge und Liebe, wie könnten sie dich da vergessen? Und dein eigentliches Geschenk ist das tiefe Vertrauen und die Liebe deiner Kinder, die durch nichts zu erschüttern ist. Du bist diejenige, die in ihrem Leben eine immense Bedeutung hat und ihnen ein wunderbares Zuhause gibt.« Jesus schien auf etwas zu lauschen. »Naja, gerade liegt es vielleicht zu Hause ein bisschen im Argen, weil keiner weiß, wie der Nachtisch zubereitet werden soll und dein Mann den Vanillezucker nicht findet, aber das sind Nebensächlichkeiten.«

Wohlwollend sah er mich an. »Marlene, glaub' mir, es gibt schlimmere Probleme auf der Welt als ein vergessenes Weihnachtsgeschenk. Und ein Körnchen Wahrheit steckt schon in dem, was du vorhin gedacht hast: Wenn du dich selbst ständig hintenanstellst und vergisst, dann wirst du auch schnell von anderen vergessen. Also sorge für dich. Nimm' dir nicht alles so zu Herzen, und schon gar nicht von Sophie. Die Pubertät ist die Hölle, und auch wenn es schon einige Zeit her ist, weiß ich noch, wovon ich rede!«

Noch nicht ganz versöhnt sah ich ihn an. »Du bist gut, weißt du das?«

Jesus lächelte selbstgefällig. »Klar! Das ist mein Job.«

»Und so ganz frei von Eitelkeit bist du auch nicht, oder?«, fragte ich süffisant.

Er zwinkerte mir zu. »Immerhin habe ich heute Geburtstag.«

»Ja«, gab ich zurück, »und du hast auch kein Geschenk bekommen.«

»Doch, Marlene. Mein Geschenk sitzt hier vor mir und hat vorhin seine Gedanken so wild in meiner Kirche umher geschleudert, dass fast die Nägel aus dem Kreuz geschossen wären.«

Ich wurde rot. »Tut mir Leid. Aber danke für's Zuhören.«

»Nicht der Rede wert. Sonst hänge ich ja doch nur hier herum. Aber versprichst du mir eins?«

»Klar«, antwortete ich schnell. »Was denn?«

»Wenn ich je wieder auf der Erde umher wandeln sollte, dann sorg' bitte dafür, dass sich die Opfer für meinen Vater und mich in Form von Schafen und Ziegen in Grenzen halten.« Er senkte die Stimme. »Das hat sich irgendwie verselbständigt, eigentlich sind wir Veganer.«

»Ok«, erwiderte ich gedehnt. »Dann lieber Melonen und Trauben?«

»Weißt du, so richtig genial wäre es, wenn du mir unauffällig so ein krasses pinkfarbenes Jackett mit dem Glitzerbild meiner Mutter vor einen Altar legen könntest. Das wäre echt der Hammer.« Jesus' Augen glänzten.

Zögernd sah ich ihn an. »Ich werde sehen, was ich tun kann. Aber im Ernst, bist du nicht ein bisschen zu alt dafür, um mit einem Bild deiner Mutter auf der Jacke herumzulaufen? Auch, wenn sie eine Heilige ist?«

»Ach was«, sagte er abwehrend. »Erstens ist Mutti die Beste, und zweitens steht sie voll auf solchen Glitzerkram.«

Die Heilige Maria stand auf Glitzer ... Ich fragte mich immer noch, ob ich nicht aus Versehen das Taufbecken gegen den Kopf bekommen hatte, als ich bemerkte, dass der Gottesdienst langsam zu Ende ging.

»Und was mache ich jetzt?«, fragte ich Jesus unsicher.

»Jetzt? Jetzt fährst du nach Hause und zeigst deinem Mann in drei Gottes Namen, wo der Vanillezucker steht, damit er den Nachtisch nicht völlig versaut. Ach ja, die Tante hat gerade in die Krokantstreusel gehustet. Vielleicht spart ihr die lieber aus und nehmt dafür den Eierlikör aus dem Kühlschrank.«

Kapitel 39

Ich musste einen eher unheimlichen Eindruck auf meine Familie gemacht haben, als ich später nach Hause kam und Carsten wortlos den Vanillezucker aus der Küchenschublade in die Hand drückte. Als ich die Krokantstreusel in den Mülleimer entsorgte, warf mir Tante Emmi einen verlegenen Blick zu und ließ sich erst einmal einen Eierlikör einschenken, um diesen Moment zu überspielen.

In den nächsten Tagen behandelte mich meine Familie wie ein rohes Ei und ich wurde rührend umsorgt. Am 27. Dezember setzte Sophie sogar beim Frühstück die Kopfhörer ab und beteiligte sich zeitweise mit neutralen Lauten wie »Hmpff«, »Urghhh« und »Jepp« an der Unterhaltung. Als alle wild durcheinander plauderten, zuckte sie mit schmerzverzerrtem Gesicht zusammen.

»Tut dir was weh?«, fragte ich besorgt.

»Ja! Meine Ohren.«

»Siehst du? Deswegen predigen wir dir immer wieder, du sollst nicht ständig diese laute Musik über Kopfhörer hören«, setzte Carsten zu einem seiner Lieblingsvorträge an.

»Es ist nicht die Musik. Mir tun die Ohren weh, weil ihr so laut redet«, murrte sie.

»Schätzchen, wir sind ja wohl kaum lauter als deine Musik.«

Sophie zerkrümelte ihr Frühstücksbrötchen. »Ich höre ja nicht ständig Musik über die Kopfhörer.«

»Warum hast du sie dann nahezu rund um die Uhr auf den Ohren?«, fragte Carsten irritiert.

»Damit ich euch nicht immer reden hören muss«, kam die schnippische Antwort.

»Warum frage ich überhaupt«, brummte Carsten, stand auf und ging zur Kaffeemaschine, deren lautes Brummen jeden weiteren Kommentar von Sophie verschluckte.

Ich warf einen Blick auf die Uhr. »In zwei Stunden kommt der neue Nachhilfelehrer. Mach' dich dann bitte mal fertig.«

Sophie rollte mit den Augen. »Dass mir die Weihnachtsferien noch mit Mathe versaut werden, echt! Das ist voll unfair.«

»Die Alternative dazu ist, dass es mir die Stimmung versaut, wenn ich deine Mathearbeiten unterschreiben muss. Lass' mich kurz überlegen: das ist deutlich unangenehmer und zwar für alle Beteiligten«, gab Carsten zurück und stellte seine Espressotasse mit Nachdruck auf den Tisch.

Sophie maulte weiter. »Und ab dem Wochenende muss ich jetzt fast jeden Sonntag in die Kirche, um alle Gottesdienste bis zur Konfirmation voll zu kriegen. Das sind dieses Mal echt keine Ferien.«

»Na, komm«, versuchte ich sie aufzumuntern, »du gehst ja nicht alleine hin, und manchmal ist es doch auch ganz schön.«

Sie stopfte sich ein halbes Croissant in den Mund, und ihr traten fast die Augen aus den Höhlen bei dem Versuch, alles auf einmal zu schlucken. »Ja, es ist kaum auszuhalten vor lauter Spaß. Vor allem, wenn wir Zwiesprache mit Gott halten sollen und es kommt ... NICHTS!«

Meine Gedanken wanderten zu dem Besuch der Christmette und ich musste grinsen. Einen Dialog zwischen Jesus und Sophie hätte ich nur zu gerne belauscht.

»Schön, dass du darüber lachen kannst. Ich nicht«, fuhr sie mich an und knallte ihr Messer auf den Tisch. Sie warf die Serviette auf ihren Teller und stapfte nach oben. »Ich gehe ins Bad – alleine!«

Kaum flog oben die Tür zu, ertönte »Highway to hell« in einer Lautstärke, dass selbst der Teufel die Hölle fluchtartig verlassen hätte.

»Immerhin hat dieses Liebeskummer-Schnulzen-Gedöns aufgehört«, bemerkte Sebastian trocken, und ich spielte kurzzeitig mit dem Gedanken, mir Lenas Häschen-Ohrenschützer aufzusetzen, um das Getöse wenigstens etwas zu dämpfen.

Wir trödelten im typischen Ferienmodus vor uns hin, lungerten noch eine kleine Ewigkeit am Frühstückstisch herum, und Lena verschönerte mir Arme und Beine mit den phantasievollsten Motiven aus ihrer Tattoo-Werkstatt. Nach einem drei Zentimeter großen Glitzer-Totenkopf am Hals streikte ich jedoch und jagte auch den Rest meiner Familie durch alle vorhandenen Badezimmer. Vollgefuttert, ungeduscht und im Schlafanzug – der Nachhilfelehrer hätte bei unserem Anblick garantiert selbst bei doppelter Bezahlung direkt wieder das Weite gesucht.

Ich war gerade angezogen und tuschte mir die Wimpern, als ich einen Schrei hörte.

»Mama«, japste Lena und kam die Treppe hinaufgestürzt.

»Schnell«, keuchte Sebastian, der ihr dicht auf den Fersen war.

»Was ist denn los?«, fragte ich verblüfft und ließ die Wimperntusche sinken.

»Im Flur ...«, schnaufte mein Sohn atemlos und hochrot im Gesicht.

Erwartungsvoll sah ich ihn an. »Ja? Im Flur? Ist was? Außerirdisches Leben?«

Lena zog mich am Arm. »Du musst gucken, schnell! Komm mit!«

Verwundert über das merkwürdige Verhalten meiner Kinder eilte ich mit Lena und Sebastian nach unten und bremste in der Tür zum Flur unvermittelt ab, weil ich fast im gestreckten Galopp in Carsten gerannt wäre, der mit verschränkten Armen neben Sophie im Türrahmen stand.

»Oh!« Mehr fiel mir zunächst nicht ein.

Dort an der Haustür stand keiner anderer als Marc! Er hatte die Hand noch am Türgriff und starrte Sophie an. Diese stand wie festgefroren neben Carsten und starrte Marc an.

»Marc«, sagte Sophie.

»Sophie«, sagte Marc.

Pause.

Ich sah von einem zum anderen.

Ein zaghaftes Lächeln erschien auf Marcs Gesicht.

Im Film würden sich die beiden Hauptdarsteller jetzt aufseufzend in die Arme sinken und dann käme der Abspann. Aber Marc und Sophie sanken nicht, sie starrten. Ein verzauberter Augenblick, voller Magie. Ich war gerührt.

Bevor Carsten jedoch auf die Idee kommen konnte, die Konversation vielleicht nicht ganz so erfolgsversprechend zu eröffnen, stieß ich Sophie leicht an.

»Was machst du hier?«, hauchte sie in Marcs Richtung.

»Du brauchst Nachhilfe in Mathe, oder nicht?«, fragte Marc lächelnd und neigte den Kopf etwas zur Seite.

»Ach so?! Deswegen bist du hier ... mach' dir keine Sorgen, das schaffe ich auch alleine«, sagte Sophie schnippisch und warf sich mit einer fließenden Bewegung die Haare über die Schulter.

Zack, so schnell hatte es sich ausgezaubert.

Marc sah sie verunsichert an und registrierte da wohl erst, dass er mit Sophie nicht alleine war, sondern dass die ganze Familie die Szene wie gebannt verfolgte.

Er nickte mir kurz zu. »Cooles Tattoo da am Hals.«

Ich grinste. Stimmt ja, der Glitzer-Totenkopf. Hoffentlich war das kein böses Omen!

»Ich dachte, ich könnte dir helfen. Und wir könnten mal reden oder so«, sagte er leise zu Sophie.

»Och, so schlecht bin ich gar nicht in Mathe«, behauptete sie und warf mir einen bitterbösen Blick zu, als ich laut schnaubte. »Und reden müssen wir eigentlich auch nicht mehr.«

Marc senkte resigniert den Blick. »Ja ... na dann ... dann kann ich vermutlich wieder gehen«, erwiderte er und drehte sich zur Tür.

»Stopp«, brüllte da Sebastian plötzlich dazwischen.

Verblüfft sahen wir ihn an. Er schüttelte heftig den Kopf. »Ja, seid ihr denn völlig blöde? Der ist doch nicht wegen der Mathe-Nachhilfe hier«, rief er und funkelte seine Schwester böse an. »Der ist hier, weil er garantiert immer noch in dich verknallt ist, und du zickst schon wieder rum.«

Sebastian wandte sich an Marc. »Und wenn du jetzt gehst, dann versaut sie sich nicht nur im nächsten Schuljahr wieder die Note, sondern uns auch noch die Laune. Dann geht das ganze Theater wieder los: wir dürfen im Haus nicht lachen, keine lustigen Filme gucken, und selbst wenn wir essen, ist sie sauer, weil sie vor lauter Herzschmerz keinen Bissen runterbringt. Aber am schlimmsten ist die Musik! Heute Morgen waren wir wenigstens schon bei ‚Highway to hell' – wenn sie jetzt wieder die krassen Herzschmerz-Schnulzen auflegt, raste ich echt aus.«

Sophie schoss eine tiefe Röte ins Gesicht und sie versuchte, ihrem Bruder den Mund zuzuhalten.

»Jetzt halt endlich die Klappe. Was ist nur mit dieser Familie los, dass ihr nie wisst, wann ihr den Mund zu halten habt?«

Marc fixierte Sophie mit seinen blauen Augen. »So schlimm, ja?«, fragte er sanft.

Sophie sah auf ihre Hände und zuckte mit den Schultern. Auf einmal tat sie mir Leid. Ich konnte mir gut vorstellen, was für ein Gefühlswirrwarr da gerade in ihr tobte, und sie wusste beim besten Willen nicht, wie sie reagieren sollte. Und das alles auch noch vor Zeugen.

»Ja«, sagte ich leise. »So schlimm.«

Ich legte ihr den Arm um die Schultern und schob sie sanft Richtung Garderobe. »Was hältst du davon, wenn wir die Nachhilfe ein bisschen nach hinten verschieben und ihr geht mal eine Runde spazieren? Das Wetter ist doch ganz ok.«

Sophie hob den Kopf und sah zwischen Marc und mir hin und her. Tränen standen in ihren Augen und sie schluckte heftig. »Meinst du, das ist eine gute Idee?«, fragte sie mit zittriger Stimme.

Bevor ich antworten konnte, streckte Marc eine Hand nach ihr aus. »Ja! Ich denke, das ist eine sehr gute Idee.«

Als Sophie seine Hand ergriff, schob ich Carsten, Lena und Sebastian zurück ins Wohnzimmer und schloss sachte die Flurtür hinter mir. Kurz darauf fiel die Haustür ins Schloss und mir ein riesengroßer Stein vom Herzen.

Kapitel 40

Es ist wohl unnötig zu erwähnen, dass Mathe-Nachhilfe an diesem Tag kein großes Thema mehr war. Dazu hätte es einer Rückkehr in irdische Sphären bedurft, und die wäre für Marc und Sophie selbst mit Eisengewichten an den Füßen nicht möglich gewesen. Als sie fast drei Stunden später völlig durchgefroren wieder auftauchten, hatten sie nur noch Augen füreinander. Mit einem flüchtigen Lächeln, roten Wangen und glänzenden Augen zog Sophie Marc die Treppe nach oben, eine Tür flog ins Schloss und der Schlüssel wurde herumgedreht. Carsten, der gerade aus dem Arbeitszimmer gekommen war, stand mit offenem Mund mitten im Wohnzimmer.

»Atmen«, sagte ich fröhlich und klopfte ihm auf die Schulter.

»Marlene, sie hat abgeschlossen!«

»Faszinierend, was mit Schlüsseln alles so möglich ist.«

»Marlene! Sie sind beide in Sophies Zimmer und haben die Tür abgeschlossen«, sagte Carsten hektisch.

»Das war auch mein Eindruck, ja. Ich nehme an, sie möchten alleine sein«, erwiderte ich beiläufig und griff nach meinem Buch.

»Aber das waren sie doch die ganze Zeit! Draußen, beim Spazierengehen!«

»Gott, Carsten, ich bitte dich. Da ist es doch viel zu kalt auf Dauer. Und sie haben vermutlich die ganze Zeit geredet.«

Carsten sah mit angespanntem Blick zur Treppe und dann wieder zu mir. »Und was machen sie dann jetzt da oben, wenn sie nicht reden?«

Ich ging zu ihm, schlang die Arme um seinen Hals und küsste ihn sanft auf den Mund. »Mach dir keine Sorgen! Ich bin sicher, mein Schatz, jetzt sitzen sie gerade oben und lernen Mathe.«

Misstrauisch sah er mich an. Mit dem unschuldigsten Gesicht der Welt kuschelte ich mich wieder auf das Sofa und schlug mein Buch auf.

»Marlene, ich bin doch nicht blöd!«

»Ich weiß, Schatz.«

»Marlene, ich weiß genau, warum da oben abgeschlossen wurde.«

»Dann brauchst du dir darüber ja auch nicht mehr den Kopf zu zerbrechen.«

Carsten lief auf dem Teppich, der vor dem Couchtisch lag, auf und ab. »Aber sie haben sich doch gerade erst versöhnt. Man muss doch erst mal abwarten, ob das von Dauer ist.«

Ich schielte mit einem Auge an meinem Buch vorbei. »Vermutlich wird die Versöhnung noch besiegelt. Das festigt sozusagen das Fundament.«

»Marlene, du nimmst das alles nicht Ernst. Stell' dir doch mal vor ... also, wenn da was passiert. Dann ist Sophie mit fünfzehn schwanger, verbaut sich ihre Zukunft und du musst dich dann um das Baby kümmern, damit sie wenigstens noch ihren Schulabschluss machen kann.«

Dieses Szenario behagte mir allerdings überhaupt nicht. »Warum soll ausgerechnet ich mich um das Baby kümmern? Marc hat doch auch Eltern?«, fragte ich stirnrunzelnd.

Carsten lief weiter auf und ab. »Die Frau ist doch immer die Gelackmeierte! An ihr bleibt das alles hängen und die Kerle sind fein aus dem Schneider.«

»Da sagst du was Wahres«, gab ich trocken zurück. »Aber es ist ja gar nicht gesagt, dass die beiden schon an diesem Punkt angekommen sind. Und selbst wenn: lieber mit einem wie Marc als mit so einem obercoolen, Sprüche klopfenden Wollmützenträger.«

Carstens Augenbrauen zogen sich zusammen und er ließ den Treppenabsatz nicht aus den Augen.

»Aber vielleicht hast du recht. Ich mache einen Termin bei meiner Frauenärztin aus. Da kann sich Sophie dann mal über die Pille oder andere Verhütungsmethoden informieren und es erspart ihr die Peinlichkeit, mit ihrer Mutter darüber reden zu müssen.«

Mein armer Mann schnappte erschrocken nach Luft. »Würde es nicht einfach reichen, wenn wir den Schlüssel an uns nehmen, um gewisse Aktivitäten ... ähm ... zu erschweren?«

Genervt schlug ich mein Buch zu. »Carsten, es gibt Autos, andere Wohnungen, Kinos, Aufzüge und Umkleidekabinen! Was zum Teufel soll da ein abgezogener Schlüssel bringen?«

Schweratmend fiel er neben mir auf die Couch. »Gott Marlene, dass du immer so drastisch werden musst. Sei doch mal ein bisschen sensibler meinen Gefühlen gegenüber.«

Ich schwieg. Das war hoffentlich sensibel genug.

Dass es Marc jedoch tatsächlich schaffte, die unzähligen Herzchen in Sophies Augen gelegentlich gegen Rechenzeichen auszutauschen, beeindruckte mich schwer.

So verknallt die beiden auch waren, er ließ sich nicht davon abbringen, jeden zweiten Tag mit ihr eine Stunde Mathe zu lernen, und am Anfang hörte ich ihn fassungslos fragen: »Wo warst du bei den Arbeiten bloß mit deinen Gedanken?«

Sophie schenkte ihm ein hinreißendes Lächeln, das wohl als Antwort genügte.

»Ja, schon gut«, brummelte Marc. »Aber das wird jetzt richtig Arbeit.«

Sophie nickte mit strahlenden Augen, aber sie hätte vermutlich auch Kugelschreiber zusammengeschraubt, solange Marc nur neben ihr saß. Der ließ bei den Nachhilfestunden die Zimmertür immer weit offen – und führe mich nicht in Versuchung, dachte ich grinsend – und arbeitete sich mit Sophie Seite um Seite durch die verkorksten Klassenarbeiten. Mathe-Michel wäre hellauf begeistert gewesen.

Auch das liebgewonnene Ritual, dass Marc Sophie sonntags in den Gottesdienst begleitete, wurde wieder aufgenommen. Am letzten Sonntag in den Weihnachtsferien, an dem die Konfirmandengruppe einen Abendmahlgottesdienst vorbereitet hatte, schloss ich mich ihnen an. Überraschenderweise trafen wir vor der Kirche Oma Helene, Opa Herbert und Tante Emmi.

»Was macht ihr denn hier?«, fragte ich überrascht und wich einem gehaltvollen und feuchten Hustenanfall von Tante Emmi aus.

»Ach, Carsten hat uns erzählt, dass heute Abendmahlgottesdienst ist und er sich nicht so fühlt. Da dachten wir, kommen halt wir mit, sozusagen als familiärer Beistand«, freute sich meine Schwiegermutter.

Carsten fühlt sich nicht so, dachte ich grummelnd. Der Carsten hatte gestern Abend mit seinen Kumpels Skat gespielt und seine Niederlage mit mehreren Klopfern betrauern müssen. Eine am Gaumen klebende Oblate würde wahrscheinlich den latent vorhandenen Brechreiz verstärken, und dass sich mein Mann vor dem Altar in der Kirche erbrach, war mir dann doch zu viel des Guten. Wie aufmerksam, dass er dafür in Vertretung seine Eltern organisiert hat, dachte ich grimmig.

Allerdings versöhnte mich der Gottesdienst sogar mit der Anwesenheit meiner Schwiegereltern. Die Konfirmanden hatten sich in Gruppenarbeiten mit dem Thema »Abendmahl« beschäftigt und trugen nacheinander ihre Beiträge vor, die sie jeweils mit einem passenden Lied abschlossen. Als Sophies Gruppe mit dem Lied »Ins Wasser fällt ein Stein« begann, kämpfte ich schon wieder mit den Tränen.

»Lass' mich raten, schon wieder keine Taschentücher dabei«, hörte ich eine bekannte Stimme schräg vor mir.

»Kannst du dich nicht mal um deine anderen Schäfchen kümmern? Du störst gerade mitten in diesem hinreißend sentimentalen Moment«, schniefte ich ergriffen.

»Würde ich ja, aber die reden nicht mit mir«, seufzte Jesus.

»Die reden nicht mit dir? Hast du denen mal erklärt, wer du bist?«, fragte ich stumm.

»Glaubst du vielleicht, das macht es einfacher? Im Zeitalter von Pokemon Go! mag es vielleicht leichter sein, mit Dingen zu sprechen, die man nicht sehen kann, aber die meisten Menschen halten sich doch einfach nur für plemplem, wenn sie Stimmen hören – und sei es meine.« Er seufzte wieder. »Du bist die Einzige, die sich in letzter Zeit mit mir unterhalten hat«, fügte er leise hinzu.

Die Orgel hörte auf zu spielen und Sophie kam strahlend auf unsere Bank zu. »Mama, du flutest irgendwann noch diese Kirche«, sagte sie grinsend und drückte mir ein Taschentuch in die Hand.

Ich lächelte schief und putzte mir die Nase. Da fiel mir Jesus wieder ein, und ich sah stirnrunzelnd zu ihm auf. Er hing völlig deprimiert an seinem Kreuz und starrte vor sich hin.

»War die Quote denn sonst höher?«, stupste ich ihn in Gedanken vorsichtig an.

»Das ist doch wohl keine Frage. Früher sind die Leute kilometerweit gelaufen, nur um mich reden zu hören. Berge, Täler und Flüsse haben sie über- und durchquert, und selbst das Meer hätten sie bestimmt noch öfter geteilt, wenn das nicht nur Auserwählten möglich gewesen wäre. Nichts hat sie daran gehindert, zu mir zu kommen. Jetzt sitzen sie direkt neben mir und ignorieren mich.«

Jesus schwieg beleidigt und hätte bestimmt die Arme vor der Brust verschränkt, wenn ihm das möglich gewesen wäre.

»Du bist aber heute eine echte Mimose«, sagte ich verständnislos. »Was willst du denn noch? Die Bude hier ist voll und es sind vor allem haufenweise junge Leute hier. Das ist doch schon was.«

»Phhhh, die kommen doch nicht alle wegen mir. Was glaubst du, wie viele beim Abendmahl heimlich noch mal in den Brotkorb greifen? Letzte Woche hat einer versucht, unauffällig die halbleere Rotweinflasche unter seiner Jacke zu verstecken. Unglaublich! Wenigstens lassen sie den Traubensaft für die Kinder stehen!«

Die Bankreihe vor uns stand auf und stellte sich in einem Halbkreis um den Altar. Unter dem wohlwollenden Blick von Pfarrer Heumann verteilten vier Konfirmanden Brot, Wein und Traubensaft, während der Pfarrer seinen Segen sprach. In der nächsten Runde waren wir dran und ich stand auf.

»Du entschuldigst uns kurz? Wir sind dann dran.«

»Ja, sicher. Ich bin dann hier, falls du mich suchst. Der Typ am Kreuz.«

Kopfschüttelnd reihte ich mich in die Schlange im Mittelgang ein. Männer waren einfach Mimosen – heilig oder nicht.

»Nimm' übrigens das Brot aus dem rechten Korb, von dir aus gesehen. Links ist Kümmel drin, den magst du ja nicht«, rief Jesus mir fürsorglich hinterher.

Ich drehte mich halb um und hielt den Daumen nach oben, was mir einige befremdliche Blicke der Anwesenden einbrachte. Ja, ich bin auch plemplem, dachte ich belustigt und stellte mich vor dem Altar zwischen Marc und Opa Herbert auf. Mit seinem gemurmelten »Der Herr segne und behüte dich« drehte Pfarrer Heumann seine Runde, während Sophie, Emma, Jenny und Max Wein, Traubensaft und Brot verteilten.

Tante Emmi griff beherzt in den Brotkorb und stopfte sich gleich mehrere Brotstückchen in den Mund.

»Hab' ich es nicht gesagt?«, kam die Stimme aus dem Hintergrund.

Mit dieser Wagenladung im Hals wurde ihr Gesicht immer röter, und sie griff nach dem Becher mit dem Wein, um das trockene Brot hinunterzuspülen. Ob nun ausgerechnet neben Tante Emmi auch noch ein Gottesdienstbesucher mit Tierhaaren auf der Jacke stand, oder ob ihr kurzer Hals mit der Menge an Brotpampe im Mund schlichtweg überfordert war: wir werden es nie erfahren. Sie stieß ein trockenes Husten aus und der Brotmatsch schoss wie eine Fontäne aus ihr heraus, mitten auf den Ärmel des Talars von

Pfarrer Heumann. Tante Emmi rülpste leise und sah erschrocken in die Runde.

Ich schloss die Augen und suchte verzweifelt nach einer Möglichkeit, jede Verwandtschaft glaubhaft leugnen zu können.

»Du sollst nicht falsch Zeugnis reden wider deinen Nächsten«, tönte Jesus hinter mir. »Achtes Gebot oder so. Ich komme da stellenweise auch durcheinander.«

Ich drehte den Kopf zur Seite und funkelte ihn wütend an. »Wundert es dich manchmal wirklich, dass die Leute nicht mit dir reden?«

Sophie stupste mich an. »Mama, warum guckst du denn den Jesus am Kreuz immer so böse an? Das ist schon schräg, weißt du das? Es ist echt schon peinlich genug, dass Tante Emmi in die Kirche gekotzt hat.«

»Da hat sie recht«, pflichtete Jesus ihr bei. »Ein gutes Kind. In einer ruhigen Minute sollte ich mich mal mit ihr unterhalten.«

»Tu das! Ein bisschen Nachhilfe in Sachen ‚Du sollst Vater und Mutter ehren' kann nicht schaden – vorausgesetzt, sie hört dir zu.«

»Ihr Frauen und eure ständigen Sticheleien! Das hat schon Maria Magdalena in Teufels Küche ... ups, entschuldige, Vater ... in Schwierigkeiten gebracht.«

Ich warf ihm einen vernichtenden Blick zu und zog Tante Emmi aus dem Gewühl vor dem Altar, in dem meine Schwiegermutter hektisch an Pfarrer Heumanns Ärmel herum schrubbte und Opa Herbert in einem unbeobachteten Moment den Kelch mit dem Wein leerte.

»Das ist diese Allergie«, jammerte Tante Emmi, als ich sie zum Ausgang begleitete. »Ich vertrag' jetzt auch keinen Kümmel mehr.«

Ich hörte Jesus hinter mir tief Luft holen und warf einen bösen Blick zurück. »Ja, ich weiß! Es wäre der rechte Brotkorb gewesen!«

Kapitel 41

Nach den Ferien stürmte die alltägliche Hektik wieder ungehindert auf uns ein. Im Verlag hatte ich die Premierenlesung von Cosima Rockenfeller vorzubereiten, die uns mit Ideen förmlich überflutete. Nicht nur einmal saß Herr Sorge flach atmend und mit schreckensweiten Augen an seinem Schreibtisch, wenn er nur ihre Stimme auf dem Gang hörte. Meistens gelang es mir, sie abzuwimmeln und mit kleinen Aufträgen zu beschäftigen. Nachdem sie nun endlich nach wochenlanger Suche genau die künstlichen Schmetterlinge gefunden hatte, die am besten die Leichtigkeit ihres Buches unterstreichen würden, kam sie auf die Idee, noch einige echte Schmetterlinge sozusagen als Einleitung in das Gewächshaus fliegen zu lassen. Ich schlug ihr vor, diese wunderbare Idee mit den Inhabern der Gärtnerei direkt zu besprechen – nicht, dass die Schmetterlinge am Ende noch die Tomatenpflanzen anfressen würden. Das wollte Cosima natürlich nicht riskieren und zog direkt los, um die Kompatibilität von Tomatenpflanzen und Tagpfauenaugen zu prüfen.

Allerdings waren diese Probleme harmlos, verglichen mit denen, die mich zu Hause erwarteten. Ich begann jetzt langsam mit der Detailplanung in Sachen Konfirmation, daran zeigte meine Familie jedoch herzlich wenig Interesse, was mich zwar nicht wunderte, aber trotzdem ärgerte.

Doch wozu hat man schließlich Freunde. Birgit machte den fantastischen Vorschlag, die Konfirmation von Emma und Sophie doch zusammen zu feiern, den ich dankbar aufgriff. Ich hatte ohnehin geplant, die Feier bei uns im Garten auszurichten, unsere Gästelisten waren bis auf Birgits Familie nahezu identisch, und als meine Freundin noch dazu anbot, eine gemeinsame Einladung mit einem Foto von Emma und Sophie zu entwerfen, fiel ich ihr überschwänglich um den Hals.

Abends berichtete ich im trauten Familienkreis erleichtert von Birgits Ideen und erntete freundliches Desinteresse. Lediglich Sophie sah mich verständnislos an. »Wieso feiern wir denn hier zu Hause?«

»Was dachtest du denn, wo wir feiern?«, fragte ich verwundert.

»Ich dachte, wir können das im Golfclub machen. Da feiert Jenny mit ihrer Familie auch.«

Ich nahm die Fernbedienung und stellte den Fernseher stumm. »Entschuldige, ich muss mal den Ton wegschalten. Ich hab gerade etwas ganz Lustiges verstanden. Als hättest du gesagt, du möchtest im Golfclub feiern.«

»Das liegt vermutlich daran, dass ich genau das gesagt habe.«

»Sophie, wir haben knapp dreißig Leute auf der Gästeliste stehen.« Ich musste lachen. »Das wird einfach zu teuer. Es sei denn, wir gewinnen am Wochenende im Lotto.«

Sie sah mich mit zusammengekniffenen Augen an. »Vielleicht kann man ja mal fragen, ob die Mengenrabatt geben.«

Ich schüttelte immer noch lachend den Kopf. »Das ist doch kein Discounter, sondern der Golfclub. Da kannst du froh sein, wenn du die Toiletten kostenlos benutzen darfst.«

Sie sprang auf. »Du musst immer direkt am Anfang sagen, dass irgendwas nicht geht. Obwohl du noch nicht mal gefragt hast. Ich habe echt kein Bock auf eine Gartenparty.«

Manchmal war es mir völlig egal, welche Synapsen sich in diesem Teenager-Gehirn gerade untereinander ihre Verbindung aufgekündigt hatten, ich hatte dieses ständige Genörgel einfach nur satt.

»Weißt du was, mein Schatz? Es ist deine Konfirmation. Geh' du ruhig mal runter zum Golfclub, sag' freundlich ‚Guten Tag', und dann lässt du dir mal ein Angebot für eine Feier mit dreißig Personen inklusive Buffet und Getränke machen. Dann schauen wir alle mal drauf, lachen herzlich und befinden uns mit einem Schlag wieder in der Realität.«

»Ich bin ja nicht blöd! Ich weiß schon, dass das ein bisschen mehr kostet, aber es ist schließlich meine Konfirmation! Deinen Geburtstag haben wir auch groß gefeiert und nicht mit einer Gartenparty«, gab sie patzig zurück.

Bleib' ruhig Marlene, atme und lächle, dachte ich und verzog mein Gesicht zu einem angestrengten Grinsen.

»Erstens habe ich im Februar Geburtstag. Somit kommt eine Gartenparty nur in Frage, wenn die Klimaerwärmung weiter um sich greift. Zweitens haben wir zwar größer gefeiert, aber wenn du dich mal erinnern möchtest: das Buffet habe ich mit meinen Freundinnen bestückt und wir haben alles selbst dekoriert. Ja, wir haben nicht hier zu Hause gefeiert, aber auch nicht im Golfclub, sondern im Fußballheim. Und drittens arbeite ich für mein Geld und darf es dann auch gelegentlich mal für mich ausgeben – sofern ihr noch etwas davon übrig lasst. Klar?«

Sophie verschränkte die Arme vor der Brust und sah beleidigt vor sich hin. Nicht schön, aber immerhin war sie ruhig. Carsten, Lena und Sebastian hatten sich aus dem Ring zurückgezogen und mir das Feld überlassen. Am liebsten hätte ich sie jetzt in die Kirche geschleppt und vor Jesus an die Kirchenbank gefesselt. Hier kamen doch gerade alle sieben Todsünden zusammen, eher sogar noch welche obendrauf.

»Bekomme ich dann wenigstens ein neues Kleid und Schuhe, oder muss ich mir was von dir in der Mitte durchschneiden lassen?«, kam die giftige Frage aus der linken Couchecke.

Es gab Bemerkungen, da hätte ich jeder Freundin aus dem Stand die Freundschaft gekündigt, aber den verstandesumnebelten Nachwuchs hatte man mit all seinen Frechheiten an der Backe, bis sie achtzehn waren. Beneidenswert, wenn man sich mal in der Natur umsah und feststellte, dass die meisten Jungvögel nach nur wenigen Wochen aus dem Nest geworfen wurden. Dabei war es irrelevant, ob sie fliegen konnten oder nicht.

Bemüht ruhig sagte ich: »Das wird nicht nötig sein, man kann die meisten Kleider auch mit einem Gürtel enger stellen. Oder wir schauen mal in einem dieser schicken Second Hand-Shops vorbei. Da finden wir bestimmt auch was Schönes.«

Die Genugtuung, die ich empfand, als Sophie der Mund offen stehen blieb, knüppelte das schlechte Gewissen, weder pädagogisch noch wertvoll reagiert zu haben, komplett nieder.

Aber um mal wieder ein Beispiel für meine von Mario viel gepriesene, nicht vorhandene Konsequenz zu liefern: Ich ging natürlich mit Sophie einkaufen und hatte die sentimentale Vorstellung eines innigen Mutter-Tochter-Tages, obwohl schon im Vorfeld klar war, dass die Fetzen fliegen würden.

Den Kleidern auf sämtlichen Fotos, die Sophie aus Zeitschriften sozusagen als Anregung gesammelt hatte, fehlten in der Länge mindestens zwei Lagen Stoff und eine gewisse blickdichte Optik. Während sie mir im Auto schon einen Vortrag hielt, dass die Zeiten von Faltenröcken und dunkelblauen Westen lange vorbei waren und alle, wirklich alle ihrer Freundinnen total irre Absatzschuhe tragen durften, zog die Innigkeit fröhlich winkend von dannen.

Versöhnlich sagte ich: »Naja, zwischen Faltenröcken und Schlauchkleidern gibt es ja noch eine gewisse Bandbreite, die dann tatsächlich in Frage kommt.«

Erste Gewitterwolken zeigten sich auf Sophies Stirn und ich konzentrierte mich darauf, den VW Bus in die einzig freie Parklücke zu bugsieren, die gefühlsmäßig eher für einen Smart in Frage kam. Beim Einparken verlor ich gelegentlich jedes Zeitgefühl und heute schien es etwas länger zu dauern, denn ich bemerkte, wie die Leute hinter mir in der Straße aus den Autos ausstiegen und anfingen sich zu unterhalten.

»Gott, Mama! Gleich geht einer rüber zu Starbucks und holt eine Runde Kaffee für alle.« Sophie rutschte in ihrem Sitz nach unten. »Hoffentlich kennt uns niemand.«

Ich kurbelte wie eine Verrückte und wischte mir mit dem Ärmel die Schweißperlen von der Stirn. »Jetzt schon«, keuchte ich und lachte triumphierend, nachdem ich den riesigen Bus einigermaßen parallel zum Bürgersteig eingeparkt hatte. Mit einem Hupkonzert und fröhlich winkend fuhr eine ganze Pkw-Kolonne an mir vorbei.

»Warum sind wir nicht einfach in ein Parkhaus gefahren?«, fragte Sophie genervt.

»Weil das nach einem Tag richtig viel Geld kostet und das alles von dem Budget für deine Klamotten abgeht«, gab ich zurück. »Noch weitere sinnlose Fragen?«

Ich klappte vorsichtshalber die Außenspiegel ein und wir kletterten aus dem Auto.

»Ich würde vorschlagen, wir gehen erst mal durch alle Geschäfte, die in Frage kommen, und verschaffen uns einen Überblick. Dann können wir später schauen, was in die engere Auswahl kommt«, schlug ich gut gelaunt vor.

»Das bedeutet, wir rennen zweimal die ganze Zeil rauf und runter? Dein Ernst? Und wenn ich schon gleich am Anfang etwas finde, was mir total gut gefällt?«, wollte Sophie wissen.

»Dann lassen wir es zurücklegen. Man kauft nicht gleich das erstbeste Kleid.«

»Und wann kaufen wir Schuhe?«

Ich warf meine Handtasche über die Schulter und steuerte direkt auf den Kaufhof zu. »Wenn wir das Kleid haben, umgekehrt macht das doch überhaupt keinen Sinn.«

Sophie tippte auf ihrem Smartphone herum. »Dann kann ich es wohl vergessen, mich heute noch mit Marc zu treffen.« Plötzlich hellte sich ihr Gesicht auf. »Oder er könnte nach Frankfurt kommen und mit uns shoppen gehen.«

»Nein!«, sagte ich und drückte beschwingt die Glastür des Kaufhauses auf. »Wir kommen schneller voran, wenn wir alleine sind. Außerdem brauchen wir nicht noch eine Meinung. Wir haben ohnehin schon zwei.«

»Vielleicht wäre das aber die entscheidende!«, murmelte Sophie, doch das überhörte ich geflissentlich. Die Entscheidungen von Männern in Klamottenfragen waren ohnehin nie wirklich objektiv und meistens nur darauf ausgerichtet, den familiären Harmoniepegel im Gleichgewicht zu halten.

Wir waren mit der Rolltreppe im ersten Stock angekommen und steuerten zielsicher die Ecke mit der festlichen Garderobe an. Nach einem kurzen Blick hatte ich festgestellt, dass wir die Kinderetage wohl getrost aussparen konnten, was Sophie halbwegs versöhnlich stimmte. Sie wühlte sich mit Begeisterung durch ganze Berge von Tüll, Spitze und Satin, aber leider gab es in den kleineren Größen nicht so viel Auswahl wie erhofft.

»Macht nichts«, tröstete ich sie. Wir sind ja erst am Anfang und haben noch etliche Geschäfte vor uns. Das dauert, bis wir am Ende sind.«

Am Ende waren wir jedoch schneller als gedacht. Die Auswahl an konfirmationstauglichen und festlichen Kleidern in Größe 32 hielt sich sehr in Grenzen, und schließlich landeten wir in der Belle Etage des P&C, wo der Begriff »Reizüberflutung« eine neue Dimension erreichte. Nahezu die komplette obere Etage war ein einziges Feuerwerk an Stoffen, Farben und Accessoires, und es schwirrte wie in einem Bienenkorb. Offensichtlich hatte die halbe Stadt den heutigen Samstag dazu auserkoren, den Nachwuchs für den Abi-Ball, die Firmung oder die Konfirmation auszustatten, und vor den Umkleidekabinen versammelten sich traubenförmig ganze Familienstämme.

Sophie flitzte von einem Kleiderständer zum anderen und streifte sich einen Kleiderbügel samt dem dazugehörigen, apricotfarbenen Seidentraum über den Kopf. Ihre Augen strahlten. »Oh mein Gott, Mama, ich bin im Himmel«, trällerte sie und drehte sich um die eigene Achse.

Wenn das der Himmel war, dann hätte ich gerne vorher mal eine Probezeit in der Hölle, dachte ich gereizt, als mich die dritte Mutter unsanft anrempelte, die das Wettrennen gegen eine Mitstreiterin zu einem Gedicht aus rosa Tüll gewinnen wollte. Es war zu laut, zu voll, zu bunt, und falls hier wirklich irgendwo ein dicker Engel sitzen und Harfe spielen sollte, hörte das bei dem Tumult kein Schwein.

»Pass' auf, wir brauchen hier eine gewisse Strategie, sonst bekommt das Ähnlichkeit mit den Gladiatorenkämpfen im Römischen Reich«, erklärte ich Sophie. »Wir suchen erst einmal alles zusammen, was in Größe 32 in Frage kommt, und dann belegen wir eine Umkleidekabine. Sonst können wir hier übernachten.«

Sophie strahlte mich an. »Och, das wäre auch kein Drama. Dann haben wir mehr Zeit.«

Stimmt, das wäre kein Drama, sondern eine Katastrophe!

Nachdem ich meiner Tochter – um jedes Missverständnis zu vermeiden – dialektfrei in akkuratem Hochdeutsch erklärt hatte, dass die Bereiche mit Kleidern in Rot, Rosa, Apricot, Grün, Weiß und Gelb sozusagen zum mütterlichen Sperrgebiet erklärt worden waren, konnte die Suche beginnen. Wir arbeiteten uns durch alles, was auch nur ansatzweise dunkelblau, schwarz oder grau war und nicht die entfernteste Ähnlichkeit mit einem Faltenrock hatte.

Nach einer halben Stunde trabte ich beladen mit mindestens fünfzehn Kleidern, Boleros und Schals auf die Umkleidekabinen zu. Es wurde deutlich, warum es durchaus sinnvoll war, alle Tanten, Cousinen und Omas zu mobilisieren, die die Familie hergab, weil mit diesem Pulk die einmal belegte Umkleidekabine für die nächsten Stunden gesichert war.

Sophie sah mich resigniert an. »Da kommen wir nie durch. Das ist ja die reinste Blockade!«

»Abwarten«, sagte ich. »Vielleicht ist es auch von Vorteil, dass wir nur zu zweit sind. Da können wir uns unauffällig vorbeimogeln.«

Ich hatte es kaum ausgesprochen, da krachte eine Mutter neben mir auf die gepolsterte Wartebank. Schockiert sah sie sich um, während sich eine kräftige Italienerin vor ihr aufbaute.

»Alora, nix hier vordrängele! Du hier warten, bis meine Mercedes hat gefunden una bella roba, capice?«, fragte sie drohend und stemmte die Hände in die breiten Hüften.

Die blonde Dame neben mir nickte eingeschüchtert und verschanzte sich hinter ihrem Kleiderbügel. In diesem Augenblick klingelte mein Handy.

»Na Liebes, was macht das Einkaufsglück? Seid ihr erfolgreich?«, erklang Marios Stimme wie Musik in meinen Ohren.

»Spaß ist definitiv etwas anderes. Du kannst dir nicht vorstellen, was hier los ist. Ganze Sippen belegen hier mehrere

Umkleidekabinen und ich bin schon froh, dass es noch keinen internationalen Zwischenfall gab. Die Gewaltbereitschaft ist unglaublich hoch und wir sitzen hier mit einem Stapel Kleider fest. Ich könnte heulen.«

Mario kicherte. »Liebes, ich bezweifle, dass das helfen würde. Was ihr braucht, ist jemand mit diplomatischem Geschick und psychologischer Raffinesse, der zu euren Gunsten mit dem Mob verhandelt.«

»Ach ja?«, erwiderte ich seufzend. »Wenn du da Kontakte hast, dann schick' mir diese Wunderwaffe doch bitte umgehend vorbei.«

»Liebes?«, ertönte da Marios Stimme zweifach in meinem Ohr. »Dreh' dich doch bitte einfach mal um, ja?«

Kapitel 42

Ich fuhr herum und starrte Mario verblüfft an, der zwei Lunchtütchen des Feinkostgeschäftes »Schlemmer-Carl« von der Fressgass' in der Hand schwenkte. Seine braunen Augen funkelten vor Vergnügen, und er fing mit seinem freien Arm gerade noch Sophie auf, die ihm stürmisch um den Hals fiel.

»Mario, das ist so toll, dass du hier bist! Und ich habe so dollen Hunger.«

Mario fuhr sich mit einer eleganten Handbewegung durch die Haare und sah sich verzückt um. »Das dachte ich mir. Und die Vibrationen deiner Mutter konnte ich schon spüren, als ich noch auf der Rolltreppe war.«

Ich streckte ihm die Zunge heraus und schnappte mir eine der wundervoll duftenden Papiertüten. Neugierig zog ich die Öffnung auseinander und sah verzückt hinein. Appetitlich angerichtet auf einem kleinen, dekorativen Pappteller lag ein frischer Bagel, der mit Mozzarella, getrockneten Tomaten und Rucola belegt und mit einer frischen Basilikum- Pesto bestrichen war. Daneben thronten ein Töpfchen mit fruchtigem Mangomus und eine kleine Dose Prosecco.

»Tussi on tour?«, fragte ich mit hochgezogenen Augenbrauen und holte die Dose aus der Tüte.

»Auf den anderen stand ‚Zickengeschwader' und ‚Shopping-Luder'! Wäre dir das lieber gewesen?«

»Auf gar keinen Fall!!«, betonte ich mit Nachdruck und öffnete die Dose mit einem Klick. Einige Köpfe vor den Umkleidekabinen flogen mit suchendem Blick in meine Richtung. Hastig drehte ich mich zur Seite.

»Wenn die glauben, sie könnten mir jetzt auch noch den Prosecco streitig machen, haben sie sich getäuscht! Obwohl es bei manchen Töchtern nur von Vorteil wäre, wenn man sie sich schön trinken könnte.«

Die dicke italienische Mama warf mir einen drohenden Blick zu und ich beeilte mich zu sagen: »Abgesehen von den Italienerinnen, die haben immer ausnahmslos wunderschöne Töchter.«

Sie nickte zufrieden und trat einen Schritt zur Seite, sodass wir das, was sich da hinter ihr verbarg, in voller Pracht bewundern konnten.

»Oh«, hauchte Mario, während Sophie mit dem Kopf tief in ihre Lunchtüte abtauchte, um ihr breites Grinsen zu verbergen. Nur ich reagierte nicht schnell genug und sah mich unvermittelt von der südländischen Gemeinschaft umzingelt, die mit erwartungsvollem Blick ein Statement von mir forderte.

»Ähm ... also, das ist ja ganz entzückend, wirklich. Una bella ragazza«, kramte ich die paar italienischen Brocken zusammen, derer ich noch mächtig war. »Das Kleid betont so wunderbar ihre zarten ...«

Ich stockte. Nichts an dem Kind, das da hinter dieser Matrone aufgetaucht war, war zart. Hätte sich die Beinbehaarung auch auf den Füßen fortgesetzt, hätte sie glatt als weiblicher Hobbit durchgehen können. Der Damenbart über ihrer Oberlippe hatte eine ähnliche Form wie die zusammengewachsenen Augenbrauen, und das rote Kleid, in dem das Töchterlein steckte, war mit ihrer Person schon quasi überfüllt. Die Verkäuferin, die mit hochrotem Kopf und unter dem wachsamen Blick der Mama krampfhaft versuchte, den Reißverschluss hochzuziehen, war am Ende ihrer Kräfte. Der italienische Wonneproppen strahlte uns an und bekam einen eindeutigen Glanz in die Augen, als ihr Blick auf Mario fiel. Sie stemmte ihre speckigen, kurzen Arme in die Seiten und drehte sich schaukelnd hin und her, was dazu führte, dass die Verkäuferin den Kampf an ihrer Rückseite verlor.

»Oh mein Gott«, sagte Mario erschüttert.

Allerdings kam das bei dem streng katholischen Familien-Clan leicht missverständlich an und sie klatschten begeistert in die Hände.

»Alora, Mercedes, sogar dieser Signore findet dich magnifico. Aber irgendetwas stimme nickt mit diese Reisverschluss, eh?«

Hilfesuchend sah uns die Verkäuferin an und ich konnte förmlich sehen, wie bei Mario das Mitleid siegte – wenn auch nicht ganz klar war, für wen! Prüfend sah er sich um und holte tief Luft.

»Also, Ihre Mercedes, Signora, hat wirklich wunderbare Formen, aber dieses Rot macht sie ein bisschen blass. Darf ich Ihnen mal etwas zeigen?«

Ungläubig beobachteten Sophie und ich, wie Mario mit der italienischen Sippe im Schlepptau zielsicher auf einen Kleiderständer zusteuerte, auf dem klassisch geschnittene Empire-Kleider in einem dunklen Rot hingen. Er redete mit Händen und Füßen auf Mercedes und ihre Mama ein, die an seinen Lippen hingen und heftig nickten. In atemberaubendem Tempo kehrte der ganze Tross zu den Umkleidekabinen zurück und bewachte den Vorhang, hinter dem Mercedes erneut verschwunden war.

Wir kamen uns vor wie im Theater, starrten erwartungsvoll auf den Vorhang der Umkleidekabine und nippten an unseren Tussi-Dosen. Sophie hatte natürlich nur Ingwer-Limonade bekommen.

»Geht denn Rot überhaupt bei der Firmung? Ich dachte, die tragen immer weiße Klamotten.«

Ich zuckte mit den Schultern.

»Was glaubst du, was die mit uns machen, wenn ihnen das Kleid an ihrer Mercedes nicht gefällt?«, fragte mich Sophie leise.

Ich tätschelte ihr die Hand. »Dann graben sie vermutlich den Zwillingsbruder aus, der auf den klangvollen Namen ‚Fiat Punto' hört, und ich muss dich zwangsverheiraten, damit Mario und ich mit heiler Haut davonkommen.«

»Du bist so lustig, Mama, ehrlich«, erwiderte Sophie und warf mir einen vernichtenden Blick zu.

Da teilte sich der Vorhang und das italienische Töchterlein erschien auf der Bühne. Mit verschränkten Armen und strengen Blicken musterten die Omas, Tanten und Cousinen die frisch verpackte Mercedes. Die Verkäuferin schloss mit erleichtertem Gesichtsausdruck und in einem Zug den Reißverschluss des Kleides. Ich war verblüfft. Das dunkelrote Kleid verlieh der blassen Haut tatsächlich einen leicht rosigen Schimmer und fiel weich fließend bis auf den Boden. Die haarigen Beine waren somit verdeckt und die halben Ärmelchen umspielten vorteilhaft die teigigen Arme. Alles in allem hatte sich das hässliche Entlein tatsächlich in den Ansatz eines Schwans verwandelt. Mercedes betrachtete sich hingerissen im Spiegel und die italienische Mama erwachte aus ihrer Erstarrung. Mit ausgebreiteten Armen lief sie auf Mario zu, was auch für die restliche Truppe das Signal war, sich in Bewegung zu setzen. In Nullkommanichts war Mario Hahn im Korb und wurde geherzt und geküsst, als wäre er der einzige Mann auf der Welt. Dass er nicht direkt in den Familienclan einheiraten musste, wurde nur durch die schlichte Tatsache verhindert, dass er einen Ring am richtigen Finger trug. Hartmut sei Dank!

Danach war alles kein Problem mehr. Aus lauter Dankbarkeit und weil viele Italiener naturgemäß ein riesengroßes Herz haben, wohnten sie geschlossen der Auswahl von Sophies Konfirmationskleid bei. Mercedes überließ uns großzügig die

Umkleidekabine, neben der zwei ihrer Tanten sogleich wieder Stellung bezogen und sie somit für uns in Besitz nahmen. Mercedes' Mama hörte auf den zauberhaften Namen Alfa und es war zu vermuten, dass wir es hier mit dem unbekannten Zweig einer italienischen Automobil-Dynastie zu tun hatten. Sophie verschwand hinter dem Vorhang und hinter mir verschickte Mario per WhatsApp gleich mehrfach Namen und Adresse seines Salons. Außerdem hörte ich ihn hoch und heilig versprechen, auch den Rest von Mercedes firmungstauglich zu gestalten.

»Glaubst du, du kommst da mit einem Termin hin?«, fragte ich unschuldig lächelnd.

»Liebes, du solltest mich kennen. Wenn ich mit ihr fertig bin, ist sie mindestens so windschnittig wie das gleichnamige Auto«, erklärte Mario und lächelte zufrieden. Vermutlich hatte er an diesem Tag mindestens zehn neue Kundinnen gewonnen.

Plötzlich waren verzückte Ausrufe zu hören und Alfa klatschte begeistert in die Hände. Wir drehten uns um und ich kämpfte aus dem Stand schon wieder mit den Tränen, diesmal allerdings vor Rührung. Da stand meine kleine Kratzbürste in einem wunderschönen, dunkelblauen Kleid und war kaum wiederzuerkennen. Das Oberteil war mit einer dezenten Stickerei und Pailletten verziert und der Rock aus Chiffon umschmeichelte bei jedem Schritt schwungvoll Sophies schlanke Beine. Er endete ein Stückchen oberhalb des Knies – gerade noch kirchentauglich und im Rahmen der christlichen Sittlichkeit. Verlegen lächelnd sah sie uns an und fragte: »Na, was meint ihr?«

Auf diese Frage folgte ein deutsch-italienisches und kaum verständliches Durcheinander. Ich griff beherzt in die Kleenex-Box, die mir die nette Verkäuferin reichte und räusperte mich.

»Mami?«

Dieses Wort brachte mit einem Mal alle zum Schweigen und verlieh mir eine ungeheure Autorität. Erwartungsvoll sah Sophie mich an und ich bekam vor lauter Aufregung Schluckauf.

»Mäuschen, du siehst ... (hicks) ... wunderschön aus. Und so erwachsen!«, fügte ich wehmütig hinzu.

Ich trat zu ihr und zupfte die schmalen Spaghettiträger des Oberteils zurecht. »Gibt es denn dafür auch noch ein ... (hicks)? Falls es etwas kühler ist?«, fragte ich.

»Sie meinen ein Bolero oder einen kurzen Blazer?«, fragte die Verkäuferin hilfsbereit.

Ich nickte und hickste verstohlen. »Ja, genau.«

Sofort entwickelte sich eine unvermutete Gruppendynamik. Während sich die beiden Omas mit einem erleichterten Seufzer in die Polster der Wartebank sinken ließen, schwärmte der Rest unserer neuen Freunde aus, um nach einem Bolero oder einem kurzen Blazer zu suchen. Die Verkäuferin, mit den Räumlichkeiten und dem Sortiment deutlich besser vertraut, war jedoch schneller und gewann den Wettlauf.

Sophie verlor langsam ihre Scheu vor ihren neu gewonnenen Zuschauerinnen und führte ein Kleid nach dem anderen vor. Mario saß mitten im italienischen Lager und verteilte zwischendurch großzügig den einen oder anderen Styling-Tipp. Als Sophie das letzte Kleid anprobierte, sah sie mich hilflos an.

»Ich finde alle schön. Wie soll ich mich denn jetzt nur entscheiden? Wir hätten vielleicht Papa mal Fotos von den ganzen Kleidern schicken sollen.«

Ich schüttelte den Kopf. »Das hätte uns keinen Schritt weitergebracht. Die einzig markanten Unterschiede für deinen Vater wären die Preisschilder gewesen«, bemerkte ich trocken. »Sind denn welche dabei, die dir gar nicht gefallen?«

Sie warf einen Blick zurück in die Umkleidekabine. »Nein, eigentlich finde ich sie alle schön. Auch das mit den Gänseblümchen auf den Trägern, das auf dem Bügel erst so komisch aussah.«

Mir ging es nicht anders. Sophie hatte wirklich in allen Kleidern zauberhaft ausgesehen, und mit ihrer Figur konnte sie auch wirklich alles tragen. Das hatte sie definitiv nicht von mir, und ich musste hier die Gene meiner Schwiegermutter neidlos anerkennen.

»Was meinst du?«, rief ich zu Mario hinüber, der von Mercedes in Beschlag genommen wurde.

Er zuckte hilflos mit den Schultern. »Alle?«

»Ja, soweit waren wir gerade auch«, entgegnete ich und drehte mich ratlos zu Sophie um.

Da ergriff Alfa das Wort. »Warum macke wir nickt so: Principessa ziehe alle Kleider nockemal an und wir stimme ab. Nehme dann einfach die Kleide, wo hebbe die meiste Hände hoch? Bene?«

Die Idee gefiel mir und Sophie nickte erleichtert.

»Molte bene«, sagte ich erfreut und Alfa klatschte wieder in die Hände.

»Alora, attenzione!«, kommandierte sie die ganze Runde, und gehorsam stellten alle ihre Unterhaltungen ein.

Sophie verschwand wieder in ihrer streng bewachten Umkleidekabine und schlüpfte mit Hilfe der Verkäuferin in das erste Kleid. Fragend sah sie in die Runde.

»Du laufe auf und ab, damit wir gucke von alle Seite«, wies Alfa sie an.

»Genau, wie auf dem Laufsteg«, rief Mario. »Aber warte mal, da fehlt etwas.«

Er kramte in seiner Tasche herum und zog eine kleine Bluetooth-Box heraus, die er schnell mit seinem Smartphone verband. Verglichen mit der schon stets gut bestückten Handtasche einer Frau hätte Mario dank des Inhalts seiner »Camel Active Hampton Bag XL« problemlos spontan in einen Kurzurlaub aufbrechen können. Er wählte eine rockige Playlist aus seiner Mediathek und nickte Sophie strahlend zu.

»So Prinzessin, leg' los!«

Jede Spur von Verlegenheit war verschwunden, und während Sophie mit einem Hüftschwung, der den Puls ihres Vaters schlagartig nach oben getrieben hätte, genau im Takt der Musik ihr Laufstegdebüt gab, gesellten sich noch weitere Zuschauer dazu. Als ich zwischendurch von Carsten eine Nachricht bekam, in der er fragte, ob wir denn wenigstens ein bisschen Spaß hätten, konnte ich nur antworten: Es ist ein Erlebnis!

Am Ende gab es einen Gleichstand zwischen dem ersten Kleid und einem anthrazitfarbenen Spitzen-Ensemble, und somit musste Sophie notgedrungen noch je eine weitere Runde drehen. Freundlich und völlig in ihrem Element versorgten uns die Verkäuferinnen zwischendurch mit einer Runde Espresso, um aufkommenden Müdigkeitserscheinungen vorzubeugen.

Alfa stand als Moderatorin Michelle Hunziker in nichts nach. »Attenzione, Signore e Signori! Wir müsse macke noch eine Durckgang für jedes Kleide, damit wir komme zu eine Finale. Danack wir müsse gucke noch nack die Schuhe, bene?«

Ich zuckte zusammen. Schuhe auch noch? Hier? Dann ging das Ganze ja noch mal von vorne los. Hilfesuchend sah ich die Verkäuferin an. »Sie haben doch nicht etwa auch Schuhe hier, oder?«

Die verstand meine Frage völlig falsch und sauste serviceorientiert sofort mit einer Kollegin im Schlepptau los. »Du hättest eindeutig mehr Prosecco mitbringen sollen«, flüsterte ich Mario zu. »Wenn das mit den Schuhen auch so lange dauert, ist das nüchtern kaum noch zu ertragen.«

Mario lehnte sich leicht zu mir rüber und legte den Arm um mich. »Mach dir keine Sorgen, Liebes. Wir suchen ja keine Schuhe für alle zehn Kleider, sondern nur für das eine, das am Ende übrig bleibt. Das können also gar nicht so viele sein.«

Ich starrte ihn an. »Manchmal habe ich das Gefühl, du kennst die Frauen überhaupt nicht. Selbst wenn wir nur Schuhe für EIN Kleid suchen, was sollte die Verkäuferinnen daran hindern, einfach zehnmal so viele anzuschleppen?«

»Das würden sie doch nicht tun!«, erwiderte er irritiert, als ich aus den Augenwinkeln etwas Großes auf uns zukommen sah. Gleichzeitig drehten wir den Kopf und sahen zwei Türme aus Schuhkartons auf die Umkleidekabinen zusteuern. Mit hochrotem Kopf stapelten die beiden Verkäuferinnen die unzähligen Kartons zu zwei hübschen, bunten Türmchen rechts und links neben dem Vorhang von Sophies Ankleidekabinett. Die streckte irritiert den Kopf hinaus. »Was ist das?«

»Schuhe«, antwortete die eine Verkäuferin und wischte sich den Schweiß von der Stirn. »In schwarz und dunkelblau – je nach dem, für welches Kleid du dich entscheidest.«

Sophie lächelte verzückt. »Soll ich nicht mal die ganzen Schuhe in einer Farbe zu dem entsprechenden Kleid anprobieren?«, fragte sie mit glänzenden Augen.

»Nein, sollst du nicht!«, bestimmte ich. »Man sucht die Schuhe nach dem Kleid aus und nicht umgekehrt. Los jetzt, zieh' das Kleid an und lauf, sonst können wir uns auch noch das Abendessen hierher liefern lassen.«

Sophie zog eine Flunsch, verschwand aber wieder hinter dem Vorhang. Kurze Zeit später fiel die Entscheidung für das dunkelblaue Kleid mit achtzehn zu zwölf Stimmen – Halleluja!

Hilfsbereit packte die Verkäuferin das erste Paar Schuhe aus, und Sophie schlüpfte mit skeptischem Blick in ein Paar flacher Ballerinas.

»Das sind Schuhe für Babys, Mama«, meuterte sie und sah auf ihre Füße. »Außerdem sehen meine Füße riesengroß aus.«

Alfa schüttelte synchron mit mir den Kopf. »Sehen nickt wegen Schuhe groß aus, sind einfacke lange und schmal. Deswegen du finde sie so groß.«

Zweifelnd sah Sophie zu Mario. »Macht es das jetzt gerade besser?«

»Schauen wir doch einfach, welche Überraschungen sich in den anderen Kartons noch verstecken, Prinzessin. Und dann entscheiden wir.«

Sophie schlüpfte aus den Ballerinas und öffnete den nächsten Schuhkarton. Als ich ihren verzückten Gesichtsausdruck sah, schwante mir schon Böses. Mit einem lautlosen »Oh« auf den Lippen präsentierte sie zwei Schnürpumps mit einer Absatzhöhe, die den Sicherheitscheck am Flughafen definitiv nicht bestehen würden.

Ich fing vorsorglich schon mit Kopfschütteln an, bevor Sophie die Schuhe überhaupt gebunden hatte. Alfa schnalzte missbilligend mit der Zunge. Von Mario war keine Hilfe zu erwarten, da dieser gerade auf der Suche nach der natürlichen Form von Mercedes' Augenbrauen war. Keine leichte Aufgabe!

Die Verkäuferin half, Sophies Füße fachmännisch zu verschnüren, und nun stand sie mit strahlendem Gesicht vor mir – Auge in Auge.

»Lass doch mal die Kabinenwand los«, schlug ich vor.

»Nein! Warum?«, fragte Sophie störrisch.

»Weil das keine Steh-Schuhe sind. Du solltest dich zumindest auf gerader Strecke unfallfrei bewegen können, oder meinst du, wir bestellen eine Sänfte, die dich durch die Kirche trägt?«

Sophie wackelte mit den Zehen und hob geziert einen Fuß. »Ich hänge mich einfach bei Emma ein. Außerdem KANN ich in den Schuhen laufen, ich will bloß noch ein bisschen stehen und gucken.«

Ich verschränkte die Arme, sah sie an und wartete. Der klangvolle Singsang der italienischen Eskorte verstummte, und alle sahen Sophie erwartungsvoll an.

»Immer geradeaus schauen und den Punkt fixieren, wo du hin willst«, erklärte Mario fachmännisch. »Dann läuft es sich wie von selbst.«

Sophie ignorierte meinen skeptischen Blick, holte tief Luft und ließ die Wände der Umkleidekabine los. Die ersten Schritte liefen sogar recht gut und ich befürchtete schon, dass ich mir neue Argumente zurechtlegen müsste, als sie das Gleichgewicht verlor. Wild mit den Armen rudernd kippte sie zur Seite, und nur das beherzte Zugreifen von einer der unzähligen, italienischen Tanten konnte verhindern, dass sie mitten in eine Gruppe von Schaufensterpuppen plumpste. Während die beleibte Tante sie herzlich an ihren Busen drückte, versuchte Sophie krampfhaft, wieder festen Boden unter die Füße zu bekommen.

»Korrigiere mich, wenn ich mich irre, aber da wollte sie bestimmt nicht hin«, konnte ich mir dann doch nicht verkneifen zu sagen.

Mario grinste breit. »Es gibt Männer, die würden dafür töten, um zufällig genau dort zu landen.«

Die Tante packte Sophie unter den Armen und schob sie mit festem Griff zum nächsten Hocker. Ich bückte mich und schnürte ihr die Schuhe auf. Vorsichtig schielte ich nach oben.

»Nun sag es schon«, zischte sie mich an.

»Mäuschen, die Entscheidung liegt ganz bei dir«, antwortete ich mit unschuldigem Gesichtsausdruck. »Vielleicht können wir Omas Skistöcke farblich passend zu dem Kleid mit Satin beziehen lassen, und du stiefelst damit in die Kirche. Wenn du immer den Punkt fixierst, wo du hin willst, könnte das funktionieren.«

»Wenn es dir den Tag rettet, MUTTER, dann sage ich es: du hattest recht, okay? Sie sind zu hoch.«

Ich bemühte mich redlich, wirklich nur den Ansatz eines Lächelns zu zeigen, während ich mit den verdammten Schnüren kämpfte.

»Aber ich nehme KEINE Ballerinas! Und ich gehe hier nicht eher weg, bis ich ein paar Schuhe gefunden habe, die mir wirklich gefallen! Und wenn wir hier übernachten müssen!«

»Ist ja gut«, sagte ich resigniert. »Probier' du ruhig weiter Schuhe an, wir haben ja Zeit.«

Im Geiste sah ich schon den Pizza-Lieferservice spät in der Nacht vor dem Kaufhaus vorfahren, weil es mindestens noch ein Schulregal im Lager gab, dessen Inhalt wir noch nicht näher in Augenschein genommen hatten.

»Wenn wir allerdings gar nichts finden, kannst du dir im Zweifel noch die Einlagen-Schuhe von Oma Helene leihen. Die sind dunkelblau und werden auch geschnürt, und sie kämen dir in der Absatzhöhe etwas entgegen.«

Sophie funkelte mich aus ihren braunen Augen wütend an und schnappte sich den nächsten Schuhkarton.

Manchmal bedarf es halt nur einer gut gemeinten Anregung, um den Entscheidungsprozess voranzubringen. Kurz vor Ladenschluss verließen wir geküsst, umarmt, bepackt und versorgt mit Einladungen in alle Regionen Italiens das Kaufhaus – mit Kleid UND Schuhen. Alles molto bene!

Kapitel 43

Mit der erfolgreichen Shoppingtour war das größte Problem hinsichtlich der Vorbereitungen für die Konfirmation gelöst, und es hatte mich auf wundersame Weise keine schlaflosen Nächte gekostet. Der Rest der Familie war zumindest in dieser Hinsicht unkompliziert. So etwas gab es auch mal. Carsten hatte berufsbedingt genügend Anzüge im Schrank hängen, Sebastian entschied sich innerhalb von Minuten zwischen zwei Jacketts, die ich ihm bei einer Tour durch den örtlichen H&M per Foto aufs Handy geschickt hatte, und Lena passte zum Glück noch in ihr heißgeliebtes Sommerkleid mit den kleinen Gänseblümchen aus dem Vorjahr, für das es im Mai dann hoffentlich auch warm genug wäre. Für mich erstand ich ein tolles Etuikleid mit blauen und weißen Tupfen samt Blazer im Internet, das wie angegossen passte. Optisch präsentierte sich somit die ganze Familie in aufeinander abgestimmten dunkelblau-weiß Tönen, was Hartmut sichtlich freute. Er agierte bei Familienfeiern immer als Haus- und Hoffotograf und achtete sehr penibel auf solche Details. Sogar der Hintergrund für die Aufnahmen wurde bereits im Vorfeld ausgewählt und persönlich in Augenschein genommen.

Nachdem sich nun die Lage wieder etwas entspannte und die restlichen Vorbereitungen wie Buffet, Partyservice, Getränke und Dekoration nebenbei mitliefen, wurde im Verlag die erste Auflage von Cosima Rockenfellers Erstling »Wenn die Seele im Überfluss verhungert« von der Druckerei angeliefert. Das Cover war mir persönlich etwas zu melodramatisch, aber Cosima fand sich in der Zusammenstellung zu einhundert Prozent wieder. Zumindest war es kaum zu übersehen. Aus einer leuchtenden Kugel brachen einzelne Splitter heraus, und diese Szenerie war umgeben von einem wilden Durcheinander behandelter und ungesunder Nahrungsmittel. Der im Hintergrund sichtbare, blaue Himmel sollte die Leichtigkeit vermitteln, die man mit der Ernährungsumstellung erreichte. Vielleicht auch den freien Fall, wenn sich das entsprechende Stimmungstief nach einer Woche Entzug von Kaffee und Schokolade einstellt, dachte ich amüsiert.

Cosima saß mit seligem Lächeln im Besprechungsraum gegenüber meinem Büro und betrachtete ihre Bücher. Am liebsten hätte sie alle zweitausend Exemplare sofort signiert, aber wir konnten sie davon überzeugen, dass das bei der Premierenlesung in Anwesenheit der Presse und aller Gäste viel effektvoller wäre. Außerdem könnte sie dann jedes Buch mit einer persönlichen Widmung versehen und damit eine ganz besondere Nähe zu den Leserinnen und Lesern signalisieren.

Am Dienstag sah soweit alles gut aus. Sekt und Gläser waren bereits in die Gärtnerei geliefert worden, das Fingerfood hatten wir bei einem Partyservice nach Rezepten aus Cosimas Buch erstellen lassen und vorher sicherheitshalber getestet. Zwar waren weder die Zucchini noch der Tofu in einen erkennbaren Kontakt mit mir getreten, aber ich musste zugeben, es schmeckte richtig gut. Dass sich solch leckere Dips und Gemüsespießchen ohne Fleisch, Käse und Eier zaubern ließen, hätte ich nicht gedacht, und vielleicht ließ sich das ein oder andere Gericht meiner Familie unterjubeln, ohne dass ich offenlegen musste, wie gesund es war.

Auch von Schmetterlingen, Marienkäfern, weißen Tauben oder ähnlich kreativen Ideen hatte ich nichts mehr gehört, sodass ich annahm, dieses Thema hätte sich längst erledigt – bis ich am Mittwoch einen Anruf von Marion Träger bekam, der Frau von Carstens Freund Rüdiger, dem besagte Gärtnerei gehörte.

Marion war den Tränen nahe. »Marlene, ich bin am Ende. Wenn diese Frau noch einmal hier auftaucht und mir irgendwelche Insekten oder anderes Getier für ihre Lesung andrehen will, sage ich alles ab. Und wenn es mich unsere Freundschaft kostet, aber ich kann nicht mehr.«

Verblüfft hielt ich einen Moment inne. »Ganz ruhig, Marion. Erzähl' doch erst mal, was passiert ist. Ich dachte, die Sache sei schon längst vom Tisch.«

Marion war eine bodenständige Frau mit kurzen, schwarzen Haaren und leuchtend blauen Augen, die für jeden Spaß zu haben war: es sei denn, es ging um eine ihrer liebevoll gehegten Tomatenpflanzen.

»Ich bin wirklich gerne von kreativen Menschen umgeben, aber das hier ist zu viel. Zuerst der Vorschlag mit den Schmetterlingen! Ich habe lang und breit erklärt, warum das keine gute Idee ist. Die legen Eier, es schlüpfen Raupen, und Raupen fressen Pflanzen. In dem Fall meine Tomaten! Ebenso wenig funktioniert es mit Marienkäfern! Nach drei Besuchen hatte sie immerhin verstanden, dass die Larven der Marienkäfer zwar keine Blätter, sondern in erster Linie Blattläuse fressen. Wir haben aber keine Blattläuse und werden auch keine in das Gewächshaus setzen, damit sich die Larven – also die Babys der Marienkäfer - ernähren können. Und nein, wir sammeln nach der Lesung auch nicht alle Marienkäfer wieder ein, um die Paarung der Männchen und Weibchen oder die Eiablage zu verhindern!«

Ich stützte den Kopf auf meine Hand und hörte fassungslos zu.

»Dann kam sie auf die Idee, Hasen durch das Gewächshaus hoppeln zu lassen. In ihrem Buch werden wohl keine Tiere gegessen, und da wären lebendige, nicht zu Schnitzeln verarbeitete Tiere doch nett. Hasen fressen aber nicht nur Pflanzen an, sondern auch Leitungen, und graben Löcher an jeder beliebigen Stelle. Ich möchte nach dem Abend nicht das Gewächshaus umgraben müssen, um die Karnickel wieder aus ihren Löchern zu holen.«

Marion machte eine kurze Pause, um zu Atem zu kommen.

»Du liebe Güte, Marion. Ich weiß gar nicht, was ich sagen soll«, erwiderte ich betroffen.

»Warte, es kommt noch besser! Ich habe ihr die künstlichen Schmetterlinge ja zugestanden. Sie hätte auch Lampions, Lichterketten oder Glückskekse aufhängen dürfen, aber ich will dieses Getier nicht in meinem Gewächshaus haben.«

Ich nickte, bis mir einfiel, dass man das am anderen Ende des Telefons nicht sehen konnte. »Das kann ich verstehen.«

Sie seufzte. »Heute Morgen kam dann der Knaller. Sie hätte eine Freundin, sagte sie, die hätte einen Stall. Einen großen Stall, und die würde ihr Tiere leihen, die ganz sicher keine Löcher graben, Eier legen oder anfressen würden – zumindest nicht im Sinne von Schädlingsfraß.«

»Will ich es wissen?«, fragte ich vorsichtig.

»Sie möchte einen Esel und eine Kuh mitbringen! Marlene, ganz ehrlich ... Ich bin für fast alles zu haben, aber wird das eine Neuauflage der Weihnachtsgeschichte? Wir sind doch hier nicht in einer verdammten Krippe!«

»Eine Kuh und einen Esel?«, fragte ich ungläubig, und Herr Sorge bremste mitten im Schwung ab, mit dem er aus seinem Büro gekommen war. Mit hochgezogenen Augenbrauen sah er mich an. »Bitte nicht Frau Rockenfeller«, flüsterte er mir zu.

Ich nickte nur und verdrehte die Augen. Entnervt sank er auf den Stuhl vor meinem Schreibtisch.

Ich wandte mich wieder meinem Telefonat zu und versuchte zu retten, was zu retten war. »Marion, mach' dir bitte keine Sorgen. Ich rufe sie an und rede mit ihr. Lebende Tiere, egal wovon sie sich ernähren, sind als schmückendes Beiwerk gestrichen. Mir wird schon etwas einfallen.«

»Sie soll nicht mehr hierherkommen, Marlene!«, flehte Marion.

»Natürlich nicht«, beeilte ich mich zu sagen. »Ähm, aber zur Lesung müsste sie ...«

»Ja«, unterbrach mich Marion. »Zur Lesung! Maximal eine halbe Stunde vorher. Sonst nicht. Nie wieder! Und keine Tiere – außer den ausgestopften Schmetterlingen!«

»Du kannst dich auf mich verlassen! Keine Tiere, keine angefressenen Tomatenpflanzen und keine Cosima Rockenfeller vor halb acht.«

Einigermaßen besänftigt legte Marion auf und ich fasste das Telefonat für Herrn Sorge kurz zusammen.

Der tupfte sich den Schweiß von der Stirn. »Das wird eine Katastrophe, Frau Schwarz, eine Katastrophe. Wer weiß, was sie sich noch alles einfallen lässt. Immerhin hat sie noch zwei Tage Zeit. Sie soll ja früher schon bei den Dreharbeiten immer das ganze Studio aufgemischt haben. Ich sage Ihnen, ich will keine B-Promis mehr im Verlag nach diesem Projekt – egal wie gut die Verkaufszahlen sind! Meiner Frau ist dieser ganze spirituelle Kram sowieso suspekt. Gemüse ist halt Gemüse. Und mit Tieren haben wir es auch nicht so.«

Nervös schüttelte mein Chef den Kopf. »Wir sollten dringend über die Genres sprechen, die unser Verlag anbietet. Vielleicht müssen wir uns mehr auf Bereiche konzentrieren, in denen die Autoren etwas ... ähm ... bodenständiger sind.«

Ich lehnte mich in meinem Bürostuhl zurück und schloss für einen Moment die Augen. Als ich sie wieder öffnete, sah mich Herr Sorge erwartungsvoll an. »Und? Was haben Sie jetzt geplant? Wir müssen doch etwas tun.«

Was »ich« geplant hatte, weil »wir« etwas tun mussten ...

»Geben Sie mir ein paar Minuten zum Nachdenken«, bat ich Herrn Sorge. »Ich werde sie irgendwie beschäftigen oder ablenken müssen, bevor ihr am Ende einfällt, dass Reptilien noch eine nicht diskutierte Alternative wären.«

Herr Sorge riss die Augen auf. »Sie meinen Krokodile und Schlangen? Frau Schwarz, Sie müssen etwas unternehmen, egal was! Wenn sich das mit diesen ganzen Tieren herumspricht, dann denkt die Konkurrenz am Ende noch, wir haben einen Vogel! Nicht auszudenken, wenn das die Runde macht!«

Ich nickte ergeben. »Ich denke nach. Aber ich denke am besten, wenn ich einen Moment Ruhe habe. Viel Ruhe!«, betonte ich.

Herr Sorge verstand den Wink sofort und stand auf. »Ich bin in meinem Büro, falls Sie mich brauchen. Ich stehe Ihnen jederzeit hilfreich zur Seite. Sie können sich voll und ganz auf mich verlassen!«

Na, damit fühlte ich mich doch gleich um Klassen besser.

Kapitel 44

Ich zerbrach mir den Kopf, wie ich Cosima sinnvoll und vor allem zeitintensiv beschäftigen konnte, aber spontan fiel mir nichts ein. Tief in Gedanken versunken, nahm ich erst beim fünften Läuten wahr, dass das Telefon klingelte.

»Hey du«, ertönte Birgits muntere Stimme. »Alle Autoren im Griff?«

Ich stöhnte laut. »Hör' bloß auf. Ich wechsle die Branche und gehe als Telefonistin ins Irrenhaus. Die Insassen dort sind unter Garantie berechenbarer und können im Zweifelsfall wenigstens sediert werden.«

»So schlimm? Was ist passiert?«

In knappen Worten schilderte ich meiner Freundin das Desaster um Cosimas spezielle Visionen hinsichtlich ihrer Premierenlesung. »Die ist imstande und organisiert noch bengalische Tiger, die durch brennende Reifen springen - sinngemäß für das gesundheitliche Risiko der Fleischesser.« Ich rieb mir müde die Augen. »Das ist echt unser Enfant terrible! Und mir fällt beim besten Willen nichts ein, womit ich sie von weiteren Ideen abhalten kann. Soll ich sie zu Hause Origami-Platzkärtchen falten lassen?«

»Hmmm ...«, brummte Birgit in den Hörer. »Wie habt ihr das denn geplant? Hält jemand eine Rede zur Begrüßung?«

»Ja, klar. Herr Sorge begrüßt die anwesenden Gäste und die Presse und stellt dann die Autorin und das Buch vor. Hinterher steht er gemeinsam mit Cosima der Presse für Fotos und Interviews zur Verfügung.«

»Warum lasst ihr Frau Rockenfeller ihr Buch nicht selbst vorstellen?«, schlug Birgit vor.

»Wie meinst du das?«

»Naja, das ist doch ganz einfach. Sorge macht die Begrüßung, erzählt ein paar Dinge über die Autorin und die angenehme Zusammenarbeit, und dann stellt Cosima ihr Buch vor. Warte mal einen Moment ...«

Der Hörer wurde weggelegt und ich hörte, wie Birgit im Hintergrund eine Kundin verabschiedete. »Da bin ich wieder. Darauf muss sie sich vorbereiten und sie hat nur noch zwei Tage. Setz' ihr ein Zeitlimit, wie lange sie reden darf, und schon ist sie vollauf beschäftigt. Und es gibt klare Regeln: keine Musik, keine

Tänzer, kein Gesang, kein vergammeltes Fleisch und keine lebenden Tiere!«

»Glaubst du, das funktioniert?«

»Bei ihrem Hang zur Selbstdarstellung? Darauf würde ich wetten.« Birgit lachte. »Und schon seid ihr eine Sorge los.«

Ja, dafür fiel die gleichnamige Familie meines Chefs in voller Besetzung ein, dachte ich grimmig, und alleine schon deshalb sollte es reibungslos laufen. Vielleicht ging Birgits Plan ja auf. Einen Versuch war es auf jeden Fall wert!

Ich besprach den Vorschlag mit Herrn Sorge, der nur zu gerne bereit war, die Buchvorstellung an Cosima abzugeben, wenn damit die Beteiligung einer jeden tierischen Lebensform ausgeschlossen war. Großzügig übertrug er mir die Aufgabe, die Autorin über diese Pläne in Kenntnis zu setzen, weil ich mit meinem »diplomatischen Geschick« und quasi als Mutter dieser Idee die Sachlage bestimmt weitaus besser vermitteln könne als er. Manchmal wusste ich nicht, ob ich beleidigt sein sollte oder nicht, da mein Chef mich offensichtlich für dämlich genug hielt, diese Taktik nicht zu durchschauen.

Nach ein paar Anläufen und einem Stoßgebet mit der Bitte um Ruhe und Gelassenheit, griff ich schließlich zum Telefon und wählte Cosimas Nummer. Sie nahm nach dem zweiten Läuten ab und hauchte ein »Hallo« in den Hörer, das sehr viel Ähnlichkeit mit einer Service-Hotline der besonderen Art hatte.

»Cosima, sind Sie das? Äh, entschuldige, bist du das? Hier ist Marlene Schwarz vom Sorglos Verlag«, sagte ich rasch.

»Marlene, meine Liebe, wie schön. Ja, ich bin es persönlich. Ich ändere immer mal die Art meiner Begrüßung, um die unterschiedliche Wirkung auf meine Anrufer zu testen. Kam eben gerade bei dem Vorwerk-Vertreter sehr gut an, der mir seinen flexiblen Schlauch andrehen wollte«, sprudelte sie los und lachte kehlig.

Ja, das konnte ich mir lebhaft vorstellen. Vermutlich waren dem armen Kerl die Details zu seinem flexiblen Schlauch förmlich im Hals steckengeblieben, während er sich krampfhaft um eine weniger zweideutige Produktbeschreibung bemühte.

Ich räusperte mich. »Cosima, ich wollte mit dir noch mal kurz über die Lesung am Freitag sprechen. Wir rechnen bis jetzt mit zirka sechzig Gästen, davon sind acht von der Presse. Ich habe mit

Herrn Sorge gesprochen, und wir haben uns für deine Premierenlesung etwas Neues und Innovatives einfallen lassen.«

»Ich bin begeistert«, unterbrach sie mich. »Ich hatte schon eine Reihe von Ideen, aber die sind leider alle an der mangelnden Flexibilität dieser Gärtnersfrau gescheitert. Aber wenn wir vielleicht noch mal zusammen dorthin fahren ...«

Als sie Luft holte, fiel ich ihr schnell ins Wort. »Der Einsatz von Tieren in jeder Form ist leider wirklich nicht möglich. Es lässt sich ja auch nicht abschätzen, ob Allergiker unter den Gästen sind oder Menschen, die Angst vor Insekten haben – ganz abgesehen von der Anfälligkeit der Tomatenpflanzen.«

»Es gibt Menschen, die Angst vor Schmetterlingen haben?«, fragte sie verwundert. »Die sind aber in ihrem Inneren dann wirklich sehr blockiert, findest du nicht?«

»Das mag sein, aber auch darauf müssen wir Rücksicht nehmen. Es geht in deinem Buch ja genau um diese gewisse Achtsamkeit, nicht wahr.«

»Das stimmt, daran habe ich gar nicht gedacht. Und was machen wir nun?«, fragte Cosima enthusiastisch.

Ich warf einen Blick auf meine Notizen und sagte: »Wir haben uns überlegt, ob es der Lesung noch eine persönlichere Note geben würde, wenn du dein Buch selbst vorstellst und nicht wie geplant Herr Sorge. Einen solchen Zugang zu allen Emotionen, zu den inneren Prozessen und den körperlichen Veränderungen hat niemand so wie du.«

»Marlene«, hauchte Cosima ergriffen, »das ist eine so wunderbare Idee, und es berührt mich tief, dass ihr euch eine solche Mühe macht. Ich hätte mir wirklich keinen besseren Verlag aussuchen können.«

Uff, das ging ja leichter, als ich dachte. Zufrieden lächelte ich in mich hinein, während am anderen Ende des Telefons geschäftiges Rascheln zu hören war.

»Also, Marlene, Liebes, ich muss mir Notizen machen. Wie viel Zeit habe ich? Kann ich gegebenenfalls mit einer Klangschale arbeiten oder stört das auch wieder die Entwicklung der Tomaten? Himmel, ich hätte nie gedacht, dass Nachtschattengewächse so sensibel und anfällig sein können.« Ihre Stimme klang dumpf. »Wäre Gesang nicht eine schöne Komponente?«

»Ich würde mich auf das Wesentliche konzentrieren und nichts machen, was davon ablenkt. Die Klangschale ist ja schon sehr melodisch und sollte auch von den Tomaten auszuhalten sein.

Gesang, Tanz, Musik oder ähnliches lenkt meiner Meinung nach viel zu sehr von dir ab.«

Cosima seufzte. »Das könnte natürlich sein. Aber ich werde das Roll-up mitbringen, das mich vor dem ganzen Entwicklungsprozess zeigt und danach. Anschaulicher kann man diese Metamorphose, die ich durchlaufen habe, kaum vermitteln. Und mit der Klangschale kann ich auch eine gewisse eindringliche Dramatik darstellen.« Sie atmete tief aus. »Marlene, ihr seid wunderbar. Ich mache mich sofort an die Arbeit. Schließlich habe ich ja nur noch zwei Tage Zeit!«

Am Freitagabend war es dann soweit. Nachdem ich zwei Tage weder von Cosima noch von Marion gehört hatte, sah ich der Premierenlesung einigermaßen entspannt entgegen. Neugierig geworden durch meine Erzählungen und überzeugt, ich müsse mir mindestens die Hälfte davon ausgedacht haben, hatte sich die ganze Familie einschließlich Mario, Hartmut, Marc, Birgit und Emma entschlossen, an der Lesung teilzunehmen.

Sicherheitshalber wollte ich schon eine Stunde vor Beginn in der Gärtnerei sein, falls Cosima uns doch noch mit dem ein oder anderen spontanen Einfall überraschen würde. Als wir in der Gärtnerei Träger eintrafen, war noch alles ruhig. Carsten machte sich auf die Suche nach Rüdiger und die Kinder gingen auf Entdeckungsreise in den Gewächshäusern, in denen die Trägers fast vierzig verschiedene Tomatensorten züchteten. Ich hätte nie vermutet, dass eine Tomate so unterschiedlich aussehen und schmecken konnte, und das jährliche Tomatenfest am Ende des Sommers, bei dem Marion und Rüdiger stolz ihre Ernte präsentierten, war weit über die Stadtgrenzen Frankfurts hinaus bekannt.

Während meine Familie also ausschwärmte, ging ich in das erste Gewächshaus und blieb verzaubert im Eingang stehen. Es war das Größte der vier Gewächshäuser, in dem auch regelmäßig Konzerte, Themenabende oder Dinnerparties stattfanden, und der Eingangsbereich bot einen wunderbaren Rahmen für solche Events. Der Boden des Veranstaltungsbereiches war mit Natursteinen gepflastert und am Ende befand sich eine geräumige Bar. Davor gruppierten sich gemütliche Sitzmöbel aus Kunstrattan mit kleinen Beistelltischen, auf denen Marion schon Glasschälchen mit selbstgemachten Leckereien platziert hatte. Neben der Bar standen vier große, mit weißen Hussen überzogene Stehtische, auf denen der Partyservice später das Fingerfood abstellen konnte. Auf der Theke und den Tischen flackerten kleine Windlichter, und mit unzähligen Lichterketten hatten die Trägers eine Atmosphäre wie in einem Zauberwald geschaffen – einem Tomaten-Zauberwald. Tausend Mal schöner als eine Gruft mit vergammeltem Fleisch, dachte ich begeistert und atmete tief den würzigen Duft der unzähligen Tomatenpflanzen ein.

Direkt vor der Bar stand ein gemütlicher Sessel, der von einer schlichten Leselampe angestrahlt wurde. Das war dann wohl Cosimas Sitzplatz. Sehr gut, dass sie sich direkt im Zentrum der Aufmerksamkeit befinden würde.

»Gefällt es dir?« Marion war unbemerkt neben mich getreten und sah mich gespannt an.

Ich umarmte sie. »Es ist wunderschön, wirklich! Ich buche hiermit ohne Rücksprache mit dem Chef direkt die nächsten zehn Premierenlesungen bei dir!«

Sie lachte und erwiderte meine Umarmung. »Aber bitte nicht wieder mit esoterisch angehauchten und tierlieben Veganern! Vielleicht habt ihr ja mal einen Thriller-Autoren im Programm?«

»Ob das so viel besser ist? Stell' dir vor, der jagt deinen Tomaten als Requisite ein Küchenmesser durch das Fruchtfleisch! Da blutet dir doch das Herz.«

Marion schüttelte sich in gespieltem Entsetzen. Dann deutete sie auf eine Sitzgruppe links vor dem Lesesessel. »Diese Plätze habe ich für die Presse reserviert. Acht Pressevertreter hattest du gesagt, oder?«

Ich nickte. »Sofern alle kommen.«

Vor dem Gewächshaus fuhr ein großer Lieferwagen vor und ich erkannte den Schriftzug des Partyservice'. Gleich dahinter hielt Hartmuts Wagen, und Mario, Birgit und Emma stiegen aus. Sophie kam mit Marc an der Hand angeschossen, hakte Emma unter, und die drei sahen sich begeistert um.

»Wow, Mama!«, rief Sophie laut. »Das ist ja total schön. Kann ich hier auch mal eine Party machen?«

»Nein, die Tomatenpflanzen vertragen nur klassische Musik. Alles, was starke Vibrationen auslöst, gefährdet die Entwicklung der Blüte«, erklang eine körperlose Stimme hinter uns. Verwirrt sahen wir uns um, und der Mann vom Partyservice, der gerade mit dem Ausladen beginnen wollte, verharrte mitten in der Bewegung. Mit großen Augen blickte er uns an.

»Haben Sie etwas gesagt?«, fragte er unsicher.

»Nein«, gab ich unbehaglich zurück. »Aber Sie haben die Stimme auch gehört, oder?!«

»Wir haben sie auch gehört!«, erklang es mehrstimmig von Sophie, Marc und Emma.

»Das ist ja wunderbar, dass man mich so deutlich verstehen kann«, dröhnte es hinter uns, und ich sah Marion argwöhnisch an.

»Habt ihr eine neue Züchtung, die so intelligent ist, dass sie sogar antwortet oder wo kommt das her?«

Marion schüttelte den Kopf und blickte sich um. »Heute Morgen war noch alles wie immer. Ich spreche normalerweise schon mal mit den Tomaten, aber dass sie antworten, ist neu.«

Schrilles Gelächter erklang und die ersten Erinnerungen an einige wirklich schräge Horrorfilme tauchten vor meinem inneren Auge auf. Bevor ich jedoch nach einem Knoblauchkranz fragen konnte, der ja bekanntlich gegen die meisten gängigen Untoten half, tauchte Cosima am Rande des Parkplatzes auf. Aufgeregt winkte sie uns zu.

»Da staunt ihr, oder? Ich habe mir ein Headset mit Mikrofon gekauft. Wenn ich so laut lesen muss, verliert meine Stimme einfach an Betonung. Könnt ihr mich gut hören?«

Gut hören war gar kein Ausdruck. Wenn ich mir die Lautstärke in einem geschlossenen, gläsernen Gewächshaus vorstellte, war zu befürchten, dass die Scheiben zersprangen. Cosima kam mit federnden Schritten näher und ich lief ihr entgegen. »Dieses Gerät ist hoffentlich mit einem Lautstärkeregler versehen, sonst sind die Gäste taub, bevor sie das erste Kapitel gelesen hat«, sagte ich leise.

»Und die Pflanzen werfen die Blätter«, meinte Marion besorgt.

»Liebes, ihre Haare sind ja unglaublich«, schwärmte Mario hingerissen. »Wer ist ihr Friseur?«

»Ich habe keine Ahnung! Aber wenn du sie überzeugen kannst, das Mikrofon leiser zu drehen, vermittle ich dir einen Jahresvertrag!«, knurrte ich.

Mario schloss sich mir an und strahlte. »Wir sind im Geschäft«, freute er sich und lief neben mir her, um Cosima zu begrüßen.

Die fiel mir enthusiastisch um den Hals. »Marlene, meine Liebe, ich bin so aufgeregt. Ist das nicht toll mit dem Mikrofon? Ich kann meine Stimme nicht nur hören, sondern sogar fühlen!«

Ja, dachte ich, und alle anderen Menschen im Umkreis eines Kilometers auch. Freundlich lächelte ich sie an. »Es klingt beeindruckend. Lassen sich die Einstellungen auch regulieren?«

Cosima lächelte verlegen. »Da sind schon ein paar Knöpfe dran, aber als ich gestern gedreht und gedrückt habe, war plötzlich gar nichts mehr zu hören. Im Studio hatten wir ja dafür immer die Tontechniker.« Sie senkte die Stimme. »Da dachte ich mir, ich mache lieber nichts mehr und lasse alles so, wie es ist.«

Nur mühsam konnte ich mir ein Grinsen verkneifen. Technisch mindestens so begabt wie Herr Sorge. Die beiden hatten sich eigentlich gesucht und gefunden.

Ich hakte sie unter. »Was hältst du davon, wenn wir drinnen mal einen Soundcheck machen? Dann schauen wir einfach, wie wir die Lautstärke und den Klang am besten einstellen.«

»Das ist eine tolle Idee«, strahlte sie. »Und wer ist denn der nette junge Mann hier neben dir? Ist das dein Carsten?«

Mario warf sich in die Brust.

»Nein«, erklärte ich. »Das ist mein Mario, mein ältester und bester Freund, Patenonkel meiner Kinder, Ehemann von Carstens Cousin Hartmut und ein begnadeter Friseur.«

Mario warf mir eine Kusshand zu. »Das hast du zauberhaft gesagt, wirklich.« Er wandte sich an Cosima. »Es ist wunderbar, Sie kennenzulernen, meine Liebe. Von Ihrem Buch habe ich schon so viel gehört, ich kann es kaum erwarten. Aber unter uns: Ihre Haare sind ein Traum, so ungezähmt und natürlich. Ich bin hingerissen.«

Cosima warf ihm einen schmachtenden Blick zu. »Ich bin durch und durch ungezähmt und naturbelassen, meine Haare sind ein Spiegel meiner Seele«, sagte sie mit dunkler Stimme.

Den Teil mit dem »Ehemann von Carstens Cousin« hatte sie wohl geflissentlich überhört. Bevor Cosima jedoch weiter ins Detail gehen konnte, was genau an ihr ungezähmt und naturbelassen war, hatten wir zum Glück das Gewächshaus erreicht. Familie Sorge war zwischenzeitlich vollzählig eingetroffen und auch die ersten externen Gäste standen bereits am Eingang des Gewächshauses. Zwei Journalisten wurden von Marion bereits fröhlich bewirtet und in die Geheimisse der Tomatenzucht eingeweiht.

Anwesenheit von Presse bedeutete immer, dass Herr Sorge in seinem Element war. Gut gelaunt nahm er die beiden Pressevertreter in Beschlag und betonte, dass er damals natürlich schon Cosimas Werdegang als Schauspielerin verfolgt und dieser ihn sehr beeindruckt hatte und er jetzt in ihr DEN aufsteigenden

Stern am Himmel des ganzheitlichen und ernährungspsychologischen Genres sah.

Ich drückte Hartmut das Mikrofon-Set in die Hand und sagte nur knapp: »Leiser, egal wie. Sonst kaputt, auch egal wie.«

Hartmut nickte und setzte Sophie kurzerhand das Headset auf. Er schaltete das Mikrofon ein und ein grässliches, schrilles Fiepen erklang, bei dem ich fast erwartete, die ersten Blätter an den Tomatenpflanzen fallen zu sehen. Geschickt drückte Hartmut ein paar Knöpfe und dreht ein Rädchen. Dann nickte er Sophie zu.

»Sag mal was«, forderte er sie auf.

»Was soll ich denn sagen?«, fragte sie und sah Marc und Emma an.

»Einfach ‚Test'«, schlug Marc pragmatisch vor.

»Test«, ertönte mit einem sehr lauten Nachhall Sophies Stimme quer durch das Gewächshaus, und ich sah das Verzücken in den Augen des sorgschen Nachwuchses. Technik zum Spielen war ihnen strikt verboten, und wäre es keine Verlagsveranstaltung gewesen, hätte ich sie der Reihe nach mal »Hänschen klein« in das Mikrofon trällern lassen.

»Test, Test, Test«, trällerte jetzt Sophie in den unterschiedlichsten Tonlagen in das Mikrofon, und Marc hing selbst bei diesem einzigen Wort hingerissen an ihren Lippen.

»Muss Liebe schön sein«, sagte Birgit da etwas wehmütig neben mir. »Stell' dir mal vor, ein Mann würde völlig verzückt bei einem Wort wie ‚Buchpreisbindung' an deinen Lippen hängen.«

Ich nickte. »Carsten hängt bei Worten wie ‚Käsekuchen' und ‚Kalbsschnitzel' an meinen Lippen«, erwiderte ich. »Zählt das auch?«

Birgit lachte. »Na immerhin, es könnte schlimmer kommen. Stell' dir vor, er würde nach über zwanzig Jahren plötzlich ähnlich auf ‚Daniela Katzenberger' oder ‚Bauchstraffung' reagieren – dann müsstest du dir Sorgen machen.«

Sophie hatte die Testphase des Mikrofons notgedrungen beendet und ihr neues Spielzeug an Cosima übergeben. Die richtete sich in ihrem Sessel schon mal häuslich ein, klemmte sich den Akku des Headsets an den Bund ihrer Pluderhose und bog die Leselampe hoch und runter. Die Presse, unschwer zu erkennen an zerknitterten Hosen und verstrubbelten Frisuren, bezog den für sie vorgesehenen Tisch, und auch die anderen Gäste suchten nach und nach ihre Plätze auf.

Mario warf den Journalisten missbilligende Blicke zu. »Wie kann man sich nur so gehen lassen? Haartechnisch, meine ich.«

Hartmut schob ihn gutmütig zu einem Stuhl. »Du solltest nicht jeden Menschen nach seiner Frisur beurteilen. Nicht jeder ist mit einem Friseur liiert.«

Penibel schnipste Mario eine unsichtbare Fussel von seinem Hemd und setzte sich. »Es ist ein bisschen oberflächlich, mich rein auf meinen Beruf zu reduzieren, meinst du nicht auch?«

Hartmut drückte ihm mit einem eindeutigen Blick die Schulter. »Das würde dir bei weitem nicht gerecht werden.«

Mario lächelte besänftigt und ich schüttelte den Kopf. Er war und blieb einfach eine Diva.

Das Fingerfood war mittlerweile aufgebaut und beim Anblick der kleinen Gläschen mit der veganen Schokoladencreme lief mir das Wasser im Mund zusammen. Zwei Mitarbeiterinnen des Partyservice' schenkten Getränke aus und fragten die Gäste dezent nach ihren Wünschen, als Herr Sorge an das von Rüdiger aufgebaute Standmikrofon trat. Nicht so schick wie Cosimas Headset, aber deutlich leiser.

Er begrüßte die anwesenden Gäste, die Presse und ganz besonders herzlich den Star des Abends, die Autorin. In diplomatischen und sehr blumigen Worten betonte er die mentale Kraft, die bei einem solchen Abnehmerfolg von Nöten war und gab an, gleich beim ersten Treffen den Erfolg des Buches quasi schon im Gespür gehabt zu haben.

Ich sah Carsten an und verdrehte die Augen. Bei dem ersten Treffen hatte man so einiges spüren können, was allerdings nicht unbedingt erfolgsversprechend gewesen war.

Herr Sorge philosophierte über die Notwendigkeit einer guten und vertrauensvollen Zusammenarbeit zwischen Verlag und Autoren und lobte den Einsatz seiner Mitarbeiterin, seiner rechten Hand sozusagen, die ihm in jeder Lage den Rücken frei hielt und ihn mit überdurchschnittlichem Engagement unterstützte – also mich! Es gab spontanen Applaus an unserem Tisch und ich wurde rot.

Frau Sorge lächelte wohlwollend in meine Richtung und Sophie lehnte sich zu mir hinüber. »Mama, guck' dir doch mal an, wie die Kinder von den Sorges aussehen. Das werden mal so richtige Nerds.«

Leider hatte sie recht, aber es waren immerhin die Kinder meines Chefs – auch wenn sie eine gewisse Ähnlichkeit mit diesen gruseligen, platinblonden Kindern aus »Das Dorf der Verdammten« hatten und auch ähnlich unglücklich aus der Wäsche schauten.

»Sophie, sie sind doch noch klein. Und jeder hat eben andere Maßstäbe bei der Erziehung«, tadelte ich sie leise. »Sorges legen halt mehr Wert auf ... ähm ... naja, auf intellektuelle und bodenständige Werte.«

Sophie lachte leise. »Ja, Nerds eben.«

Herr Sorge war am Ende seiner Ansprache angelangt und übergab nun mit einer überschwänglichen Geste das Wort an »die einzigartige Cosima Rockenfeller«. Ich schickte ein Stoßgebet zum Himmel und nahm einen großen Schluck Weißwein, der laut Beschreibung hervorragend mit dem Aroma der schwarzen Tomaten korrespondieren würde. Hoffentlich korrespondierte Cosimas Buchpräsentation geschmacklich genauso mit unseren Vorstellungen, dachte ich nervös.

Cosima stand auf und schlug mit einer Drehung des Handgelenks gegen ihre Klangschale. Mit einer dramatischen Geste wies sie auf ein Roll-up, das sie auf der einen Seite mit einem Gewicht von über einhundertdreißig Kilo zeigte. Auf der Rückseite – neben ihrer ursprünglichen Gestalt war kein Platz mehr für eine weitere Abbildung – präsentierte sie sich um gute fünfzig Kilo leichter vor den Auslagen eines Bio-Ladens. Sie begrüßte noch einmal die anwesenden Gäste, stellte sich selbst kurz vor und erklärte mit überraschend schlichten und ernsten Worten, wie sich der Teufelskreis von essen und immer mehr essen entwickelt hatte. Eindrucksvoll und auch berührend schilderte sie den Weg von dem pummligen Teenager zu der übergewichtigen, jungen Frau bis hin zu der schrecklich unförmigen Person, die sie noch vor einem Jahr gewesen war.

»Nennen wir das Kind ruhig beim Namen: ich war fett!«, betonte sie nachdrücklich. »Da braucht auch niemand peinlich berührt unter sich zu schauen oder es mir schön reden zu wollen. Eine andere Bezeichnung dafür gibt es nicht.«

Sie machte eine kleine Pause und sah eindringlich in das Publikum. »Vor anderthalb Jahren war ich am Tiefpunkt angelangt. An einem Abend aß ich nebenbei beim Fernsehen eine Fünf-Kilo-Tonne Käse-Popcorn. Für den kleinen Hunger zwischendurch schmierte ich mir nicht mal eben ein Brot, sondern grillte mir ein Hähnchen oder aß eine ganze Form Lasagne. Mein Tag bestand nur noch daraus, genügend Essen zu beschaffen, damit ich diese Unmengen in mich hineinstopfen konnte. Und so wurde ich krank an Körper und Seele, bis ich schließlich zusammenbrach.«

Ich beobachtete die Gesichter des Publikums und stellte zufrieden fest, dass alle wie gebannt an Cosimas Lippen hingen. Auch ich war positiv überrascht. Sie erzählte fesselnd und bewegend und strahlte heute eine solche Energie aus, dass man wirklich kaum glauben konnte, wie sie noch vor anderthalb Jahren ausgesehen hatte.

Sie fuhr sich mit den Händen durch ihre voluminösen, blonden Locken. »Das war der Moment, in dem ich die Erfahrung machte, dass die Seele eine eigene Stimme hat. Dass ein Körper nach Hilfe schreien kann. Und statt einer klassischen, herkömmlichen Diät suchte ich den Dialog mit meinem Körper, mit meiner Seele, und aus diesen Instinkten heraus entwickelte ich die Ernährung, die für mich gut war. Und zwar in tiefem Respekt vor den Lebensmitteln, die sich mir dann zum Verzehr darboten.«

Mario sah betroffen auf die kleine Tomate in seiner Hand. »Müsste ich sie jetzt um Erlaubnis fragen, bevor ich sie esse?«

»Eigentlich müsste da zuerst eine Gruppensitzung zwischen deinem Körper, deiner Seele und der Tomate stattfinden, damit geklärt wird, ob Übereinstimmung herrscht, was den Verzehr angeht«, sagte Carsten sarkastisch.

»Pssttt«, zischte ich und sah die beiden streng an. Unschlüssig legte Mario die Tomate wieder auf seinen Teller.

Cosima nahm in dem Lesesessel Platz, rückte sich die Lampe zurecht und begann an der Stelle zu lesen, an der sie das erste Mal eine deutliche Stimme in ihrem Inneren vernommen hatte. Ich kannte das Buch ja in – und auswendig, und so hörte ich nur mit halbem Ohr zu.

Sophie stupste mich an. »Wenn ich dir jetzt sagen würde, mein Körper, meine Seele und ich sind uns einig, dass die perfekte Ernährung für uns drei aus Eierpfannenkuchen, Lasagne, Waffeln und Nutella besteht – wäre das ok?«

Ich zog eine Augenbraue hoch. »Vergiss es!«

»Aber wir hören doch gerade, dass man sein Inneres befragen soll«, fuhr Sophie fort.

»Wir kommen gleich zu dem Teil, in dem es um gesunde und fast ausschließlich unbehandelte Lebensmittel geht, da nur die mit dem Körper und der Seele korrespondieren können. Nutella ist behandelt, somit tot und kann dir keine Antwort mehr geben. Also scheidet es aus.«

Sophie schwieg betroffen. »Und Lasagne?«, fragte sie vorsichtig.

»Da ist Fleisch drin. Fleisch war ein Tier, ist verarbeitet, worauf ich im Detail wohl nicht näher eingehen muss, und ist somit auch tot. Genau wie der Käse. Tot! Da ist kein Austausch mehr möglich.«

Sophie sah mich ungläubig an. »Aber wenn du Brokkoli oder Äpfel isst, dann sind die doch auch tot, weil sie nicht mehr in der Erde oder am Baum wachsen.«

»Ja. Du solltest ja am besten auch fragen, BEVOR du sie erntest. Und jetzt sei still und hör' zu!«

Meiner Tochter stand einen Augenblick lang der Mund offen und ich hörte sie fassungslos murmeln: »Da gibt es tatsächlich Menschen, die hören Stimmen von Gemüse. Ich dachte schon, du bist manchmal schräg, weil ich das Gefühl hatte, du quatschst heimlich mit dem Jesus, der in der Kirche am Kreuz hängt. Aber das hier toppt echt alles.«

Kapitel 45

Der Abend der Premierenlesung wurde ein voller Erfolg und Herr Sorge schwamm auf einer Welle der Euphorie. Mit jedem Glas Sekt pries er Cosima vor der Presse mehr an, und wenn man ihm glauben durfte, markierte ihr Buch den Eintritt in ein neues Zeitalter. Wenn ich die Miene von Frau Sorge richtig interpretierte, markierte es auch den Eintritt in ein neues Zeitalter im Hause Sorge, da Schwärmereien für andere Frauen, und das galt auch für Autorinnen des Verlages, ganz klar jenseits des von Frau Sorge vorgegebenen Verhaltenskodex' lagen. Mit zusammengekniffenen Augen beobachtete sie jede Geste ihres Mannes und ließ sich ihrerseits in immer kürzer werdenden Abständen Sekt nachschenken. Dass dieses kleine, engelsgleiche Wesen so böse gucken konnte, brachte mich etwas aus dem Konzept. Dermaßen abgelenkt entging ihr sehr zur Freude ihrer vier Sorge-Kinder, dass Sophie mit etlichen Schälchen des veganen Mousse au Chocolat im hinteren Teil des Gewächshauses verschwand. Wie die Entenküken folgten die ihr auf den Fuß und ich sah Marc verstohlen mehrere Kleenex-Rollen hinter der Theke entwenden. Da ich zumindest wissen wollte, warum mich unter Umständen später die erzieherische Keule treffen würde, schlich ich dem Grüppchen im Schutz der Tomatenpflanzen hinterher.

Auf einer alten Holzbank im hintersten Winkel bot sich ein Bild für die Götter. Marc war gerade dabei, vier kichernde Sorge-Kinder teilweise in Kleenex einzuwickeln, während Emma und Sophie löffelweise Schokoladenmousse in die aufgesperrten Schnäbel schaufelten. Aufgeschreckt durch mein Lachen fuhr Sophie herum. »Mama, musst du uns so erschrecken? Geh' zurück und behalte die Übermutter im Auge, bevor sie auf die Idee kommt, den armen kleinen Nerds den Magen auspumpen zu lassen.«

Ich grinste breit. »Pass' nur auf, dass sie keinen Zuckerschock bekommen. Das sind sie nicht gewöhnt.«

Sophie sah mich verständnislos an. »Daran muss sich ein Körper doch nicht gewöhnen. Die sind doch mit einem jahrelangen Mangel aufgewachsen.«

»Warum sind sie mumifiziert?«, fragte ich und musterte die vier Kinder, die vom Hals bis zu den Knien weiß eingewickelt waren.

Marc drehte sich um. »Spurenbeseitigung«, feixte er. »Damit nichts auf die Klamotten tropft und am Ende müssen wir sie nur auswickeln.«

»Ich sehe, ihr habt an alles gedacht«, sagte ich beeindruckt. »Hört aber bitte auf, bevor sie überlaufen, ja?!«

Sophie verdrehte die Augen. »Wir sind ja nicht blöd. Außerdem weiß ich schon, wie viel Schokolade ein Körper vertragen kann. Und guck' doch mal, wie sie strahlen!«

Das war nicht zu leugnen. Wie gepuckte Riesenbabys saßen sie mit leuchtenden Augen in einer Reihe und folgten mit den Augen jeder Bewegung von Emma und Sophie, damit nur ja kein Löffel daneben ging. Naja, dachte ich, es sei ihnen gegönnt.

Ich stöckelte zwischen den Tomatenpflanzen zurück zu der zwischenzeitlich recht lustigen Gesellschaft und wurde direkt von Carsten abgefangen.

»Also, es ist ja dein Chef und geht mich daher auch nichts an, aber wenn der Verlag nicht in die Verlegenheit kommen möchte, die Firmenleitung ersetzen zu müssen, wäre dringendes Handeln erforderlich.«

Erstaunt sah ich ihn an. »Was ist denn los?«

Carsten trat einen Schritt zur Seite. Cosima hatte sich bei Herrn Sorge eingehängt und himmelte ihn hingebungsvoll an. Dieser wurde nicht müde zu betonen, wie ihm doch quasi schon bei ihrer ersten Begegnung diese ungezähmte und wilde Energie an ihr aufgefallen sei, von den Haaren bis hin zu ihren damals noch nicht wirklich sichtbaren Zehenspitzen. Vertraulich legte er ihr den Arm um die Schultern und verkündete, er freue sich bereits unbändig auf die Zusammenarbeit bei dem nächsten Buch. Seine Augen glänzten, und er schien in seiner Euphorie etwas ganz Entscheidendes vergessen zu haben: seine Frau!

Frau Sorge wiederum stand zwischen Mario und Hartmut, und beim Anblick ihres Gesichtes war zu vermuten, dass sie neben dem Zusammenkneifen der Augen auch dazu übergangen war, temporär die Luft anzuhalten. Selbst die blonden, halblangen Haare hatten sich aufgeplustert und bildeten einen strengen Kontrast zu ihrem dunkelroten Gesicht. Hätte Maria damals mit so einem Gesichtsausdruck vor dem Kreuz gestanden, wäre die ganze Sache für Jesus vielleicht besser ausgegangen.

Vorsichtig ging ich näher und stieß Mario an. »Beißt es?«, flüsterte ich ihm ins Ohr und nickte in Frau Sorges Richtung.

»Noch bleibt es bei den typisch weiblichen Drohgebärden«, flüsterte er zurück. »Aber gelegentliches Zähnefletschen konnte man schon hören.«

»Vielleicht müsste mal jemand Herrn Sorge auf den Gesichtsausdruck seiner Frau aufmerksam machen«, sagte ich leise. »Das sollte als zarter Hinweis genügen.«

»Zarter Hinweis?«, meinte Hartmut halblaut. »Dem gefriert mit einem Schlag das Blut in den Adern.«

Ich sah sie der Reihe nach an. »Also? Wer geht?«

Frau Sorge schnaubte laut und fast sah es so aus, als würde ihr Atem kleine Rauchwölkchen bilden. Roch es nicht auch leicht nach Schwefel?

Mario hob abwehrend die Hände. »Ich kenne ihn ja quasi überhaupt nicht. Das ist mir zu privat.«

»Das stört dich doch sonst auch nicht. Im Gegenteil, gerade dann wird es doch für dich erst richtig interessant.«

»Aber Liebes, es ist dein Chef. Da vermischt sich zu sehr Privates mit Geschäftlichem.«

Ich sah Hartmut an. »Du?«

Der schüttelte heftig den Kopf. »Ich bin von jeher eher der schweigsame Typ, ich bringe das nachher noch durcheinander und mache alles viel schlimmer.«

»Liebling«, sagte ich mit Nachdruck und sah Carsten tief in die Augen. »Du kannst auf unzählige Erfahrungen in einer funktionierenden Beziehung zurückblicken und hast noch nie Angst vor mir gehabt. Du schaffst das!«

»Ich habe sehr wohl schon Angst vor dir gehabt, ich konnte es nur gut überspielen«, betonte Carsten und wich meinem Blick aus.

»Prima! Dann überspiel es jetzt auch! Es ist für einen guten Zweck.«

»Für welchen guten Zweck?«, wollte Carsten misstrauisch wissen.

»Wenn sie ihn umbringt, verliere ich meinen Job und bin den ganzen Tag zu Hause. Ich werde übellaunig, unzufrieden und fett. Und trotzdem du musst jeden Abend zu mir nach Hause kommen. Sind das Gründe genug?«, fragte ich und lächelte unschuldig.

»Das ist Erpressung«, murrte Carsten.

»Nein, Liebling. Das ist eine Kette aus logischen Konsequenzen, und es liegt an dir, sie zu unterbrechen. Also los, mein Held.«

Ich drückte ihm einen Kuss auf die Lippen und strahlte ihn an. Carsten konnte sich ein Lächeln nicht verkneifen und setzte sich in Bewegung.

Während Frau Sorge anfing, deutlich schwerer zu atmen, und ein undefinierbares Grollen aus ihrer Kehle zu hören war, beobachteten Mario, Hartmut und ich gebannt, wie Carsten zu Herrn Sorge und Cosima trat. Geschickt schob er sich zwischen die beiden und hakte sie freundschaftlich unter.

Plaudernd und lachend drehten sich die drei um hundertachtzig Grad und ich hörte Herrn Sorge gerade sagen: »Da fällt mir noch eine lustige Geschichte aus den Anfängen des Verlags ein ...«, als sein Blick frontal auf seine Frau fiel.

Die Erinnerung an diese lustige Begebenheit schien mit einem Schlag ausgelöscht, quasi direkt aus dem Langzeitgedächtnis getilgt.

Er löste sich abrupt von Carsten und kam mit ein paar nervösen Schritten auf seine Frau zu. »Mäuschen, ich habe dich heute Abend sträflich vernachlässigt.« Herr Sorge wandte sich halb um. »Cosima, darf ich Ihnen meine zauberhafte Frau vorstellen? Das hatte ich in dem ganzen Trubel heute Abend versäumt.«

Cosima lugte an ihm vorbei und entschied mit einem Blick, dass sie das »Mäuschen« heute besser nicht mehr kennenlernen wollte. Sie lächelte etwas verkrampft und murmelte halblaut etwas von »langsam mal Sachen zusammenpacken«, um sich dem recht aggressiv wirkenden Nagerweibchen nicht nähern zu müssen.

Herr Sorge stand mit hängenden Armen vor seiner Frau, die ihm zischelnd die Leviten las und die bevorstehende Heimfahrt mit den Worten versüßte: »Wir sprechen uns noch im Auto!«

Wie gerufen trippelten die vier Sorge-Kinder zwischen den Tomaten hervor, und zum Glück war nicht ein einziger Schokoladenfleck auf den Kleidern oder in ihren Gesichtern zu entdecken. Allerdings hatte ihre Gesichtsfarbe eine leichte Ähnlichkeit mit vergilbtem Zeitungspapier, und ich sah Sophie alarmiert an.

»Wie sehen die denn aus?«, zischte ich ihr zu.

Sie zuckte mit den Schultern. »Irgendwann haben sie ‚genug' gesagt, und dann haben wir sie ausgewickelt. Vielleicht haben wir sie dabei etwas zu heftig gedreht.«

»Da haben sie aber noch gelacht«, verteidigte sich Emma.

»Die können lachen?«, fragte ich abgelenkt und hörte den ältesten Sorge-Spross leise rülpsen. Die zwei Kleineren bekamen Schluckauf und hörten sich an wie klackernde Flipperkugeln.

»Und wie! Warte mal, ich habe das gefilmt«, gluckste Sophie und tippte auf ihrem Smartphone herum.

»Nicht hier«, warnte ich, und in diesem Moment fiel der mütterliche Adlerblick von Frau Sorge auf ihren Nachwuchs. Wieder kniff sie die Augen zusammen und man konnte an ihrer Miene ablesen, dass sie eine deutliche, wenn auch unerklärliche Veränderung an ihren Kindern wahrnahm.

»Lämmchen!«, rief sie scharf. »Selbst den Kindern wird das hier zu viel! Wir fahren nach Hause.«

Mäuschen und Lämmchen, dachte ich und schüttelte mich innerlich. Es gibt Dinge, die will man von seinem Chef einfach nicht wissen.

Frau Sorge sah mich an. »Frau Schwarz, Sie haben hier alles im Griff?«

Ich nickte.

»Meine Kinder möchte nach Hause. Und mein Mann auch!«

Ich nickte erneut und beobachtete, wie Frau Sorge ihr glänzendes, grünes Kleid zusammenraffte und sich auf eine Handbewegung von ihr die ganze Familie gehorsam in Bewegung setzte.

»Da geht das Lämmchen zur Schlachtbank«, kicherte Sophie und stieß Marc in die Rippen. »Denk' dir nur nie so einen bescheuerten Kosenamen für mich aus.«

Marc grinste und nickte auch.

Sophie lächelte zufrieden. »Das würde auch dem wilden und ungezähmten Teil in mir nicht gerecht werden«, fügte sie lässig hinzu, und Carsten verschluckte sich neben mir heftig an seinem Wein.

Wie ich am nächsten Tag erfuhr, hatte eine höhere Macht eine schützende Hand über die Ehe der Sorges gehalten. Statt sich ihrer Ehekrise in vollem Ausmaß hingeben zu können, wurde das Ehepaar Sorge mit einem geheimnisvollen Virusinfekt konfrontiert, der nahezu gleichzeitig alle vier Kinder befiel. Kein medizinisches Fachbuch in der umfangreichen Sammlung von Frau Sorge lieferte eine Erklärung dafür, wie sich gesundes und ballaststoffreiches Gemüse in eine süßliche, braune Pampe verwandeln konnte, die in rauen Mengen aus den Kindern sprudelte. Gepeinigt von schlechtem Gewissen, den armen Kindern wohl mit dem emotional aufgeladenen Fahrstil und dem sorge-untypischen, heftigen Wortwechsel im Auto zu viel zugemutet zu haben, wischten Herr und Frau Sorge in schönster Eintracht die übelriechende Masse auf, deren leicht schokoladige Konsistenz sie wehmütig an ein früheres, sorgloses Leben erinnerte ...

Kapitel 46

Die Premierenlesung war das letzte, große Projekt gewesen, das ich im Verlag hatte abwickeln müssen, bevor Sophies Konfirmation anstand. Herr Sorge hatte uns netterweise ein wunderschönes, weißes Partyzelt geliehen, das zumindest laut Angaben des Herstellers haargenau die Hälfte unserer Terrasse und des Gartens hätte überdachen sollen. Beim Probeaufbau drei Wochen vor der Konfirmation zeigte sich jedoch, dass entweder die Angaben des Herstellers nicht korrekt waren oder unser Grundstück aufgrund der außergewöhnlich heißen Temperaturen in diesem Frühling eingegangen war. Dummerweise endete die eine Seite des Zeltes direkt AUF unserem Gartenzaun, die andere direkt an unserer Hauswand. Da letztere nicht nachgab, blieben nur die Möglichkeiten, den Zaun zu versetzen oder die Zeltstangen in leichter Schräglage in den Boden zu rammen – was die Stabilität eines sechs Meter langen Zeltes nicht gerade begünstigte.

Ratlos standen Carsten, Hartmut und Mario im Garten und starrten abwechselnd den Zaun und das Gestänge an. Sophie und Marc kamen gerade nach Hause und ließen sich verschwitzt von ihrer Fahrradtour in den großen Strandkorb im Garten fallen.

»Das passt nicht«, sagte meine Tochter, die die Situation mit einem Blick erfasst hatte.

»Gottseidank, jetzt wissen wir endlich, was hier nicht stimmt«, bemerkte Carsten sarkastisch und wischte sich den Schweiß von der Stirn. »Das ist uns übrigens schon vor einer Stunde aufgefallen.«

»Ihr steht seit einer Stunde da und merkt, dass das Zelt nicht in den Garten passt?«, fragte Sophie ungläubig. »Und was wollt ihr jetzt machen?«

»Das überlegen wir doch gerade«, erklärte Carsten gereizt.

Sophie und Marc saßen da und schauten die drei Zeltbauer abwartend an.

»Was guckt ihr so?«, fragte Mario irritiert.

»Wir warten«, erwiderte Sophie.

»Worauf?«

»Was sich so aus euren Überlegungen ergibt. Wenn ihr schon seit einer Stunde nachdenkt, kann das ja nicht mehr so lange dauern.«

Carstens Augenbrauen zogen sich unheilvoll zusammen. »Wenn du blöde Sprüche machen willst, geh' lieber nach oben.«

Sophie grinste. »Wenn euch gar nichts einfällt, könnten wir immer noch unten beim Golfclub nachfragen, ob ...«

»Es reicht!«, donnerte Carsten erbost. »Wenn du nichts zur Lösung des Problems beitragen kannst, halt' einfach den Mund.«

Marc räusperte sich. »Wenn ich mal einen Vorschlag machen dürfte«, fing er vorsichtig an, »es geht ja wirklich nur um ungefähr einen oder zwei Zentimeter.«

Carsten nickte und ließ sich neben Mario auf den Rasen fallen. »Ja, aber die sind entscheidend.«

»Ja, so ist das im wirklichen Leben«, sinnierte Mario. »Alles andere ist ein Märchen.«

Hartmut warf ihm eine Kusshand zu.

»Könntet ihr mal bei der Sache bleiben?«, fuhr Carsten dazwischen. »Für euer Gesäusel habt ihr nachher zu Hause noch Zeit.«

Marc stand auf. »Wenn Sie mit ein oder zwei Pfosten als Platzhalter den Zaun ein bisschen nach außen ziehen, leiert er zwar in der Mitte etwas aus, aber das kann man später wieder straffen. Mit dem Zug der Pfosten verschafft ihr euch Platz für das Zeltgestänge und könnt gleichzeitig die Zeltstangen noch daran befestigen. Sollte es etwas windig sein, hat das riesige Zelt so auch mehr Stabilität.«

Hartmut starrte Marc an. »Das klingt irgendwie so simpel.«

Marc zuckte mit den Schultern. »Das ist auch simpel. Die Pfosten gibt es in jedem Baumarkt.«

Mario, Carsten und Hartmut sprangen auf. »Im Baumarkt? Worauf warten wir dann noch? Der hat doch gerade noch geöffnet.«

Von Erschöpfung war plötzlich nichts mehr zu spüren und die drei Hobby-Gärtner schlugen Marc freundschaftlich auf die Schulter. »Hey Marc, komm doch kurz mit. Dann haben wir den Experten gleich dabei und müssen nicht das ohnehin knapp besetzte Verkaufspersonal kurz vor Feierabend strapazieren.«

Marc nickte erfreut. »Klar, gerne. Das ist auch wirklich keine große Sache.«

Fachsimpelnd und aufgekratzt verschwanden die vier Musketiere im Inneren des Hauses und machten sich gemeinschaftlich auf die Suche nach einem Zollstock, Carstens

Portemonnaie und dem Autoschlüssel. Kurz darauf fiel die Haustür ins Schloss.

Sophie starrte ihnen verdutzt nach. »Er ist gegangen, ohne mir einen Kuss zu geben!«, sagte sie erschüttert. »Was war das denn eben?«

Ich zuckte mit den Schultern. »Gewöhn' dich daran. Das Wort ‚Baumarkt' hat auf Männer eine ähnlich anregende Wirkung wie ‚Shopping' oder ‚Schuhgeschäft' auf Frauen. Gönn' ihnen den Spaß.«

»Er ist einfach so gegangen! Das hat er noch nie gemacht!«

»Sophie, bitte keine weiteren Dramen so kurz vor der Konfirmation! Davon, was du so in Marcs Verhalten oder in die Erzählungen anderer hineininterpretierst, habe ich fürs erste genug. Zweimal Liebeskummer in einem halben Jahr, das hält die innigste Familienbande nicht aus.«

Sophie zog eine beleidigte Flunsch. »Du hast gut reden. Aber es gibt echt Momente, da denke ich, ich werde Marc nie verstehen.«

»DAS wird sich in Bezug auf Männer für den Rest deines Lebens nicht ändern, ist aber durch positive Konditionierung zu minimieren.«

»Mama, wir reden hier doch nicht von einem Hund!«

Ich blätterte in den Unterlagen des Partyservice' auf dem Tisch und sagte: »Das Prinzip ist das gleiche. Lobe das Verhalten, das dir gefällt und ignoriere den Rest. Es sei denn, sie schlagen arg über die Stränge. Dann ignoriere nicht nur das Verhalten, sondern den ganzen Kerl.«

»Bevor du mir noch mehr so wundervolle Beziehungstipps gibst und mir am Ende das vielgefürchtete Aufklärungsgespräch aufdrängen willst: was steht denn sonst noch an, bis Papa und der Rest vom Baumarkt kommt?«, fragte Sophie schnell.

Ich schob ihr eine Kiste mit Deko-Material über den Tisch, gefolgt von den Angeboten für das Buffet.

»Du hast die Wahl, such' dir was aus! Du kannst Kreuzchen hinter allen Gerichten machen, die du magst oder du startest die ersten Versuche, wie wir die kleinen Vasen mit den Teelichtern, der Lichterkette und dem Deko-Sand auf den Tabletts anordnen.« Mit freundlichem Lächeln hielt ich ihr zwei leere Blätter hin. »Alternativ kannst du dir auch schon Gedanken über die Sitzordnung machen. Als Faustregel gilt: Personen, die sich nicht mögen, sind soweit wie möglich auseinanderzusetzen.«

Sophie stöhnte. »Das klingt ja toll. Das muss ich aber nur machen, bis die vom Baumarkt wiederkommen, ja? Dann bin ich fertig?«

Ich grinste. »Schätzchen, bis die Männer vom Baumarkt wiederkommen, bist du definitiv fertig!«

Als ob ich in diesem ganzen Trubel noch nicht genug zu tun gehabt hätte, fand auch noch ein Elternabend von Sophies Klasse statt. Da meine Elternbeiratskollegin leider verhindert war, stand mir auch die Leitung dieses Events bevor. Prinzipiell machte mir das nichts aus, aber die Zusammenarbeit mit Sophies Klassenlehrerin gestaltete sich teilweise schwierig und es kam erschwerend hinzu, dass sie Angst vor den Eltern hatte! Somit war ein Elternabend für Frau Zeller eine emotionale Ausnahmesituation und ihr ohnehin schon nervöses Blinzeln ging in ein hektisches Dauerzwinkern über.

Als ich mit Birgit den Klassenraum der 8b betrat, waren einige Eltern schon da und ich grüßte freundlich in die Runde. Frau Zeller stand mit dem Rücken zum Klassenzimmer am Fenster und ihre Lippen bewegten sich lautlos. In dem knielangen, schwarzen Kleid, das um ihre spindeldürren Beinchen schlackerte, sah sie aus, als wäre sie Gast einer Beerdigung. Vermutlich fühlte sie sich auch so. Ich tippte ihr leicht auf die Schulter und sie sah mich aus ihren dunklen Augen, die hinter den dicken Brillengläsern noch größer wirkten, unsicher an.

»Sind schon viele da?«, wisperte sie leise. »Ich mag mich noch nicht umdrehen.«

Das konnte ja heiter werden, stöhnte ich innerlich.

»Ungefähr zwölf Personen. Aber wir haben ja noch zehn Minuten Zeit.«

»Nur noch zehn Minuten. Ich muss mich noch einen Moment sammeln, wenn Sie mich kurz entschuldigen ...?«, sagte Frau Zeller zaghaft.

Ich versuchte es mit einem halbwegs verständnisvollen Lächeln und hörte sie leise murmeln: »Ich bin im Inneren mit meiner Kraft verbunden und kann allem begegnen, was von außen an mich herangetragen wird.«

Bei meiner nächsten Begegnung mit Jesus musste ich mal dringend die Frage klären, ob der sich bei einem Glas Wein mit seinem Vater einen Spaß daraus machte, mir solche Figuren über den Weg laufen zu lassen. Irgendetwas in meinem Leben zog solche Menschen magisch an.

Während ich mich mit ein paar anderen Eltern unterhielt, trudelte nach und nach der Rest ein. Gerade wollte ich die Tür schließen, als jemand ungebremst in mich hineinrannte. Ich taumelte zurück und spürte, wie eine Hand nach meinem Ellenbogen griff. Etwas benommen von diesem Zusammenprall sah ich auf und meine Laune sackte ins Bodenlose.

»Frau Schwarz! Warum haben unsere Begegnungen immer den Charakter eines Auffahrunfalls?«, fragte Mathe-Michel und baute sich in voller Größe vor mir auf.

»Vielleicht liegt das an meinem angeborenen Fluchtreflex bei Mathelehrern«, murmelte ich und sah Birgit aus den Augenwinkeln breit grinsen. »Was machen Sie denn hier? Gibt es Probleme mit der Klasse in Mathe?«

»Natürlich nicht!«, erwiderte er arrogant. »Die Kollegin hat mich gebeten, ihr bei dem Elternabend zur Seite zu stehen.«

Ich schüttelte heftig den Kopf. »Aber das ist gar nicht nötig. So viel steht heute nicht an und ich bekomme das mit Frau Zeller zusammen sicher problemlos hin. Aber ein netter Zug von Ihnen, vielen Dank und noch einen schönen Abend.«

Halbwegs würdevoll drehte ich mich um und ging zu dem Lehrerpult vor der Tafel. Ich hoffte inständig, dass Herr Michels den Wink verstanden hatte und sich zum Gehen entschloss, aber da schoss Frau Zeller schon an mir vorbei.

»Manfred, nicht gehen! Ich bin froh, dass du da bist. Wir fangen jetzt an. Kannst du etwas zu der allgemeinen Situation der Klasse sagen? Da ist ja zwischen Mathe und Deutsch kein großer Unterschied.«

Frau Zeller wippte von einem Fuß auf den anderen und krallte sich in Mathe-Michels Unterarm fest. Der tätschelte beruhigend ihre Hand. »Keine Sorge, Marie, wir haben alles im Griff.«

Ich ließ mich resigniert auf den Stuhl fallen und schloss kurz die Augen. Als ich sie wieder öffnete, hatten Mathe-Michel und Frau Zeller auf zwei Stühlen neben mir Platz genommen und sahen mich erwartungsvoll an.

Bringen wir es hinter uns, dachte ich und eröffnete den Elternabend. Ich begrüßte, ging nach und nach die Tagesordnung durch und fragte mich die ganze Zeit genervt, was zum Teufel Herr Michels nur alles mitschrieb.

Als ich bei dem Punkt angekommen war, an dem ich eigentlich das Wort an die Klassenlehrerin übergeben sollte, sah ich Frau Zeller fragend an. »Es geht jetzt um die allgemeine Situation der Klasse und vorab um die nächsten beiden Deutschlektüren. Möchten Sie uns die Bücher vielleicht mal kurz vorstellen, zwischen denen die Klasse wählen kann?«

Frau Zeller hielt wortlos vier Bücher in die Luft und hauchte: »Das sind sie.«

»Frau Zeller, vielleicht können Sie uns einfach kurz die Titel sagen? Das kann man von hier hinten kaum lesen«, bemerkte ein Vater, der neben Birgit in der letzten Reihe saß.

Doch Frau Zeller sagte gar nichts, sondern stand auf und drehte sich zur Tafel um. Dort fing sie an, ihren Namen, ihre Telefonnummer und ihre Emailadresse anzuschreiben und murmelte leise etwas Unverständliches vor sich hin.

Ich bemerkte zu meiner Genugtuung eine leichte Irritation in Mathe-Michels Gesicht und räusperte mich. »Ähm, Frau Zeller? Hat sich bei Ihren Daten etwas geändert?«

»Nein«, hauchte sie und schrieb weiter. »Aber wenn ich etwas verunsichert bin, beginne ich erst mal mit etwas Vertrautem.«

Ich hatte gerade eine Vision von Jesus und dem lieben Gott – schenkelklopfend bei einer Flasche Rotwein. Hilfesuchend sah ich Mathe-Michel an und zuckte mit den Schultern. Dann griff ich nach den Büchern und wandte mich an die Eltern, die das Schauspiel mit ungläubigen Blicken verfolgten.

»Also gut, ich lese Ihnen mal die Titel vor, die für eine Novelle und einen Roman zur Auswahl stehen. Geplant ist, dass die Schülerinnen und Schüler zwischen je zwei Büchern wählen können und in der nächsten Deutschstunde darüber abgestimmt wird, oder?«

Herr Michels hatte sich von dem Schock über die mittlerweile vor sich hin summende Kollegin erholt und nahm mir die Bücher aus der Hand.

»Ich schätze mal, an den Klassikern wird sich nicht so viel geändert haben«, sagte er ruhig. »Wenn ich mal kurz schauen darf, Frau Schwarz? Dann übernehme ich das.«

Ich nickte dankbar und er schoss einen bitterbösen Blick Richtung Tafel ab, wo Frau Zeller vorsichtig über ihre Schulter lugte. Hektisch wandte sie sich wieder um und umrandete ihren Namen mit einem schwungvollen Rautenmuster.

Während Mathe-Michel beeindruckend präzise den Inhalt des Schimmelreiters wiedergab, malte Frau Zeller lauter lachende Smileys an die Tafel. Als sie mit diesem Kunstwerk fertig war, fügte sie einen großen Smiley mit traurig nach unten gezogenen Mundwinkeln am Rande der fröhlich lachenden Runde hinzu. Mir schwante nichts Gutes und ich vernahm schon vereinzeltes Gekicher aus der Elternrunde.

Mathe-Michel war nahtlos von dem Deutschunterricht zu Mathematik übergegangen, fasste die Themen, die noch bis zu den Sommerferien zu behandeln waren, kurz zusammen und drehte sich halb zu seiner Kollegin um. Als der die Ansammlung grinsender Mondgesichter an der Tafel sah, stockte er mitten im Wort.

»Ähm ... Marie? Möchtest du vielleicht noch ein paar Worte sagen?«, fragte er aufmunternd und warf noch einen argwöhnischen Blick auf den traurigen, dicken Smiley.

Frau Zeller biss sich nervös auf ihre Unterlippe und knetete ihre Hände. »Ich wollte nur kurz betonen, dass ich mir wirklich alle Mühe gebe und versuche, mich in die Klasse zu integrieren«, sagte sie und ihre Stimme verlor sich.

Ich sah ein kurzes Aufflackern in Mathe-Michels Augen, aber er schwieg. Birgit stützte den Kopf in die Hände. Es würden hoffentlich nicht die ersten Eltern vor Verzweiflung anfangen zu weinen!

»Aber sehen Sie«, fuhr Frau Zeller fort und deutete auf die Tafel, »so fühle ich mich in der Klassengemeinschaft. Ich stehe außen und das macht mich sehr traurig.«

Aha! Deswegen also der unglückliche Smiley. Traurig blickte Frau Zeller zu Boden.

Ich hätte auf eine nicht vorhandene Bibel geschworen, dass Jesus und der heilige Vater inzwischen bei der nächsten Flasche angekommen sein mussten. Vermutlich hatten sie Petrus noch in ihre gesellige Runde eingeladen, denn draußen klatschte der Regen gegen die Scheiben.

»Naja, Frau Zeller«, begann ich vorsichtig. »Als Lehrkraft ist man auch nicht unbedingt Teil der Klassengemeinschaft, man formt diese ja eher. Da ist es vielleicht auch besser, gewisse Dinge von außen zu betrachten, um sich ein objektives Bild machen zu können.«

Frau Zeller sah aus wie ein verhungertes Käuzchen, als sie ihre großen, dunklen Augen hinter der Brille aufriss. »Aber man ist da so alleine. Und Sie finden das jetzt auch noch in Ordnung.«

Ein Vater aus der ersten Bank meldete sich und ich nickte ihm zu. »Frau Zeller, wie lange unterrichten Sie diese Klasse noch?«, fragte er.

»Noch bis zum Ende des 9. Schuljahres«, hauchte sie.

»Na, dann ist ja noch etwas Zeit«, sagte der Vater erleichtert und sein Banknachbar nickte.

Frau Zeller sah ihn hoffnungsvoll an. »Sie meinen, das wird dann sicherlich besser?«

»Nein«, erwiderte er ungehalten. »Ich meinte, dann ist noch Zeit, um einen Lehrerwechsel anzuregen oder einen geeigneten Therapieplatz für Sie zu finden.«

Frau Zeller schnappte nach Luft. »Ich bin schon längere Zeit in einer Selbsthilfegruppe und mache gute Fortschritte! Wir lernen, unsere Gefühle zu malen, wenn wir sie nicht ausdrücken können.« Sie deutete auf ihr Kunstwerk an der Tafel. »Aber Sie nehmen das offensichtlich genauso wenig ernst wie Ihre Kinder und ich ...«

»Herrgott Marie«, fuhr da plötzlich Mathe-Michel scharf dazwischen. »Du bist ihre Klassenlehrerin und nicht ihre beste Freundin. Natürlich stehst du außen, weil du keine von ihnen bist. Jetzt reiß' dich doch bitte mal zusammen.«

Frau Zellers Unterlippe fing gefährlich an zu zittern. »Aber ich möchte einen Unterricht aus der Mitte heraus machen. Aber wenn sie mich nicht in ihre Mitte lassen, geht das nicht. Das verletzt mich.«

»Dann machst du eben Unterricht von rechts oder links«, gab Mathe-Michel unwirsch zurück. »Ich denke wirklich, wir sollten mal unter vier Augen miteinander sprechen.«

Der Vater aus der ersten Bank meldete sich wieder. »Entschuldigung Herr Michels, wer ist denn eigentlich der stellvertretende Klassenlehrer?«

»Das bin ich«, erwiderte er mit leichter Arroganz in der Stimme. »Warum?«

»Weil ich mich gefragt habe, ob da wohl eine gewisse ... ähm, pädagogische Unterstützung Ihrerseits möglich wäre. Es geht ja für die Kinder in der neunten Klasse auf die Leistungskurse zu und da wäre ein kompetenterer Ansprechpartner wünschenswert.«

Mathe-Michel nickte. Es war nicht zu übersehen, dass er sich geschmeichelt fühlte. »Ich denke, Frau Zeller und ich werden uns zusammensetzen und schauen, welche Punkte wir aufgreifen und welche Problemlösungen wir anstreben, nicht wahr, Marie?«, fragte er mit einer Stimme, die keinen Widerspruch duldete.

Frau Zeller nickte eifrig.

»Fein! Dann halte ich Sie über Frau Schwarz auf dem Laufenden, und wenn es keine weiteren Fragen gibt, können wir weitermachen?!« Fragend sah er mich an.

Ich nickte und griff den letzten Punkt der Tagesordnung auf, in dem es lediglich um die Aufstockung der Klassenkasse ging, da sich das Geld dem Ende neigte. Einstimmig wurde für eine erneute Überweisung auf das Klassenkonto abgestimmt, und damit konnte ich den Elternabend erleichtert schließen. Frau Zeller saß neben mir auf dem Stuhl und zeichnete Kreuze in ihr Notizbuch. Was mich wieder auf Jesus brachte. Warte nur, mein Lieber, bis ich das nächste Mal in der Kirche bin. Wir beide haben einen regen Gedankenaustausch vor uns!

Ich war heilfroh, diesen unsäglichen Elternabend hinter mich gebracht zu haben und lief mit Birgit über den Gang Richtung Treppe.

»Frau Schwarz, haben Sie noch eine Minute?«, rief es da hinter mir und ich bremste ab.

Das dicke Ende kommt jetzt wohl erst noch, dachte ich und drehte mich langsam um. Mathe-Michel kam auf uns zugelaufen und war mit seiner gut sitzenden Anzugshose und dem hellblauen Hemd wieder eine Augenweide. Er hatte die Ärmel hochgekrempelt und fuhr sich mit einer Hand durch das dichte, braune Haar. Sicherlich hätte ich diesen Anblick mehr genießen können, wenn das militärische Klacken seiner Absätze nicht so störend laut gewesen wäre. Als die anderen Eltern sahen, dass er Kurs auf mich nahm, drehten sie ab und nahmen den anderen Treppenabgang.

Birgit drückte mir den Arm. »Er gehört dir! Ich warte am Auto.«

»Du bist eine wahre Freundin«, zischte ich, und sie flitzte die Treppe zum Ausgang hinunter. Da hatte er mich auch schon erreicht, der Herr über Parallelen und Gleichungen, und musterte mich scharf aus seinen leuchtend blauen Augen.

»Wie kommt es, Frau Schwarz, dass Sie mich immer anschauen, als würde ich Sie fressen wollen, wenn wir uns treffen – wenn Sie mich nicht gerade über den Haufen rennen?«

»Das liegt vermutlich daran, dass ich mir vorkomme wie Rotkäppchen bei der ersten Begegnung mit dem bösen Wolf «, erwiderte ich.

Er verzog den Mund und ich war automatisch abgelenkt. Ein Mathelehrer sollte nicht so einen Mund haben, dachte ich und versuchte, nicht allzu auffällig auf diese Lippen zu starren, die sich zum Ansatz eines Lächelns verzogen hatten. Wie sollte man sich als Schülerin auch auf dieses langweilige und staubtrockene Gleichungsdingsbums konzentrieren, wenn ...

»Frau Schwarz?«, klang es da durch meinen tagträumerischen Nebel.

Ich zuckte zusammen und fühlte mich ertappt. Verlegen räusperte ich mich.

»Entschuldigung, ich ... was haben Sie gesagt?«, stotterte ich und mir wurde schrecklich warm. Nervös zerrte ich an meinem Schal.

»Ich sagte, dass wir das heute Abend doch ganz gut hinbekommen haben. Weiterhin sagte ich, wenn Rotkäppchen dem Wolf mit einem solchen Blick begegnet wäre, hätte dieser vermutlich von der Großmutter abgelassen und freiwillig gefastet, bis er den drei kleinen Schweinchen über den Weg gelaufen wäre«, wiederholte er und sein Mund verzog sich jetzt zu einem kleinen, mokanten Lächeln.

Ich musste grinsen und lehnte mich an das Treppengeländer. »Was ihn allerdings auch nicht wirklich weitergebracht hätte, weil er auch hier am Ende Opfer seiner maßlosen Gier werden würde. Das dritte Schweinchen wurde ihm nämlich zum Verhängnis«, gab ich zurück.

Mathe-Michel zog eine Augenbraue hoch. »Gehen wir doch einfach mal davon aus, dass dem Wolf die Begegnung mit Rotkäppchen so auf den Magen geschlagen wäre, dass sich seine Gier nach dem dritten Schweinchen erübrigt hätte!«

Diese Wortspielereien begannen mir Spaß zu machen. »Sie setzen also voraus, dass Rotkäppchen einen so nachhaltigen Eindruck auf den Wolf gemacht hätte, dass dieser sein angeborenes, animalisches und überwiegend auf die Nahrungssuche ausgerichtetes Verhalten überdacht hätte?«, fragte ich lächelnd.

»Vielleicht.« Er zuckte mit den Schultern. »Vielleicht hätte er auch einfach gedacht: das dritte Schweinchen war so clever, sein Haus aus Stein zu bauen und hat es aufgrund seiner Intelligenz einfach verdient, am Leben zu bleiben, während die zwei anderen Schweinchen zu faul und zu dumm waren, um sich ein gescheites Haus zu bauen und es kein großer Verlust für die Gesellschaft wäre, wenn man sie fressen würde.«

»Dann wäre der Wolf ein ziemlicher Arsch«, rutschte es mir heraus und ich schlug mir erschrocken die Hand vor den Mund.

Doch Mathe-Michel überraschte mich. Er warf den Kopf in den Nacken und lachte schallend. »Eine knappe und präzise Charakterisierung. Aber glauben Sie mir, es gibt leider so viele faule und dumme Schweinchen auf der Welt. Manchmal kann der Wolf nicht aus seiner Haut und erweist der Gesellschaft einen unschätzbaren Dienst, wenn er ein paar von ihnen verspeist.«

»Was bringt der Wolf aber damit seinem Nachwuchs bei?«, spann ich den Faden weiter. »Alle dummen und faulen Schweine sind kein Verlust für die Gesellschaft und können ruhig den Wölfen zum Fraß vorgeworfen werden?«

Mathe-Michel legte den Kopf schief und sah mich mit blitzenden Augen an. »Will der Wolf seinem Nachwuchs damit überhaupt etwas beibringen? Oder spart er sich so lediglich Energie, weil die faulen und dummen Schweinchen schlichtweg zu blöd zum Weglaufen und damit leichte Beute sind?«

Ich musste lachen. »Interessanter Ansatz. Ich gehe davon aus, der Nachwuchs in Ihrer Familie besteht nur aus cleveren und flinken Schweinchen?«

»Nachwuchs in meiner Familie hat nur mein Bruder, nicht ich. Aber meine beiden Nichten machen nicht den Eindruck, als wären sie leichte Beute.«

»Nicht, wenn Ihre Gene da auch nur ansatzweise beteiligt sind«, erwiderte ich augenzwinkernd. »Wollten Sie eigentlich noch etwas anderes mit mir besprechen als die verschiedenen Interpretationsmöglichkeiten deutscher Märchen?«

»Ja, sicher«, antwortete er und schlug geschäftig einen Hefter auf. »Ich wollte Ihnen noch sagen, dass Sophie sich gut macht seit den Weihnachtsferien. Die Nachhilfe scheint etwas zu bringen. Auch die Zusatzaufgaben, die sie mir regelmäßig vorlegt, haben eine ganz andere Qualität.«

Das waren ja endlich mal richtig gute Nachrichten. Wie auch immer Marc das anstellte, er sollte weitermachen!

»Das freut mich sehr. Der Nachhilfelehrer ist auch sehr ... ähm ... engagiert.«

Mathe-Michel nickte. »Ja, manche entwickeln da förmlich ein persönliches Interesse und knien sich richtig rein.«

Passender hätte er die Situation nicht beschreiben können.

»Ja, das trifft es genau. Und es scheint zu funktionieren«, sagte ich leichthin.

»Ja, es funktioniert – sogar im emotionalen Ausnahmezustand der Konfirmationsvorbereitungen.«

»Oh ... das haben Sie auch mitbekommen?«

»Das kann man unmöglich nicht mitbekommen, weil die halbe Klasse betroffen ist und man sich stellenweise vorkommt wie in einem Irrenhaus! Ich mag mir bei manchen Schülerinnen kaum vorstellen, welche Ausmaße so etwas annehmen kann, wenn da erst eine Hochzeit geplant wird. Aber machen Sie sich keine Sorgen, bei Sophie ist alles im grünen Bereich.«

Ich warf erleichtert meine Tasche über die Schulter und sah auf die Uhr. »Da bin ich froh. Vielen Dank für die Rückmeldung. Ich gebe sie gerne an Sophie und ihren Nachhilfelehrer weiter.«

»Loben Sie nicht zu viel, sonst lässt das Engagement schnell nach«, riet er mir.

Ich streckte ihm die Hand entgegen. »Ja, dann ... wünsche ich Ihnen noch einen schönen Abend, viele clevere Schweinchen, und nochmals vielen Dank für Ihre Unterstützung heute Abend.«

Er nahm meine Hand und erwiderte den Druck warm und fest. »Es war mir ein Vergnügen, einerseits. Man muss den Ruf des Kollegiums ja nicht bewusst gegen die Wand fahren.« Ein Glitzern erschien in seinen Augen. »Hoffentlich begegnet Ihnen auf dem Nachhauseweg kein böser Wolf.«

Ich zog meine Hand zurück. Der sollte nur kommen, dachte ich. Schließlich bin ich das Rotkäppchen mit dem bösen Blick und kein blödes Schweinchen.

»Machen Sie sich keine Sorgen. Mein Haus ist aus Stein gebaut«, erwiderte ich und wandte mich zum Gehen.

»Ich mache mir keine Sorgen um Sie, sondern um den Wolf. Sie wissen ja: er ist vom Aussterben bedroht«, rief er mir nach.

»Ein klarer Sieg für alle Rotkäppchen und die bedrohten Großmütter«, rief ich scherzhaft zurück.

Ich war schon fast an der Treppe, da hörte ich ihn halblaut rufen. »Ach, Frau Schwarz ...!«

Ich drehte mich noch einmal um. Mathe-Michel wirkte plötzlich ein bisschen unsicher.

»Ich hatte überlegt, ob es wohl in Ordnung wäre, wenn ich bei der Konfirmation in der Kirche mal vorbeischauen würde? Ich meine, es betrifft ja nahezu die halbe Klasse, und da ich ja quasi selbst schon kein Auge mehr zu tun kann, ohne dass mir das Glaubensbekenntnis durch den Kopf geht, dachte ich ...« Seine Stimme verlor sich etwas. »Naja, dann könnte ich mir doch das Schauspiel mal live und in Farbe ansehen, was meinen Sie? Oder glauben Sie, die Eltern oder die Schülerinnen wären davon eher peinlich berührt?«

Verblüfft sah ich ihn an.

»Ich bin sicher, peinlich berührt wäre niemand, aber sehr überrascht – im positiven Sinn«, antwortete ich langsam. »Welche Lehrer signalisieren den Schülern denn heute schon noch ein gewisses Interesse außerhalb des Schulbetriebs? Das ist eine sehr schöne Idee«, fügte ich hinzu.

Mathe-Michel erwiderte mein Lächeln und klemmte sich seine Mappe unter den Arm. »Danke! Dann sehen wir uns im Mai. Und vorher fühle ich der Kollegin Zeller mal ein bisschen auf den Zahn!«

Damit drehte er sich um und verschwand mit zackigem Schritt in dem Gang zum Lehrerzimmer, während ich mich auf den Weg zum Parkplatz machte, wo ich von Birgit schon neugierig erwartet wurde.

Kapitel 47

An dem Wochenende vor der Konfirmation fand samstags die Generalprobe samt Fototermin in der Kirche statt, und zwar in voller Montur. Das bedeutete, wir hatten zweimal im Abstand von einer Woche das volle Programm in Sachen Garderobe, Frisur, Make-up, Maniküre, Pediküre und nervösem Dauergekicher. Abgesehen davon, dass Mario mit seinem unerschütterlichen Gemüt ein wahrer Fels in der Brandung in diesem Spektakel war, war es auch ein unschätzbarer Vorteil, wenn der beste Freund Friseur und Stylist ist. Als engagierter Patenonkel tauchte er morgens zu entsetzlich früher Stunde mit großem Getöse bei uns auf, lud Sophie samt Kleid, Schuhen und sonstigen Accessoires ins Auto, in dem Emma schon ganz hibbelig saß, und fuhr mit den beiden Mädchen in den Salon. Marc durfte nicht mitkommen. Sophie hatte darauf bestanden, dass er sie erst am Tag der Konfirmation sehen sollte, und mein Hinweis, es sei nur bei Hochzeiten üblich, dass der Bräutigam die Braut vorher nicht sehen dürfte, brachte mir lediglich einen vernichtenden Blick ein. Hatte man bei Kindern in diesem Alter überhaupt auch nur den Hauch einer Chance, jemals das Richtige zu sagen? Mit der Verknüpfung etlicher Synapsen hatte sich wohl auch der Sinn für Humor fröhlich pfeifend verabschiedet, und sich mit oder gar über einen Teenager in der Pubertät zu amüsieren, stellte ganz klar die achte Todsünde dar. Sollte es jemals mit dem Job im Verlag nicht mehr klappen, konnte ich mich immer noch mit einem Schulungskonzept zum Thema »Fettnäpfchen-Falle Pubertät – Auswege aus der Krise « selbstständig machen. Eine garantiert todsichere Einnahmequelle – genau wie ein Bestattungsinstitut.

Nach knapp vier Stunden, in denen Mario den beiden Mädchen die Haare geföhnt und Locken gedreht, sie geschminkt und ihnen sämtliche Nägel in mehreren Schichten lackiert hatte, traf ich im »Haarscharf« ein.

Ich lächelte Marios Mitarbeiterin freundlich zu, die mich ebenso fröhlich nach hinten durchwinkte. »Sind alle im hinteren Bereich. Holen Sie besser mal tief Luft.«

»So schlimm?«, fragte ich erstaunt.

Sie lächelte. »Gucken Sie einfach selbst.«

Ich öffnete die Schiebetür zu dem hinteren Teil des Salons und lief durch den hellgrau gestrichenen Flur. Leises Gemurmel war zu hören und Birgit kam mir mit geröteten Augen entgegen.

Alarmiert sah ich sie an. »Ist etwas passiert? Ist der Fön explodiert oder ein Fingernagel abgebrochen?«

Sie schüttelte nur den Kopf und schniefte. »Nein, nichts dergleichen. Komm, guck' einfach selbst.«

Ich konnte nicht genau sagen, was ich erwartet hatte, aber als ich durch die Tür trat, war ich in keiner Weise auf das Bild vorbereitet, das sich mir bot.

Während mir Emmas Anblick schon für einen Moment die Sprache verschlug, lief mir fast das Herz über, als sich Sophie langsam umdrehte. Der Mund blieb mir offen stehen und ich konnte es nicht fassen, dass ich meiner kratzbürstigen, fünfzehnjährigen Tochter gegenüberstand, die sich oftmals aufführte wie in einem zeitgemäßen Remake der »Widerspenstigen Zähmung«. Sie trug bereits ihr dunkelblaues Kleid mit dem kurzen Bolero. Die dunkelblonden Haare waren auf der einen Seite zurückgesteckt und fielen ihr in weichen Wellen über die rechte Schulter. Das dezente Make-up, das Mario aufgetragen hatte, ließ ihre schokoladenbrauen Augen noch größer erscheinen und verlieh ihnen einen besonderen Schimmer. Die Nägel funkelten mit der Kette, die meine Mutter ihr zur Geburt geschenkt hatte, um die Wette, und der erwachsene Anblick, den sie bot, passte nicht so richtig mit meinem Gefühl zusammen, nach dem sie eigentlich immer noch mein kleines Mädchen war, zumindest in rührseligen und gefühlsduseligen Momenten wie diesen.

»Oh Baby«, brachte ich nur hervor und Birgit, die mit einer Taschentuchbox wieder neben mir aufgetaucht war, drückte mir diese wortlos in die Hand.

Sophie und Emma strahlten über das ganze Gesicht und sahen fast aus wie Schwestern. Emmas Kleid war ähnlich geschnitten wie das von Sophie und ihre lockigen Haare waren nur wenige Nuancen heller.

Ich ging auf meine kleine große Tochter zu und schloss sie vorsichtig in die Arme. »Ich traue mich kaum, dich anzufassen. Nicht, dass etwas kaputt geht.«

Sie erwiderte meine Umarmung und ich konnte spüren, wie sie lächelte. »So schnell geht an mir nix kaputt, aber heul' mir ja nicht aufs Kleid, ok?«

Ich lachte gerührt und tupfte mir verstohlen eine Träne aus den Augen. »Als ob ich so was machen würde. Gott, Mäuschen, du siehst wunderschön aus.«

Sie rückte ein Stück von mir ab. »Ich weiß! Ich finde mich auch so toll«, sagte sie in ihrer typischen Bescheidenheit. »Bei so jemandem wie mir hatte Mario eigentlich gar nicht so viel zu tun.«

Mario lächelte stolz und legte den Arm um Sophies Schultern. »Natürlich nicht. Die beiden jungen Damen sind absolut hinreißend und ich habe nur aufgrund meiner überschäumenden Energie vier Stunden hier und da mal Hand angelegt.«

Die Mädchen lachten und Birgit schnäuzte sich laut. »Ich bin eben im Laden schon gefragt worden, ob die Geschäfte so schlecht laufen, weil ich so verheult aussehe. Vielleicht sollte ich das ausnutzen: aus Mitleid kaufen die Kunden vielleicht mehr.«

Sophie schüttelte vorsichtig den Kopf, damit nur ja nicht die Frisur verrutschte. »Ich würde lieber die Geschichte der alleinerziehenden Mutter erzählen, die sich aus eigener Kraft den Buchladen aufgebaut hat, um sich und ihre Tochter durchzubringen, und von all den Entbehrungen sprechen, die dafür nötig waren. Das ist doch voll was für die Tränendrüse.«

Birgit starrte sie einen Moment sprachlos an, dann sagte sie: »Du bist gut!«

Sophie zuckte mit den Schultern. »Ja, ich weiß. Ich bin umwerfend.«

»Und so bescheiden«, fügte ich hinzu. »Wir müssen dann langsam los, sonst kommen wir zu spät in die Kirche.«

Mario, der kurz in seinem kleinen Lagerraum verschwunden war, kam mit zwei riesigen, pinkfarbenen Schirmen zurück, auf denen goldene Krönchen glitzerten. »Hier, Prinzessin! Nicht, dass sich die ganze Pracht im Regen wieder auflöst.«

»Regen?«, fragte ich irritiert.

»Man könnte es auch Sintflut nennen«, korrigierte sich Mario. »Schau doch mal raus.«

Tatsächlich. Was da gerade vom Himmel kam, ließ mich kurzzeitig darüber nachdenken, die Feier nach der Konfirmation auf die Arche Noah zu verlegen. Entsprechende Kontakte könnte mein festgenagelter Freund in der Kirche ja sicher vermitteln.

»Wenn das am nächsten Samstag so schüttet, hilft uns auch kein Zelt mehr«, sagte ich bestürzt. »Was machen wir denn dann?«

»Wir könnten immer noch beim Golfclub ...«, fing Sophie an.

»Wenn du zu Hause noch einmal mit dem Thema ‚Golfclub' anfängst, siehst du deinen Vater möglicherweise mit der Axt die Zeltstangen zerschlagen«, warnte ich sie. »Heb' dir die Idee für deine Hochzeit auf und such' dir bitte wohlhabende Schwiegereltern aus, die den ganzen Rummel dann bezahlen.«

»Ist das nicht eigentlich die Sache der Brauteltern?«, wollte Sophie wissen.

»Mag sein, aber ich schätze, unser Erspartes ist spätestens nach der Vorspeise aufgebraucht.«

»Immerhin spart ihr am Friseur«, witzelte Mario gutgelaunt.

Liebevoll sah ich ihn an und gab ihm einen Kuss auf die Wange. »Der ist in jeder Hinsicht unbezahlbar.«

Mario lächelte gerührt. »Ein Strumpfband könnte ich auch noch beisteuern.«

»Will ich wissen, warum du im Besitz eines Strumpfbandes bist?«, fragte Birgit grinsend, doch ich unterbrach die beiden.

»Wir müssen jetzt unsere Damen hier halbwegs trocken ins Auto bekommen, sonst schaffen wir das nicht rechtzeitig zur Kirche. Bei dem Regen kommt man ja nur im Schneckentempo voran.«

Mit einem Mal entstand hektische Betriebsamkeit. Mario lief in den vorderen Teil des Salons und rief uns zu sich.

»Liebes, du fährst mit dem Bus auf den Bürgersteig bis an die Tür – so dicht, wie es eben geht«, wies er mich an. »Birgit und ich überbrücken den Rest mit den Schirmen. Betet auf dem Weg zur Kirche doch mal für eine Regenpause, vielleicht hilft es.«

»Ich verlasse mich lieber auf die Regenschirme, das geht vermutlich schneller«, erwiderte ich.

»Bis nächsten Samstag habt ihr immer noch Zeit, eine Ziege oder ein Schaf zu opfern. Vielleicht stimmt das den Wettergott gnädig«, feixte Mario.

Ich schüttelte den Kopf. »Glaub mir, Schafe und Ziegen sind out. Die Gottheiten von heute stehen mehr auf rosa Glitzer!«

Er sah mich entsetzt an. »Liebes, für solche Äußerungen hätte man dich früher auf dem Scheiterhaufen verbrannt.«

Ich öffnete per Knopfdruck die Schiebetür des VW Busses, weil ich so nicht um das Auto herumlaufen musste. Ich war zwar nicht ansatzweise so gestylt wie Sophie und Emma, aber ich konnte deutlich schlechtere Laune verbreiten, wenn ich nass bis auf die Haut wurde.

»Bei dem Wetter würde nicht mal der brennen«, rief ich und flitzte zum Auto, so schnell ich konnte.

Langsam kroch unser VW Bus über die Landstraße, während Emma und Sophie ein Selfie nach dem anderen schossen, um sicherzugehen, dass das Styling nicht gelitten hatte. Außerdem musste die wundersame Verwandlung natürlich in zig verschiedenen Chat-Gruppen zwecks gegenseitiger Bewunderung gepostet werden. Alles unter sechsundneunzig Likes war eine Katastrophe.

Die Scheibenwischer protestierten mit einem quietschenden Klagelaut und konnten bei den Wassermassen, die vom Himmel fielen, kaum für klare Sicht sorgen.

»Mama, was machen wir, wenn es am Samstag wirklich so schüttet?«, fragte Sophie hinter mir.

»Keine Ahnung. Dann müssen wir vermutlich das ganze Buffet in der Küche aufbauen und das Wohnzimmer ausräumen. Wir stellen dann mehr Stehtische auf und haben weniger Sitzgelegenheiten. Aber es wird in dem Fall nicht anders gehen«, erklärte ich abwesend.

»Na toll, das wird doch total eng mit so vielen Leuten«, murrte Sophie.

»Stimmt. Aber eine andere Idee habe ich derzeit nicht. Bei dem Regen weicht ja auch der ganze Rasen auf, so dass kein Mensch vernünftig laufen kann. Da nützt uns das Zelt auch nichts, wenn darunter alles nass ist.«

»Ich habe von Anfang an keinen Bock gehabt, zu Hause zu feiern«, meckerte Sophie weiter und ignorierte Emmas warnenden Blick, den ich im Rückspiegel auffing. »Wenn wir gleich entschieden hätten, im ...«

»Wenn du jetzt ‚Golfclub' sagst, parke ich hundert Meter vor der Kirche und nehme dir den Schirm ab«, drohte ich wütend.

»Das machst du nicht!«, rief sie erschrocken. »Du kannst manchmal echt so fies sein. Es ist schließlich meine Feier. Kannst du nicht verstehen, dass mir etwas daran liegt, dass sie schön wird?«

»Nein, wie könnte ich das auch verstehen, wo ich seit Monaten nebenher kaum etwas anderes mache, als mit Birgit eure Konfirmationsfeier zu planen?«, fuhr ich sie an. »Ich will auch, dass die Feier schön wird, und es bedeutet nicht automatisch, dass sie es nicht wird, nur weil wir umplanen müssen. Was mir aber die Laune total versaut, ist dein ständiges Gemecker und die unaufhörliche Leier mit dem Golfclub!«

Das Schweigen auf den beiden Sitzen hinter mir war so dick, dass man es hätte in Scheiben schneiden können. Aber immerhin - sie schwiegen! Leider hielt dieser angenehme Zustand bei Teenagern nie so lange an, wie man es sich wünschte. Ganz abgesehen davon, dass Sophie prinzipiell das letzte Wort haben musste.

»Du hast mich doch nie gefragt, was ich eigentlich will«, kam es da schon wieder pampig von hinten. »DU hast entschieden, dass wir nicht im Golfclub feiern, sondern zu Hause, und über was anderes wurde gar nicht mehr gesprochen. DU hast entschieden, welche Schuhe ich trage und welche Absätze zu hoch sind. Und jetzt willst du mir auch noch vorschreiben, was ich schön finden soll und was nicht!«

Missmutig starrte Sophie aus dem Fenster. Ich war kurz davor zu explodieren und antwortete betont ruhig: »Es kam durchaus bei uns an, was du willst, nämlich eine Feier im Golfclub mit der Familie und vielen Freunden und einem Hauch von Promi-Flair. Wir sind aber weder die Geißens, noch verfügen wir über vergleichbare finanzielle Mittel, somit wäre es für alle Beteiligten stressfreier, wenn du mal wieder auf dem Boden der Realität landen würdest.«

Sophie holte Luft und wollte etwas sagen, doch ich fuhr ihr über den Mund. »Ich bin noch nicht fertig! Für die Schuhe hast du dich letztlich alleine entschieden, nachdem nur das beherzte Eingreifen einer stämmigen italienischen Tante verhindert hat, dass du mit den hohen Hacken mitten in der Frühlingsdekoration des P&C gelandet bist.«

Das Auto schlingerte leicht. Vermutlich war eine wütende Grundsatzdiskussion mit meiner Tochter auf unter Wasser stehenden Landstraßen nicht gerade eine gute Kombination, und somit suchte ich nach dem passenden Schlusswort. »Und wenn du der Meinung bist, die falsche Location und die falschen Schuhe ruinieren dir den Tag, dann sagen wir diese ganze verdammte Feier einfach ab! Ok?«

Ich war auf hundertachtzig und meine Stimme überschlug sich fast. Ich hatte die Nase gestrichen voll – von meiner Tochter, von der Konfirmation und davon, solche Diskussionen in Endlosschleife über Wochen führen zu müssen. Am liebsten hätte ich diesen ganzen Golfclub einfach abgefackelt, dann würde keine ihrer Freundinnen dort feiern. Ende!!

Zumindest etwas kleinlauter sagte Sophie: »Wir haben so eine Feier zu Hause noch nie geplant. Und jetzt muss dauernd etwas umgeschmissen werden. Woher willst du wissen, dass es dann immer noch schön wird?«

Unter Aufbietung aller Arroganz, die mir möglich war, erwiderte ich: »Ganz einfach: weil ich es kann!!«

Kapitel 48

Eine knappe Viertelstunde später hielt ich mit quietschenden Reifen und Scheibenwischern vor der Kirche. Ein Blick in mein Gesicht genügte und die Mädchen schnappten sich wortlos die Regenschirme. Als sich die Schiebetür automatisch öffnete, kam Pfarrer Heumann durch den Regen gehüpft.

»Frau Schwarz, gut, dass Sie da sind. Herr Lose ist heute leider in einer dringenden Familienangelegenheit unterwegs und ich bin mit den Konfirmanden alleine. Ob Sie wohl Zeit hätten, mir ein bisschen zur Hand zu gehen? Gerade bei den Gruppenaufnahmen ist es gut, wenn jemand schaut, ob alle gut platziert sind.«

Was sollte man da sagen? Bei Kindergartenfesten oder Schulausflügen zu schwindeln und zu sagen, man hätte keine Zeit, war gerade noch vertretbar, aber einen Pfarrer anzulügen, führte vermutlich auf direktem Weg in die Unterwelt. Also nickte ich ergeben, parkte den Bus neben der Kirche auf dem Parkplatz und lief so schnell auf den Eingang zu, wie es die von oben kommenden Wassermassen zuließen.

Im Inneren der Kirche herrschte große Aufregung. Die Mädchen und Jungen hatten sich alle unglaublich in Schale geworfen und waren teilweise auf den ersten Blick nicht wiederzuerkennen. Um meine Laune ins Bodenlose fallen zu lassen, stöckelte Jenny auf genau den Schuhen an uns vorbei, die Sophie zu Fall gebracht hatten.

Diese warf mir einen mörderischen Blick zu. »Andere Eltern finden solche Schuhe anscheinend völlig in Ordnung und trauen ihren Kindern zu, mit ein bisschen Übung darauf zu laufen«, zischte sie giftig.

Da lief ein anderes, mir unbekanntes Mädchen an uns vorbei. Sie trug flache Ballerinas, einen langen Faltenrock, eine weiße Bluse mit einem kleinen, spitzen Kragen und zog ein unglückliches Gesicht.

»Ja. So haben halt auch Eltern ganz unterschiedliche Ansichten. Soll ich sie mal fragen, ob sie tauschen will?«, fragte ich und nickte kurz in Richtung des wadenlangen Faltenrocks.

Sophie sah mich sauer an. »Manchmal wünschte ich, du wärst einfach mal ein bisschen lockerer.«

»Und ich wünschte manchmal, du würdest deinen Wortschatz um Begriffe wie ‚Bitte' und ‚Danke' erweitern – und vielleicht ab und zu mal denken, bevor du den Mund aufmachst!«

Sophie setzte gerade zu einer Erwiderung an, da klatschte Pfarrer Heumann in die Hände. »Alle mal herkommen, bitte. Wir sprechen jetzt kurz durch, wie die Generalprobe und der Fototermin heute ablaufen sollen.«

Aufatmend ließ ich mich auf die nächste Bank fallen und schloss die Augen. Es würde mich nicht überraschen, wenn Sophie plötzlich nach Schwefel anstatt nach Jil Sander riechen würde und ...

»Na na na, jetzt übertreibst du aber. Du darfst dich nicht immer so aus der Ruhe bringen lassen.«

Ich öffnete ein Auge. »Ich habe mich schon gefragt, wann du deinen Senf wieder dazugeben musst.«

Jesus hüstelte. »Da ist aber jemand schlecht gelaunt heute. Vielleicht nimmst du dir mal Zeit für ein Gebet?«

»Vielleicht schaust du dir mal das Wetter da draußen an und hast im Blick, dass nächste Woche die ganzen Konfirmationen stattfinden. Es wäre jetzt genau der richtige Zeitpunkt, um mal deine guten Beziehungen zu Petrus spielen zu lassen«, antwortete ich gereizt.

»Ich fasse es nicht, wie lange sich diese Mähr hält, dass Petrus irgendwas mit dem Wetter macht«, gab Jesus ungehalten zurück. »Wer hat sich diesen Mist eigentlich ausgedacht? Da fasst ihr Menschen euch mal schön an die eigene Nase mit der Klimaerwärmung und so!«

Ich setzte mich auf und warf ihm einen strafenden Blick zu. »Wer hat denn hier den freien Willen verteilt? Das hast du jetzt davon! Die Eisberge schmelzen und die Jugend will von ‚Du sollst Vater und Mutter ehren' nichts mehr wissen.«

Schlecht gelaunt verschränkte ich die Arme vor der Brust. »Und sich dann hinstellen und sagen, man hätte damit nichts zu tun und ich solle mich nicht aus der Ruhe bringen lassen. Das ist echt wieder typisch Mann!«

Jesus sah betreten zur Seite. »Du wirst mich ja wohl kaum mit gewöhnlichen Männern vergleichen wollen. Ich meine, mein Werdegang ist ja wohl ein bisschen außergewöhnlicher als der von anderen.«

»Und deswegen darfst du besserwisserische Ratschläge verteilen, wie es dir passt, ja? Entschuldige, aber in Sachen Ehe und Kindererziehung fehlt es dir doch wohl ein bisschen an Erfahrung, oder?«

Jesus hüstelte. »Naja, Maria Magdalena und ich ... es fehlte halt an Zeit. Aber ich hatte meine Jünger, die waren auch so etwas wie meine Kinder«, verteidigte er sich.

Ich schnaubte laut und Pfarrer Heumann hielt irritiert inne. »Frau Schwarz? Doch lieber die Gruppenaufnahmen vor der Orgel? Ich dachte nur, vor dem Altar haben wir mehr Platz.«

»Nein, schon gut. Ich war gerade in Gedanken«, winkte ich ab. »Vor dem Altar ist es wunderbar.«

Pfarrer Heumann atmete erleichtert auf und fuhr fort, die Mädchen und Jungen der Größe nach aufzustellen.

»Entschuldige, wenn ich das so direkt sage, aber dann ist bei Judas erziehungsmäßig ja wohl auch was voll in die Hose gegangen, oder?«

Jesus schnappte nach Luft. »Das lag nicht an mir! Ich habe allen die gleiche Liebe und Aufmerksamkeit geschenkt und wirklich alles versucht ...«

Ich wies auf Sophie. »Aha! Wenn du in den letzten Tagen nicht gerade anderweitig beschäftigt warst, dürfte dir nicht entgangen sein, wie oft ich das Thema ‚Golfclub' diskutieren musste. Ich habe auch alles versucht, aber sie ist nun mal so schwierig. Wenn ich wüsste, dass es hilft, würde ich es auch auf Hebräisch erklären.«

»Das kann man ja wohl nicht vergleichen«, gab Jesus beleidigt zurück. Als ich nicht reagierte, fragte er seufzend. »Himmel Marlene, ich kann auch keine Wunder vollbringen. Was erwartest du denn jetzt von mir?«

»Wenn nicht du, wer sonst?«, fragte ich sauer. »Ich will besseres Wetter! Und vielleicht einen Wasserrohrbruch im Golfclub, damit der mindestens bis Weihnachten schließen muss. Und wenn du gerade dabei bist, könnte Jenny auf ihren hohen Hacken vielleicht an dem Teppich vor dem Altar ein kleines bisschen stolpern, damit Sophie einmal zugibt, dass ich recht hatte.«

»Letzteres fällt ja wohl eindeutig in die Kategorie ‚Wunder'«, protestierte Jesus. »Das geht nicht so einfach.«

»Du konntest Wasser in Wein verwandeln und Brot in Fische – oder so ähnlich! Und da kannst nicht mal für ein bisschen Einsicht bei meiner Tochter sorgen?«

»Ja, oder vielmehr nein! Da greife ich wieder in den freien Willen ein, und das ist bei einem Teenager deutlich mehr als ein bisschen Arbeit! Das hatten wir doch schon«, erklärte er geduldig.

Ich winkte ab und starrte stur vor mich hin.

»Marlene«, begann Jesus versöhnlich, »unter Umständen kann ich mal schauen, ob sich mit dem Wetter etwas arrangieren lässt. Aber das bleibt dann bitte unter uns, ja?«

Ich schielte zur Seite.

»Okay, die Toiletten im Golfclub sind nächste Woche defekt und der Sanitärfachmann hat die Grippe, aber mehr mache ich nicht! Wie soll ich denn später glaubhaft beim Jüngsten Gericht auftreten, wenn ich solche Strippen ziehe?«, fragte Jesus unbehaglich.

Ich klimperte mit den Wimpern. »Und die Schuhe?«

»Bei den Schuhen muss es dir jetzt einfach mal egal sein, ob sie sauer auf dich ist«, sagte Jesus bestimmt. »Und jetzt tu' mir einen Gefallen und greif' meinem Hirten da vorne mal etwas unter die Arme, sonst hat der Fotograf vor lauter Verzweiflung den ganzen Messwein getrunken, bis die Kinder alle richtig stehen.«

Tatsächlich stand der Fotograf hinter dem Altar und schenkte sich gerade den Kelch, der eigentlich für das Abendmahl reserviert war, randvoll. Seinem glasigen Blick nach zu urteilen, war es nicht der erste Becher. Etwas versöhnt stand ich auf und legte Pfarrer Heumann die Hand auf die Schulter. »Lassen Sie mich mal.«

Erleichtert sah er mich an. »Danke, liebe Frau Schwarz. Die Verhältnisse hier drinnen sind einfach etwas beengt. Eigentlich wollten wir die Aufnahmen ja draußen im Kirchgarten machen. Aber jetzt müssen wir uns einfach arrangieren und das Engagement des Fotografen lässt doch etwas zu wünschen übrig.«

»Ich weiß. Retten Sie mal die Reste des Weins und schicken Sie mir den Helden nach vorne. Das bekommen wir schon hin.« Ich steckte zwei Finger in den Mund und stieß einen durchdringenden Pfiff aus.

»Das wollte ich auch schon immer können«, rief Jesus begeistert hinter mir.

»Wird schwierig, du hast die Hände nicht frei«, entgegnete ich süffisant.

Dann wandte ich mich wieder an die Gruppe Jugendlicher, die mich erwartungsvoll ansah. »Alle mal herhören: Die Jungen stellen sich in eine Reihe vor den Altar – leicht seitlich gedreht - und die Mädchen nehmen sich bitte jede einen Stuhl. Ihr setzt euch vor die Jungs und schlagt alle das rechte Bein über das linke. Verstanden?«

Dann wandte ich mich an den Fotografen, der mich leicht dümmlich angrinste. »Sie bringen am besten schon mal Ihre Ausrüstung in Stellung. Es wäre schön, wenn alle Kinder auf den Bildern Füße und Köpfe hätten.«

Er nickte brav und schraubte seine Kamera auf das Stativ. Das sah ja schon recht vielversprechend aus, dachte ich erleichtert.

Lautes Rascheln und Rücken war zu hören, und es war offensichtlich schwieriger als gedacht, das rechte vom linken Bein zu unterschieden. Gerade stöckelte Jenny mit ihrem Stuhl an mir vorbei, als sie stolperte und bäuchlings auf dem Schoss von Emma landete. Mit hochrotem Gesicht rappelte sie sich unter verhaltenem Gekicher der anderen wieder auf und setzte sich mit möglichst würdevoller Miene auf ihren Stuhl.

Sophie, die direkt hinter ihr gelaufen war, biss sich auf die Unterlippe und senkte den Blick.

Ich sah schnell zu Jesus hinüber, der mit geschlossenen Augen am Kreuz hing. Als ob er meinen Blick spüren würde, öffnete er die Augen und zwinkerte mir zu ...

Als ich am Sonntagmorgen aufwachte, regnete es.

Es regnete auch am Montag, und gegen Mittag kamen noch vereinzelt handfeste Gewitter dazu.

Am Montagabend stürmte es so sehr, dass Sebastians Fußballtor abhob und in die Buddha-Statue im Garten unserer Nachbarn krachte. Ich fragte mich, ob die gängigen Gottheiten untereinander gesellschaftliche Kontakte pflegten und wie Buddha das wohl finden würde, wenn eines seiner Abbilder aufgrund einer göttlichen Fehlzündung zerstört wurde.

Am Dienstagmorgen fuhr ich im Schritttempo ins Büro, weil tischtennisballgroße Hagelkörner vom Himmel fielen. Ich fragte mich verzweifelt, ob das hier gerade ein Zeichen von Jesus' schrägem Humor war oder ob das Wetter tatsächlich nicht in sein Ressort fiel und er erst übte. Resigniert begann Carsten abends, die vorhandenen Stehtische in einen vergrößerten Grundriss unseres Wohnzimmers einzuzeichnen und telefonierte mit dem Teppichlager im nächsten Ort, um einen Preisnachlass für einige günstige Bahnen Velourteppich auszuhandeln, mit denen wir dann das Parkett abdecken konnten. Probeweise zogen wir die Hussen über die Stehtische, um mal zu sehen, wie das wirkte, und ich versuchte, mir die ganze Deko, die Birgit und ich für das Zelt gekauft hatten, in unserem Wohnzimmer vorzustellen.

Sophie kam die Treppe herunter, warf einen Blick ins Wohnzimmer und verschwand kommentarlos wieder in ihrem Zimmer. Lena fragte, ob sie schöne Blumen auf die Hussen malen sollte, und Sebastian war eigentlich alles egal, weil er noch den Verlust seines Fußballtores betrauerte.

Ich selbst versuchte mich aufzuheitern und köpfte abends eine Flasche Prosecco. Im Haus war es still, und als ich auf das Chaos im Wohnzimmer blickte, konnte ich Sophie ehrlich gesagt ein bisschen verstehen. Es war auch nicht das, was ich mir vorgestellt hatte. Birgit und ich hatten uns völlig begeistert in einem Großhandel für Dekoration und Tischwäsche eingedeckt und sogar farblich passende, elektrisch beleuchtete Lampions gefunden, die wir im Zelt aufhängen wollten. Auch die Luftballons mit Glitzereffekt, der erst abends so richtig zu sehen sein würde, wenn die ganzen Lichterketten leuchteten, kämen in unserem Wohnzimmer kaum richtig zur Geltung.

Traurig saß ich am PC und landete in dem Verzeichnis, in dem ich seit Jahren alle Fotos der Familie abspeicherte. Ich zappte mich durch unzählige Fotos von Urlaubsreisen und Familienfeiern, betrachtete Schnappschüsse der Kinder und landete plötzlich bei den Babybildern von Sophie. Mein Gott, was war sie winzig gewesen. Ich erinnerte mich heute noch an die Ehrfurcht, mit der ich diese kleinen Finger und Füße das erste Mal betrachtet hatte. Auf dem Köpfchen hatte sie einen dichten, dunklen Flaum gehabt und dieses süße Stupsnäschen. Von Sophie hatte ich mit Abstand die meisten Fotos. Sophie in der Badewanne, auf dem Töpfchen (sie würde mich hassen für solche Bilder), Sophie von oben bis unten mit Schoko-Nuss-Creme beschmiert, auf dem Traktor, bei ihrer ersten Reitstunde und mit Oma und Opa – eine schier endlose Flut.

Während ich in meinen Erinnerungen schwelgte, formte sich in meinem Kopf eine Idee. Konnte ich das wirklich noch schaffen? Und fände sie das schön oder würde ich damit wieder in einem Fettnapf landen, den ich ihrer Meinung nach hätte vorher erahnen müssen? Ich beschloss, es zu riskieren. Ein Foto nach dem anderen zog ich in eine Video-Präsentation, die Reihenfolge würde ich später festlegen. Ich hatte ein bestimmtes Lied im Kopf, das zu diesem störrischen, zickigen und komplizierten Wesen da oben passte wie die Faust aufs Auge, und wenn es ihr wirklich nicht gefallen sollte, konnte sie später ihren Kindern zumindest tolle Geschichten über ihre peinliche Mutter erzählen. Auch so was hatte Unterhaltungswert. Also machte ich mich an die Arbeit.

Ich saß die halbe Nacht vor dem Computer und mir fielen fast die Augen zu. Gegen halb vier war ich fertig und spielte das Video ab. Knapp fünf Minuten lang flogen Fotos von Sophie über den Bildschirm, und mit dem letzten Ton der Musik wurde ein Bild unserer Familie eingeblendet, das Mario im letzten Sommer bei uns im Garten aufgenommen hatte. Ich war zufrieden, hundemüde und bemerkte gar nicht, wie Carsten leise hinter mir die Treppe hinunterkam.

»Schatz, was machst du denn noch hier? Warst du noch gar nicht im Bett?«, fragte er verschlafen und gähnte.

Ich klopfte auf den Platz neben mir. »Setz' dich mal, ich will dir was zeigen.«

Wieder ertönte die Musik und das erste Bild zeigte Sophie als Baby, wie sie winzig und zart gerade so in Carstens Hände passte. Als der letzte Ton verklang, saßen wir engumschlungen da, überwältig von der Flut wunderbarer Erinnerungen, die wir mit diesen Bildern vor Augen hatten.

»Das hast du wunderschön gemacht, Marlene, wirklich. Was für eine tolle Idee. War sie echt mal so winzig?«, sagte Carsten ergriffen.

Ich war ebenfalls gerührt. »Ja, kaum zu glauben, oder? Und wie schnell diese fünfzehn Jahre vergangen sind. Ich fühle mich gerade steinalt.«

Carsten lächelte. »Du bist weit entfernt von steinalt, mein Schatz. Wie ich gehört habe, liegt dir sogar der Mathelehrer unserer Tochter zu Füßen.«

Ich wurde rot. »Ach Quatsch, da hat Birgit übertrieben. Der ist vermutlich einfach nur froh, dass er ein Problem weniger hat. Und das ist letztlich Marcs Verdienst und nicht meiner.«

»Das mag sein«, gab Carsten zu und küsste mich auf den Mund. »Aber es gibt sicherlich unangenehmere Eltern, mit denen er sich herumschlagen muss als dich.« Er sah wieder auf den Bildschirm. »Damit hast du wirklich eine tolle Überraschung vorbereitet. Sophie wird aus allen Wolken fallen, wenn sie das sieht.«

Ich sah ihn zweifelnd an. »Meinst du? Ich habe schon so oft gedacht, ich hätte einen Treffer gelandet und lag treffsicher daneben. Vielleicht ist es ihr auch peinlich.«

Carsten schüttelte entschieden den Kopf. »Ganz bestimmt nicht. Daran ist nichts peinlich. Dieses Video ist eine einzige Liebeserklärung an deine Tochter und ich bin sicher, genau so wird sie es auch verstehen. Auch wenn sie noch so kratzbürstig ist, dreht sich bei ihr doch letztlich alles nur um dich.«

Misstrauisch sah ich ihn an. Das hatte ich doch schon einmal gehört. »Wer hat dir das denn gesagt?«

»Niemand«, lachte Carsten. »Ab einem gewissen Grad an Müdigkeit werde ich philosophisch. Und jetzt komm' mit ins Bett, du kreatives Genie, bevor du morgen im Verlag im Papierlager einschläfst.«

Kapitel 49

Als ich ein paar Stunden später erwachte, fühlte ich mich wie gerädert. Ich war eindeutig zu alt, um fast die ganze Nacht durchzumachen, egal wie ehrenhaft der Grund auch gewesen war. Mit halb geschlossenen Augen tapste ich die Treppen hinunter, die ich vor kurzem erst nach oben gegangen war. Der Rollladen im Wohnzimmer ging genau in dem Moment nach oben, als ich auf der untersten Stufe ankam. Ich stand dort wie angewurzelt und starrte ungläubig in den Garten. Träumte ich?

Die Sonne ging gerade auf, und der Himmel zeigte sich bereits jetzt klar und wolkenlos in einem satten Blau mit einem wunderschönen rosa Schimmer. Es wehte nur noch eine leichte Brise und zwei Amseln hüpften fröhlich zwitschernd über den Rasen. Sogar Balou schien zu spüren, dass sich da draußen etwas verändert hatte, denn er trippelte aufgeregt hinter der Scheibe herum.

»Carsten«, brüllte ich nach oben und klatschte vor Freude in die Hände. »Schnell, komm mal runter, das musst du sehen.«

»Was ist los?«, rief er von oben. »Fahren jetzt Schiffe an unserem Gartentor vorbei?«

Es polterte laut und Sekunden später standen Carsten, Lena und Sebastian neben mir auf der Terrasse.

»Es ist wärmer«, sagte Sebastian.

»Das sind zwei Vögelchen«, piepste Lena und kuschelte sich verschlafen an mich.

»Wenn das jetzt mal zwei Tage so bleibt, können wir am Freitag das Zelt aufstellen«, freute sich Carsten und trat vorsichtig auf den Rasen. »Man bleibt nicht mal stecken.«

Vor lauter Freude fiel ich ihm um den Hals und er wirbelte mich im Kreis. Als er mich barfuß mitten auf dem Rasen abstellte, war ein sattes Schmatzen zu hören.

Lena kicherte. »Das klingt, als hätte der Rasen gequakt.«

Jemand räusperte sich vernehmlich und ich drehte mich um. Sophie stand in der Terrassentür und ein winziges Lächeln umspielte ihre Lippen. Als sie meinen Blick spürte, verschloss sich ihr Gesicht wieder und sie verschwand im Inneren des Hauses. Ich seufzte leise. Diese Schmollphase dauerte für mein Empfinden eindeutig zu lange und kam definitiv zum falschen Zeitpunkt. Aber gut, diese »Entwicklungsphasen«, wie unser Kinderarzt das immer so lässig nannte, standen ja wohl nie wirklich im Einklang mit der Belastbarkeit der Eltern. Abgesehen davon kamen diese »Phasen« meiner Meinung nach in so kurzen Abständen, dass auch die flexibelste Belastbarkeitsgrenze keine Chance hatte, da mitzuhalten.

Der Donnerstag zeigte sich wettertechnisch von seiner schönsten Seite. Nicht eine Wolke war am Himmel zu sehen und es war den ganzen Tag sonnig und heiß. Nach der Schule veranstalteten Sebastian und Lena eine Wasserschlacht, allerdings außerhalb unseres Gartens, da der Rasen auf Carstens strikte Anordnung bis zum Wochenende nicht mehr mit Wasser in Berührung kommen durfte. Sophie erschien am späten Nachmittag mit Marc und die beiden machten es sich in Badeklamotten auf einer Decke bequem, die netterweise einen Teil der Feuchtigkeit aufsaugte, den beiden allerdings einen nassen Hintern bescherte. Nach wie vor sprach Sophie kein Wort mit mir, und als ich hörte, wie Marc sie leise fragte, ob es die Sache wirklich wert sei, schloss sie nur die Augen und gab keine Antwort. Er warf mir einen entschuldigenden Blick zu und zuckte mit den Schultern. Ich lächelte traurig und ging mit meinem Kaffee zurück ins Haus. Der Partyservice musste noch über die genaue Uhrzeit informiert werden, zu der das Buffet angeliefert werden sollte, und ich musste noch Carstens Anzug aus der Reinigung holen.

Am Freitag hatten wir alle frei, bis auf die Kinder natürlich, die maulend und meuternd zur Schule gehen mussten.

»Ich kann auch helfen«, protestierte Lena heftig, als ich sie mitsamt ihrem Schulranzen aus der Haustür schob.

»Du hilfst am meisten, wenn du jetzt für fünf Stunden in der Schule verschwindest, Mäuschen«, gab ich zurück, und sie zog schmollend mit ihrer Freundin los.

Um neun Uhr standen Hartmut, Mario und Birgit in der Tür und es konnte losgehen. Mario und Birgit hatten den Salon und den Buchladen aus »familiären Gründen« für die nächsten zwei Tage geschlossen, was die Nachbarin von gegenüber als sicheres Zeichen gewertet hatte, dass die beiden sich das »Ja-Wort« geben würden.

Mario war entzückt. »Das ist das erste Mal, dass mir eine Affäre mit einer Frau nachgesagt wird. Wie aufregend. Ist es ein schlechtes Zeichen, dass Hartmut nicht rasend ist vor Eifersucht?«

Hartmut grinste ihn über seinen Espresso hinweg an, den er sich zuvor an unserer Kaffeemaschine gezogen hatte. »Keine Frau der Welt würde sich freiwillig mit einem Kerl einlassen, der länger im Bad braucht als sie selbst, und der beim ersten Date mit ihr über Intim-Waxing diskutiert. Ich schätze, ich bin auf der sicheren Seite.«

Birgit lachte schallend. »Oh bitte, ich möchte alles über diese Intim-Waxing-Diskussion hören. Da würde ich glatt schwach werden.«

Carsten klatschte in die Hände. »Okay, Männer, genug geplaudert. Jetzt geht es an die Arbeit.«

»Männer, hat er gesagt«, freute sich Mario. »Wie viele kommen denn noch?«

Zu dritt zogen sie ab in den Garten und fingen an, die Zeltstangen auszupacken und zurechtzulegen.

Mario schnappte sich eine der kürzeren Stangen, schwang sie über den Kopf und rief mit tiefer, schnarrender Stimme: »Carsten, möge die Macht mit dir sein, denn ich bin dein Vater!«

»Wenn du mein Vater wärst, hätte ich Angst davor, wer sich als meine Mutter outen würde«, keuchte dieser und wuchtete eine Stange nach oben.

Birgit und ich schleppten die ganze Dekoration aus dem Keller nach oben, packten die Lampions aus und verkabelten alle mit den batteriebetriebenen Lichterketten. Dann wickelten wir die kleinen Blumenvasen aus und stellten sie vorsichtig auf die schmalen, hellgrünen Tabletts. Als Farbtupfer kam je ein pinkfarbenes Windlicht in die Mitte.

»Wann können wir die Blumen holen?«, fragte Birgit, während sie eine Packung Teelichter mit den Zähnen aufriss und die Plastikschnipsel ausspuckte.

»Gegen halb drei«, antwortete ich und pickte mit spitzen Fingern ein Plastikteilchen von der Hose. Zufrieden betrachteten wir unser Werk. »Die Blumen stellen wir aber besser erst heute Abend in die Vasen, wenn es kühler ist, damit sie morgen früh nicht schon den Kopf hängen lassen.«

Zwischendurch checkten wir nervös immer wieder die Wettervorhersage, da wir dem Frieden doch nicht so richtig trauten.

»Hoffentlich behält Petrus seine gute Laune und es hagelt morgen nicht wieder Hühnereier«, seufzte Birgit.

»Der hat mit dem Wetter nichts zu tun«, murmelte ich abwesend und beobachtete, wie Carsten und Hartmut das Zeltdach über das Gestänge zogen, während Mario in sicherem Abstand mit Händen und Füßen dirigierte, als würde er einen Jumbo-Jet auf der Startbahn einweisen.

Birgit sah mich verwundert an. »Natürlich macht Petrus das Wetter, wer denn sonst?«

»Nein, das ist nur ein Märchen. Falsche Überlieferung, hält sich aber hartnäckig.«

»Bist du jetzt unter die Bibelexperten gegangen?«, wollte sie neugierig wissen.

Einen Augenblick lang war ich versucht, meiner besten Freundin zu erzählen, dass ich meine Informationen quasi aus erster Hand bezog, aber ich hatte den leisen Verdacht, sie würde eher vermuten, dass ich unter dem Einfluss einer Sekte stand, die ihre Anhänger mit bewusstseinsverändernden Drogen gefügig machte. Abgesehen davon zweifelte ich selbst manchmal an meinem Verstand. Bisher waren mir noch nicht allzu viele übernatürliche Phänomene in meinem Leben begegnet, für die es keine Erklärung gab – wenn man von den Stimmungsschwankungen meiner ältesten Tochter mal absah.

Laute Jubelrufe aus dem Garten entbanden mich einer weiteren Erklärung. Das weiße Dach saß nun an Ort und Stelle und sah wirklich sehr schick aus. Nach einer kurzen Diskussion entschieden wir, die weiß-grau-gestreiften Seitenteile zwar einzuhängen, aber vorerst offen zu lassen.

»Das heizt sich sonst den ganzen Tag noch mehr auf und dann haben wir hier ruckzuck eine Sauna«, kommentierte Hartmut und wischte sich den Schweiß von der Stirn. »Mir ist jetzt schon heiß.«

»Keine Beschwerden über das Wetter«, sagte ich streng. »Wir sind gefälligst alle dankbar und demütig und frohlocken!«

Nachdem nun das Zelt stand, konnten die Festzeltgarnituren aufgebaut und mit den weißen Hussen überzogen werden. Auch der große Holztisch, der in ausgezogenem Zustand knapp die Hälfte unserer Terrasse einnahm, bekam eine weiße Tischdecke übergeworfen, und ein bisschen erinnerte mich der Anblick an diese herrlich schnulzigen, amerikanischen Liebesfilme, in denen die Hochzeiten meistens im Garten des Familienanwesens stattfanden und die Braut am Arm ihres Vaters über einen langen, weißen Teppich zu einem Blumenbogen schritt, unter dem sich das

Brautpaar dann mit tränenerstickter Stimme das »Ja-Wort« gab. Okay, unser Garten hatte die Größe einer Briefmarke, aber rein optisch sah er wunderschön und sehr festlich aus. Alleine diese Hussen entsprachen eigentlich genau meiner Mentalität. Häubchen drüber und Dreck weg – dieses Konzept war wie für mich gemacht.

Birgit und ich rollten hellgrüne Organza-Läufer aus und befestigten sie mit doppelseitigem Klebeband an den Tischdecken. Die grünen Tabletts mit den Vasen und Teelichtern passten farblich genau dazu. Mario band die weißen, grünen und pinkfarbenen Lampions an den Stangen des Zeltdachs fest und stand auf einer Leiter, die rechts und links von Carsten und Hartmut gesichert wurde.

»Bist du bald fertig?«, fragte Carsten genervt. »Ich könnte in der Zeit auch etwas anderes erledigen, als dir beim Knoten machen zuzuschauen.«

»Da muss ein Mann mit Sinn für eine gewisse Ästhetik ran, schließlich kann man die Lampions nicht einfach wahllos hier und dort aufhängen«, trällerte Mario. »Und ich bin nun mal nicht schwindelfrei, also halt' die Leiter fest und hör' auf zu meckern.«

Carsten verdrehte die Augen, blieb aber neben der Leiter stehen, auf der Mario mit weißem Band und einer Schere zwischen den Lippen graziös herumturnte.

Gegen halb zwei kam Lena nach Hause, und wir waren gerade dabei, den größten Teil der Verpackungen wegzuräumen. Mit offenem Mund stand sie in der Tür und sah in den Garten.

»Oh, ist das wunderschön! So will ich das an meinem Geburtstag auch haben«, rief sie begeistert.

Ich strich ihr über die Haare. »Mäuschen, du hast im Winter Geburtstag, da wird das nicht funktionieren.«

Lena stampfte mit dem Fuß auf. »Aber ich will auch ein Zelt und Lampions. Und ich will im Garten feiern.«

»Das ist doch eine verkehrte Welt, oder?«, fragte ich und verdrehte die Augen. »Die, die im Garten feiern soll, will nicht. Und die, bei deren Geburtstag wir allenfalls eine Winterolympiade planen könnten, will mit Zelt im Garten feiern. Die spinnen, meine Töchter!«

Mario winkte ab. »Ach, was. Wir machen eine Schneebar und stellen Heizstrahler auf. Das ist alles kein Problem.«

Lena strahlte und Carsten tippte Mario auf die Schulter. »Hast du auch eine Idee, wie wir die Stangen dann im Boden verankern, wenn er gefroren ist, du Held? Oder föhnst du den vorher an?«

»Wirklich, Carsten, du siehst nie das Große und Ganze, sondern verlierst dich zu sehr in Details. Wo bleibt denn deine Fantasie?«, flötete Mario. »Ich weiß nicht, wie es euch geht, aber ich sterbe vor Hunger. Wie wäre es mit einer Runde Pizza für alle? Dann fahren Hartmut und ich kurz los.«

»Ich fahre mit«, brüllte Sebastian, der gerade nach Hause gekommen war, und warf seine Schultasche in die Ecke.

»Bring deine Tasche nach oben«, kommandierte ich automatisch, und er verzog das Gesicht.

»Für Sophie braucht ihr nichts mitbringen«, sagte ich leise zu Mario. »Sie hat gerade geschrieben, dass sie nach der Schule zu Marc geht.«

Mario legte mir den Arm um die Schultern. »Immer noch Funkstille zwischen euch?«, fragte er mitfühlend.

Ich schluckte. »Naja, nahezu. Immerhin schreibt sie schon mal eine Nachricht und bleibt nicht einfach weg. Ich hätte nie gedacht, dass das Thema ‚Golfclub' so ein Aufreger werden könnte.«

Mario legte seinen Kopf gegen meinen. »Wenn es nicht der Golfclub wäre, hätte sie etwas anderes gefunden. Das sind die Hormone. Glaub mir, ich kann ein Lied davon singen, wie die mit einem durchgehen können«, erwiderte er.

Ich nickte, aber wirklich getröstet fühlte ich mich nicht. Ich wollte mich mit meiner Tochter auf morgen freuen und fand ohne Sophie alles irgendwie doof.

Mario, Hartmut und Sebastian fuhren zur Pizzeria, und Birgit nutzte die Zeit, um in der Gärtnerei die bestellten Blumen abzuholen.

Ich ging in den Garten und wickelte mit Lena noch vier Lichterketten um die Eckpfosten des Zeltes, die aussahen wie kleine Kristalle. Damit hatten wir wirklich den größten Teil erledigt und ich war von dem Anblick, den unser Mini-Gärtchen bot, begeistert. Aufgrund des vielen Regens leuchteten alle Pflanzen und der Rasen in einem satten Grün und bildeten einen herrlichen Kontrast zu dem strahlenden Weiß des Zeltes und der Hussen. Die pinkfarbenen Hortensien hatten genau den Farbton der Blumen, die wir für die Tische bestellt hatten. Besser hätten wir es kaum abstimmen können.

Während wir auf die Pizza warteten, schrieb ich Sophie eine kurze Nachricht.

Sind mit dem Aufbau und der Deko fertig ... Vielleicht habt ihr Lust, mal zu schauen?

Auf die Antwort musste ich nicht lange warten.

Ok. Essen gerade bei Marc. Später dann ...

Na, immerhin. Das war ja im Vergleich zu den vergangenen Tagen schon fast eine richtige Unterhaltung.

Es war halb fünf und ich räumte gerade die Pizza-Kartons in die Mülltonne, als Marcs Moped vor unserem Haus hielt. Sophie zog den Helm ab und schüttelte ihr langes Haar auf. Marc klappte sein Visier hoch und lächelte.

»Hallo, Frau Schwarz. Alles im grünen Bereich?«

»Ja, sicher. Wir sind fertig. Wollt ihr mal gucken?«

Er zog den Helm ab und schaltete das Mofa aus. »Klar, gerne.« Auffordernd sah er Sophie an. »Nicht wahr?«, fragte er betont deutlich.

Sophie nickte nur und ging an mir vorbei ins Haus. Ich seufzte.

»Es tut ihr echt leid, Frau Schwarz, aber sie ist ein schrecklicher Sturkopf und weiß nicht, wie sie sich entschuldigen soll«, fügte er leise hinzu.

Ich sah ihr nach. »Naja, ich habe mir sagen lassen, die klassische Variante ‚Es tut mir Leid' funktioniert immer noch ganz gut.«

»Dazu müsste sie aber ihren Dickkopf in den Griff kriegen«, seufzte Marc. »Von wem hat sie den bloß?«

»Von mir nicht!«, sagte ich, ohne eine Sekunde zu zögern. »Aber du glaubst gar nicht, was sich in früheren Generationen in Carstens Familie so abgespielt hat.«

Marc grinste. »Schon klar.«

Wir gingen zusammen ins Haus. Sophie stand ganz still in der Terrassentür und sah in den Garten. Noch immer sagte sie kein Wort und ich merkte, wie ich langsam die Geduld verlor. Ich war nicht besonders gut darin, mich anschweigen zu lassen, und schon gar nicht, wenn die Seele nach Streicheleinheiten verlangte. Aber als ich neben sie trat, sah ich, wie ihr eine Träne aus den Augen kullerte. Wenn sie jetzt heult, weil sie für die Blumengestecke im Golfclub orientalische Orchideen einfliegen lassen, zünde ich die

Tischdecken an, dachte ich ärgerlich, aber da schob sich eine Hand in meine.

»Mami, es tut mir Leid«, brach es aus Sophie hervor und sie fing hemmungslos an zu heulen. Wenn es eins gibt, das ich noch schlechter aushalten kann, als angeschwiegen zu werden, dann ist es, wenn jemand in meiner Gegenwart weint. Das geht gerade so bei Kate Winslet in »Titanic« oder am Ende von »Vom Winde verweht«, aber bei meinen Kindern geht es überhaupt nicht. Außerdem, da war es wieder: »Mami«.

Da sich Sophies Tränenflut jedoch nicht so schnell ersticken ließ, tat ich das Naheliegendste – ich nahm sie einfach in den Arm.

»Das habt ihr so wunder-, wunderschön gemacht«, schluchzte sie an meinen Hals. »Ich war so ein Miststück, aber du kannst auch so fies sein, wenn du gestresst bist. Und immer sind alle auf deiner Seite. Ich wusste einfach nicht ...« Der Rest ihres Satzes ging in lautem Geschniefe unter.

Ich hatte einen dicken Kloß im Hals und schluckte meine aufsteigenden Tränen krampfhaft hinunter. Es gab ja Menschen, so wie meine Tochter zum Beispiel, die einfach hinreißend aussahen, wenn sie weinten. Die Tränen hingen an den langen, dunklen Wimpern und kullerten nur in dekorativen, einzelnen Tropfen über die Wangen. Ich hingegen sah einfach nur verheult aus. Die Augen waren rot und verquollen, die Nase lief, und wenn ich Glück hatte, verschmierte auch noch das komplette Make-up. Dezent reichte mir Marc eine Kleenex-Rolle und winkte mir von der Tür aus zu. Dieser Junge war wirklich eine Ausgeburt an Takt und Feingefühl.

»Mir tut es auch Leid«, sagte ich leise zu Sophie, als die Haustür in Schloss gefallen war. »Ich kann ja verstehen, dass du auch mal gerne so richtig edel feiern willst, aber das ist für eine Konfirmation einfach übertrieben. Und glaub mir, du wirst hier viel mehr Spaß an deiner Feier haben, als wenn du steif und gediegen an einem Tisch sitzt und dich nicht groß bewegen darfst - außer um den Kellner an den Tisch zu winken oder das Besteck von außen nach innen nachzuzählen.«

Sophie rupfte sich ein Stück Kleenex ab und schnäuzte sich laut. »Der Golfclub hat ohnehin seit gestern geschlossen. Du glaubst nicht, was da passiert ist! Die Toiletten sind kaputt und laufen über. Alle! Es stinkt wie ein Klärwerk. Jennys Mutter ist am Verzweifeln.«

Ich biss mir auf die Lippen, aber mein schlechtes Gewissen hielt sich ehrlich gesagt in Grenzen. Ich meine, wann bekam man denn schon mal eine direkte Demonstration der Hand Gottes, okay, in dem Fall der von Gottes Sohn? Ich war gerade Zeugin eines wahrhaftigen Wunders geworden, aber ich bemühte mich trotzdem, ein angemessen betroffenes Gesicht zu machen.

»Ach du liebe Güte, die Armen. Was machen sie denn jetzt?«

»Jennys Eltern hatten nicht so viele Gäste eingeladen, die feiern dann jetzt auch zu Hause. Der Golfclub liefert das Essen an und den Rest bereiten die Omas vor. Aber das musste jetzt alles in drei Tagen umgeplant werden und Jenny ist total genervt.« Sie ging auf die Terrasse hinaus und sah sich um. »Wenn sie das hier sieht, haut sie das aus den Schuhen.«

»Was wohl auch an den Absätzen liegen könnte«, entgegnete ich trocken.

Vorsichtig fuhr Sophie mit der Hand über die Tischdecke. »Darf ich morgen die Blumen in die Vasen stellen?«

»Klar. Die stehen noch in einem Eimer im Keller. Am besten machst du es gleich morgens, wenn es noch kühler ist.«

»Mami, das sieht echt aus wie in einem dieser amerikanischen Filme, wo die Hochzeiten immer im Garten der Brauteltern stattfinden. Eigentlich schade, dass wir das nach einem Tag schon wieder abbauen müssen.« Sie grinste breit. »Vielleicht sollte ich Marc mal fragen, ob wir das nicht noch anderweitig nutzen können. So eine Verlobung ist ja noch nicht so richtig ernst.«

Ich knuffte sie in die Seite. »Hör' bloß auf. Wenn dein Vater eine Verlobung wittert, denkt er sofort, du bist schwanger. Dann nagelt er Marc morgen direkt neben Jesus an die Wand.«

Sophie warf mir einen zögernden Blick zu. »Sag mal, was ich dich die ganze Zeit schon fragen wollte ... aber du darfst mich nicht für völlig durchgeknallt halten, ja? Als wir am letzten Wochenende in der Kirche waren, da hätte ich schwören können, dass mir Jesus vom Kreuz aus zugezwinkert hat. Ich meine, das kann doch eigentlich gar nicht sein, oder?«

Kapitel 50

Dann war der große Tag da und meine gewohnte Souveränität in Stresssituationen verabschiedete sich fröhlich pfeifend bereits im Morgengrauen.

Nachdem ich um vier Uhr, um viertel vor fünf und um viertel nach sechs schweißgebadet aus dem Bett geschossen war, mit wirrem Blick im Schlafzimmer stand und dachte, ich hätte verschlafen, stand Carsten genervt auf und ging joggen. Das hatte zwar den Vorteil, dass es frische Brötchen gab - allerdings war Carsten auch denkbar schlecht gelaunt, weil ich ihn in derart kurzen Abständen zu Tode erschreckt hatte.

»Wirklich, Marlene, wir sind erst um vierzehn Uhr dran und hätten ein bisschen ausschlafen können«, murrte er und füllte Kaffeebohnen in die Maschine. »Es ist doch alles vorbereitet, warum machst du so einen Stress?«

Ich verteilte gerade knapp vierzig Sektgläser auf die großen Tabletts, die auf einem Beistelltisch im Wohnzimmer standen.

Verständnislos sah ich ihn an. »Was heißt denn hier Stress? Ich hatte einen Albtraum! Ich habe geträumt, ihr seid ohne mich zur Kirche gefahren und ich bin im Nachthemd losgerannt, um noch rechtzeitig zum Gottesdienst zu kommen. Kannst du dir vorstellen, wie peinlich das war? Selbst im Traum!«

»Der Anblick würde zumindest etwas Schwung in die Bude bringen«, murmelte Carsten belustigt und betrachtete mein altes, ausgewaschenes Schlafshirt, auf dem ein Monchhichi an seinem Daumen nuckelte. Ein innig geliebtes und heiliges Relikt aus meiner Jugend!

Die Kinder kamen einträchtig verschlafen und somit relativ wenig streitsüchtig nach unten und Sophie verschwand mit Lena direkt im Keller. In schönster Eintracht schleppten sie den Eimer mit den pinkfarbenen Gerbera, weißen Margeriten, dem Schleierkraut und den großen Bananenblättern nach oben und machten sich im Garten daran, die Blumen auf die Vasen zu verteilen. Fasziniert beobachtete ich, wie viele unterschiedliche Möglichkeiten man diskutieren konnte, ein Bananenblatt dekorativ unter ein Tablett zu legen. Aber immerhin gingen sie nicht mit den Blumenscheren aufeinander los oder weckten die Nachbarn mit kreativen Kraftausdrücken wie »du alte, hässliche Kackkuh« oder

»du megablöde Scheißzicke«. Als Elternteil lernt man, schon für kleine Dinge dankbar zu sein.

Als wir kurze Zeit später beim Frühstück saßen, brachte ich keinen Bissen runter. Immer wenn ich Sophie ansah, kämpfte ich vor lauter Rührung mit den Tränen. Das konnte ja später in der Kirche heiter werden.

Sophie beäugte mich aus den Augenwinkeln und biss herzhaft in ihr Brötchen. »Mama, du wirst doch nicht jetzt schon anfangen zu heulen, oder? Ich meine, wir sind noch nicht mal in der Kirche!«

»Natürlich nicht«, antwortete ich mit kieksender Stimme, »ich bin nur ein bisschen nervös, das ist alles.«

»Warum bist du eigentlich nervös?«, fragte Sebastian verständnislos. »Du musst doch nichts aufsagen und vorbeten. Du musst dich allerhöchstens fremdschämen, wenn sie das Glaubensbekenntnis wieder verkackt.«

Sophie holte aus und schlug ihm gegen den Hinterkopf. »Du spinnst wohl, ich verkack' überhaupt nichts, du Gnom«, fauchte sie wütend.

»Das verstehst du noch nicht«, erklärte Carsten und versuchte, mit erhobener Stimme für Ruhe zu sorgen. »Mütter sind sozusagen co-nervös bei allem, was ihre Kinder angeht. Da trifft dann die Flut der Erinnerungen auf ein gigantisches Ausmaß an Rührung. Ein Zustand, der ganz klar die männliche Vorstellungskraft übersteigt.«

Sebastian bohrte nachdenklich in der Nase. »Und was kann man dagegen machen?«

»Nichts, mein Sohn. Es gibt Dinge im Leben, die nimmt man als gegeben hin und erträgt sie«, entgegnete Carsten mit gespielt leidender Miene.

Gerade hatte ich mir noch einen Kaffee eingeschenkt, als mein Blick auf die Uhr fiel. »Gott, es ist gleich zehn Uhr! Wir müssen los! Los, beeilt euch!«

Mit fragendem Blick saß meine Familie am Tisch und rührte sich nicht. Ich lief in den Flur und kramte nach dem Autoschlüssel.

»Marlene«, sagte Carsten in einem Tonfall, den sich Ärzte normalerweise für Patienten an der Grenze zur Hysterie aufsparten. »Marlene, du bist noch im Schlafanzug.«

»Oh!« Ich sah an mir hinunter. »Tatsächlich!«

»Marlene«, setzte Carsten erneut an, während die Kinder mich grinsend beobachteten, »wo möchtest du denn jetzt hin?«

In diesem Moment klingelte es an der Haustür. Sebastian drückte eine Taste auf dem Telefon, und summend öffnete sich die elektronische Verriegelung.

Mario kam mit zwei großen Taschen in den Flur und sah mich fragend an. »Guten Morgen, Liebes. Bin ich zu spät oder kannst du es einfach nicht erwarten, mich zu sehen?«

»Ähm, eigentlich wollten wir gerade zu dir in den Salon fahren«, erwiderte ich verdutzt und sah ihn mit großen Augen an.

»In dem Aufzug?«, fragte er mich entsetzt. »Das ist geschäftsschädigend, vor allem mit diesem grinsenden Äffchen auf dem Oberteil.«

Verlegen verschränkte ich die Arme vor der Brust. »Das ist ein Monchhichi! Wieso bist du überhaupt hier? Wir hatten doch ausgemacht, dass du uns um zehn Uhr nacheinander die Haare machst.«

Mario deutete auf die Taschen. »Was glaubst du, ist hier drin? Ich habe alles dabei! Liebes, ist alles in Ordnung mit dir? Irgendwie wirkst du etwas zerstreut.«

Er schob mich sanft zurück in das Wohnzimmer und drückte mich auf einen Stuhl. »Vielleicht brauchst du mal einen Kaffee?«

»Ich hatte schon drei«, entgegnete ich hibbelig. »Hatten wir vereinbart, dass du zu uns kommst?«

Die Kinder kicherten und Carsten verdrehte die Augen. »Gott, Marlene! Ja, hatten wir, mehrfach!« Er wandte sich an Mario. »Seit dem Morgengrauen schießt sie halbstündig aus dem Bett und denkt, sie hat verschlafen. Jetzt weiß ich auch, woher diese Tageszeit ihren Namen hat. Die Gläser räumt sie von rechts nach links und dann marschiert sie im Schlafanzug zum Auto. Langsam beginne ich, mir Sorgen zu machen.«

Mario winkte ab. »Warte ab, bis hier die erste Hochzeit ansteht! Verglichen damit ist das nichts.« Er küsste Sophie auf die Wange. »Mit der Tränenflut, die wir dann zu erwarten haben, könnte man jede Trockenperiode im australischen Busch beenden.«

Sophie lachte und ich sah ihn wütend an. »Ich kenne jemanden, neben dem man am Ende von ‚Titanic' fast jedes Mal ertrinkt, wenn Leo diesen verdammten Schrankkoffer loslässt und mit fest gefrorenem Grinsen in die Tiefe gleitet.«

»Es ist immer noch ein Teil der Wandvertäfelung, Liebes, und diese Szene ist der Inbegriff der Dramatik. Wer weint da nicht?«, verteidigte er sich.

»Wenn Sophie heiratet, wird das auch der Inbegriff der Dramatik – auch ohne Eisberg«, sagte Sebastian grinsend.

Mario griff in das Seitenfach seiner riesigen Friseurtasche und zog eine Flasche Prosecco heraus. »Wie auch immer: wenn sich Kaffee als wirkungslos erweist, dann ist es Zeit für ein Gläschen, das die Nerven beruhigt.«

Carsten stützte den Kopf auf die Hände und schloss die Augen. »Ja, mach' sie noch betrunken. Dann singt sie am Ende noch schmutzige Lieder in der Kirche oder pfeift auf den Fingern.«

Geziert warf ich den Kopf zurück und beobachtete Mario, der Prosecco auf drei Gläser verteilte. »Ach, das kam beim letzten Mal eigentlich ganz gut an.«

Während ich dann doch zumindest mal ein Brötchen frühstückte, um dem Alkohol eine gewisse Grundlage zu bieten, legte Mario los. Fasziniert beobachtete ich, wie er Sebastian wunschgemäß ein cooles Styling »à la Marc« verpasste und Lena eine wunderschöne Flechtfrisur zauberte.

»Was du alles mit deinen Händen zauberst«, bemerkte ich fasziniert und war bei dem bloßen Anblick der vielen Haarsträhnen schon überfordert. »Ich bleibe schon an der Heißklebepistole hängen, wenn ich nur versuche, einen Adventskranz zu basteln.«

Mario warf mir einen gespielt lasziven Blick zu. »Wenn du wüsstest, was meinen Hände noch so alles können.«

»Zu schade, dass ich nie in den Genuss kommen werde«, feixte ich zurück.

»Entschuldigt, dass ich euer heiteres Geplänkel störe«, mischte sich Carsten ein »Bin ich der Nächste?«

»Ganz wie du möchtest, mein Lieber. Du hast die Wahl: offen oder hochgesteckt.«

»Sehr witzig«, brummte Carsten. »Raspelkurz und abstauben bitte, wie immer.«

Als letztes wurden Sophie und ich nebeneinander auf zwei Stühlen platziert und nach allen Regeln der Kunst gestylt. Während Mario auf unseren Köpfen föhnte, wickelte, entwickelte und feststeckte, wurde gleichzeitig in unseren Gesichtern gepinselt und gestrichelt.

»Ich hoffe für dich, dass das alles wasserfest ist«, bemerkte ich mit geschlossenen Augen, während Mario gerade mit einem kleinen Pinsel auf meinen Augenlidern herum tupfte.

»Keine Sorge, Liebes, ich habe an alles gedacht. Zum Abschluss wird die ganze Pracht noch mit einem Spray fixiert, das hält selbst dir stand.«

Irgendwann war das Werk vollbracht. Sophie und ich standen vor dem großen Spiegel im Flur und betrachteten uns andächtig.

»Bin ich auch wasserfest?«, fragte sie Mario über die Schulter.

»Garantiert«, feixte Sebastian. »Man darf dir bloß nicht auf die Schulter hauen, sonst bröckelt es vorne ab.« Er flüchtete vor seiner Schwester in den Garten. »Und böse gucken darfst du auch nicht, sonst gibt es Risse.«

Carsten rief die beiden Streithähne zurück. »Wenn du mit der Frisur in den Büschen hängen bleibst, dauert das Stunden, bis wir dich befreit haben. Und dein Patenonkel bekommt einen Nervenzusammenbruch, weil die ganze Arbeit umsonst war.«

Sophie verharrte mitten im Lauf und sah ihrem Bruder unschlüssig hinterher.

»Wenn du lange genug in den Büschen hängst, nisten sich vielleicht ein paar Vögel ein«, rief er aus sicherer Entfernung.

Nachdem sie Sebastian mit Blicken fast erdolcht hatte, verzog sie sich nach oben ins Bad, um sicherzustellen, dass die gerade erlebte Aufregung der Frisur nicht geschadet hatte.

Hartmut war zwischenzeitlich eingetroffen, bereits geschniegelt und gestriegelt, und brachte Marios Anzug mit. Zu meiner Erleichterung war dieser weder pink, noch enthielt er glitzernde Elemente, sondern bestach durch klassisches Dunkelblau. Wir verteilten uns auf allen Etagen in und um die Badezimmer herum und zogen uns um. Sebastian und Carsten waren als erste fertig und ich hörte, wie sie unten die anderen Gäste begrüßten, die mit uns zur Kirche fahren wollten. Lena lief fertig angezogen die Treppe hinunter und ich hörte sie mit Marc kichern und dazwischen die dröhnende Stimme meines leicht schwerhörigen Schwiegervaters.

Mario und Hartmut, die sich bei uns im Schlafzimmer umgezogen hatten, klopften an die angrenzende Badezimmertür. »Wir warten unten oder brauchst du Hilfe?«

Ich öffnete und drehte mich um die eigene Achse. »Wenn einer der Herren bitte mal Hand an meinen Reißverschluss legen könnte«, sagte ich etwas hilflos und lächelte Mario an.

Er trat hinter mich und zog schwungvoll den Reißverschluss zu. Dann drehte er mich um. »Liebes, du siehst wunderschön aus, wirklich«, sagte er mit belegter Stimme, und seine warmen, braunen Augen musterten mich von oben bis unten. »Also, wenn ich nicht unglücklicherweise schwul wäre, dann ...«

Ich lachte und umarmte meinen besten Freund zärtlich. »Im nächsten Leben, mein Herz. Aber nur mit getrennten Badezimmern.«

Eingehakt gingen wir die Treppe nach unten und wurden mit bewundernden Rufen begrüßt. Carsten musste nichts sagen, mir genügte der Blick, mit dem er mich ansah und der mir seit über zwanzig Jahren immer wieder bestätigte, die mit Abstand schönste Frau in seinem Leben zu sein.

Marc trat hibbelig von einem Fuß auf den anderen und sah ständig zur Treppe.

»Wie lange braucht sie denn noch?«, fragte er ungeduldig.

»Sophie!«, rief ich nach oben und meine Schwiegermutter hielt sich erschrocken die Ohren zu. »Komm jetzt, wir müssen gleich los.«

»Kind, musst du immer so laut brüllen? Du bist ja schlimmer als ein Megafon«, stöhnte Tante Emmi und hustete gleich darauf gehaltvoll in ihr Taschentuch.

»Tante Emmi, ich habe drei Kinder. Ich muss diese Lautstärke entwickeln können, um mich verständlich zu machen«, verteidigte ich mich. Ich hörte Schritte hinter mir auf der Treppe. »Außerdem hat es anscheinend seinen Zweck erfüllt.«

Da kam sie, unser Konfirmationskind, und ich wusste nicht, was mich mehr berührte. Der Anblick meiner süßen Tochter, die aus jeder Pore strahlte und leider schon so erwachsen wirkte oder das Gesicht von Marc, als er sie betrachtete. Er beugte sich vor, küsste sie leicht auf die Lippen und flüsterte ihr etwas ins Ohr. Sophies Augen leuchteten auf, und selbst im Dunkeln hätte sie heller gestrahlt als ein Hundert-Watt-Scheinwerfer.

Vorsichtig tupfte ich mir mit einem Taschentuch unter den Augen herum und Mario beobachtete mich stirnrunzelnd. »Als ich sagte, das Make-up sei wasserfest, hätte ich vielleicht dazu erklären sollen, dass es erst einmal die Chance haben sollte, anzutrocknen. Meinst du, du könntest wenigstens warten, bis wir in der Kirche sind?«

Carsten trieb uns zur Eile an, und wieder einmal verteilte sich die ganze Gesellschaft auf mehrere Fahrzeuge. Die Parkplatzsuche war eine mittelschwere Katastrophe, da natürlich auch die anderen Familien in verstärkter Anzahl aufliefen. Auch die für uns reservierten Plätze in der Kirche reichten kaum für alle Freunde und Verwandte aus, die wir im Schlepptau hatten.

Ich warf einen zögernden Blick zu Jesus, der unbeteiligt am Kreuz hing. »Du könntest nicht vielleicht ... es fehlen hier doch tatsächlich noch ein paar Sitzplätze.«

»Vergiss' es! Aber oben auf der Empore ist noch was frei, wenn ihr euch beeilt. Aber das habt ihr nicht von mir«, brummelte er leise.

Schnell verteilte ich unsere Sippe auf die noch freien Plätze, begrüßte Birgit und ihre Familie herzlich und rutschte dann schnell zwischen Mario und Carsten auf die Bank. Pfarrer Heumann begrüßte alle Anwesenden, vor allem die Konfirmanden und ihre Familien, und dann ging es los.

Ich hielt mich tapfer und kam Marios Bitte halbwegs nach, bis Sophie aufgerufen wurde und ihren Konfirmationsspruch bekam – der überraschenderweise identisch mit ihrem Taufspruch und unserem Trauspruch war.

»Denn er hat seinen Engeln befohlen, dich zu behüten auf all deinen Wegen – heute und immerdar.«

Als Sophie ihren Konfirmationsspruch wiederholte, schluchzte plötzlich Mario neben mir hemmungslos in sein Taschentuch. »Irgendwie ging mir ihre Taufe damals nicht so unter die Haut. Warum nur?«, fragte er und schnäuzte sich.

»Vermutlich, weil der Taufspruch in ihrem ohrenbetäubenden Gebrüll unterging und sie dir die leicht angesäuerte Milch auf den Anzug gespuckt hat. Hoffentlich ist das die einzige Gemeinsamkeit mit Tante Emmi«, erwiderte Hartmut trocken und reichte ihm das nächste Taschentuch.

Ich kam mit dem Tupfen unter den Augen gar nicht mehr hinterher und schniefte möglichst unauffällig vor mich hin. Wenn ich mich allerdings unter den anderen Müttern so umsah, war ich in guter Gesellschaft. Leicht angeekelt beobachtete ich, wie Sieglinde Köster die Nase an ihrem Ärmel abwischte. Eine andere Mutter rupfte in Ermangelung eines Taschentuchs gerade die erste Seite des Gesangbuches raus und schnäuzte sich laut in das Impressum.

Auf einer der seitlichen Bänke entdeckte ich doch tatsächlich den Mathe-Michel, der sich für die Konfirmation richtig in Schale geworfen hatte und die Zeremonie mit einem geradezu untypisch weichen Gesichtsausdruck verfolgte. Er lächelte, als er meinem Blick begegnete und machte mir ein Zeichen, dass wohl irgendetwas um meine Augen herum verlief. So viel zum Thema wasserfest, dachte ich verlegen.

»Meine Güte, diese ganze Heulerei. Das ist ja fast so schlimm wie bei meiner Kreuzigung damals«, stöhnte Jesus von der Seite.

»Schnauze«, wies ich ihn zurecht. »Dass ihr Männer nie wisst, wann ihr den Mund zu halten habt.«

»Du hörst dich echt schon an wie meine Mutter«, sagte Jesus bekümmert.

»Nie im Leben hat die Heilige Maria ‚Schnauze' gesagt!«

Pfarrer Heumann forderte die Gemeinde gerade auf, für das »Vater unser« aufzustehen.

»Ach, diesen Teil mag ich immer besonders gerne«, freute sich Jesus. Zu mir gewandt sagte er: »Naja, meine Mutter war ja nicht immer heilig. Und wenn wir unter uns waren, hat sie teilweise so deftig geflucht, dass Josef mich manchmal heimlich gebeten hat, einen Becher Wasser in Wein zu verwandeln.«

Ergriffen faltete ich meine Hände und bekam eine Gänsehaut, wie immer, wenn dieses wunderschöne, uralte Gebet von so vielen Stimmen gemeinsam gesprochen wurde. Man musste wirklich nicht tief gläubig sein, um die Magie dieser Worte zu spüren. Carsten hielt mir wortlos das nächste Taschentuch hin.

Alles in allem ging der Gottesdienst für meinen Geschmack viel zu schnell vorbei. Mein überlaufendes Mutterherz (neben den Augen, die auch ständig überliefen) und das Gebrabbel von Jesus, dem selbst nach über zweitausend Jahren nicht klar war, wann er im Gottesdienst besser den Mund hielt, hatten mich doch hin und wieder abgelenkt.

Eine leise Traurigkeit machte sich in mir breit, weil ich mir so sehr wünschte, meine Eltern hätten dieses besondere Erlebnis mit uns teilen können.

»Sie sind gar nicht so weit weg, wie du immer denkst«, sagte Jesus da leise. »Eigentlich müsstest du sie ziemlich deutlich spüren können, wenn du aufhören würdest, so herumzuzappeln.« Er räusperte sich. »Und wenn du vielleicht mal kurz die Heulerei einstellen könntest.«

Ich blieb ganz still stehen und fühlte mich seltsamerweise getröstet. Fast glaubte ich, meine Eltern leise lachen zu hören und hatte plötzlich den intensiven Duft des Rasierwassers meines

Vaters in der Nase. Eine solche Nähe hatte ich in den ganzen letzten Monaten nicht empfunden und dabei so oft sehnsüchtig gesucht.

»Manchmal findet man etwas genau dann, wenn man am wenigstens danach sucht«, bemerkte Jesus sanft. »Wenn du dir ab und zu mal etwas Ruhe gönnen würdest, wärst du dir ihrer Nähe öfter bewusst, als du glaubst.«

Mein persönliches Wunder heute, dachte ich bewegt und spürte Jesus' Lächeln, ohne dass ich es sah.

Dann spielte die Orgel laut auf und holte mich mit einem Schlag in die Wirklichkeit zurück. Nach dem Segen für die Konfirmanden schob sich die Gemeinde langsam und andächtig Richtung Kirchenportal. Kurz vor dem Ausgang hörte ich, wie jemand meinen Namen rief. Ich drehte den Kopf und blickte zu Jesus zurück.

»Marlene, wenn du mal wieder Zeit und Lust auf ein Schwätzchen hast - du weißt ja jetzt, wo du mich findest. Dann kann ich dir auch mal erzählen, wie ich das mit den Toiletten im Golfclub hinbekommen habe.« Er senkte die Stimme und schielte nach oben. »Habe zwar eine ziemlich üble Standpauke bekommen und musste versprechen, nächstes Jahr zu Ostern in Rom mal wieder in Erscheinung zu treten, aber ganz ehrlich – das war es wert! Ich hatte einen Heidenspaß.«

Ich musste lachen. »Weißt du, du bist schon ein ganz schön schräger Vogel. Wenn man dich so kennen würde, könntest du echt deutlich mehr Anhänger haben als vor ein paar tausend Jahren.«

Jesus strahlte. »Darüber könnten wir ja mal in einer ruhigen Minute diskutieren.«

Über die Köpfe hinweg rief ich ihm zu: »Versprochen!« und dann schob mich die Menschenmenge durch das Kirchenportal hinaus, direkt in die Arme meiner Familie.

Epilog

Ja, was bleibt da letztlich noch zu sagen? Der Tag war einfach perfekt. Knapp vierzig Freunde, Verwandte und Nachbarn tummelten sich mit Kind, Hund und Kegel in unserem Garten, und die Bewunderung über unsere Dekoration nahm gar kein Ende. Sophie wurde von der Geschenkeflut fast erstickt und zu Balous Leidwesen missbrauchten wir den Kratzbaum als Geschenketisch – was somit jeden Fluchtversuch vor den vielen Händen vereitelte, die das »Kätzchen« mal streicheln wollten.

Die Sonne strahlte mit Sophie um die Wette, die selig mit Emma alle Glückwünsche entgegennahm und Marcs Hand den ganzen Abend nur zum Essen losließ. Die beiden waren ein wunderschönes Paar und Tante Emmi sinnierte darüber, ob sie die Hochzeit der beiden mit ihrem Asthma noch erleben würde. Bei dem Hustenanfall, der daraufhin vor lauter Rührung stakkatoartig folgte, war ich dankbar, dass die Rechauds, die der Partyservice gerade angeliefert hatte, mit entsprechenden Hauben abgedeckt waren. Mit verzweifeltem Blick wischte Carsten Tante Emmis Sprühspur unauffällig von dem glänzenden Edelstahl und drückte ihr ein altes Spucktuch von Lena in die Hand, das mit kleinen Kätzchen bedruckt war. Ab einem gewissen Alter schließt sich der Kreis, dachte ich und zuckte mit den Schultern. Man sucht sie sich eben nicht aus, die liebe Familie.

Als es dunkel wurde, zündeten Birgit und ich die Teelichter an, und Mario schaltete eine Lichterkette nach der anderen ein. Im Dunkeln sah es aus, als wäre der Garten mit lauter Glühwürmchen bevölkert, und als Carsten mit einem Löffel dezent gegen sein Glas schlug, schwiegen alle erwartungsvoll.

Möglichst unauffällig hatte Hartmut zwischenzeitlich eine Leinwand aufgebaut und den Beamer mit meinem Laptop verkabelt. Nachdem Carsten mit bewegter Stimme seine Rede auf unsere kleine große Tochter gehalten hatte, startete ich das Video. Die ersten Bilder erschienen auf der Leinwand und dazu erklangen leise die ersten Töne von Sarah Connors Song »Wie schön du bist«.

»All' deine Farben« hatte ich das Video genannt und das Lied sang mir mit jeder Zeile aus dem Herzen. Vielleicht sollte ich an dieser Stelle erwähnen, dass Mario mit seinem Taschentuchvorrat bei weitem nicht auskam und blindlings nach dem Spucktuch auf Tante Emmis Schulter griff.

Sophie stand ganz still neben Marc, hatte die Hände vor den Mund geschlagen, und ihre Augen wurden immer größer. Plötzlich kam sie mit schnellen Schritten auf mich zu und kuschelte sich in meine Arme. Als die Fotos mit meinen Eltern zu sehen waren, spürte ich, wie ihre Schultern bebten, und ich legte meinen Kopf sanft auf ihre dunkelblonden, weichen Locken. Als der letzte Ton verklungen war, herrschte einige Sekunden lang eine atemlose Stille, bevor begeisterter Applaus ausbrach und alle durcheinander lachten und redeten. Sophie und ich standen immer noch da, hielten uns im Arm und das, was sie mir an diesem Abend ins Ohr flüsterte, das gehörte nur mir alleine und ich würde es nie vergessen ...

Ob es irgendwann einfacher werden würde, wenn sie älter wurden, sich der Hormonspiegel stabilisierte und hin und wieder erste Ansätze von Logik zu erkennen waren? Keine Ahnung. Ob es anders werden würde? Ganz sicher – und vor allem anders, als wir es uns dachten, und dabei weiterhin erschreckend unkalkulierbar.

Und irgendwann würde es vermutlich auch entsetzlich ruhig und eintönig werden, wenn sie ihre eigenen Wege gingen. Ob ich es trotz all dem Stress, der blankliegenden Nerven und der grauen Haare genau wieder so machen würde? Oh ja! Denn genau so hatte ich es gewollt – mit allem Terror und dem Gold.

ENDE

Danksagung

So ein Buch schreibt man als Autorin zwar einerseits alleine – andererseits aber auch wieder nicht. Auch wenn man sich Zeile für Zeile seine Geschichte erarbeitet, gibt es drum herum viele Menschen, die dazu beitragen, dass aus einer Idee ein Buch wird, und bei denen ich mich an dieser Stelle von ganzem Herzen bedanken möchte.

Allen voran steht da natürlich meine Familie: Isabel, Patrick und Julia, die mir in unserem turbulenten Familienalltag völlig uneigennützig mehr Ideen liefern, als ich vermutlich in Büchern verarbeiten kann, und mein Mann Frank, der während der Schreibphase dafür gesorgt hat, dass ich nicht verhungere und zumindest immer wusste, welcher Wochentag gerade war. Ohne eure Liebe und Unterstützung wäre das alles nicht möglich gewesen!

Ein riesengroßes Dankeschön geht an den Charles Verlag mit meinen beiden Verlegern Meddi Müller und Marcel Dax, die nicht nur meinem Buch, sondern auch mir ein Zuhause gegeben haben, und die mit dem familiären Gefüge des Charles Verlages eine Atmosphäre schaffen, in der man sich als Autorin in jeder Hinsicht aufgefangen und unterstützt fühlt.

Bedanken möchte ich mich außerdem bei meiner Lektorin Sonja Rudorf, die einerseits dafür gesorgt hat, dass ich mich in einige Szenen noch einmal neu hineingedacht und für andere mit einer endgültigen Klarheit entschieden habe. Beides hat das Buch in jedem Fall besser gemacht.

Nana Vespermann und Silke Mahatzky haben nicht nur beide als meine ersten Testleserinnen fungiert, sondern auch mit liebevoller Unterstützung und Motivation nicht gespart, wenn es gerade mal nicht so lief. Liebe Silke, deine »LeseZeit« ist so viel mehr als nur eine Buchhandlung, und welch wunderbare Entwicklungen hier seinen Lauf nehmen können, durfte ich selbst erfahren. Danke, ihr beiden, für alles!

Last but not least geht ein ganz besonderes Dankeschön an meinen besten Freund Christian Becker, der nicht nur das gesamte Manuskript in den letzten Wochen seiner Sommerferien im Akkord durchgesehen und meine mitunter sehr kreativen Buchstabendreher korrigiert hat, sondern der auch noch zu den Menschen gehört, die grundsätzlich an den Erfolg jeder noch so verrückten Idee glauben, mit der ich ankomme und durch den ich im Laufe unserer langjährigen Freundschaft etwas gefunden habe, was ich lange Zeit verloren glaubte: nämlich mich selbst!